島津は屈せず　上

近衛 龍春

毎日文庫

島津は屈せず 【上】

目次

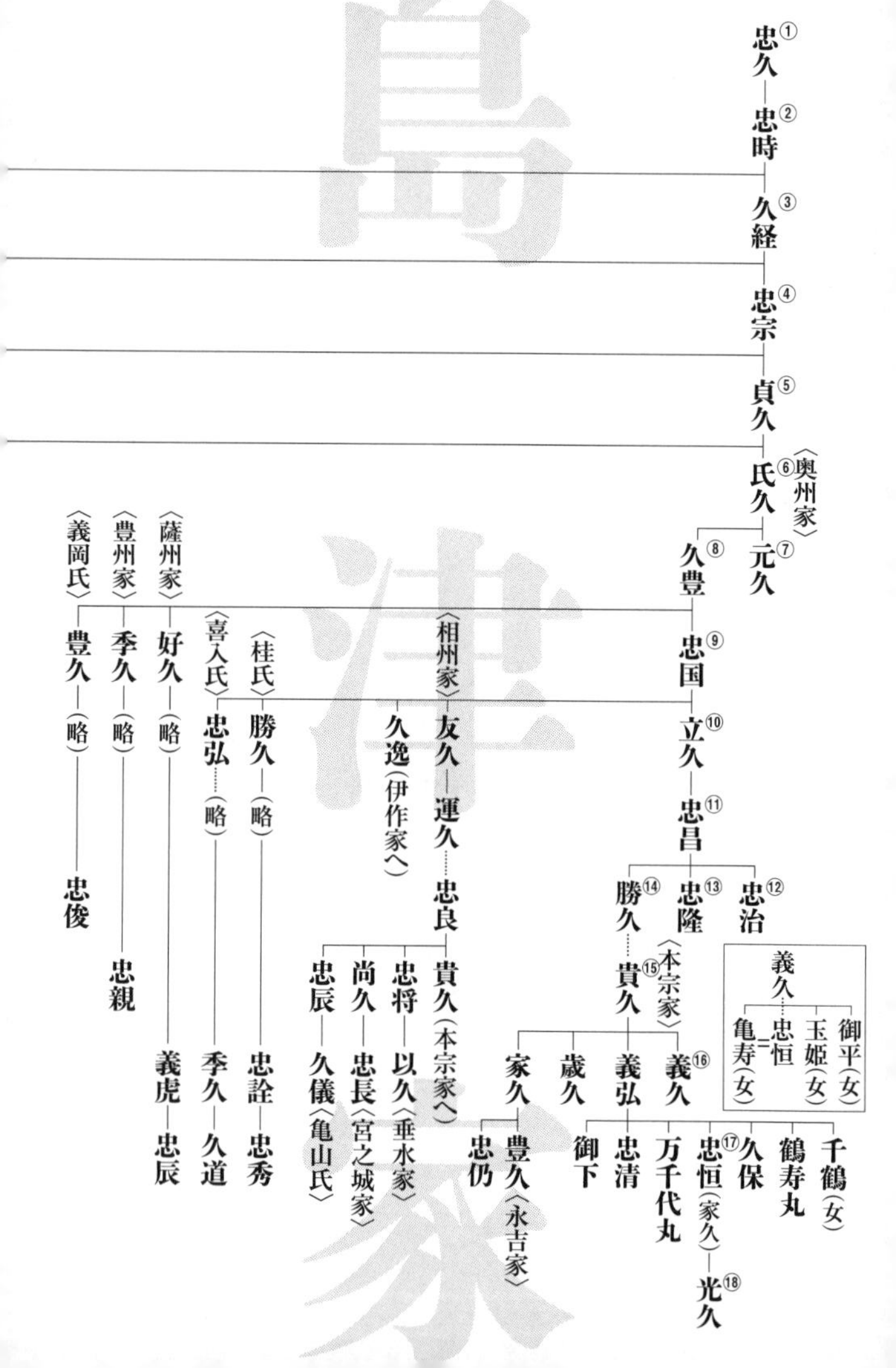
島津家
忠久①
忠時②
久経③
忠宗④
貞久⑤
氏久⑥〈奥州家〉
元久⑦
久豊⑧
忠国⑨
立久⑩
忠昌⑪
忠治⑫
忠隆⑬
勝久⑭
貴久⑮〈本宗家〉
義久⑯
義弘
歳久
家久
千鶴（女）
鶴寿丸
久保
忠恒⑰（家久）
光久⑱
万千代丸
忠清
御下
豊久〈永吉家〉
忠仍
義久
御平（女）
玉姫（女）
忠恒
亀寿（女）
〈相州家〉友久
運久
忠良
貴久（本宗家へ）
忠将
以久〈垂水家〉
尚久
忠長〈宮之城家〉
忠辰
久儀〈亀山氏〉
久逸（伊作家へ）
〈桂氏〉勝久
（略）
忠詮
忠秀
〈喜入氏〉忠弘
（略）
季久
久道
〈薩州家〉好久
（略）
義虎
忠辰
〈豊州家〉季久
（略）
忠親
〈義岡氏〉豊久
（略）
忠俊

略系図

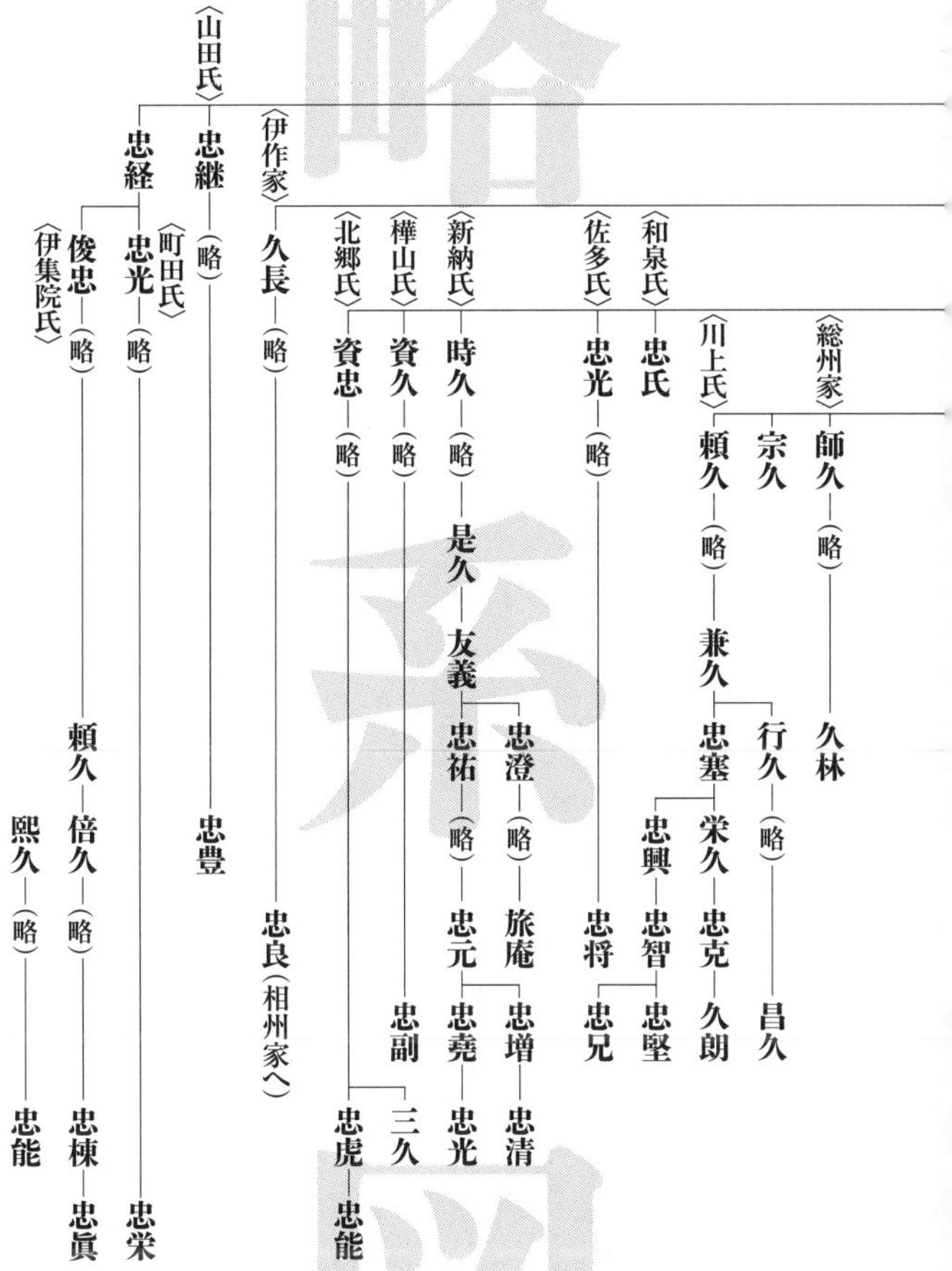

…は養子関係を示す。
『島津氏正統系図』『新訂寛政重修諸家譜』『群書系図部集』
『系図纂要』『裂帛島津戦記』など参考

墨絵　茂本ヒデキチ
装幀　岡　孝治

島津は屈せず【上】

序章　屈辱の降伏

一

〈こげな（このよう）な戦《いつさ》、何度もするわけにはいかん〉

日向根白坂《ひゅうがねじろざか》の夜襲に失敗し、帰陣する最中の馬上で、島津義珍《しまづよしまさ》は胸に深く刻みつけられた。

時に天正《てんしょう》十五年（一五八七）四月十七日の深夜。義珍、五十三歳であった。

関白《かんぱく》豊臣秀吉の弟の秀長《ひでなが》は十万の兵を率いて関門海峡を渡り、九州の東を南下して山田有信《ありのぶ》の高城《たか》を包囲した。秀長は高城の周辺に五十一ヵ所の砦《とりで》を築き、蟻《あり》の這《は》い出る隙間《すきま》もない構えを見せていた。

高城には山田有信ら一千三百の兵が籠《こも》り、徹底抗戦の意志を示していた。有信を救援するべく義珍は、二歳年上の兄で、当主の義久《よしひさ》らとともど二万の兵を率いて駆け付け、根白坂の南に陣を布《し》いた。

根白坂に砦を築いていたのは宮部継潤《みやべけいじゅん》、亀井茲矩《これのり》、尾藤知定《びとうともさだ》、南条元続《なんじょうもとつぐ》、黒田孝高《よしたか》らであった。

島津軍は宮部勢の守る砦に攻めかかり、城柵を二重に引き崩し、三ノ丸を破り、二ノ丸に乱入したものの、近くに在する武将のほか、藤堂高虎《とうどうたかとら》や小早川隆景《こばやかわたかかげ》らが続々と駆け付け、数千挺《ちょう》にも及ぶ鉄砲を島津軍に放った。堀秀政《ひでまさ》には挟み撃ちにされ、島津軍は多数の死傷者を出している。

「一旦、退《ひ》け」

全滅を覚悟で戦うわけにはいかず、義珍《よしまさ》は退却命令を出した。

島津忠長《ただなが》や北郷忠虎《ほんごうただとら》のほか、平田光宗《みつむね》・歳宗《としむね》親子らが殿《しんがり》となって奮戦し、豊臣軍の追撃を躱《かわ》したので、他の兵は無事に退くことができた。

〈こいが上方《かみがた》ん力か〉

義珍には衝撃的だった。一発鉄砲を放つと十発返ってくる。島津兵が玉込めをしている間にも豊臣軍の轟音《ごうおん》が消えることはない。野営を張るだけの砦かと思いきや、僅《わず》かな日にちで堅固な陣城《じんじろ》を構築していた。本丸の堀は背が立たぬほども深く、井楼《せいろう》も築かれていたので、夜中でも上から狙《ねら》い撃ちにされた。豊臣勢の鑓《やり》の柄《え》も三間半（約六・四メートル）ほどと、島津勢の長柄よりも一間ほども長く、遠間から体を抉《えぐ》られる兵が無数にいた。もはや気合いや根性、闘志では補うことができない、圧倒的な兵力の差を思い知らされた瞬間だった。

夜襲の失敗で、三百余人が討死《うちじに》した。中には義珍《よしまさ》の弟歳久《としひさ》（晴蓑《せいさ》）の養嗣子となっている忠隣《ただちか》もいた。遺体を目にした義珍は、涙を滲《にじ》ませた。

「俺《おい》がついていながら、お詫《わ》びのしようもございもはん」

根白坂下の本陣に戻った義珍は、地に伏せて義久に詫びた。

「もうよか、膝《ひざ》を上げよ。下知《げじ》したとは俺じゃ、吾《あが》（そなた）のせいだけではなか。敵は兵だけでなく、物見《ものみ》や細作《さいさく》も数多く放っておっとじゃろ」

「こんのち、いかが致しもすか？　俺は三郎次郎（忠隣）の仇《かたき》ば討ち、今宵《こよい》の失態の汚名ば雪《そそ》ぎとうごわす」

義珍は身を乗り出して義久に進言する。

「敵んも、警戒していよう。暫《しば》し様子見を致す。見張りは厳重に致せ」

義久は義珍に出陣を許さなかった。

豊臣秀長の目先の目標は高城を落とすこと。島津は局地的な戦闘に強いということが上方にも知れているせいか、秀長軍が島津軍の本陣をすぐに攻めてくることはなかった。秀長も状況を探っている最中だったのかもしれない。

夜襲の失敗から三日後、肥後《ひご》表《おもて》を守る歳久から、九州の西を南下する秀吉が肥後の隈《くま》本城《もと》に入城したという報《しら》せが届けられた。秀吉は十万以上の兵を率いているという。対する歳久麾下《きか》の兵は、根白坂の島津軍よりも少ない一万ほどであった。

「今、兵を退けば、高城は落ち、追い討ちをかけられるは必至。敵を崩すが先でごわす」

日向の都城《みやこのじょう》を居城とする北郷《ほんごう》忠虎が義久の退却を危惧《きぐ》する。

「敵ん総大将が隈本にあれば、薩摩《さつま》までの足も早まりもそう。一万で防ぐのは困難」

老中《おとなじゅう》の島津忠長も、心配は同じだ。

その後、日向、薩摩に所領を持つ老中衆は、それぞれ同じような意見を言い合った。義《よし》珍《まさ》は義久の下知に従うつもりなので、黙って皆の主張を聞いていた。

最後に、日向の佐土原《さどわら》城主で末弟の家久《いえひさ》が口を開いた。

「日向も薩摩も島津にとっては大事な所領。ここは俺《おい》たち日向の者《もん》が守りもんで、太守様《たいしゅさあ》（義久）は一先《ひとま》ず鹿児島に戻り、新たな策を思案して給《たも》んせ」

予想外にも、家久は義久に帰城を勧めた。家久は三人の兄とは母が違っていた。

「そいは、よか思案にごわす」

伊集院忠棟《いじゅういんただむね》（幸侃《こうかん》）も家久に賛同した。

〈此奴《こやつ》らは豊臣に屈する気か〉

義久が戦陣を離れれば、より劣勢になるのは必定。義珍は二人の肚《はら》を読んだ。過ぐる天正三年（一五七五）に家久は上洛《じょうらく》し、上方の様子を具《つぶさ》に見ている。伊集院忠棟は二年前から豊臣家との交渉をしている島津家の窓口で、上方のことに詳しかった。

根白坂の夜襲時、伊集院忠棟は北郷時久《ほんごうときひさ》の「突撃」という声を合図に進軍する手はずであったが、兵を進めなかった。帰陣後、聞こえなかったと言い訳をしている。お蔭《かげ》で北郷勢からは多数の死傷者が出て、夜襲失敗の原因にもなっていた。

九州の東西から挟撃された以上、当主の義久としては一方面に留《とど》まってもいられない。

「そげんこつなら、ここは中書《ちゅうしょ》（家久）に任せる」

義久は勧めに応じた。中書とは家久が名乗る官途名・中務大輔《なかつかさたいふ》の唐名であった。

「武庫《むこ》はいかがか」

不満が顔に出ていたのか、義久が指摘するかのように義珍《よしまさ》に問う。武庫は義珍が名乗る官途名・兵庫頭《ひょうごのかみ》の別名であった。

「俺《おい》は太守様《たいしゅさあ》に従いもす。じゃっどん、覇気《はき》は示さにゃならんと思うちょりもす。いつなりとも下知して給《たも》んせ」

義珍は釘を刺すにとどめた。二十万を超える敵が侵攻すれば、島津領内は灰燼《かいじん》に帰す。蹂躙《じゅうりん》される前に和睦することは仕方ないが、敵の言うがままに和議に応じれば、どれほどの所領を割譲《かつじょう》されるか知れたものではない。

最後の一兵に至るまで戦うという愚行をするつもりはないが、島津姓の始祖となった忠《ただ》久《ひさ》以来の日向、大隅《おおすみ》、薩摩国の確保だけは譲れなかった。

〈勝敗は時の運。望まぬが、敗北の現実を認めなければならんこつもある。じゃっどん、負け方も大事《だいじ》じゃ〉

降伏ではなく、和睦を望む義珍《よしまさ》だった。

義珍が応じると義久は安堵《あんど》したかのように、根白坂の陣を畳んだ。諸将も主《あるじ》に倣《なら》い、義珍も大隅国境にほど近い日向の飯野《いいの》城に帰城した。

義久、義珍兄弟が根白坂の陣からいなくなると、家久と伊集院忠棟《ただむね》は相談し、豊臣秀長から派遣された高野山《こうやさん》の木喰応其《もくじきおうご》上人《じょうにん》と安国寺恵瓊《あんこくじえけい》の勧めを受けて義久の許可も得ず、降伏に応じた。

伊集院忠棟は秀長の陣に赴《おもむ》き、島津家が豊臣家に伏するまで人質になることも申し出ている。家久も人質を差し出して佐土原城を明け渡し、秀長について上方に上り、自分に似合いの扶持《ふち》を受けたいとも伝えていた。

さっそく伊集院忠棟は義久と義珍に書状を差し出している。

「死を覚悟して一戦に及んでも、しくじれば島津家は滅びます。降伏すれば三国を公領に召し上げられるかもしれませんが、一国でも残れば御家《おいえ》は存続します。再考してくださ い」

まるで豊臣方が記した内容である。

〈やっぱい、あん二人は敵に屈したか〉

予想はついていたが、現実のものとなると、義珍《よしまさ》は失意と憤《いきどお》りを覚える。領民たちのことを思案すれば仕方ないことかもしれないが、島津一族の者として、義久の判断を仰がなかったことは見過ごすことはできない。伊集院忠棟《ただむね》も遡《さかのぼ》れば島津家の血を引いていた。

ほどなく豊臣秀長は佐土原城に入城した。

九州の西を廻《まわ》った秀吉は二十四日には肥後の田之浦《たのうら》、二十五日には佐敷《さしき》、二十六日には水俣《みなまた》、二十七日には薩摩の出水《いずみ》に着陣した。

出水城主・薩州家《さつしゆうけ》の島津忠辰《ただとき》は、豊臣軍が接近すると、戦いもせずに降伏し、金と兵糧《ひようろう》のほか人質までを差し出して先導を引き受けた。忠辰は義久の長女・御平《おひら》の嫡男《ちやくなん》で、島津一族の中でも上位にある。忠辰は島津家からの独立を企《くわだ》てていた。

川内平佐《せんだいひらさ》城主の桂忠昉《かつらただあき》は三百ほどの兵とともに、豊臣軍の小西行長《ゆきなが》、九鬼嘉隆《くきよしたか》、脇坂《わきざか》安治《やすはる》ら七千余の兵に善戦するが、二十九日、降伏している。

五月三日、秀吉は出水から船に乗り、川内の泰平寺《たいへいじ》に本陣を定めた。

二

同じ日、報せは鹿児島の御内《みうち》城に在する義久の許《もと》に届けられた。

「こげんなこつなら、もはや考えるこっもなか。向かってくる敵と戦い、死に花咲かせるだけじゃ」

皆の反応を見るため、義久は自棄《やけ》になったように告げた。

「畏《おそ》れながら、こたびは関白に和睦なさるるがよかこつにごわす」

老中衆《おとなじゅうしゅう》の平田光宗が宥《なだ》めた。

「左様《さよ》ごわす。大友との戦《いっさ》は両家の戦いにて、いわば私戦。関白はそいを助けただけゆえ、島津は天下に鉾先《ほこさき》を向けたわけにはごわはん」

同じ老中衆の町田久倍《ひさます》も平田光宗に同意した。

〈九州に覇《は》を誇った島津の老中は、和睦が本意か〉

義久は落胆した。和睦とは体《てい》のいい降伏である。

そこへ、豊臣秀長の許で人質になっていた伊集院忠棟《ただむね》が御内《みうち》城を訪れた。

「関白の御舎弟《ごしゃてい》（秀長）殿《どん》は島津の家を取り潰《つぶ》すような真似はせんと申しておりもす。一時、下るも武門の習い。決して恥じるものではございもはん。対応が遅れるほどに当家は不利になるばかり。お早い決断をお願い致しもす」

伊集院忠棟は両手をついて義久を説く。

前年の五月、秀吉が島津家に示した停戦命令に対する所領の裁定は、本領の薩摩、大隅のほか、日向、肥後、豊前《ぶぜん》の半国ずつを与えるというものだった。血を流し、九州全土を掌握しようという勢いの島津家にとっては、とても受け入れられるものではなかった。

〈此奴《こやつ》、上方の者《もん》に鼻薬を嗅《か》がされたか。じゃっどん、一族の者が離反すんでは、戦《いっさ》どころではなかの〉

周囲の老中衆《おとなじゅうしゅう》を見廻すと、闘志ある目を向ける者はいない。義久が降伏し、本領が安堵されるならば、構わないといった心中に違いない。

〈又四郎（義珍《よしまさ》）と又六郎（歳久）だけでは、戦もできんか〉

同じ父を持つ二人の弟は頼りになるが、相手が二十万以上の兵では玉砕《ぎょくさい》しても、所領を焦土《しょうど》と化すばかり。義久も覚悟を決めねばならなかった。

「皆が、そげんに和睦したいなら、仕方なか。関白に降参致すっか」

落胆の中で義久は覚悟を決めた。

すぐに泰平寺《たいへいじ》の秀吉に使者を立てて伝えると、秀吉は兵の侵攻を停止させた。

〈吾《あが》に相談もせんで決めたこと、怒ろうな。じゃっどん、相談すれば和睦が長引くこつになる。こいも島津を守るため、堪《こら》えよ〉

義久は肚裡《とり》で義珍に詫びた。

決断した義久は、御内城に参集した老中衆を率いて伊集院にある母の菩提寺《ぼだいじ》である雪窓院《せっそういん》に入り、剃髪《ていはつ》して龍伯《りゅうはく》と号した。同席した老中衆も龍伯に倣《なら》い、それぞれ出家号を名乗るようになった。

五月八日、龍伯は黒い僧衣を身に纏《まと》い、白砂に座して秀吉を待った。

〈和睦、いや、降伏とは、こげんに悔しかこととはのう〉

島津家の当主である龍伯は、これまで他家の武将に対して膝《ひざ》を屈したことなどはない。屈辱感を噛《か》み締める中、秀吉が取り巻きを引き連れて縁側の上を歩いて現れた。

「関白殿下にござる」

おそらく石田三成《みつなり》であろう若い秀吉の側近が声をかける。

「ご尊顔《そんがん》を拝し、恐悦至極《きょうえつしごく》に存じもす。殿下の国分けに従わず、まことに申し訳なかこつにございもす」

龍伯は深々と頭を下げ、かつて一度も口にしたことのない詫びの言葉を告げた。

「是《これ》へ、是へ」

縁側に座す秀吉は、何事もなかったかのような口調で龍伯に声をかける。

「殿下のご好意に従うよう」

石田三成の声に従い、龍伯は縁側近くまで躙《にじ》り寄った。恥辱の一語に尽きた。

「義久、慇懃《いんぎん》の至り、殊勝《しゅしょう》じゃ。それでは腰の周りが寂しかろう」

告げた秀吉は自分が腰に差していた備前包平《びぜんかねひら》と三条宗近《さんじょうむねちか》の大小を抜いて龍伯に渡した。

「有り難《がた》き仕合わせに存じもす」

龍伯は恭《うやうや》しく秀吉から大小の刀を拝領した。

〈俺《おい》は屈してしもうた。すまん、あとは頼むぞ又四郎〉

龍伯は戦上手《いくさじょうず》の義珍《よしまさ》に武威を示すことを託すしかなかった。

翌九日、秀吉は龍伯に薩摩一国だけを安堵した。

日向の飯野《いいの》城に在する義珍は、龍伯が秀吉に降伏したことを知らなかった。前日の五月七日、義珍は龍伯の側近の本田親貞《ちかさだ》に対し、書状で今後の方針を伝えている。

「厳しく申し入れる。伊集院忠棟が日向を出てそちらに到着する。今は堪えて話を聞いてほしい。（鹿児島の北西に位置する）入来院《いりきいん》は重要な地なので、平田光宗を籠《こも》らせ、油断をしないように。（日向の）真幸院《まさきいん》は大隅の菱刈《ひしかり》に通じる要《かなめ》の地であり、必ず京衆《きょうしゅう》（豊臣軍）が通るので、堅固に支えることが大事である。（出水《いずみ》から鹿児島への通り道である）祁答院《けどういん》は歳久が堅固に持ちこたえるであろうが、歳久だけでは不十分なので、伊集院久信《ひさのぶ》に加勢を申しつけるように。飯野は義珍が懸命に支えるが、飯野は堅城ではないので、城が落ちないうちに早目に講和を実現することが肝要である。日向の安堵が叶《かな》えば宮崎を霧島神社に寄進する。（後略）」

義珍は東で日向の確保のために奮戦して敵を悩ませる間、西では歳久に同じことをさせつつ島津家の武威を示し、龍伯はこれを利用して和睦し、秀吉に薩摩、大隅を安堵させる構想を持っていた。

五月八日、龍伯の降伏を知らぬ義珍の許に、豊臣秀長の家臣の桑山重晴《くわやましげはる》が訪れた。

「既に義久殿は剃髪して龍伯と号し、関白殿下に降伏してござる。早々に貴殿も城門を開き、神妙になされるがよい」

衝撃的な言葉を桑山重晴の口から聞かされた。

「こいは、おかしかこつを申される。俺《おい》は、そげんこつを聞いておりもはんど」

笑顔で義珍《よしまさ》は答えた。はったりであろうと思いつつも、真実かもしれないという疑念は捨てきれない。常に最前線で敵と干戈《かんか》を交えてきた義珍に対し、龍伯は総大将として後方で差配《さはい》することが多い。大敵に直面した時、脆《もろ》さを露呈《ろてい》してしまう恐れがあった。

「偽《いつわ》りと申されるならば、泰平寺に使者を立て、確認なされるがよかろう。日延べ致すほどに、貴家は不利になるばかりゆえ、早《はよ》うなされるがよい」

自信ありげに桑山重晴は言う。義珍の危疑は深まった。

次の晩、飯野城に龍伯からの使者が到着し、降伏の事実が告げられた。

〈なんじゃ！　太守様《たいしゅさあ》は覇気を示さんうちに降参したとか〉

喉元《のどもと》まで声が出かかったが、家臣たちの手前、義珍は堪え、肚裡で吐《は》き捨てた。しかも相談もなかった。己の身のみ大事というわけではなかろうが、義珍としては見捨てられたような心境だ。薩摩一国では島津家の存続すら危うい。

〈俺は簡単には屈せぬ。大隅と日向を得るまでは、敵が誰でん戦っちゃる〉

義珍は漲《みなぎ》る闘志を抑えられなかった。

薩摩祁答院《けどういん》の虎居城《とらい》（宮之城《みやの》）主の歳久、同じく大口《おおくち》城主の新納忠元《にいろただもと》、日向都城《みやこのじょう》の北郷《ほんごう》時久は義珍《よしまさ》と同じ思案だ。義珍は三城に使者を送って徹底抗戦を伝え、桑山重晴の降伏要請には病《やまい》を理由に出頭を拒《こば》んだ。

頑強《がんきょう》な義珍の態度に業《ごう》を煮やした豊臣秀長は、五月十四日、家久を伴って都於《との》郡を発《た》ち、鹿児島に向かった。

その旨《むね》を豊臣秀長の家臣の福智長通《ふくちながみち》が伝え、再度降伏を呼びかけた。

「俺《おい》は病じゃと申せ」

義珍は取り合わず、豊臣方の使者には鬨《とき》を上げて闘志を示した。但《ただ》し、寄手《よせて》が攻撃をしてくるまで一矢《いっし》も放つなと厳命していた。あくまでも所領を守るための戦いであって、秀吉を倒して天下に挑むというものではないことを明確にした。

毎日のように使者を追い返した義珍であるが、龍伯からの遣《つか》いは拒めない。

「太守様《たいしゅさあ》は殿下と一緒においもんす」

使者の平田増宗《ますむね》は、龍伯は人質同然の身であることを告げ、さらに続けた。

「城を開き、又一郎様を質として上方に送れば、殿下は大隅と日向の諸県《もろかた》郡は安堵すると仰せられておりもす。太守様は亀寿様《かずさあ》を上方に送られもす。太守様も、このあたりで鉾《ほこ》を収めよと仰せにございもす」

又一郎は十五歳になる義珍の次男で嫡男《ちゃくなん》となる久保《ひさやす》のこと。亀寿は龍伯の三女で久保は亀寿《かぢ》の婿《むこ》となり、龍伯の後継者の候補とされていた。

「又一郎と亀寿様が……。日向は諸縣郡だけか……」

義珍《よしまさ》は落胆の溜息《ためいき》を吐《つ》く。日向一国を守ることはできなかった。おそらく大隅は最初から安堵するつもりだったに違いない。一郡でも日向の地を確保できたことは、粘《ねば》りがいがあったのかもしれないが、どれほどの血を流して得たものか、思案すると、家臣たちに申し訳なかった。

〈太守様《たいしゅさあ》の下知もある。相手は関白、このあたりが潮時に違《ちご》いなか〉

一度は覇気を示し、これが秀吉に通じた。二度目は本気で敵と見なされる。秀吉が上方にでもいれば話は別であるが、龍伯と共に薩摩にいれば、これが限界であると義珍は判断した。

義珍は久保を前にした。月代《さかやき》を剃《そ》ったばかりの凛々《りり》しい若者である。

「吾《あが》には、すまんと思うておる。力不足の父を、許せっ」

素直に義珍は詫びた。

「頭を上げて給《たも》んせ。父上と島津んためになるなら、俺《おい》は地獄の果てにでも行きもす。前から一度、都を目にしたかと思うちょりもした。願いが叶い喜んでおりもす」

健気《けなげ》な嫡男の返答に、義珍は目頭が熱くなった。

三

五月十九日、義珍《よしまさ》は日向の野尻《のじり》にある豊臣秀長の陣所に出頭した。

「……主《あるじ》の下知に従い、罷《まか》り越しもした」

丁寧な挨拶《あいさつ》をするも、義珍は仕方なく出頭した、まだ戦えたという意志も匂《にお》わせた。

「重畳至極《ちょうじょうしごく》。殿下もさぞかしお喜びになろう。もはや武威は無用じゃ」

物腰柔らかく鷹揚《おうよう》に豊臣秀長は告げた。

二十一日、久保は飯野城を出立《しゅったつ》して都に向かった。

二十五日、義珍は秀吉に降伏の挨拶をするため泰平寺に赴いた。義珍は龍伯の時と同じように白砂に座らされた。四半刻《しはんとき》ほど待たされたところで秀吉が現れた。

「兵庫頭《ひょうごのかみ》、近《ちこ》う」

秀吉と思《おぼ》しき者がよく通る声で告げるので、義珍は躙《にじ》り寄って平伏した。

「ご尊顔を拝し、恐悦至極に存じもす。参上に遅れましたこつ、お詫び致しもす」

義珍は儀礼的に謝罪した。

「面《おもて》を上げよ」

言葉に従い、義珍は顔を上げ、秀吉を直視した。童《わらべ》のように小さな体軀《たいく》に煌《きら》びやかな小《こ》袖《そで》を纏《まと》い、華美な袴《はかま》を穿《は》いていた。顔は噂どおり皺《しわ》が多く、染みの多い猿顔。百姓から成り上がった関白だ。

〈俺《おい》は、こげな小者に敗れたとか〉

情けなさに義珍《よしまさ》が自己嫌悪すると、秀吉の双眸《そうぼう》が輝いた。

「こんな者に負けて悔しそうだの兵庫頭。一対一ならば、片手で捻《ひね》れるか？」

言いながら秀吉は呵々大笑《かかたいしょう》する。

「いえ、そげんなこつは……」

人の肚《はら》を読む天才という噂も真実らしい。義珍は、焦《あせ》りを覚えた。

「よいよい、たいがいの者が余を見ればそう思う。されど、余は一人では戦わぬ。勝てるだけの兵、武器、弾薬、兵糧を用意して戦う。戦《いくさ》は鑓《やり》を持つだけではないぞ。ここでするもんじゃ」

秀吉は薄くなった頭を指先で、こつこつと叩《たた》きながら言う。

「こたびは、運がなく負けたと思ったら大間違いぞ、兵庫頭。今のままでは、島津は何度、余に挑んでも勝てはせぬ。その理由が判るか？」

「殿下の御威光によるものと」

「上面《うわつつら》なことを申すでない。二十余万の兵を喰わせる力、これらに武器を持たせる銭《ぜに》、これがなくば、小競《こぜ》り合《あ》いに勝てても、大きな戦には勝てぬ。そちは龍伯よりも、思案は柔らかそうじゃ。余から、あれこれ学び、島津を変えてみよ。さもなくば、家の存続すら危うくなる」

寛大というか、大きく風呂敷を広げる秀吉。このような人物を義珍《よしまさ》は初めて見た。事前に調べたのかもしれないが、龍伯と義珍の違いを見抜く目も驚きだ。

〈今、こげんな男を敵に戦っても勝ち目はなかか。挑むんは、敵をよく知ってからじゃの〉

義珍は『孫子《そんし》』に記されている「彼を知り己《おのれ》を知れば百戦殆《あや》うからず」の一節を思い出した。

「有り難き仕合わせに存じもす。殿下にご教授賜《たまわ》りもす」

「よき思案じゃ。そちには大隅一国を与えよう。されど、伊集院（忠棟）には約束しておるゆえ、大隅の内から肝属《きもつき》一郡を与える。よいの」

否《いな》とは言わさぬ口調で秀吉は命じた。拒めば取り上げると、金壺眼《かなつぼまなこ》が言っている。

〈安堵させておいて落とし込む。こいが、上方の政《まつりごと》か〉

義珍は奥歯を強く嚙み締めた。いろいろあったものの、一つに纏まった島津家を兄弟で分断し、さらに家臣との間にも亀裂《きれつ》を入れる秀吉。義珍が大隅一国を受領《ずりよう》すれば、己が龍伯から独立するために降伏しなかったと睨《にら》まれる。伊集院忠棟には、元々そのような思惑があったので、仕方ないとしても、こちらも妬《ねた》まれるは必定。家久なども同じだ。

〈戦《いっさ》は力と力の戦いだけではなかか〉

改めて義珍《よしまさ》は敗北感を植えつけられた。


この日、秀吉の朱印状が発行され、正式に義珍に大隅一国が与えられた。翌日には日向の諸縣郡が久保に与えられ、十一ヵ条からなる島津領における仕置《しおき》も指示された。

これにより、薩摩一国が龍伯、肝属《きもつき》一郡を除く大隅が義珍、日向南部の真幸院《まさきいん》を含む諸縣郡が久保と、強悍《きょうかん》な島津家は三国をそれぞれが支配するという異様な体勢で豊臣家に仕えなければならなくなった。


一段落した八月、義珍は義弘《よしひろ》と名を改めた。

改名して気持を新たにした義弘であるが、龍伯との間に入った溝は塞《ふさ》がることなく、激動となる戦国時代の終盤に乗り出していくことを余儀《よぎ》無くされた。

第一章　島津家の苦悩

一

肥前国《ひぜん》の最北端、東松浦《ひがしまつうら》半島の北に位置する鎮西《ちんぜい》の地には、所狭しと陣屋が建ち並んでいる。静かな漁村に万石以上の知行《ちぎょう》を得る武将がほぼ全員築いたので、突然、新たな巨大都市が出現したような状況であった。

本営は五重七階の天守閣を持つ名護屋《なごや》城。総面積十四万平方メートル、三段構えの渦郭《かかく》式の城は、大坂城に次ぐ規模を誇っていた。荘厳な城の構築目的は、天下統一を果たした豊臣秀吉が、唐《から》入《い》りと称する明《みん》・朝鮮に出陣するにあたっての前線基地とするためである。島津家はこの城の石垣を普請《ふしん》した。

朝鮮出陣の名目は仮途《かと》入明《にゅうみん》を断られたことによる。秀吉は明国に兵を進めるので朝鮮国に道を開けて先導役を務めろと高圧的に求めたが、問答無用で拒否された。

明国を宗主国と仰ぐかのような朝鮮が、親ともいう明国に背《そむ》き、日本の道案内をするはずがなかった。

名護屋城から半里少々北西の海岸寄りの高台に、急ごしらえの陣屋が築かれている。一時は九州を席巻した島津家の陣とは思えぬほど粗末なものであった。

〈まっこと、いとしか（みっともない）形《なり》じゃ〉

白亜の城から下城してきたばかりということもあり、陣屋を目にした島津義弘《よしひろ》は溜息《ためいき》を吐《つ》く。憂えは、単に建物ばかりではなく、島津家の対応を含んでいた。

義弘は島津宗本家《そうほんけ》の次男に生まれ、この天正《てんしよう》二十年（一五九二）、五十八歳になる。兄であり島津家十六代目の当主でもある龍伯《りゆうはく》（義久《よしひさ》）の名代として、朝鮮で采配をふるう予定だ。

島津宗本家は六代の氏久《うじひさ》が陸奥守《むつのかみ》の官途名を名乗っていたことから、奥州家《おうしゆうけ》とも呼ばれていた。

三月十三日、既に朝鮮への渡海命令が出され、小西行長《ゆきなが》、宗義智《そうよしとし》が第一陣の先鋒《せんぽう》として出航を開始している。

九州の武将に課せられている軍役は、およそ二十石に一人というもの。肥後《ひご》の宇土《うと》二十万石の小西行長は七千人、対馬《つしま》一万石の宗義智は五千人と、先陣の名誉もあってか、所領に対する軍役を遥かに上廻《うわまわ》る兵を動員していた。

第二陣の加藤清正《きよまさ》は肥後の隈本《くまもと》二十五万（実質知行は十九万五千）石で一万人、鍋島直《なお》茂《しげ》は肥前の佐賀三十五万七千石で一万二千人と無役分を除いても、軍役以上の兵を動員している。これに対し、実地検地を済ませていない島津家は薩摩《さつま》、大隅《おおすみ》、日向諸縣郡《ひゅうがもろかた》の一郡と在京領を合わせておよそ二十二万四千余石を領有し、そのうち約二十万石に軍役が課せられたので一万人を動員しなければならない。

当初は島津家は一万五千人と命じられた。それが、秀吉の九州討伐に敗れた同家の降伏条件でもあったが、あまりにも負担が大きいので、取次役の石田三成《みつなり》に頼み、一万人に削減してもらった。減役が認められたにも拘《かか》わらず、名護屋の陣に在する島津家の兵は義弘の供廻《ともまわり》と留守居《るすい》のみであった。

〈太守様《たいしゅさあ》も考えを変《か》ゆって戴《いただ》っかなと、島津の先はなかっ〉

太守とは龍伯のこと。龍伯は病《やまい》を理由に義弘に采を委《ゆだ》ねていた。

島津氏の出自《しゅつじ》は諸説あって定かではないが、通説では惟宗《これむね》氏とされている。惟宗氏は平安時代に始まる氏族で、大陸からの渡来人の秦《はた》氏が、惟宗朝臣《あそん》の姓《かばね》を賜《たまわ》ってから同氏を称するようになったという。これと同じだとすれば、土佐の長宗我部《ちょうそかべ》氏と島津氏は同族ということになる。

惟宗氏は中央では明法家《めいほうか》（律令の法律家）として栄えたほか、各地の在庁官人や郡司《ぐんじ》などにも名が見える。

　どの系譜か定かではないが、惟宗広言《ひろこと》は平安時代後期の近衛《このえ》天皇の時代、播磨少掾《はりまのしょうじょう》に任じられていた。少掾とは律令制において国府の判官《じょう》で大掾《だいじょう》の下位で、四等官制《しとうかんせい》の第三位とされている。

　惟宗広言は播磨少掾を辞して藤原北家《ほっけ》で五摂家《ごせっけ》の筆頭である近衛家に仕えるようになり、近衛家領となっている島津荘に下司《げし》（身分の低い役人）として下向《げこう》した。島津荘は日向、大隅、薩摩に跨《また》がる日本最大の荘園である。

　以来、惟宗広言は近衛家を主家と仰《あお》ぐようになり、主従関係は幕末まで続く。

　惟宗広言の後妻・丹後局《たんごのつぼね》（比企《ひき》氏）には連れ子の忠久《ただひさ》がいた。実父は惟宗忠康《ただやす》だという。丹後局は源頼朝の乳母《うば》だった縁で、惟宗忠久は頼朝に仕え、重用されたので落胤説《らくいんせつ》が生まれた。忠久は文治《ぶんじ》元年（一一八五）八月、島津荘下司に任命されたことで島津姓《せい》を名乗るようになった。

　建久《けんきゅう》八年（一一九七）、島津忠久は源頼朝から日向、大隅、薩摩の守護に任じられた。同時期に忠久は摂関家《せっかんけ》の荘園を預かる摂関家の家司《けいし》でもあった。家司とは家政を預かる役職で、これにより忠久は姓を島津と名乗り、氏を藤原と称するようになった。

　源頼朝が死去したのちの建仁《けんにん》三年（一二〇三）に比企氏の乱が勃発し、同乱で滅ぼされた比企能員《よしかず》の縁者として島津氏は大隅、薩摩、日向国の守護職を鎌倉幕府によって剝奪《はくだつ》される憂《う》き目《め》に遭《あ》った。

その後すぐに薩摩の守護職は返還されたものの、大隅、日向の守護職の復権がなされるのは南北朝時代以降のことである。

守護職は幕府によって任じられるが、幕府が滅びれば職が無効になってしまう。これに対し、荘下司は近衛家からの任命のまま変わらないので、島津家は近衛家を主家としていた。

島津氏は、同族争いなど紆余曲折《うよきょくせつ》しながら勢力を拡大。義久の代には筑前《ちくぜん》、豊前《ぶぜん》、豊後《ぶんご》の一部を除く九州の大半を制するまでに至った。

九州制覇まであと一歩というところで、島津家の前に大きく立ちはだかったのは豊臣秀吉である。百姓から身を起こした秀吉は、関白《かんぱく》にまで上りつめて人臣を極《きわ》め、関白の名の下《もと》、島津家に対して、停戦命令を出してきた。

由緒《ゆいしょ》正しい島津氏が、出来星《できぼし》関白が出す命令に従う気などは毛頭なく、北進を続けた。命令を無視された秀吉は激怒して島津討伐を宣言。九州を除く関東以西を勢力下に収めた秀吉は、過ぐる天正十五年（一五八七）、二十万余の兵を動員して関門海峡を渡った。

薩摩、大隅、日向の一部を除く九州諸国の国人衆《こくじんしゅう》は挙《こぞ》って島津家を離れて豊臣軍に寝返ったので、島津軍は領国以外の地に在陣していることも困難になった。

島津軍の兵は、一対一の戦いでは決して後《おく》れを取ることのない精強さを誇っているが、豊臣軍とは根本的に戦いの様相が異なっていた。

手弁当を持ち、敵地での刈田、略奪など現地調達に頼った島津軍に対し、豊臣軍は軍勢を送り込んだのちも、後方から次々と物資が補給される。兵站《へいたん》の確保をし、後方支援を受ける秀吉麾《き》下《か》の兵は、食料に困ることなく戦える。兵農分離を進める豊臣軍を相手に、島津軍は戦闘で勝利しても戦争を継続することはできなかった。

義久は剃髪《ていはつ》して龍伯と号し、秀吉に降伏を申し出た。

秀吉は降伏を受け入れ、龍伯に薩摩一国、義弘に大隅一国、義弘の次男で龍伯の養子になっている久保《ひさやす》に日向南部の真幸院《まさきいん》を含む諸縣郡《もろかた》が与えられた。因《ちな》みに義弘の長男は夭折《ようせつ》している。

最低限の所領が確保されたものの、かつての本領が安堵されたに過ぎない。さらに、秀吉の裁定によって、一応一枚岩であった島津家が三分割されたことになり、家力は幾分低下した。

九州の大半を制した島津家は家臣が増えたまま二国一郡に押し込まれたので、家臣たちの多数が領地を失った。さらに、秀吉の出した海賊禁止令によって私貿易が行えなくなったことが、貧困に拍車をかけた。自ら島津家を去っていく者は別として、龍伯は家臣を追わず、直轄領を削って僅《わず》かながらも扶持《ふち》を与えたので、宗本家自体も疲弊《ひへい》した。

出家しても、島津家の当主は龍伯のままである。大隅国の国主となった義弘としても、龍伯を立て、これまでどおり自身は家臣として兄を支え、島津家のために身を粉《こ》にして働く決心を新たにし、積極的に豊臣政権の中枢に進み寄った。

秀吉を恨む龍伯は豊臣政権に一線を引き、上洛《じょうらく》すら簡単にしようとはしなかった。服属した以上、大名自ら上洛し、妻子を人質として京か大坂に置き、城普請《しろぶしん》、軍役等の要求にも応えなければならない。龍伯が拒《こば》むので、当主に準ずる者が代わりを務める必要がある。義弘は自身がその役目だと認識して事に当たるが、経済基盤の弱い島津家は困難を極めた。

敵を倒して所領が得られるという恩賞を前にすれば、喜び勇んで励む島津家臣であるが、なんの得にもならぬことには汗すらもかかない。城普請の賦役《ふえき》には借金をして人夫を雇うので、借財が嵩《かさ》むばかり。秀吉が有名な政策である刀狩りを命じても、短刀ばかりを集め、長刀は差し出さなかった。

刀狩りは農民の一揆《いっき》防止というよりも、兵農分離の一環としての意味合いのほうが強い。どこの地にも武士と農民の間に地侍がおり、年貢《ねんぐ》の中間搾取《さくしゅ》をしている。のちに太閤《たいこう》検地と呼ばれる秀吉の実地検地は、農民と武士を分け、明確な石高を経済の基盤とする。地侍には、帰農するか、武士になるかを選択させ、武士を選べば軍役を課した。

中世の武士は有利な戦い、あるいは実入りが多そうな戦《いくさ》にならば喜んで参陣するが、不利または益がないと思えば参じない。農民も農閑期には合戦に参加して副収入を得た。戦場は出稼ぎの場であったが、秀吉は、これをも禁じたので、各地で反発もあった。
まだ、島津家では実地検地が行われていないこともあり、龍伯をはじめ、家臣たちは頑強に抵抗し、今までの体制を維持しようと努めた。これが義弘の悩みである。武士が土地から離れず、土着していては、農繁期には戦に出られず、軍役にも賦役にも応じられない。秀吉は着実に農地から上がる年貢を元に流通経済を作り、国を富ませている。この豊かさによって多勢の兵、大量の物資の確保を可能にして戦に勝利してきた。豊臣政権と接するようになり、好むと好まざるとに拘《かかわ》りなく、義弘は島津家も変化しなければならないと思っている。

天正十六年（一五八八）、義弘は羽柴《はしば》の名字を許され、従五位・侍従《じじゅう》にも任じられ、羽柴薩摩侍従と称するようになった。別に公家成《くげなり》になりたいわけではない。推挙してもらうためには、それなりに進物《しんもつ》を贈らねばならない。官位が低いと諸将に愚弄《ぐろう》され、商人《あきんど》に借銀することも困難であった。

義弘が諸将と肩を並べようとするのは、全て御家《おいえ》を思えばこそであるが、なかなか龍伯には理解してもらえない。官位をもらい、豊臣政権に擦《す》り寄って惰弱《だじゃく》になったと思われている節がある。龍伯の直臣《じきしん》に至っては、島津家を売った、とまで陰口を叩《たた》く者がいるほどだ。

上方《かみがた》の実情を知る義弘に対し、龍伯は兵の多寡《たか》で秀吉に屈したと思っている節がある。

今の豊臣軍は勢いがあるから纏《まと》まっているであろうが、一旦、亀裂《きれつ》が入れば収拾がつかなくなる。それまで距離を置いて辛抱していればいいと。

〈鉄砲のこつでも、違《ちご》いもそ〉

義弘は首を横に振る。

諸説あるものの、『鉄炮記《てっぽうき》』によれば、ポルトガル人により、島津家麾下《きか》大隅の種子島《たねがしま》に鉄砲が齎《もたら》されたのは天文《てんぶん》十二年（一五四三）八月二十五日とされている。翌年には日本での製造にも成功している。種子島は島津家のお膝元《ひざもと》でもあり、同島では砂鉄も取れた。種子島家十四代目の当主・時堯《ときたか》には龍伯や義弘の叔母が嫁《とつ》いでおり、島津家は家をあげて鉄砲を大量に製造、所有できたはずであるが、技術者の育成不足、より多くの鉄の確保ができず、思いのほか多くの鉄砲を手にすることができなかった。

遅れた島津家に対し、外国との交易を盛んにする和泉《いずみ》の堺《さかい》を押さえた秀吉は大量の鉄砲を保有することができた。同地では多くの製造もしている。さらに、鉄砲の使用に欠かせない硝石《しょうせき》は日本では採取できず、外国からの輸入に頼らねばならない。何《いず》れにしても、購入する糧《かて》がなければ、手にすることはできない。島津家は経済で秀吉に敗北したことを認識する必要がある。

仮に秀吉が死去しても、新しい戦い方を継ぐ者が出てくるであろう。島津家が、現状を脱却せずに挑めば、再び敗北を予想するのは難《かた》くない。その前に、政権の求めに応じられなければ改易《かいえき》あるいは移封の憂き目に遭いかねない。秀吉にとって、島津領の主《あるじ》は島津家である必要はないからだ。

関東に覇《は》を唱えた北条氏は秀吉に敵対して滅亡した。空いた関東の地には東海の地から徳川家康が移封されている。家康が領有していた、駿河《するが》、遠江《とおとうみ》、三河《みかわ》、甲斐《かい》、信濃《しなの》の地に、秀吉は子飼いの武将を配置して、小牧《こまき》・長久手《ながくて》の戦いで敵対した家康への防御壁としている。大名を移封させる首の挿《す》げ替えは、兵農分離を加速させる手でもあった。

これらのことを踏まえ、義弘は龍伯の援助を心待ちにした。


四月になっても龍伯からの支援はない。名護屋の島津陣屋にいる者は久保のほか、義弘に従ってきた二十三人のままである。

「こんままじゃ、武士の面目を失いもす。俺《おい》から太守様《たいしゅさあ》にお頼み致しもすが」

二十歳の久保が義弘に進言する。久保は十七歳で龍伯の三女の亀寿《かぢ》と夫婦となり、表向き島津宗本家の跡継ぎとなった。十八歳の時に、秀吉に従って小田原討伐に参じて初陣《ういじん》を果たし、富士川では先陣を務めて武士の誉《ほま》れと讃《たた》えられている。北条軍との戦いでは、自ら前線に出て勇猛に戦い、島津家の跡継ぎとして家臣一同の期待を集める若将だ。

「吾《あが》が、そげんこつしてはならん」

「ないごてでごわすか」

「太守様《たいしゅさぁ》に催促するんは、ご無礼じゃど」

義弘は久保と龍伯の間に僅《わず》かでも亀裂を入れさせたくはなかった。

「そいでん、こん人数では、よからん疑《うたげ》いば持たれんこつに、なりかねもはん。太閤殿下は、執念《しねら》深か、お人でごわす」

久保なりにも島津家のことを心配しているようである。秀吉は前年、関白を甥《おい》の秀次《ひでつぐ》に譲り、自らを太閤と称している。久保は人質として秀吉の傍《そば》にいたので、陽気な表面とは裏腹に、陰湿な性格も目にしているようだった。

「そげんこつも考えん太守様だと思うのか」

問うと久保は口を閉ざしたが、端正な面持《おもも》ちは訝《いぶか》しがっている。実の息子の目は、義弘も同じ思いではないですか、と問い返しているようにも見えた。

「当家は、ほかん家とは違《ちご》う。ちと、遅れておるだけじゃ」

島津家は他の大名のように、居城の城下に重臣たちを住まわせず、それぞれの領地に在地させている。これが島津家の強い守りになっている反面、出陣が緩慢になることもある。

それにしても日数がかかり過ぎている。最初から非協力的であることが窺《うかが》えた。

義弘は、せめて名護屋に参じた家臣たちの口から不満を漏《も》らさせぬよう努めるばかりだ。

首を長くして待っているが、まだ国許《くにもと》からの船は到着しない。さすがに焦《じ》れはじめた四月十二日、敷根藤左衛門尉《しきねとうざえもんのじょう》の九端帆《たんぽ》の私船が一艘《そう》やってきた。九端帆の長さは七尋《ひろ》五寸

（約十二・九メートル）、幅は二尋（約三・六メートル）、乗員は水夫《かこ》を除いて、中肉中背の大人が六人ほどの小船である。

「こげん上は、仕方ない。こん船で渡るしかなか」

文句を言っていても先には進まない。とにかく義弘は行動を起こすことにした。十七日、跡継ぎの久保を対馬《つしま》に渡らせ、二十八日、自身は国許の加治木《かじき》から替米《かえまい》を運んできた五端帆の賃船数隻に二人ずつが乗り、漸《ようや》く対馬に到着した。他家は船団を組んで威風堂々出陣しているにも拘らず、とても兵の輸送とは思えぬ侘《わ》びしい出航である。

〈情けなか。由緒正しき島津家が、こげん醜態《しゅうたい》を晒《さら》すとはのう〉

海の上でも、対馬に到着しても義弘は肩身が狭い。おそらく目付《めつけ》ですら、もっと多くの兵を連れているに違いない。このようなことならば、地頭《じとう》と言われる城持ちらの首に縄をつけてでも引っ張ってくれればよかったと、義弘は後悔しているが、周囲の手前、口には出せなかった。

二十六日、秀吉は朝鮮に渡ったであろう義弘宛《あて》に、山野に逃れた朝鮮の地下人《じげにん》を元の居住地に戻すこと、その者たちから米銭金銀の徴収を行わぬこと、百姓の飢饉《ききん》を救済すること、放火や乱暴狼藉《ろうぜき》の禁止、高麗《こうらい》の渡り口から都に至る御座所《ござしょ》の普請を命じている。

〈まだ、高麗に渡っておらんとは、思ってなかろうの〉

この書を義弘は対馬で受け取り、溜息を吐いた。

既に四月十三日、小西行長、宗義智らの第一陣が朝鮮の釜山浦《プサンポ》に到着したのを皮切りに、日本軍は続々と上陸している。後塵《こうじん》ならぬ、後飛沫《あとしぶき》を浴びる義弘は悔しさを嚙み締めながら、一日千秋の思いで国許からの船を待っていた。

待てど暮らせど島津家からの支援はない。五月三日、義弘、久保親子は畏縮《いしゅく》しながら賃船に乗り、なんとか釜山に到着した。

周囲は焼け野原となっている。先に上陸した諸将の仕業《しわざ》であろう。勢いに乗って焼き討ちをしたことが窺《うかが》える。地元民は恐れて日本兵には近づいてこなかった。

「どげん致しもすか？」

久保が義弘に問う。周りにいる島津勢は二十数名。まるで物見《ものみ》か、一旗上げようとする地侍がどこかの大名に借り陣するような小勢であった。同じ第四陣の毛利吉成《よしなり》は、豊前中津《なかつ》城主の黒田長政《ながまさ》らと行動を共にしている。

「無論、壱岐守《いきのかみ》を追う」

少数だからと、釜山にとどまっていれば臆病だと罵《ののし》られ、兵役を果たさないことになる。とにかく、どんな戦いであれ、今の島津家には参戦したという名目が必要だった。

翌四日、義弘らは釜山を発ち、漢城《ハンソン》を目指して毛利吉成らを追った。当然、島津勢の後詰《ごづめ》は追い付いてこない。さすがの義弘も憤《いきどお》りを堪《こら》えられなかった。

「国許からの船は一艘も来ないので、拙者《せっしゃ》一人だけが遅陣《ちじん》してしまった。四月二十七日に対馬の名室湊《なむろみなと》から賃船に乗って漸《ようや》く五月三日に釜山浦《プサンポ》に到着すると、先手の衆は釜山をはじめ、殆《ほとん》どの城を攻め崩し、近日、全ての事が済むと申してきている。拙者は明日の四日、船にて都（漢城《ハンソン》）に入り、河口に押しかかり、昼夜先々へ尋ね行く覚悟である」

と五日、義弘は国許の川上肱枕《こうちん》（忠智《ただとも》）に憤懣《ふんまん》を訴え、さらに、十四ヵ条に亘《わた》って不満の現状を綴《つづ》った。

二条では、唐入りの軍役を調《ととの》えると老中《おとなじゆう》の談合で決めているはずなのに、未だ一艘の船が来ないのは、御家御国《おいえおくに》を傾けるだけだ。

三条では、龍伯様の御《おん》ため、御家の御ためと思い、身命を捨てる覚悟で名護屋にもよい時分に参じたにも拘《かかわ》らず、船が来ないために日本一の遅陣に罷《まか》りなり、自他の面目を失った。さらに悪い考えを持つ者が邪魔をしているように思える。この上は、公儀の使者を待ち、とにかく島津家が立ち行くようにする覚悟だが、無念千万である。

四条では、あまりの遅陣に迷惑して、五端帆一艘にて出航し、小者一人に五本の鑓《やり》を持たせて高麗に渡ったことは浅ましきことにて涙も止まらない。新たな船が参着しても身を忍ぶありさまで、国許を恨むようになってしまった。

と、その後も不満は尽きなかった。島津家では宿老《しゆくろう》を老中《おとなじゆう》と呼んでいる。

筆まめな義弘は前日の四日にも正室の宰相《さいしよう》（園田清左衛門《せいざえもん》の娘）に対し、ほぼ同じ内容を、ひらがなで伝えている。

他家では武門の威信を賭けて国許を空にする勢いで兵を繰り出しているにも拘らず、島津家はまったく軍役を満たしていない。島津家の跡継ぎは久保とはいえ、実質的な国主は龍伯である。真の実力者が命じてくれなければ、義弘の言葉は薩摩隼人《さつまはやと》には届かない。

〈豊臣の奉行を国許に置くしか島津は生き残れんのか〉

他人の手を借りなければ体制を変えることができないのでは、島津家は周囲からもの笑いになる。それでも改易や減封よりはまし。義弘は島津家の将来を危惧《きぐ》しながら馬足を進めた。

二

義弘、久保親子が渡海したので、秀吉の命令に基づき、五月四日に鹿児島を発《た》った龍伯は、六月五日、名護屋に着陣した。

〈こげん、みすぼらしか陣屋に住まねば、ならんのか〉

絢爛豪華《けんらんごうか》な名護屋で秀吉に挨拶をしてきたあとだけに、六十歳になる龍伯は失意の溜息を吐く。陣屋を見て、まさか義弘と同じ思いをさせられるとは知るよしもなかった。

秀吉に屈してから早や五年が経過する。豊臣軍と干戈《かんか》を交えるまでが島津家の最盛期であった。制圧した地の兵を麾下《きか》にして八万にも及ぶ勢力を誇ったものであるが、関白軍が九州に上陸すると、島津家に臣下の礼を取った国人衆《こくじんしゅう》は、挙《こぞ》って関白軍に反旗を翻《ひるがえ》し、結局は元の一万数千ほどに減少した。

挙《あ》げ句《く》の果てには、島津家の血を引く伊集院幸侃《こうかん》（忠棟）や島津忠辰《ただとき》は大名として独立を画策する始末。結局、薩摩、大隅、日向諸縣郡からの独立は認められなかったので、龍伯は胸を撫《な》で下ろすものの、安穏とはしていられなかった。

島津家が質素な陣屋を築かねばならなかった理由は、龍伯が朝鮮出兵に消極的だということのみならず、経済的な疲弊が第一の問題である。特に薩摩、大隅の二ヵ国は九州南端の辺境地であり、火山灰が積み重なった地で、なかなか豊かな農地が得られない。これを打破するため、九州統一を目指していたが、夢半《なか》ばにして敗れた。

先に徴収した年貢を戦費に当てたが、敗北によって露と消えた。残ったのは借財である。秀吉の九州討伐によって島津家は多大な負債を抱えたところから豊臣政権に組み込まれたわけだ。これは、のちのちにまで尾を引くことになる。

戦国時代の末期、日本全土で天候不順や凶作が続いたので、武将たちは敵地に食料や経済の基本となる農地を奪うために兵を進めた。各地で激しい戦いが集中したのもこの理由である。

二度の上洛も島津家に財政の窮乏を齎《もたら》した。一度目は天正十五年（一五八七）七月、二度目は翌十六年六月。上洛すれば京都に屋敷を築かねばならない。秀吉への祗候《しこう》、諸大名や公家衆《くげ》、茶の師匠や連歌師との付き合いもせねばならず、龍伯だけではなく、義弘、久保の分も重なるので、借銀を累積させる。

このほか、関東、奥羽《おうう》討伐の戦費や、聚楽第《じゅらくだい》や名護屋城の普請費用を負担させられた。

「不十分ならば、国替え、あるいは御家の改易は然《しか》るべき」

と石田三成の重臣・安宅秀安《あたかひでやす》から嚇《おど》されることもしばしば。国許からの段米《たんまい》を充当するだけでは追い付かず、借銀と利息は嵩むばかり。豊臣政権から在京料として摂津《せっつ》、播磨《はりま》で一万石を与えられたが、都の屋敷を維持するだけで消えていった。加えて朝鮮出兵の軍役である。とても陣屋に銭をかけられるものではなかった。

〈致し方なかが……〉

屈服したのである程度は仕方ないが、龍伯には一族の和を乱すことが我慢できない。龍伯の祖父・日新斎《じっしんさい》（忠良《ただよし》）、父の貴久《たかひさ》を経て、漸《よう》く龍伯の代で同族の内紛も一先《ひとま》ず収まった。龍伯は日新斎が創作した「いにしへの道を聞きても唱《とな》へても、わが行いにせずばかひなし」に始まる団結を歌った『いろは歌』を大切にしているが、秀吉の登場で島津家中に亀裂が入った。

先の伊集院幸侃《こうかん》、島津忠辰《ただとき》のみならず、義弘が豊臣政権に傾いている。義弘は大隅一国を秀吉から与えられた翌年には、龍伯を差し置いて羽柴の名字を許され、正式に官位、官途名を得た。龍伯も勧められたが、高齢と出家を理由に断っている。出来星で、いつ潰れるか判らぬ豊臣政権には取り込まれないという、龍伯の意地である。

〈そのかた（わずか）十年とかからず、日本《ひのもと》を制した太閤は、えれ（偉い）大将じゃ思うちょったが、幸運によかめい（恵まれた）武将だったのかもしれん。たいが（だいたい）、異国は食い物も武器も違《ちご》うて、戦い続けられるわけなか〉

龍伯は、日本軍が長期の在陣ができず、這々《ほうほう》の体《てい》で退却してくると見ている。同じ国内ならば、北端、南端であっても、それほど兵を進めるのは難しくない。困難なのは本州と九州の間の関門海峡ぐらいで、これを渡れば兵站《へいたん》の確保も行える。同じ民族なので、食物の差もなく、最悪、現地調達も可能。使用する武器も同じなので、敵の矢玉を奪っても、自分たちの弓、鉄砲に使用できる。

これが異国との戦いになれば同様にはいかない。水が違えば体の調子も変わるもの。朝鮮の冬は日本よりも寒いと聞く。唐入りの主力は九州や四国など西国の大名が殆どなので、戦うこと以外に悩まされることは予想できる。

〈言葉も通じんのに、いかに異国ん者《もん》と接すっとか〉

大半が敵になろうが、そうでない者との判別や、降伏や和睦《わぼく》の交渉、死傷者の引き取りなどなど……考えたくないことばかり。龍伯は、渡海させられなくてよかったと改めて胸を撫で下ろす。

〈じゃっどん、又四郎のこつば、粗略《ざあ》にも、えせん（できん）〉

又四郎は若き日の義弘の仮名。龍伯は兄弟で膝《ひざ》を詰める時は仮名《けみよう》で呼ぶ。

元は仲の良い兄弟なので、義弘を異国で見殺しにできるわけはない。龍伯は家臣たちの参陣を引き止めていたが、義弘から「日本一の遅陣」という絶叫にも似た訴えの書状を川上肱枕《こうちん》から見せられ、参陣したい者は許可した。

これにより、佐土原《さどわら》永吉家の島津忠豊《ただとよ》（のちの豊久《とよひさ》）が先に出発し、遅れて新納忠増《にいろただます》らは五月十八日に壱岐を出航し、十九日には対馬、釜山浦《プサンポ》に到着したのは二十六日であった。

出立《しゅったつ》を許しはしたが、他家のように龍伯は島津家をあげて後押しするつもりはない。行いたくても経済的に困窮しているので、できないのが実情である。

疲弊する島津家とは裏腹に、天下人《てんかびと》の秀吉は、実地検地によって農民を絞って集めた年貢や国内に在する諸大名から差し出させた戦費を湯水のように使って豪遊三昧《ざんまい》。毎日のように宴《うたげ》を催し、大坂城から持ってこさせた金の茶室で茶会を開き、能や狂言を観覧し、自らも舞い、連歌、蹴鞠《けまり》に興じ、仮装宴会を行い、諸将の陣屋を訪ね歩いたりと、遊び耽《ふけ》っていた。これに主立った武将たちは連日付き合わされた。毎日ではないが、龍伯にも声がかかる。

〈迷惑《くつ》なこっじゃ〉

名護屋にいても余計な費用が増える。龍伯は宴に呼ばれても楽しめなかった。

龍伯が名護屋に到着してから十余日が過ぎた六月中旬、御使役《おつかいやく》の伊地知重秀《いじちしげひで》が血相を変えて跪《ひざまず》いた。

「申し上げもす。梅北宮内左衛門尉《うめきたくないさえもんのじよう》、肥後の佐敷《さしき》で一揆を起こしたそうにございもす」

「なんぢゃ!?」

寝耳に水とはこのこと。報《しら》せを受けた龍伯は驚きで目を見開いた。

梅北国兼《くにかね》は島津家の足軽大将で、大隅の帖佐《ちようさ》山田、のちに湯之尾《ゆのお》外城の地頭を務めている。過ぐる弘治《こうじ》三年（一五五七）、大隅の蒲生《かもう》城攻め等、多数の戦に参じて忠義を示している。多少の不満はあろうが、一揆を起こすほどの理由が、龍伯には判らなかった。

一報ののち、刻《とき》とともに後報が続々と龍伯の許に届けられた。

朝鮮出兵の後詰の中には梅北国兼のほか、東郷甚右衛門《じんえもん》、田尻但馬《たじりたじま》、大姶良《おおあいら》地頭の伊集院三河守《みかわのかみ》らがおり、共に肥後の佐敷城下で、遅れて参じる兵と船の到着を待っていた。

佐敷城は薩摩の国境《くにざかい》から陸路で六里ほど北に位置する地。肥後の北半国の領主・加藤清正領の飛び地である。同城主の加藤重次《しげつぐ》は主君の清正と共に朝鮮に出陣しており、城は留守居の安田弥右衛門《やえもん》と僅かな兵が残るのみ。対して梅北国兼の許《もと》には三百ほどの兵が集まっていた。

六月十五日の朝、梅北国兼と東郷甚右衛門は使者を安田弥右衛門の屋敷に向かわせた。

「太閤殿下の御下知《おげじ》ば賜《たまわ》ったとで、佐敷城を受け取りにまいりもした。さしっつけ（早々に）引き渡してくいやんせ」

使者が告げたが、この時、隈本城《くまもと》留守居の井上弥一郎が来訪中であった。

「左様な下知は受けておらぬ。なにかの間違いであろう。事実ならば書状が出されているはず。それを披露願おう」

安田弥右衛門と井上弥一郎は拒否して切り返した。

「火急なことゆえ出せぬとの仰せ。従えんば、厳しきお沙汰《さた》が下りもすど」

「これは異なことを申すもの。かような肥後の端城《はじろ》、なにゆえ急いで渡さねばならぬ」

梅北国兼らの遣《つか》いと安田弥右衛門は押し問答を繰り返した。

これこそ梅北国兼らの狙いどおり。屋敷で留守居が言い合いをしている最中、国兼らは佐敷の町人、庄屋、百姓までを一揆勢に取り込み、佐敷城に押し掛けて同城を奪取した。

佐敷城の加藤氏は豊臣政権から派遣された、いわば他所者《よそもの》である。しかも、秀吉の九州討伐ならびに先の国主の佐々成政《さっさなりまさ》の検地失敗に附随する一揆討伐、さらに実地検地によって土地を奪われた者が多々いた。いくら加藤清正が善政を布《し》いていたとしても、まだまだ統治には歳月が必要であり、不満分子は多く存在した。

一揆勢の坂井善左衛門と井上彦左衛門は即座に佐敷の代官所を圧《お》さえ、その日の晩までには、二里ほど北の田浦《たうら》まで制圧している。

翌十六日、勢いに乗る一揆勢は北領である小西行長領の八代《やつしろ》まで兵を進め、麦島《むぎしま》城を奪い取る行動に出た。田尻但馬は松橋《まつばせ》を放火し、その南の小川まで出張し、八代城に入城しようとした。田尻但馬は薩摩伊作荘《いさくのしょう》田尻村の国人で、日新斎《じっしんさい》の側近・新納康久《にいろやすひさ》の娘婿。義弘の重臣の新納旅庵《りょあん》と義兄弟の関係でもあった。

同じ日、東郷甚右衛門勢は海路で八代に向かっている。甚右衛門勢は北薩摩の有力な地頭・入来院重時《いりきいんしげとき》の家老であった。

梅北国兼は、より多くの一揆衆を集《つど》うため、肥後・球磨《くま》郡人吉《ひとよし》の相良頼房《さがらよりふさ》家臣に書状を送り、蜂起《ほうき》を呼びかけた。

報せは名護屋の龍伯に届けられている。地頭二人が一揆に参じたことは衝撃的であった。

〈彼奴《あつどむ》め〉

龍伯は奥歯をきつく嚙み締めて憤るものの、梅北国兼らの行動から気持がなんとなく伝わってきた。龍伯への不満はあっても、恨んでいないことは、島津領地で一揆を蜂起《ほうき》させなかったことで明らかだ。おそらくは、所領を失い、あるいは減らされて困窮しているところへ出陣の命令が出され、しかも遅滞《ちたい》してしまった。肥後の国は一揆が盛んで、しかも主君は朝鮮に渡海中で留守。呼び掛ければ、賛同する者が多く集まり、成功すると踏んだに違いない。事実、一揆勢は二千人にも膨《ふく》れ上がっているという。

イエズス会の宣教師ルイス・フロイスは「梅北と称する薩摩の国の一人の殿が、予《かね》てより不快に思っていたところ、突如、絶望したように己の運命を試そうと決意した」と『日本史』に記している。

〈彼奴《あつどむ》は豊臣に反し、俺《おい》の帰りを待っとっとじゃ〉

一揆の指揮を取り、再び挑むことを梅北国兼らは龍伯に期待している。戦上手《いくさ》の義弘らは渡海しているが、その数は少ない。当主の龍伯が帰国すれば、一揆は九州全土に広がるどころか、各地で豊臣政権に不満を持つ勢力が蜂起し、秀吉は薩摩攻めに専念できない。その間に、五年間の屈辱を払拭《ふっしょく》し、改めて九州統一を目指そうという思案なのかもしれない。

〈気持《きんしょっ》は伝わっとが、太閤は名護屋にばおるんこつ、判っとらんがか〉

秀吉のみならず、徳川家康、前田利家《としいえ》、上杉景勝《かげかつ》、蒲生氏郷《がもううじさと》などなど……戦歴豊富な武将たちが、数多《あまた》名護屋に在陣している。諸将が京、大坂にでもいれば話は別であるが、龍伯が一揆を差配《さはい》するために帰国することは無理である。すぐさま虜《とりこ》になるか、運よく逃れたとしても追手をかけられて、とても佐敷まで辿《たど》り着くことは困難であった。

「こんままでは、まずかことになりますが、いかがなされもすか」

伊地知重秀が困惑した表情で問う。言葉どおり、島津家存亡の危機であり、龍伯の監督不足の失態である。対応いかんによっては改易、あるいは所領の削減か移封は免《まぬが》れない。

「判っちょる。慌てんでよか。一揆には、絶対に加担させるなと申せ」

龍伯は伊地知重秀から、留守居の鎌田政近《まさちか》、新納拙齋《にいろせつさい》（忠元《ただもと》）、山田理安《りあん》（有信《ありのぶ》）らに厳命させた。

国許のほうは、これでかなり押さえられるであろうが、問題は秀吉である。

〈俺《おい》が、あん男を嫌っちょるで、あん男も俺を好いておらん。さて、どげんすかいか〉

眉間に皺《しわ》を刻み、龍伯は考えこむ。天下を制した秀吉は人の肚《はら》を読む天才と言われているので、妙な画策をしても見抜かれてしまうであろう。誤魔《ごま》化《か》しはまずきかない。

〈そんなあ（それなら）、神妙に申し上ぐっしかなかか〉

小細工はきかないと諦《あきら》めた龍伯は即座に決意し、半里ほど南に築かれている長岡家の陣屋を訪ねた。同家は豊臣政権に対する島津家の取次《とりつぎ》である。

「これは、ようまいられた。修理大夫《しゆりのだいぶ》殿からとは、また珍しい」

上座に座し、鷹揚《おうよう》に声をかけたのは、長岡幽斎玄旨《ゆうさいげんし》である。

長岡幽斎は足利家の血を引く三淵晴員《みつぶちはるかず》の次男として生まれ、摂津半国の守護・細川元常《もとつね》の養子となり、その後、細川家の家督《かとく》を継いで藤孝《ふじたか》と名乗った。

誕生は曰《いわ》く付きであり、幽齋の母である清原宣賢《のぶかた》の娘は足利十二代将軍義晴《よしはる》の奥に仕えており、義晴の寵愛《ちようあい》を受けて身籠《みごも》った。

時を同じくして、後奈良《ごなら》天皇の叡慮《えいりよ》によって、義晴は前関白《さきの》・近衛尚通《なおみち》の娘を娶《めと》ることになった。苦悩した挙げ句、義晴は愛妾《あいしよう》を側近の三淵晴員に嫁《とつ》がせ、月足らずの幽齋が産声をあげた。義晴は生まれたばかりの幽齋に、貧窮している足利将軍家にしては、五百石という途方もない扶持《ふち》を与えた。このことからも、将軍の庶子《しよし》であると言われている。

幽斎は異母弟の十三代将軍・足利義輝《よしてる》、十五代将軍・義昭《よしあき》に仕えた。義昭を見限って織田信長に仕官した時、細川姓から長岡姓に変更。本能寺の変が勃発した時は、寄親《よりおや》で姻戚《いんせき》となっている惟任光秀《これとうみつひで》の誘いを蹴って剃髪《ていはつ》して旧主への義理を果たし、その後、秀吉に仕えて、今日《こんにち》に至る。機を見るに敏で、幽斎が離れた主家は衰退の途《と》を辿ると言われている。武勇のみならず有識故実《ゆうそくこじつ》や歌にも長《た》け、公家や天皇さえも、その才を高く認めていた。

「お世話をおかけ致しもす。実は……」

世渡り上手な幽斎に、あまり良い印象を持たぬ龍伯であるが、取次役なので、なにかあれば幽斎の責任にもなる。龍伯は隠さずに子細《しさい》を告げた。

「……左様でござるか。修理大夫殿も難儀な。ご心中をお察し致すが、かような大事は某《それがし》の思案で決められることにはあらず、殿下に言上《ごんじょう》致すゆえ、ご同道されよ」

さすがに幽斎、自分の身に災難が降り掛からぬよう、秀吉に面倒なことを受け渡す。名家の処世術は血の中に染み込んでいるのかもしれない。

龍伯は幽斎と共に名護屋城に登城《とじょう》した。秀吉の好みか、信長を真似てか、廊下は顔が映るほど磨《みが》きあげられ、化粧壁にも金粉銀粉がふんだんに埋め込まれている。柱からは漆《しっ》黒《こく》光沢が放たれ、金か銀の装飾品が飾られている。戸も輝きを放っていた。

本丸に入って秀吉に謁見を求めると、幽斎はすぐに目通りが叶《かな》い、別室に向かう。龍伯は六畳の控えの間で待つように指示された。

〈そいにしても、贅沢《ふずらしか》な城じゃ〉

待つだけの部屋にも拘《かかわ》らず、大広間と同じように造られている。畳は青い艶《つや》が醸《かも》し出され、縁《へり》は繧繝《うんげん》や高麗、藺草《いぐさ》の芳《かぐわ》しい香りが漂っていた。前線基地としては、不必要に華美であると龍伯には思えてならない。

半刻《はんとき》（約一時間）ほどして声がかけられ、龍伯は十二畳の鶴ノ間で待たされた。

ほどなく秀吉が、幽斎と共に姿を見せた。唐織《からお》りの錦《にしき》の袖《そで》無し陣羽織を着て、萌黄《もえぎ》色に金と銀をあしらった袴《はかま》を穿《は》いている。足袋《たび》は赤と金で仕上げたもの。似合うかどうかは別にして、とってつけたような成り上がりぶりである。

子供かと見紛《みまが》うほどの矮軀《わいく》で、皺《しわ》枯れた顔は渾名《あだな》されるとおり猿に良く似ている。親しみやすそうな表情を見せるものの、相手の肚《はら》を覗《のぞ》き込むような双眸《そうぼう》は怪しい限りだ。

秀吉の前半生は定かではない。百姓の子として生まれ、信長の草履《ぞうり》取りから身を立てた。美濃《みの》の墨俣《すのまた》城を守り、越前《えちぜん》の金ケ崎《かながさき》の退《の》き口《ぐち》では殿《しんがり》を務めて信長の信頼を獲得。近江《おうみ》の浅井《あざい》攻めで功名を上げて同国の長浜《ながはま》城主になり、中国地方の方面司令官に抜擢されて、毛利麾下《きか》の諸城を攻略した。特に兵糧《ひょうろう》攻めを得意とし、播磨・三木《みき》城の干し殺し、因幡《いなば》・鳥取城のかつやかし殺し、備中《びっちゅう》・高松城の水攻めは、つとに有名である。

本能寺の変を逸早《いちはや》く摑《つか》み、中国大返しと言われる神速の移動で備中から東上し、山崎の合戦で惟任光秀を討って織田家中の発言権を掌握。賤ケ岳《しずがたけ》の合戦で上役であった宿老の柴田勝家《かついえ》を滅ぼしたのちは、天下統一に邁進《まいしん》。変から僅か十年で、信長にもできなかった全国平定を成し遂げた。諸説あるが、この天正二十年（一五九二）で五十六歳を数える。名字さえなかった秀吉が、従一位・関白太政大臣にまで昇り詰めたことは、日本史上、初の快挙であろう。一族も叙任し、栄華を極めた。秀吉は上座の一段高い所にちょこんと腰を下ろし、三畳離れた下座の龍伯との間に幽斎が座した。

「ご尊顔を拝し、恐悦至極《きょうえつしごく》に存じます」

天下人への挨拶なので、お国言葉は出さぬよう気をつけながら龍伯は平伏した。

「よいよい、余とそちの間じゃ、堅苦しい挨拶はよい。近《ちこ》うまいれ」

気さくな口調で秀吉は言う。

「はっ、されば、お言葉に甘えさせて戴《いただ》きます」

応じた龍伯は半尺（約十五センチ）躙《にじ》り寄る。貴人には畏《おそ》れ多くて近づけないという武家流のしきたりである。南端の大名であっても、本来、島津家の主家は関白家の近衛家。武家流も公家流の典礼も伝えられている。面倒であるが、龍伯は形式どおりに行う。

油断はできない。時折、秀吉は天下人らしからぬ態度をしながら、相手を観察していることはよくあると聞く。事実、笑みを湛《たた》えているが、金壺眼《かなつぼまなこ》は笑っていなかった。

「もそっと近う、そこでは遠過ぎる」

再び秀吉は声をかける。信長のように気の短い性格ならば、「そちは足が悪いのか」と一喝《いっかつ》して即座に二畳手前のところに移動することを命じるかもしれないが、一声で大名を動かしていることを楽しんでいるような秀吉だ。龍伯は何度か繰り返して二畳手前に達した。

「幽齋から子細は聞いた。そちに異心なきことものの。留守中に、不心得者《ふこころえもの》どもが騒いだだけのこと。安堵《あんど》せよ。薩摩、大隅、日向一郡はこれまでどおり、島津家のままじゃ」

「有り難き仕合わせに存じます」

一先《ひとま》ず胸を撫でおろすが、まだ、龍伯は安心できなかった。

「されど、早々に片づけねばなるまい。討伐の兵は余の許から派遣する。そちは幽齋に従って、改めて仕置《しおき》をすること。本来は又一郎（久保）にさせるべきところじゃが、出陣中では叶わぬゆえ致し方ない。決まりどおりの軍役も果たさせねばならぬしの」

秀吉は鷹揚《おうよう》に告げる。龍伯には、予想どおりの下知であった。

おそらく秀吉は、一揆の報せを聞いた瞬間、北叟笑《ほくそえ》んだに違いない。降伏後、秀吉に対して非協力的な島津家に、公然と介入することができる。この際、一気に不満分子を一掃し、検地にまでこぎつけて支配下に置こうとしていることが窺《うかが》える。

一揆討伐は浅野長吉《ながよし》（のちの長政）・長継《ながつぐ》（のちの長慶《ながよし》、幸長《よしなが》）親子が向かうことに決定した。長吉は秀吉の正室・北政所《きたのまんどころ》（お禰《ね》）の妹やや（長生院《ちょうせいいん》）の夫ということで若狭《わかさ》一国を与えられた小浜《おばま》城主である。

隈本から秀吉の許に一揆の報せが届けられたのは、翌十八日のことであった。

〈我が家中、そう甘き者《もん》らではごわはんど。俺《おい》の下知すら聞かんこつも珍しくはなかかの〉

事態の重大さは理解しているが、簡単に豊臣政権の思惑どおりにはならないであろうと龍伯は見ている。自在になっていれば、龍伯自身が楽に支配をしていたはず。何《いず》れにしても、素早い申告によって、龍伯は罪に問われず、島津家が改易されることは一応回避できた。

六月二十一日、龍伯は幽斎を案内して薩摩に下った。

三

幽斎を伴って龍伯が薩摩の鹿児島に帰国したのは刺すような日射しが照りつける六月下旬。蒼天《そうてん》に薄《うっ》すらと桜島が吐く白い煙が細長く延びていた。

山の多い薩摩は高温多雨で、台地はシラスという火山灰を土壌としており、台風の常襲地帯でもあるせいか、水稲《すいとう》耕作には向いていなかった。代わりに八割方が海に面しており、黒潮の流れもあって、古くからアジアと結ばれ、これを経済の糧《かて》としていた。残念ながら秀吉の海賊禁止令によって、自由な交易を制限され、朝鮮出兵によって船の航行は激減していた。

鹿児島の御内《みうち》城に帰城しても、龍伯の気持は空のようには晴れなかった。龍伯は戻る途中、御内から三里半ほど北に位置する祁答院《けどういん》領に在する次弟の歳久《としひさ》に対し、幽斎の許に挨拶に赴くように遣いを出しているが未だ来ない。

歳久は中風《ちゅうぶ》で足を痛め、歩行が困難であるが、幽斎は取次であり、島津家の今後を左右する人物でもある。好印象を与えるためにも顔を見せてほしいと願っていた。

秀吉が派遣した浅野親子の軍勢が肥後に達するより早く、一揆は制圧されていた。

佐敷城を占拠された安田弥右衛門ら佐敷の留守居衆は隈本への援軍を要請し、相良《さがら》氏に助力を求め、土豪の参集に努め、一揆討伐に備えた。

一揆の蜂起から二日後の六月十六日、安田弥右衛門らは密《ひそ》かに談合を行った。翌十七日の巳《み》ノ刻（午前十時頃）、弥右衛門らは佐敷城に梅北国兼を訪ね、陣中見舞いとして酒や肴《さかな》を献上した。国兼は弥右衛門らを降伏の使者と認め、上機嫌《なだ》で酒を呷《あお》る。頃合を見計らった弥右衛門らは国兼を殺害したのを契機に、同城に兵を雪崩れ込ませ、城内に在する一揆勢を討ち取った。

梅北国兼の死を知った東郷甚右衛門らは逃亡を企《くわだ》てたが、野村新兵衛らの追手に田ノ浦で追いつかれ、同地の土豪も加担して、甚右衛門らは討死《うちじに》した。

八代では麦島城の松浦筑前《まつらちくぜん》が、八代城に入って固く守るので、田尻但馬らは攻めきれず退《ひ》きにかかった。この隙《すき》を逃さず、松浦筑前は追撃を行い、田尻但馬をはじめ、その息子の荒次郎、荒五郎ら百余人を討ち取っている。

伊集院三河守《みかわのかみ》は自領の大姶良《おおあいら》に逃げ帰ったが、ほどなく討ち取られた。

龍伯が帰城した時は、殆どが終わったあとのこと。

「留守を預かっておいながら、一揆を蜂起させたこつ、お詫びのしようもございもはん」

留守居の新納《にいろ》旅庵らが龍伯の前に居並んで額を床に擦《こす》りつけた。

「わいら（おまえたち）のせいではなか。俺《おい》が宮内左衛門尉《くないさえもんのじょう》（梅北国兼）らを摑みきれんかったゆえ、けしんだ（死なせた）ようなもんじゃ」

苦楽を共にしてきた家臣を救えなかった。力なく龍伯はもらし、寂寥感《せきりょうかん》にかられた。

浅野親子は出陣した手前、残党狩りに勤《いそ》しんでいるが、一揆はほぼ収束しているので、山に隠れた者たちを見つけだすのは困難であるようだった。

〈九州は豊臣に染まったと思っちょったが、まだ、奥底にまで達しておらんかもしれん〉

梅北一揆の顚末《てんまつ》について、龍伯は思案する。

このたびの一揆は豊臣政権と、これに従う大名が推進する在地領主制の否定であり、旧来の地頭制を維持する目的であった。蜂起は失敗に終わったものの、不満分子は末端に多々おり、土豪層を配下に動員できる余地が残されていたことが判った。一方、兵農分離が進みつつもあり、一揆を鎮圧する側に廻った土豪もいた。九州はちょうど中世から近世への過渡期にあるのかもしれない。

梅北国兼の妻子は捕らえられて名護屋に連行され、皆が見ている前で後ろ手に縛《しば》られて磔《はりつけ》にされ、生きながら焼き殺された。国兼の妻は気丈にも身動きもせず、悲鳴もあげず、灰と骨になるまで不動の姿勢を保ったままでいたので、周囲を大層驚かせたという。

阿蘇大宮司《あそだいぐうじ》惟光《これみつ》は梅北一揆に加担したとして切腹させられた。惟光は秀吉が九州討伐をした際に、幼少を理由に所領を没収され、隈本で囚《とら》われの身となっていた者である。疑わしきは処罰せよという秀吉の過酷な厳命の犠牲であった。

七月五日、おおよそ一揆は鎮静したので、龍伯は名護屋に在する秀吉に報告書を送った。

書状は十日、秀吉の許に届き、十六日、衝撃的な返書が龍伯の許に齎《もたら》された。

「五日の書状を披見した。梅北の一類、その方が下着《げちゃく》する前に生け捕りにし、首を刎《は》ねて差し出したことは尤《もっと》もである。なおもって入念に固く申し付ける。

したがって先年、薩摩に動座した時、その方と兵庫（義弘）を赦免《しゃめん》したところ、祁答院《けどういん》（歳久）は上意（秀吉）に対して慮外《りょがい》な行動を取り、曲事《くせごと》（けしからんこと）だと思っていた。その時、誅伐《ちゅうばつ》してもよかったが、その方と兵庫を赦免した以上、仕方なく許すことにした。これをいいことに、最近まで出仕もせずに不届きを重ねている。京都に在府している時に出仕を命じようとしたが、機会を逸して引き延ばしてしまった。それでも、このたび祁答院が兵庫と高麗に渡海すれば、その身は助けても構わない。彼《か》の家中の者には、悪逆の棟梁《とうりよう》がおり、十人でも二十人でも首を刎ねて進上すればよい。もし、祁答院《けどういん》が高麗に渡らず国許にいるならば、その首を差し出すこと。引きこもっているならば、祁答院のことは申すに及ばず、彼の在所の隣所や郷は共に撫で斬りを仰せつける。右のとおり片づけなければ、検地の奉行を差し遣わさないので、その意を得て必ず究明すること。詳しいことは幽齋から聞くこと」

読んだ瞬間、龍伯の手は怒りで震え、書状を破いてしまいそうだった。

〈あん猿！　親しか面《つら》で俺《おい》に接した肚《はら》の内でん、祁答院の首を刎ねんこつを企てておったとか！　こいは、俺の失態じゃ〉

激怒は秀吉に対することのみならず、自身への後悔も含んでいた。

島津家が秀吉に降伏した時、義久と義弘が頭を垂れた後も三男の歳久は抵抗を続けた。秀吉が川内《せんだい》の泰平寺《たいへいじ》から北東の大口《おおくち》に陣を移動する最中、秀吉が歳久の虎居《とらい》城（宮之《みやの》城）に宿を求めた際、歳久は迷惑であると断固、入城を拒絶した。

頑《かたく》なに拒む傍《かたわ》ら、道案内を立てて巧みに豊臣軍を険阻《けんそ》な路に誘い込み、家臣の本田四郎左衛門に命じて秀吉の駕籠《かご》に矢を六本射かけさせた。

奇襲に備えていた秀吉は後ろの駕籠に乗っていたので難を逃れたが、歳久の行為を憎み続けていた。折に触れ、秀吉は側近に語ったという。

「この日本に大戯《おおたわ》けが二人いる。一人は三十万の大軍を率いて、遥々《はるばる》西南の奥三州を攻めた、この秀吉であり、もう一人は、その秀吉に楯突《たてつ》いた歳久である」

因《ちな》みに大戯けは歳久ではなく、秀吉に下った義久という説もある。

ただ、歳久は前の駕籠が空であることを承知で矢を射させている。万が一、秀吉に掠《かす》りでもしたら、島津家は滅亡していたかもしれない。

歳久が島津家の降伏後も秀吉に襲撃を企てた理由は、まず薩摩隼人の覇気を示すため。再度、島津家に手を出した時は、領民が最後の一人になっても刺し違える覚悟を見せる必要があったからである。もう一つは豊臣軍との戦いで養子の忠隣《ただちか》を失った恨みを晴らすためとも言われている。

梅北国兼や東郷甚右衛門ら一揆の首謀者は歳久の家臣ではない。一揆に歳久の家臣がいたというが、記録にはない。あくまでも言い掛かりである。秀吉は最初から歳久に切腹させる気でいたに違いない。

歳久は中風の悪化で騎乗できなくなってから、剃髪して晴蓑《せいさ》と号していた。

書状の末文にある、検地の奉行を差し遣わさない、というのは、島津家はまだ実地検地を行っていないので、正式な石高が確定していない。

実地検地を行えば、一田の面積が小さくなるので数字上の石高は増え、中間搾取をする者がいなくなるので龍伯の蔵入地《くらいりち》も増す。一見、いいことに思えるが、以前の体制を維持できないことを示している。豊臣政権下で経済基盤を固めた新たな大名として生き延びることを目指す義弘は検地を望むが、朝鮮出兵という暴挙に踏み切った政権と距離を置こうと考えている龍伯は実地検地を望んではいない。

拒否し続けたいのはやまやまながら、このまま石高が明確にならないと、この件にかこつけて、実際の石高以上の軍役が課せられる可能性もあり、聞き方によっては所領安堵を破棄するとも捉《とら》えられる。検地を望むわけではないが、軍役増と所領不安堵は絶対に避けなければならない。希望してないとはいえ、晴蓑《せいさ》の切腹という事態にまで発展している以上、島津家としては検地の奉行を受け入れなければならない。龍伯の苦悩は深まるばかりだ。

「いかが致しもすか」

老中《おとなじゅう》の鎌田政近が龍伯に問う。

「今は幽齋殿に頼んしかなか」

とるものもとりあえず、龍伯は城下で幽齋が宿所としている寺に向かった。

龍伯が罷り出ると、幽齋は落ち着いた表情をしていた。来ることは判っていたようである。

「卒爾《そつじ》ながら、太閤殿下は過《あやま》った報せをお受けなされておりもす。満足に歩けもせん晴蓑が、ないごて一揆と手を結びもんそかい。今も城で横になっておいもす。幽齋殿にご挨拶致さんも、見苦しか体ば晒《さら》すんは武士の恥ゆえのこつ。天地神明に誓って、晴蓑に叛心《はんしん》はありもはん」

顔を赤く染め、必死に龍伯は哀訴するが、幽齋は涼しい顔をしている。

「左様かもござらぬ」

「されば、殿下へのお取次、なにとぞお願い致しもそ」

両手をついて龍伯は懇願する。今は取次の幽齋が頼みの綱である。

「まずは、お手を上げられませ。事は、そう簡単なことではござらぬ。晴蓑《せいさ》殿が殿下に矢を射かけたこと、龍伯殿は存じていたはず。なにゆえ晴蓑殿を連れて謝罪なさらなかったのでござるか。ゆえに、晴蓑殿は殿下に叛心を持っていると植えつけられてござる」

責任の一端は龍伯にあると、幽齋は指摘する。

「天下に二人となきお方が、左様な昔のことを……」

手傷を負わせたわけでもなし。歳月の流れが怒りや恨みを緩和させると思っていたが、どうやら違うらしい。秀吉の執念深さを思い知らされて、龍伯は愕然《がくぜん》とした。

「戦場《いくさば》で公然と敵対したならばいざ知らず、暗殺を企てる者は逆徒と同じでござる。されど、汚名を返上する機会はいくらでもあったはず。違いますかな」

「そいは、そんとおりではございもすが……」

的《まと》を射ているので反論のしようがない。こうなれば、嫌がる晴蓑の首に縄をつけてでも秀吉の前に連れていけばよかったと後悔するが、もはや後の祭だ。

「貴家は唐入《からい》りの出陣にも二の足を踏んでおり、未だ軍役を果たしてござらぬ」

「そいは、借銀が嵩《かさ》み、出陣できる状態ではありもはんゆえ」

「条件は、諸将も同じ。さればこそ、朝鮮で勇んでござる。疑われても仕方ござりますまい」

乾いた口調で言う幽斎は、改めて龍伯を見据える。

「龍伯殿、これらを踏まえ、殿下は晴蓑《せいさ》殿の腹一つで事を丸く収めようというのでござる。貴殿とてお判りのはず。心中はお察し致すが、ここは涙を飲み、晴蓑殿を説きなされ。それが名門の島津家のためにござる」

後はないと幽斎は釘を刺す。時の政権を渡り歩いてきた名家の血を引くだけのことはある。柔らかく告げながらも、畳みかける話術に龍伯は抵抗する術《すべ》がない。

〈俺《おい》は、弟すら助けてやれんのか〉

居直った言動をすれば、謀叛《むほん》の疑いがかけられる。龍伯は胸を搔《か》き毟《むし》られそうであった。

「晴蓑には幼き孫（袈裟菊《けさぎく》）がおりもんす。こん子は助けて戴くようお取次願えもはんか。晴蓑の孫まで失っては、皆を抑えられるか判りもはん」

袈裟菊は亡き忠隣《ただちか》の忘れ形見。龍伯としては絶対に失うわけにはいかないので威嚇《いかく》する。

「龍伯殿、今の言葉は聞かなかったことに致すゆえ、二度と口になさらぬな。殿下を脅すは返《かえ》り忠《ちゅう》（謀叛）も同じ。助命のことはお任せあれ。その代わり、晴蓑殿のことは龍伯殿の責任にて進められよ。異心なきことを示すため、早いがよいと存ずる」

さすがに幽齋、自分への脅しを秀吉への脅しに切り替えて躱《かわ》すのみならず、恩を売った上で面倒になりそうなことは龍伯に押し付けた。秀吉には袈裟菊《けさぎく》を人質にとって様子を見ましょう、とでも言って纏《まと》めるかもしれない。切れる男であった。

「あい判りもうした。袈裟菊のこと、お願い致しもす」

力なく応じ、龍伯は礼を口にした。今はこれしかできない。ただ頼むだけだった。

龍伯を説いた幽齋であるが、こちらも必死だった。もし、龍伯が異議を唱え、背信を企てるようであれば刺し違える覚悟であったと『細川家記』に記されている。家記の類《たぐ》いは祖を称えることは常であるが、秀吉から監視として遣わされた以上、幽齋にもそれなりの決意があったことは事実であろう。何れにしても晴蓑の切腹は避けられないことになった。

御内《みうち》城に戻った龍伯は失意で臓腑《ぞうふ》が重い。まるで鉛《なまり》でも飲んだようである。袈裟菊の身の安全は取り付けたものの、同じ母を持つ実の弟を死に追いやらねばならない。愛《いと》しい身内を死なせねばならない心情は身を切るようなものである。

〈俺《おい》はなんち、情けなか男か〉

罪悪感に身を裂かれそうである。龍伯は溜息を吐くばかり。

憂《うれ》える龍伯を見兼ねてか、鎌田政近が口を開く。

「太守様《たいしゅさあ》のご心中察し致しもす。いつでん、お下知して給《たも》んせ」

核心に触れはしないが、あくまでも催促であることは子供にも判る進言であった。徒《いたずら》に引き延ばすのは島津家のためにならない。辛苦を飲み込み、龍伯は忠言に頷《うなず》いた。

泣いて馬謖《ばしょく》を斬る、という故事がある。中国の三国時代の蜀《しょく》（蜀漢）の武将・馬謖が、二二八年の街亭《がいてい》の戦いで命令に背《そむ》き、戦略を誤って魏《ぎ》軍に惨敗した。蜀の軍師・諸葛亮《しょかつりょう》孔明《こうめい》は軍律の遵守を最優先させるため、命令に背いた愛弟子《まなでし》の馬謖を斬罪に処し涙したことによる。

〈俺《おい》に比べれば、孔明などは可愛いもんじゃ〉

思いながら、龍伯は町田久倍《ひさます》に命じて晴蓑《せいさ》の許に遣いを送った。幽齋の家臣の瀬戸口藤《とう》兵衛《べえ》も虎居城に同行している。

四

晴蓑は以前から中風、一説には手足の自由が利かない痿症《いしょう》を煩《わずら》っていた。辛《つら》い体であるが、お家の大事を聞かされては居城で横になってもいられない。濡《ぬ》れ衣《ぎぬ》を晴らしに御内城に登城したのは七月十八日のこと。

上座には龍伯の隣に幽齋も座している。

「こげん、見苦しか姿ばお目にかけ、申し訳ありもはん」

本田四郎左衛門、木脇民部《きわきみんぶ》らの家臣に脇を抱えられ、下座に腰を下ろした晴蓑《せいさ》は痛々しげに告げる。最後まで伸ばすことも曲げることもできない足を前に投げ出し、顔を歪《ゆが》めていた。

〈こげん晴蓑に登城を命じ、腹切らせねばならんこつとは……情けなか〉

龍伯は晴蓑が不憫《ふびん》でならない。幽齋も哀れそうな目を向けていた。

「すでに、聞いちょろうが、俺《おい》の力不足で、殿下の疑いば晴らすこつできんかった。吾《あが》には詫びのしようもなか……」

告げているうちに熱いものが込み上げ、龍伯は胸が閊《つか》えて、切腹の言葉が出なかった。

「太守様《たいしゆさあ》、もうよか、判ちょる。皆まで申すことなか」

兄の胸内を察した晴蓑は制し、幽齋に顔を向ける。

「長岡幽齋でござる。こたびのことは残念でござる」

初対面の幽齋は短く名乗ったのちに、秀吉からの朱印状《しゆいんじよう》を披露した。

「下知に背くことはなかです。祁答院《けどういん》家のこつ、袈裟菊《けさぎく》のこつ、お願い致しもす」

窮屈な姿勢のまま、晴蓑は頭を下げ、形ばかりの挨拶は終わった。

老中《おとなじゆう》たちは、兄弟水入らずの一晩を過ごしたのち、翌日、晴蓑に切腹してもらってはどうかと話し合い、龍伯は悲嘆の中で頷《うなず》いた。

その晩、龍伯は奥の部屋で晴蓑と二人で盃《さかずき》を傾け合った。今生《こんじよう》の別れとなる侘《わ》びしい席であることは暗黙の了解。今まで龍伯は、あまり酒を嗜《たしな》まなかった。当主であり、戦場では総大将となる龍伯は宴席で乱れるわけにはいかないので、酒は飲んでも舐《な》める程度に控えていた。これが下戸《げこ》と呼ばれる所以《ゆえん》である。

威厳を保とうとする龍伯に対し、晴蓑《せいさ》は率先して酒を呷《あお》り、兄に代わって家臣の杯を受けることも多々あり、精強な家臣団からは非常に慕われた。あるいは、この酒量と塩辛い肴《さかな》が晴蓑の中風あるいは痿症《いしょう》を重くしたのかもしれない。そう思うと龍伯の胸はいっそう痛む。

「吾《あが》には済まんこつと思ちょる。詫びの言葉《ごとば》が見つからん」

震える手で差し出す晴蓑の盃に酒を注《そそ》ぎながら、龍伯は謝す。

「気にすっことなか。誰でん一度は皆死ぬもんじゃ。ようは早いか遅いかだけのこつ。梅北のこつは身に覚えはなかが、俺《おい》が太閤に矢を射かけさせたこつは事実。切腹を命じられてん文句は言えん。梅北の一揆は胸がすいたもんじゃ。そう思っちょる者もあんど（多く）いっとろうて」

酒を豪快に呷り、晴蓑は明るく振る舞った。

「又六郎……」

龍伯は声を震わせて晴蓑が若き頃に名乗っていた仮名《けみょう》を口にした。

「俺たちゃ、よう戦いもはったなあ」

懐かしく過去を回想するように晴蓑《せいさ》は言う。初陣は天文二十三年（一五五四）、岩剣城《いわつるぎ》攻めで奮戦し、同城を陥落させた。翌年の北村城《きたむら》攻めでは重傷を蒙《こうむ》るものの、奇跡の回復を遂げて戦陣に復帰。永禄《えいろく》五年（一五六二）に横川城《よこかわ》を攻略、同十一年の堂崎《どうざき》の戦いでは兄の義弘を救出し、同十二年には大口城を落城、元亀《げんき》三年（一五七二）には垂水《たるみず》で伊地知《いじち》、肝付《きもつき》、禰寝《ねじめ》氏らを破った。天正六年（一五七八）には耳川《みみかわ》合戦に勝利、同九年には肥後の水俣城を奪取。同十四年の豊後入りで、義弘が指揮した肥後口側の軍勢の副将を務めるなど、功績を挙げればきりがない。

晴蓑は祖父の日新齋《じっしんさい》から「始終の利害を察するの智計並びなく」という評価をされ、薩摩、大隅の武士からは稀代《きたい》の「智将」と謳《うた》われた。戦陣を疾駆《しっく》しながら、龍伯の側《そば》では作戦参謀として活躍し、島津軍団の方針を左右する立場にもあった。

「吾《あが》が、おらんと、島津の躍進はなかったど」

「太守様《たいしゅさあ》に、そげん言われっとあ嬉《うれ》しか。今晩は、下戸《げこ》ん真似げすっことはなか。思う存分、飲んで給《た》んせ」

震える手で晴蓑は酒を勧めるので、龍伯は快く盃に受けた。

「こんたび（このたび）、武庫《むこ》（義弘）の兄様《あにさあ》がおったとなら、どげんしちょったかの」

ぼそりと晴蓑はもらす。秀吉の九州討伐時、龍伯の降伏後も義弘は抵抗を続けたからである。

「しっちょらん（わからん）。五年前は生《き》っ粋《すい》の薩摩隼人《さつまはやと》じゃったが、今ん武庫は、伊集院とも《もん》ども、太閤や豊臣の者と親しかの」

酷であるが、龍伯は断念させるように否定した。せっかく切腹を決意しているのに、妙な闘志を再燃させないためである。

「また、兄弟《きょうでえ》四人で戦いたか」

寂《さび》しげに晴蓑《せいさ》はいう。既に末弟の家久は、鬼籍《きせき》に入っている。家久は晴蓑らとは違う母から生まれたせいか、幾分、低い扱いを受けていた。天正三年（一五七五）に上洛させられたのもその一つ。お蔭《かげ》で他の兄たちよりも上方武士と多く接し、遅れた薩摩との違いを目《ま》の当たりにしてきた。そんなことを踏まえ、密かに島津家からの独立を考えており、秀吉に願い出た直後に謎の死を遂げている。『島津國史』は秀吉の弟の秀長が、戦《いくさ》上手の家久を毒殺したとしているが、豊臣家側に恭順《きょうじゅん》の意を示す家久を殺す理由はない。一服盛ったとすれば、一族を裏切られたと考える宗本家《そうほんけ》の側になるが、かくたる証拠はなく、憶測ばかりが飛び交った。

晴蓑の言葉に龍伯は頷いた。

「祁答院《けどういん》家と袈裟菊《けさぎく》のこつ、お願い致しもす」

酒を注ぎながら晴蓑は懇願する。それだけを心配しているようだった。

「任せよ。俺《おい》の命ん代えても守りもそ」

「そいを聞いて安心したか。酒樽《さかだる》が空んなるまで飲み明かしちゃっ」

安堵したせいか、晴蓑《せいさ》の飲む酒の量は増えていった。

このまま永遠に朝がこなければいい。酒を注ぎ合いながら龍伯は祈るばかりだった。


久々に多くの酒を飲んだせいか、いつの間にか龍伯は眠ってしまった。永いこと大量の飲酒を控えていたせいか、随分と酔いやすくなっていたらしい。僧侶が木魚でも叩いているような調子で頭が疼《うず》く。一番鶏が鳴く前に、龍伯は頭の痛みで目が覚めた。

「申し上げもす。晴蓑様《さあ》、先ほど城を出られたようにございもす」

廊下から宿直《とのい》の声がかけられた。

桴《ばち》で頭を殴られたようである。衝撃が頭痛に拍車をかけるが、それどころではない。

「晴蓑の行方は？」

判っているが、聞かずにはいられなかった。

「おそらく、祁答院《けどういん》に向かわれたものかと存じもす」

予想どおりの返答であった。

〈あん、馬鹿奴《ざこはっ》が！　いや、最初《はな》から、そんつもりだったんか〉

龍伯に酒を勧めたことを思い出した。

〈袈裟菊《けさぎく》を見に帰ったんか。あん、戯《たわ》けが〉

そう、思ったとしても不思議ではない。養子の忠隣《ただちか》を失った晴蓑《せいさ》が、最愛の孫を一目見てから黄泉《よみ》に旅立とうとする心情は頷ける。ただ、情に負けたことで、城を逃亡し、龍伯の命令に背いたという罪が重なり、さらに幽斎の心証を悪くする。

〈いくら兄弟《きょうでえ》の間でん、追手をかけんわけがなかろうが！　かった（もしかすると）〉

思案の中で龍伯は新たなことに気がついた。晴蓑は逃亡を企てて、わざと龍伯に追撃させるつもりではないのか。晴蓑が助からぬことは明白。ならば、逆賊となった晴蓑を龍伯が討ち、秀吉への忠節を示させ、島津家の安泰を図ろうという忠義心の行動ではなかろうか。

島津家のため、捨て石になろうという晴蓑の誠意が龍伯の心を揺さぶる。

「又六郎……」

起床早々に目頭が熱くなり、龍伯は思わず晴蓑の仮名を呼んだ。

「失礼致しもす。晴蓑様のこつ、いかが致しもすか」

老中《おとなじゆう》の鎌田政近が急を聞きつけ、龍伯の前に罷《まか》り出た。聞きたくない質問である。

「すぐに追わせせよ」

吐いたものでも飲み込むような心境で龍伯は指示を出した。

「畏《おそ》れながら、手向かいなさいもしたら、いかがしもすか」

「……そん時は討ち取れ。手向かい致す者《もん》は逆賊じゃ」

心臓を串刺しにされるような感情を堪え、龍伯は命じた。

こうなれば、安否を心配することも許されない。晴蓑《せいさ》が捕らえられるか、討たれるかを望まなければならないのが悲しい。龍伯は身を引き裂かれるようだった。

即座に町田久倍《ひさます》らが追手として向けられた。別に早馬は周囲に走り、街道を封鎖するようにも伝えられた。

〈又六郎……〉

この世の無情を憂い、龍伯は弟の名を肚裡《とり》で呼び続けた。


夜明け前に御内《みうち》城を抜けた晴蓑は、城下の祁答院《けどういん》屋敷にいた三十余名の家臣と共に船に乗り込み、錦江湾《きんこうわん》(鹿児島湾)に櫓《ろ》を入れた。北上して別府川に入り、帖佐《ちょうさ》辺りから陸路で六里少々北西の虎居城に向かう予定であった。

晴蓑らは暗い海面の上を順調に漕いでいたところ、前方に篝火《かがりび》を幾つか発見した。実際は漁民の舟であるが、帰城を目指す晴蓑らには追手に見えた。

「船上で腹切るわけにもいかんな」

帰城を諦《あきら》め、海戦を避ける晴蓑らは船を岸につけた。ちょうど、鹿児島湊から二里半ほど北東に位置する竜《りゅう》ケ《が》水《みず》の平松《ひらまつ》の辺りだ。

上陸して小休止を行った晴蓑は、付き従う家臣たちに顔を向ける。

「わいらは皆、永年の間、朝夕苦労を重ねるばかりで、未《まん》だ一日たりとも安堵したこつがなかやろう。こいも全て、俺《おい》の前世の報いが悪かせいに違《ちご》いなか。じゃっどん、既に俺の命ば今日限りとなったこつは天命や、誰ん恨むこつはなか。もとより、太閤殿下を疎《おろそ》かにかんぐい（考え）たこつもなか。況《いわ》んや、太守様《たいしゅさあ》に向こうて、矢ば放つこつなどありえん。ただ、わいらは、俺に関わらんと、城さけもどい（戻り）、袈裟菊《けさぎく》ば支えてくれ」

まだ夜が明ける前に、晴蓑《せいさ》は家臣たちを説くが、皆はきかない。

「そげんこつば言われっとは、無念でなりもはん。主従になるこつも前世からの縁に違《ちご》いなか。こげん時に主《あるじ》とひっぱい（離れる）は、武士ではありもはん。こんたび、旧友に対して初めて面目を失い、皆から嘲《あざけ》りを受け、指差されれば、後世に至るまで口惜《くちお》しきかこつです。殿様《とのさあ》ご自害の後は、冥府《めいふ》へのお供をすっこと許してくいやんせ。幾度も先の仰《おお》せをされても、一人も生きて残る者《もん》はおいもはん」

本田四郎左衛門をはじめ、木脇民部らは身を乗り出すようにして死地への旅を哀願した。

「ぼっけ者めが、好きにすっがよか」

無法者や荒くれ者という意味合いが強い、ぼっけ者という言葉。晴蓑は笑みを向け、愛情をこめて家臣たちに告げ、皆の忠義心を受け入れた。

半刻《はんとき》ほども経つと辺りが白み、町田久倍《ひさます》らの追手も晴蓑らの船を発見して上陸してきた。

待ち構える本田四郎左衛門らも、追う町田久倍らも共に黒地に白の筆『十文字』の旗の下、九州制覇を目指して戦陣を疾駆してきた朋輩《ほうばい》である。悲劇の同士討ちが開始された。

三十余人の祁答院《けどういん》衆は、三倍にも及ぶ鹿児島衆と戦ったが、刻《とき》が経つほどに命を散らした。晴蓑《せいさ》を守るというよりも、晴蓑の自刃《じじん》の時を稼《かせ》ぐといった様相であったが、衆寡敵《しゅうかてき》せず。もはや支えるのも困難になってきた。

一気に踏み潰すことが可能な鹿児島衆であるが、さすがに国主の実弟に刃《やいば》を向けることができず、暗黙の了解で自害することを待っていた。

追手を受け、逆賊となったことが確実となった今、晴蓑は徒《いたずら》に命を惜しむ真似はしないが、病んだ体に腹を切る力は残されていなかった。

「誰かおらんか。早《はよ》う近づいて俺《おい》の首ば刎《は》ねよ」

寄手《よせて》に向かって呼び掛けるが、誰も畏れ多くて近づかない。

仕方がないので、晴蓑は近くにある拳ほどの石を摑み、腹を切る真似をした。

「誰ぞ、介錯《かいしゃく》ば致せ。俺の苦しみを長引かせるな」

告げると原田甚次《じんじ》という者が進み出て、晴蓑の首を刎ねた。

「こん、馬鹿奴《ざこはっ》！」

敵味方を問わず、原田甚次を罵倒《ばとう》した。甚次はおののいている。

晴蓑が討たれた瞬間、祁答院衆も鹿児島衆も刀、鑓《やり》を下ろし、揃って号泣しはじめた。

「こげなこっなら、五年前に太閤が乗る駕籠《かご》に矢ば向けちょればよかった」

嗚咽《おえつ》しながら本田四郎左衛門はもらした。

ひとしきり泣き終えた家臣たちは主君の亡骸《なきがら》の許に集まると、鎧《よろい》の着背長《きせなが》の引き合わせに一通の書があった。

「そもそも我は島津家の枝葉に生まれながら、病《やまい》に冒《おか》され、手足が勇健ではなく、体も意のままにならぬので殿下に奉公できなかった。我は太守義久公の御恩によって、安閑に暮らしているのに、太閤殿下に恨みを持つことがあろうか。然《しか》るに世間では意に叶わぬことが起こり、疑いを受けた我は一切弁明せず、ここに切腹することにした。願わくは、累代《るいだい》の島津家のために、我一人が腹を切ることですませてもらいたい。このことを再々家臣に述べたが、彼の者らは少しも承知しないので、やむをえない次第だ。考えてみれば、家臣の立場としては黙視しがたいことであろう。それゆえ、これは太守様に向かって矢を放つのではない。君臣武勇を尽くさんとの勤めなので、暫《しば》くの間、戦うものである。

七月十八日　島津左衛門尉歳久入道晴蓑《せいさ》
近習《きんじゅ》の者たちへ」

筆が乱れている。戦いが開始されてから筆を執《と》ったに違いない。

さらに続く。

「我は今、腹に刀を立てることは本望である。よって病も悩みもなくなるであろう。尋ねられたならば、そのまま幽齋玄旨《げんし》、太守様《たいしゅさあ》に申し上げるように」

辞世の句も綴《つづ》られていた。

――晴蓑《せいさ》めが、魂《たま》の在《あ》り処《か》を人問《と》わば、いざ白雲のするゑも知られず――

歳久の魂はどこへ行ったのかと聞かれたら、思い残すこと無く死んだので、雲のかなたに消え去って判らないと言ってください、という意味である。

のちに幽斎が秀吉に晴蓑の辞世を披露した時、

「いざ白雲のするゑも知られず、を、いざ白雲の上と答へよ」

に添削したという。無実だったので天界へ昇ったと答えてくれ、といったところか。黄泉《よみ》の晴蓑とすれば、余計なことをするな、と言いたいのではなかろうか。

付き従った者は皆殉死《じゅんし》した。『東郷史』では二十七人、『東郷由来記』では二十四人、『宮之城郷土史《みやのじようきようどし》』では三十人の名が記されている。

享年五十六。のちに心岳良空大禅伯《しんがくりようくうだいぜんはく》の法名《ほうみよう》が贈られた。

晴蓑の首は、始良《あいら》の重富脇元《しげとみわきもと》の地で洗い、書状と共に町田久倍《ひさます》らによって龍伯に届けられ、一部始終を聞かされた。

「……俺《おい》が腑甲斐無《ふがいな》いばかりに、なんの罪もない又六郎を……すまん……」

龍伯は滂沱《ぼうだ》の涙を流して慟哭《どうこく》した。

〈こげんこつなら、降伏などせんで、あん猿に刃向かっておけばよかったの〉

今となっては遅いものの、龍伯は己の態度を後悔せずにはいられなかった。

悲嘆の中、龍伯は晴蓑《せいさ》の首を幽齋に献じると、幽齋は名護屋の秀吉の許に丁重に届けさせた。

ちょうど秀吉の母の大政所《おおまんどころ》が危篤《きとく》となり、秀吉は七月二十二日に名護屋を発ち、大坂に向かっている。大坂で首実検を行った秀吉は、晴蓑の首を都の聚楽第の東、一条戻橋《いちじょうもどりばし》に晒《さら》させた。

この時、上洛中であった宮之城家の島津忠長は不憫《ふびん》に思い、大徳寺の僧侶・玉仲《ぎょくちゅう》和尚に頼み、市来《いちき》善兵衛の家臣に晴蓑の首を奪わせ、今出川《いまでがわ》の浄福寺《じょうふくじ》に葬《ほうむ》らせた。

秀吉の死後、龍伯は竜ヶ水に心岳寺《しんがくじ》を建立《こんりゅう》し、晴蓑の菩提寺《ぼだいじ》とした。

晴蓑が石で腹を切る時、「女性のお産もさぞきつかろう」と言ったという伝説があり、晴蓑は『お石様』と言われ、晴蓑を祀《まつ》った平松神社が安産の神として崇《あが》められている。

龍伯は晴蓑の亡骸《なきがら》のほか殉死した者たちを帖佐《ちょうさ》の総禅寺《そうぜんじ》に葬り、密《ひそ》かに四十九日の法要を行った。この件は一応、幕を引いたが、終わらないこともあった。

晴蓑が自刃したことを知った虎居城では、家臣たちが袈裟菊《けさぎく》を担いで城に立《た》て籠《こも》り、寄手《よせて》と徹底抗戦する構えを見せた。龍伯としては頭の痛いところだ。

七月二十六日、龍伯は幽齋と共に、晴蓑の妻・悦窓《えっそう》、袈裟菊、晴蓑の娘で袈裟菊の母・蓮秀《れんしゅう》の三人および家臣に至るまで、開城して投降すればその後の面倒は間違いなくみるという起請文《きしょうもん》を送って説いた。

それでもなかなか応じず、説得を聞き入れたのは八月十一日のこと。三人は入来院重時《いりきいんしげとき》の清敷城《きよしき》に居住することになり、家臣たちは解体して諸将に召し抱えられた。

漸《ようや》く一息吐けるところであるが、そう簡単に島津領は落ち着くものではない。龍伯の苦悩はさらに深まっていった。

第二章　朝鮮へ

一

恥をかかぬため、名を惜しむために、武士は命がけで戦うもの。朝鮮出兵以前の義弘《よしひろ》はこれを実証し、敵に背を見せず、武名を瑕《きず》つけることはなかった。

〈そいは、昔んこつ。島津の名は唐《から》に渡って地に堕《お》ちてしもた〉

京畿道《キヨンギド》の永平《ヨンピヨン》城を守備しながら、義弘は落胆の溜息《ためいき》を吐《つ》いた。

朝鮮国は八道《ド》に分けられている。道は道路のことではなく、日本でいえば九州や四国のような国よりも大きな地域に相当する。京畿道は西側のほぼ中央に位置し、永平はその中でも東隣道に近い地にあった。

釜山《プサン》を出立した義弘らの島津軍は、第四陣の主将格の毛利吉成《よしなり》軍を追って漢城《ハンソン》を目指した。密陽《ミルヤン》、清道《チヨンド》、大邱《テグ》、仁同《インドン》、善山《ノンサン》、尚州《サンジユ》、咸昌《ハムチヤン》、聞慶《ムンギヨン》、忠州《チンジユ》、驪州《コジユ》、揚平《ヤンピヨン》を経て漢城に入った。

奇《く》しくも小西行長《ゆきなが》が辿《たど》った道なので、道中、毛利吉成と合流することはなかった。先に出立した日本軍によって、諸地の城は攻略されており、寡勢《かぜい》の島津軍は誰にも邪魔をされることはなく、一本、一発の矢玉を放つこともなかった。

義弘らが漢城《ハンソン》に到着した時、既に毛利吉成軍は自等峴《ジャドウンヒヨン》を越えて東の江原道《カンウオンド》に兵を進めており、金化《クムファ》、金城《クムソン》を経て六月五日には淮陽《フェヤン》に達している。

毛利軍は十二日には鉄嶺《チョルヨン》で李渾《イホン》率いる朝鮮軍一千を撃破し、東海岸の歙谷《フプゴク》に着陣。続いて海岸線を南下し、通川《トンチョン》、高城《コソン》、杆城《カンソン》、襄陽《ヤンヤン》、江陵《カンヌン》を制圧。七月には三陟《サムチョク》、蔚珍《ウルジン》、平《ピョン》海《ヘ》を経て、慶尚道《キョンサンド》の寧海府《ヨンヘブ》、礼安《イエアン》を落とす怒濤《どとう》の進撃を見せた。

少数の島津軍は隣国の日向《ひゅうが》・飫肥《おび》の伊東祐兵《すけたか》軍と行動を共にし、毛利吉成を追って漢城を出立した。

のちの太閤検地で飫肥三万六千石となる伊東祐兵は千数百の軍勢を率いて渡海しているが、島津軍は伊東軍よりも少ない軍勢だ。

「兵庫《ひょうご》（義弘）殿は殿下の側近と昵懇《じっこん》さけ、羨《うらや》ましか」

嘗《かつ》て島津軍に攻められて四国の伊予《いよ》に逃れ、秀吉に泣きついたことがある伊東祐兵だけに、嫌味も辛辣《しんらつ》なものだった。

六月二十日、長岡幽齋《ゆうさい》が薩摩《さつま》に下向する前日、「島津殿の兵はまだ渡海していない、と朝鮮から告げてくる者さえあった」などという手紙を義弘に出している。

島津家への非難は拍車がかかっていた。

〈殿下の出陣が、あと一年遅ければ、こげん屈辱を受けるこつも、なかくわす（ないはず）〉

憤《いきどお》りを堪《こら》え、義弘は伊東軍と大灘《デダン》、連川《ヨンチヨン》を経て江原道《カンウオンド》に入り、鉄原《チヨルウオン》、平康《ピヨンガン》、淮陽《フエヤン》を通過し、安辺《アンピヨン》、歙谷《フプゴク》、通川《トンチヨン》と進んだ。何《いず》れも毛利吉成や他の武将が平らげた後なので、まるで物見遊山《ものみゆさん》のような移動であった。

杆城《カンソン》に着陣すると、毛利吉成からの遣《つか》いが到着し、寡勢の島津軍は京畿道《キヨンギド》の永平《ヨンピヨン》と江原道の春川《チユンチヨン》を守るようにという指示を受けた。

「こげんな命令、受けるこつはなか」

毛利家の使者の口上を聞き、久保《ひさやす》は怒りをあらわに吐《は》き捨てた。

元来、第四陣の主将は一万の兵を動員する島津義弘であったが、十分の一にも満たぬ兵で、しかも今まで戦ってもいない。完全に毛利吉成に主将の座を奪われていた。

「しあしね（仕方ない）。今は永平と春川で国許《くにもと》からの後詰《ごづめ》を待つしかなか」

義弘は毛利吉成の指示を受け、久保ともども永平に、島津忠豊《ただとよ》は春川に、それぞれ五百ほどの兵をもって陣を布《し》くことにした。忠豊は過ぐる天正《てんしょう》十五年（一五八七）に死去した家久の嫡子《ちやくし》で、秀吉から日向の佐土原《さどわら》を安堵《あんど》されている。忠豊は一大名として認められているが、あくまでも宗本家《そうほんけ》の寄騎《よりき》として参陣していた。

遅れて渡海した新納忠増《にいろただます》は七月十二日、江原道《カンウオンド》の三陟《サムチョク》に到着。毛利吉成に会った忠増は、義弘が在している城を知らされ、朝鮮人の案内を受けながら二十一日、漸《ようや》く主《あるじ》と対面できた。

「よう無事で来た。皆、ご苦労じゃった」

身銭を切って遠路異国の地に駆け付けた忠臣に対し、義弘は温かく笑みで迎えた。

「殿様《とのさあ》には、きつか（辛い）思いをさせてしもい、申し訳ございもはん」

「なんの、遊山ばしちょうちゃだけで、きつかこつなどなか」

今は一人でも多くの兵が欲しい時。義弘は努めて明るくふるまった。

義弘らが永平《ヨンピョン》に落ち着いた頃、日本軍は朝鮮半島の大半を制圧していた。

小西行長らは平安道《ピョンアンド》、加藤清正《きよまさ》らは咸鏡道《ハムギョンド》、黒田長政《ながまさ》らは黄海道《ホアンヘド》、毛利吉成らは江原道、福島正則《まさのり》は忠清道《チュンチョンド》、小早川隆景《こばやかわたかかげ》は全羅道《チョルラド》、毛利輝元《てるもと》らは慶尚道《キョンサンド》、宇喜多秀家《うきたひでいえ》らは京畿道《キョンギド》を進軍し、上陸後およそ一ヵ月ほどで漢城《ハンソン》を占領し、破竹の勢いのままに平壌《ピョンヤン》をも制圧した。

八月になると、加藤清正は豆満江《ドウマンガン》を越えて女真《じょしん》の地（当時の史料ではオランカイ。中国東北部）にまで攻め込んだほどである。

日本軍が猛進撃できた理由としては大きく四つある。まずは戦国末期に差し掛かり、数十年にも及ぶ戦乱の中で、集団による統一的な戦いに慣れていたこと。二つ目は奇襲さながらの先制攻撃であったこと。三つ目は鉄砲の大量使用。四つ目は世襲官僚制をとる李《イ》朝政府内は腐敗し、朝鮮人民は不満による厭戦《えんせん》気分にあった。

夏になると各地で義勇兵が蜂起《ほうき》して日本軍は苦しめられだしているが、寡勢の島津軍は異国の地で取り残されたように平穏そのもの。三十、五十と国許《くにもと》からの兵は増えているが、軍役の一万どころか半分の五千にも遥かに届かぬ人数であった。

本国の報《しら》せは断片的にではあるものの届けられている。なんにしても義弘の心を震わせたのは晴蓑《せいさ》の死である。島津領の諸問題の責任をとらされた実弟が不憫《ふびん》でならない。

〈じゃかい、公儀の者《もん》と親しくなるよう申し上げたんじゃ。早う検地して、島津を新たな形にせば、こげんこつになっておらんだいに。下知《げじ》できるんは太守様《たいしゅさあ》しかおらんじゃろう〉

憤懣《ふんまん》は滾《たぎ》っているが、当主への愚痴《ぐち》を家臣たちの前でもらすわけにはいかない。義弘は肚裡《とり》で吐くしかなかった。

日本では、梅北一揆《うめきたいっき》の後始末と、晴蓑自刃《じじん》の報せを受けた秀吉が、八月十四日、改めて龍伯《りゅうはく》と長岡幽斎に対し、島津家の仕置《しおき》を命じた朱印状を発した。内容は次の三つ。

一、龍伯と義弘の蔵入地《くらいりち》で、近年売却した田畠を悉《ことごと》く取り戻し、元の蔵入地にすること。

一、寺社領の取り戻し分を検地し、今年の年貢から蔵入地にすること。
一、島津家中の代官の費用を改めること。
ある種、土地の徳政令《とくせいれい》で、地侍、商人《あきんど》、寺社に売った土地を取り上げること。さらに、地頭や地侍が代官料として地料を中間搾取《さくしゅ》しているので、これを適正に減額することになる。新たな秀吉の命令によって他家同様に兵農分離を行い、島津家の経済基盤を強化する目的である。当然、家臣、領民の反発は予想に難《かた》くなく、簡単には進まなかった。

報せは一月半ほど遅れて義弘の許に届けられた。

蔵入地が増えれば、同地から上がる米を売って軍事資金にできるので兵の増援が望める。龍伯の分は定かではないが、少なくても義弘の分に関しては廻《まわ》すことが可能になった。義弘は期待した。

決河《けっか》の勢いで朝鮮半島を席巻した日本軍であるが、夏の頃より敵側の反撃に苦労させられ、海戦では劣勢を強《し》いられた。朝鮮正規軍の戦意は低く、少しでも身の危険を感じれば逃亡するが、義勇兵は退《ひ》かない。皆同じような袴下《バチ》という裾《すそ》を絞《しぼ》った袴《はかま》のようなものを穿《は》き、民衆の中に姿を隠したゲリラ戦を挑んでくるので、民との区別がつかない。全てを撫《な》で斬りにするわけにもいかず、日本軍は苦しい戦いを余儀無《よぎな》くされた。まるで、一揆衆との戦いである。

強敵は李舜臣《イスンシン》が率いる朝鮮水軍。船足の速い亀甲船《きこうせん》を巧みに使う李の水軍に日本軍は戦うたびに敗北。日本軍は補給路を断たれ、武器弾薬と兵糧《ひょうろう》不足に悩まされるようになった。苦戦する日本軍であるが、寡勢のせいか期待されていない島津軍は平穏なもの。何事もなく異国での日々は過ぎ、気がつけば暮れも押し迫ってきた。

十二月二十六日、義弘らは江原道《カンウォンド》の金化《クムファ》城に移動するように命じられた。

「そいにしても、高麗《こうらい》は寒かとこでごわすな」

背を丸めながら久保が告げる。金化は北緯三十八度よりも北にあり、日本でいえば仙台とほぼ同じ緯度に位置する。南国の薩摩に生まれた島津家の者には寒く感じる。

「寒さは、これからだそうじゃ。こげんこつで弱音を吐いてはおれん」

窘《たしな》める義弘であるが、底冷えに身は震えそうであった。

引き続き忠豊は春川《チュンチョン》城を守備していた。

寺社領などから蔵入地の取り戻しなどもあり、後詰の兵が数十人単位で増えていた。渡海した中に薩州《さつしゅう》家《け》の島津忠辰《ただとき》がいた。忠辰は龍伯の長女・御平《おひら》の嫡男《ちゃくなん》で、島津一族の中でも上位にある。過ぐる天正九年（一五八一）、肥後《ひご》水俣《みなまた》の相良義陽《さがらよしはる》を攻める際の働きぶりは、晴蓑《せいさ》や忠長以上のものだった。

島津忠辰は釜山浦《プサンポ》に船で着岸するが、病《やまい》と称して船から上陸しようとはしなかった。理由は朝鮮出兵のどさくさに紛《まぎ》れ、島津家から離れて悲願の独立大名になろうという魂胆である。薩州家は宗本家《そうほんけ》と戦ってきた間柄。御平の輿入《こしい》れも和を結ぶ政略結婚であった。

秀吉が九州討伐した際に島津家は降伏。この時、忠辰《ただとき》は秀吉から直《じか》に本領を安堵された。佐土原《さどわら》の島津家も本領を安堵されて独立大名となっているので、同じように考えているのかもしれない。

一方の秀吉は知行《ちぎよう》に関して、忠辰に朱印状《しゆいんじよう》を発してはおらず、あくまでも島津家の一重臣としかみなしていない。忠辰は名護屋《なごや》城普請に際しても豊臣政権に島津家からの独立を願い出たが、秀吉は義弘の下で働くように命じている。

佐土原家に許されて、なぜ薩州家には許されないのか。強い不満を持つ忠辰は、宗本家とは別家であることを主張するため、遂に朝鮮の地は踏まず、名護屋に帰港してしまった。

薩州家は出水《いずみ》の地の出ということもあり、島津忠辰は泉又太郎と称し、島津姓を捨てている。宗本家への反発か、薩州家は秀吉が出した海賊禁止令にも従わず、倭寇《わこう》からの運上や密貿易の利を得ていたので、自領の湊への入津《にゆうしん》を黙認していた。

孫の行動なので龍伯も頭を痛めていた。島津一族の上位なので、厳しい取り締まりを怠《おこた》ってきたことが野放しになっていた一番の原因である。

大晦日《おおみそか》、無断帰国の報せを受けた秀吉は激怒し、忠辰を糾問《きゆうもん》し、その間、御平《おひら》と忠辰の妻子を名護屋に連行するように、忠辰の留守居《るすい》ならびに龍伯に命じた。

年明け早々、龍伯は渋々応じている。十二月八日に天正《てんしよう》から文禄《ぶんろく》に改元されたので、文禄元年は一月《ひと》に満たず、文禄二年（一五九三）となった。

まさか、秀吉がそこまで怒るとは思わず、忠辰《ただとき》は慌てて渡海して釜山《プサン》に到着するが、罪を許されたわけではない。小西行長の陣所に抑留された。

報せは金化《クムファ》の義弘に届けられた。

〈こいも殿下と離れている弊害じゃ。嫌でん、まいっと殿下に近づかな、見えんこつが多か〉

義弘は朝鮮という遠い地にいるので、もどかしくて仕方ない。

五年前、島津家が秀吉に降伏した時、他の九州でも混乱が続き、各地で一揆が勃発。収まるまで三年の歳月を要した。このような一揆を精強な島津家に指揮されては敵《かな》わないと、秀吉は島津家の重臣たちに声をかけ、独立を煽《あお》って弱体化を図った。思惑どおりになる中で国内が収まり、今度は戦力を異国に向けることになり、力の分散は避けるべきと、秀吉は方針を一転したともいえる。

龍伯が秀吉と距離を置いているので、微妙な政《まつりごと》の匙《さじ》加減が摑《つか》めていないと義弘は危惧《きぐ》するばかりだ。

とりあえず周囲が安定しているものの、なにが起こるか判らない。義弘は周辺を探らせた。

義弘の馬廻《うままわり》を務める鉄砲上手の押川郷兵衛公近《おしかわごうべえきみちか》は飛来した白鷺《しらさぎ》を林の中から見事に撃ち落とした。今日は鷺汁を味わえると、郷兵衛は樹の枝に引っ掛かった白鷺を取りに登ったところ、運悪く朝鮮兵十数人が、鉄砲音を聞いて参集し、枝に跨《また》がる郷兵衛を発見するや、半弓を射かけてきた。

「そげん、下手《へだ》くそ弓に当たるか」

押川郷兵衛は枝の上から鉄砲を放ち、二人を撃ち倒すと朝鮮兵は四散した。

敵が逃げたのを確認すると、押川郷兵衛は白鷺を取って帰陣した。

「こん、ぼっけ者《もん》が。役目ん最中に鷺汁に命を賭けんではなか」

叱《しか》るが、せっかくなので、義弘は主従揃って鷺汁を堪能した。

周囲は一面の銀世界である。遂に朝鮮の冬将軍も本格的に到来した。五十九歳になった義弘にはこたえる寒さであるが、若い久保は、冬籠《ふゆご》もりのような生活には飽きだしていた。

久保は供廻《ともまわり》を連れて狩猟に出かけた。地元民に問うと、虎が出没するという。

「俺《おい》が仕留めっど」

勇んだ久保は家臣らが止めるのもきかず、鉄砲を手に茂みの中に入ってくと、案の定、獰猛《どうもう》な虎と出会《でくわ》した。冬山で得物を見つけた虎は涎《よだれ》を垂《た》らし、久保に襲いかかってきた。

「チェスト！」

横合いから家臣の太田吉兵衛忠綱《ただつな》が奇声を発したので、虎が瞬時に忠綱のほうを振り向いた。

即座に久保は鉄砲で虎を撃ち抜くと、太田忠綱は断末魔の虎の口に刀を刺して仕留めた。

ところが、もう一人、羽生某《はにゅうなにがし》も鉄砲を放っており、忠綱の腹に当たってしまった。不幸中の幸いで忠綱の傷は浅かったものの、羽生某は衝撃を受けて、その場で自刃《じじん》した。

帰城した久保から報告を受けた義弘は眉《まゆ》を顰《ひそ》めた。

「吾《あが》の軽挙が、死なんでよか家臣を死なせた。こんこつ、よう胆《きも》に刻むがよか」

義弘は厳しく久保を叱責《しっせき》し、以後、狩猟を禁止した。

国許では長岡幽斎が仕置《しおき》を終えて年明けに名護屋に戻っている。幽斎が行った仕置は、おおまかに言えば所領の入れ替え、浮地の確保、蔵入地への編入であった。検地にまでは手をつけられていなかったので、薩摩、大隅《おおすみ》に在している島津家臣たちは協力しないどころか、浮地を横領し、恣意的《しいてき》に振る舞った。

一月二十八日、長岡家臣の麻植長通《おえながみち》は義弘と共に渡海している伊勢貞真《さだざね》に対し、訴えている。

「なにごとも検地の実施をしなければ、島津家の蔵入地もできず、軍役も整わないでしょう。とにかく石田治部少輔《じぶのしょう》（三成《みつなり》）殿の指示で検地をすることが尤《もっと》もです」

これが国許の現状であった。

年が明けると、戦局が大きく動きだした。明《みん》軍が朝鮮王の援軍要請を受けて、十万を超える軍勢を派遣した。一月六日、李如松《りじょしょう》の大軍勢が、小西行長らが守る平壌城《ピョンヤン》に殺到。

行長らは敗れ、城を明け渡して退却した。

平壌《ピョンヤン》城から十五里ほど南、黄海道《ホアンヘド》の鳳山《ポンサン》城を豊後《ぶんご》・府内《ふない》城主の大友義統《よしむね》が守っていた。義統の家臣の志賀小左衛門《しようざえもん》は、小西勢の撤退を知ると行長討死《とうし》と勘違いして義統に報告。報せを受けた義統は、許可もなく即座に逃亡した。これが元で大友家は改易《かいえき》にされてしまう。

その後も日本軍は敗れ続けた。兵を分散していては各個撃破され兼ねないと漢城《ハンソン》に兵を集結し、三月二十日の時点では五万三千百人の日本兵が参集している。春川《チュンチョン》城の忠豊は二百九十三人を率いて漢城に入城。義弘は漢城から十一里ほど南東の龍仁《ヨンイン》に移動した。

龍仁は漢城に在する日本軍の米を貯蔵する米蔵の城で、十三日に焼き討ちに遭い、日本軍の兵糧不足に拍車がかかり、漢城に長居はできなくなっていた。龍仁は釜山《プサン》への退却路の一つでもあるので、義弘へ同地の確保が命じられたわけである。

同時期、小西行長らと明《みん》軍が雇った沈惟敬《しんいけい》という交渉人との間で講和が話し合われ、大方、次の四条で妥結を見た。
一、明から講和の使節を日本に派遣すること。
一、明軍は朝鮮から撤退すること。
一、日本軍は漢城から撤退すること。
一、朝鮮の皇子・臨海君《イメグン》と順和君《スンファグン》の二名と従臣の身柄を返還すること。

小西行長らは都合のいいことを日本に伝えたので、四月中旬、漢城《ハンソン》から撤退しろという秀吉の下知《げじ》が届いた。日本軍は謝用梓《しゃようし》、徐一貫《じょいっかん》という偽《いつわ》りの使者を伴い、十八日から釜山《プサン》を目指して城を発《た》った。

「こいで、戦《いっさ》は終《しま》いになっと思われもすか」

馬を並べながら久保が問う。

「いらざる期待はせんがよか。国の土を踏むまで戦場じゃ。そげん思わねばならんか」

息子にというよりも己を戒《いまし》める義弘だった。

無事、日本軍は釜山に退《ひ》くことができた。本格的な追撃をされなかったのは、加藤清正が二皇子を人質にとっているからであった。これがなければ惨澹《さんたん》たる状況になっていたであろう。

日本軍が退却したのちの二十日、明軍の李如松《りじょしょう》が漢城に入城した時、城内に残っていた朝鮮人捕虜は飢えと疲労で生きる屍《しかばね》となり、巷《ちまた》には人馬の骸《むくろ》が散乱し、屍臭《ししゅう》が満ちた地獄絵図であったという。講和交渉が破談していれば、阿鼻叫喚《あびきょうかん》の惨劇となったことは想像に難《かた》くなかった。

二

釜山《プサン》に退《しりぞ》いたのち、日本軍は釜山周辺に点在して敵に備えた。義弘親子は同地から三里ほど西の熊川《ウンチョン》城に在している。同城は海岸線からさほど離れていない。

「こげん端《はし》におっては、唐入《からい》りなど夢のような話。殿下は諦めたと思われもすか」

刀の手入れをしている義弘に対し、久保が尋ねる。

「唐入りは難しか。端《はな》から高麗を得るが当所《あてど》だったのかもしれん。講和で国境《くにざかい》を何処《いずこ》にすっか判らんが、そこから北に押し上げていく気ではなかかの」

義弘は、簡単に秀吉が諦めるとは思えない。天下人《てんかびと》の威信にかけて半国ぐらいは掌握しないと戦《いくさ》を止《や》めない気がする。泥沼の戦いに浸ることを覚悟する必要があった。

「破れた時はどげんこつになりましょうか」

「俺《おい》らは、ただ戦うだけじゃ」

寡勢の島津軍、厭戦気分だけは蔓延《まんえん》させぬよう義弘は自ら闘争心を煽《あお》り立てた。

五月一日、秀吉は薩州家の島津忠辰《ただとき》を改易《かいえき》にしたことを義弘に伝えた。忠辰は釜山の小西陣所で拘束されたままでいた。これにより出水《いずみ》三万石は豊臣家の蔵入地となった。同地の代官には肥前唐津《ひぜんからつ》城主の寺沢正成《まさなり》（のちの廣高《ひろたか》）が任命されている。

同じ日、大友義統《よしむね》も改易にされ、豊後一国四十一万八千余石が秀吉の手に渡った。秀吉とすれば、加増と称して子飼いの武将を移封させて、仕置《しおき》が定まらぬ九州を安定させられるので、喜ばしいことであろう。出水を召し上げられた島津家としては苦々しい限りだ。

さらに秀吉は慶尚道《キョンサンド》の南海岸線を守るため、のちに倭《わ》城と呼ばれる城を築くように下知した。

加藤清正は西生浦《ソセンポ》城、毛利吉成や島津忠豊らは林浪浦《イムナンポ》城、黒田長政は機張《キジャン》城、毛利秀《ひで》元《もと》は釜山《プサン》城、毛利秀元と小早川秀包《ひでかね》らは東萊《トンネ》城と加徳島《カドクド》城ほか、鍋島直茂《なおしげ》は金海《キムヘ》竹島《チュクド》城、小西行長は熊川《ウンチョン》城、九鬼嘉隆《くきよしたか》や脇坂安治《わきざかやすはる》らは安骨浦《アンゴルポ》城、島津義弘は巨済島《コジェド》……である。

さっそく義弘は二千百二十八人を率いて巨済島に渡った。同島は釜山の南西に位置して最短地は九里。面積は四百平方キロメートルで、朝鮮半島では済州島《チェジュド》に次ぐ大きさの島である。

義弘は鎮海湾《チンヘマン》と馬山湾《マサンマン》との水路を守るため、巨済島の最北端近くに位置する小山に永登《ヨンドン》浦《ポ》城を築くことにした。

「石は集められそうか」

普請現場で義弘は新納《にいろ》忠増に問う。

「人ん頭《かした》ほどの石ならば、集むるに問題なかとです」

「そいで、よか。形ば整えば十分じゃ」

義弘は総動員で城造りを急がせた。無論、城に依存するつもりはない。形が整えばいいと思っている。自分たちが築いたという城があれば安心できる。あくまでも城は城、守るのは人。二千百余人の島津兵がいれば、十倍の敵が押し寄せてきても負ける気はしなかった。

五月十五日には明の講和使節が名護屋に到着して、日本での交渉が開始された。二十日、話を有利に進めるために、秀吉は晋州《チンジュ》城攻撃の命令を下した。

一陣が鍋島直茂、黒田長政、加藤清正、島津義弘ら二万五千六百二十四。

二陣が小西行長、宗義智《そうよしとし》、松浦鎮信《まつらしげのぶ》、黒田如水《じょすい》ら二万六千百八十二。

一番備《いちばんぞなえ》が宇喜多秀家、石田三成、大谷吉継《よしつぐ》、木村重茲《しげこれ》ら一万八千八百二十二。

二番備が毛利輝元、小早川隆景、同秀包、立花親成《ちかなり》ら二万二千三百四十四。

合計九万二千九百七十二人の大軍勢である。

「地に堕《お》ちた島津の武威を天下に示す時。こん地に骨を埋める気で敵に向かえ」

義弘は家臣たちに下知して出立した。義弘親子は二千百二十八人、佐土原の忠豊勢四百七十六人も一陣に編成されている。島津家としては渡海以来、最大の動員数になった。まだ軍役の一万には到底及ばぬものの、ある程度の形になってきたと義弘は喜んでいる。

向かう晋州城は熊川《ウンチョン》城から十二里ほど西に位置している。島津軍は諸将に混じり、黒地に白の筆『十文字』の軍旗を高々と掲げ、威風堂々進んだ。

六月十九日、日本軍は晋州城《チンジュ》を包囲した。

晋州城は慶尚道《キョンサンド》の南端に近い地に築かれた平城《ひらじろ》である。城は東から西に「∩」の字を描くように流れる南江《ナムガン》の北岸の丘に築かれており、高い石壁で守られていた。その北を外周十六町にも及ぶ石垣が楕円形《だえんけい》に囲み、さらにその北には大寺池《テサジ》、東には堀、西は南江の支流を堀としている堅固な城である。

城には徐礼元《ソレウォン》ら七千の兵に五万数千の領民合わせて六万が籠《こも》っていた。

「貴家には儂《わし》らの後備《うしろぞなえ》をお願い致す」

城の北側を攻める加藤主計頭《かずえのかみ》清正が義弘に言う。三十二歳の清正は賤ヶ岳《しずがたけ》七本鑓《しちほんやり》に数えられる剛勇で、これまで幾多の武功を重ね、隈本《くまもと》二十五万石の大名に取り立てられている。文禄の役と言われるこのたびの戦いでも朝鮮皇子を捕らえる活躍のほか、諸城を陥落させる活躍をしている。母の伊都《いと》が秀吉の母の天瑞院《てんずいいん》と血縁関係にあるということで発言権も強かった。

「俺《おい》らは後備をすったために、異国に来たんではなか」

軽く見られているので、義弘より早く若い久保が憤る。

「こたびは日本《ひのもと》軍の行く末を担う戦い。軍役も満足に果たせぬ武将に前線を任せられぬ。背後からの敵に備えるが妥当じゃ」

「ああん、なんち（なんだと）！」

愚弄《ぐろう》された久保は眉間《みけん》に皺《しわ》を刻んで声を荒らげる。

「久保、やめんか。主計頭殿の下知に従えばよか」

仲間割れをするのはまずいというよりも、やはり秀吉の遠縁ともめるのは、なにかとよくない。義弘は悔しいが息子を宥《なだ》めて、清正に応じることにした。城を攻めあぐねれば兵の入れ替えはある。それに期待してのこと。

〈じゃっどん、主計頭が相手ならば、後《おく》れをとるこつはなかの〉

清正を見ながら義弘は評価する。確かに秀吉子飼いの武将の中では強いほうであろう。清正が秀吉に仕官した頃、秀吉は信長の家臣として諸戦場で戦っていたが、兵数的には殆《ほとん》ど優位な立場にあった。賤ヶ岳の戦いにしても同じ。朝鮮での戦いは奇襲なので評価は難しい。義弘が聞いたところでは、寡勢や、劣勢の局面から強敵を跳ね返したことはないので、佐土原の兵を含めた島津軍二千六百余人でも、清正率いる一万余の軍勢には負ける気がしなかった。

〈まあ、今争うこつはなか〉

腹立たしさを堪えながら、義弘は北の後備に廻った。

先手の加藤清正は城の北、二手の小西行長は西、三手の宇喜多秀家は東、四手の毛利輝元はその背後、五手の小早川隆景は小西勢の後方、吉川廣家《きっかわひろいえ》は城の南対岸に陣を布《し》き、他はその周囲を十重二十重《とえはたえ》に囲んだ。

「我らの出番はありもそうか」

後方から前方を眺め、久保がもらす。

「古《いにしえ》より、後詰《ごづめ》のない籠城《ろうじょう》はもたん。一角が崩れれば三日ともつまい」

義弘は目を覆《おお》うような落城の悲劇を予想した。

秀吉の養子となっている宇喜多秀家の号令で城攻めが開始された。諸将から発破をかけられた寄手《よせて》の兵は、命を惜しまず攻め寄せるが、堀や池、南江《ナムガン》と巨大な城壁に阻《はば》まれたところに矢玉を浴び、石を投げられ、熱湯、糞尿《ふんにょう》を撒《ま》かれて排除された。

翌二十日、久保は大坂で人質になっている母親の宰相《さいしょう》（園田清左衛門《せいざえもん》の娘）に書を送った。

「（前略）そろそろ帰国できるかと存じておりましたが、来春まで逗留《とうりゅう》せよとの仰せがあり、年を越すことになりそうです。さてさて果てしなき旅です。疲れ果てたる軀《からだ》を、お察しください。それでも、何事もありませんので、ご安心ください。また、お便りします」

苛立《いらだ》ちは疲労による体調不良のせいでもあった。

二十二日、義弘も宰相と三男の忠恒《ただつね》に対し、後備の普請をするように朱印状で命じられたことのほか、二人やそのほかの女性への気遣いをする書状を送り、鬱《うっ》気《け》を紛《まぎ》らわせていた。

一方、寄手は連日、城を攻めたものの、なかなか城門に近づくことができないので、黒田長政は亀甲車《きっこうぐるま》を製造した。三畳ほどの小屋の外側を鉄板で張り、中央に城門を打ち破る尖《とが》った丸太が固定されている。前後に移動できるように四輪となっていて、中に人が入って押していく。戻る時は巨大な鉤《かぎ》を城門や石垣に引っかけて引き倒す。大仕掛けな人力戦車であった。

六月二十九日、亀甲車を押し開いて、黒田家臣の後藤又兵衛《またべえ》が城に一番乗りを果たすと、加藤家臣の森本義太夫《ぎだゆう》、飯田覚兵衛《かくべえ》らが続き、あとは寄手が決河のごとく雪崩《なだ》れ込んだ。

これまでの城攻めで寄手は多数の死傷者を出しているので容赦はない。城に籠った者は撫で斬りにされ、晋州《チンジュ》城は陥落。文禄の役開戦以来、最大の死者が出た戦いとなった。

結局、島津軍は一発の鉄砲を発することなく落城を目の当《ま》たりにした。

「こげんこつが、この先、続くのでしょうか」

味方の満足そうな顔を眺め、久保は悔しげに問う。

「家臣の犠牲が一人も出んかった。よかではなかか」

楽観的に義弘は言うが、心中は久保と同じ。戦いに参じることができぬのならば、早く帰国して国内整備に尽力したかった。

前日、日本では秀吉から明の使節に講和の七ヶ条が提示された。

一、明皇帝の公主《こうしゅ》（姫）を日本天皇の皇后《こうごう》にすること。

一、勘合《かんごう》による官船、商船を往来させること。

一、日本と明国の大官の友好。
一、朝鮮南四道の割譲。
一、朝鮮の王子を日本に人質として差し出すこと。
一、加藤清正が捕らえた朝鮮の二王子を朝鮮に還すこと。
一、朝鮮の大臣は今後、日本に背《そむ》かない旨《むね》、誓紙を差し出すこと。

朝鮮を無視した日本と明の講和条件である。偽りの明使節は書状を受けて日本を離れたが、勿論《もちろん》この七ヶ条は明皇帝には届けられなかった。

ほどなく島津軍は巨済島《コジェド》に戻り、築城を続けた。

国許に在する新納旅庵《にいろりよあん》からの報せでは、相変わらず長岡幽齋の仕置指示に、島津家の家臣たちは従う素振りがないという。梅北一揆で関係のない晴蓑《せいさ》が責任をとらされた。次に失態があれば改易の処分も受けかねない。このままでは島津家が危うい。

七月八日、憂えた義弘は決心して龍伯に筆を執《と》った。

「近く薩摩、大隅両国で検地が実施されるという風説を聞きました。家臣たちが国許を留守にしていては検地の奉行《ぶぎよう》に満足のいく対応ができません。検地衆に不手際があっては国のためになりません。これまで何度も石田（三成）殿に検地のことは頼んでおきました。石田殿が帰国する時は、右のことを改めて頼む覚悟ですので、その御心得に成られますよう。石田殿も近く帰国するようで、そう遅れることはないようです。御用があっても捨てることが尤《もっと》もです」

龍伯には当主として、不快でも豊臣政権の中での島津家の確立に、気持を切り替えてほしかった。

まだ義弘らが築城をしている最中の七月二十七日、秀吉は義弘に在番に必要な兵力、武器、弾薬等について細かく指示をしてきた。

兵二千、鉄砲百挺《ちょう》、煙硝《えんしょう》（硝石《しょうせき》）四百斤《きん》、火薬四百斤、鉄砲玉四千、鉛四百斤、硫黄《いおう》四十斤、弓百張、矢二千本、刀四百腰、具足十五両、兜《かぶと》七頭《かしら》、鑓《やり》百本の武具のほか、味噌二十五桶（十石入）、塩二百二十俵、荒布《あらめ》（昆布）五十俵、菜種一石五斗《と》、干飯《ほしいい》百石、鰯《いわし》四十三俵、炭四百三十俵、豆二百十石、米三千石。

さらに、兵糧は十ヵ月分を貯《たくわ》え、当城の本丸には誰も近づけず、他の家中の者も一切入らぬようにすること、としている。

〈下知すんのは易《やす》いじゃど、海を敵には押さえられておってはの〉

義弘は溜息を吐く。豊臣政権の輸送船が李舜臣《イスンシン》らの水軍に攻撃されて沈没の憂《う》き目《め》に遭《あ》い、兵糧は予定の半分ほどしか到着しておらず、備蓄するのは容易ではない。出兵している殆どの大名は兵糧不足に苦悩していた。

同じ日、秀吉は朝鮮に出陣している武将の一部に帰国命令を出した。加藤清正が捕らえた朝鮮の二皇子が無事に漢城《ハンソン》に届けられ、明軍の李如松が明に帰国したことによる。

帰国する武将は伊達政宗《だてまさむね》、加藤光泰《みつやす》、上杉景勝、東義久《ひがしよしひさ》……ら東国武将が主で、兵は約五万。

島津家に許可はなかった。六年前の降伏時に本領が安堵されたのは、朝鮮出陣の働きを念頭に置いてのこと。出陣の遅滞《ちたい》、軍役不足、直接戦闘の少なさなどもあり、懇願しても許されることはないであろう。

義弘は東国武将が段階的に帰途に就《つ》くのを羨望《せんぼう》の目で眺《なが》めながら、永登浦城《ヨンドンポ》に続き、西南に松真浦城《ソンジンポ》、長門浦城《ジャンムンポ》と築き、さらに巨済島《コジェド》の西端には見乃梁城《キヨネリヨン》（洞城《ドン》とも）を構築し、敵を同島へ上陸させぬように努めた。

島津家も例外ではないが、各大名家からの逃亡兵が続出した。帰国しようとする者は、まだ可愛いものの、降倭《こうわ》と称して朝鮮の義勇兵に参じて、日本軍に鉾《ほこ》を向けてくるようになった。降倭は在陣する大名の関係上、九州の者が多い。

秀吉の九州討伐ならびに太閤検地によって所領を奪われ、あるいは大幅に削減されて望みを失い、さらに兵糧不足の上に、義勇兵にゲリラ戦で悩まされた。飢えながら、いつ急襲を受けて死ぬかもしれぬ状況に追い込まれたのは、全て秀吉のせいである。そのような者のために、一つしかない命を失うのは愚かと考えた。朝鮮侵攻は失敗に終わり、日本軍は逃げ帰るに違いない。帰国しても所領はなく、恩賞も望めない。先行きを憂《うれ》え、秀吉への恨みが国に背いた動機であろう。朝鮮の義勇兵たちも日本軍を追い出すため、寛大に、積極的に受け入れた。

秀吉は在陣する大名たちに、取り締まりを厳命するが、押さえられるものではなかった。

〈こん戦《いっさ》、勝てるわけはなかの〉

降倭の報せを耳にした義弘は、怒るよりも、諦めに似た感情を抱くようになった。

三

秀吉の意を受けた使節が明に向かったことは聞いている。一応、休戦協定が結ばれ、明の兵が退いているので、大きな戦《いくさ》は起こっていない。但《ただ》し、これはあくまでも明との約《やく》定《じょう》であり、朝鮮の義勇兵には関わりのないこと。自国を侵《おか》した他国の兵が駐屯していれば、明国との間で講和が結ばれようが破れようが関係ない。追い出しにかかるのが当然のこと。

幸いにも義弘が在する巨済島《コジェド》ではないものの、朝鮮本土に在陣を続ける諸大名たちは奇襲を受け、なかなか落ち着けるものではなかった。

急襲のみならず、諸将が一様に困っているのは慢性的な兵糧不足である。制海権を朝鮮水軍に奪われているので、兵糧を積んだ日本の船が全て釜山《プサン》に到着できているわけではない。水夫《かこ》も足りなくなっているので、秀吉は水夫を残らず帰国させろと命じてくるほどである。

さらに釜山《プサン》に積み上げられた兵糧が、諸将の城に運んでいる最中に義勇兵の襲撃を受けて奪われている。元来、後方支援に長《た》けた能力で日本を統一した秀吉であるが、豊臣政権は異国でこの仕組みを確立できないでいた。

敵に備えながら城普請にあたる前線の諸将は、兵糧を運ぶのは奉行の仕事と見ている。事実、日本ではそうだった。奉行らは釜山に運ぶまでが自分の仕事であるとし、互いに兵糧を失った責任をなすり合ってもいた。喜ぶのは義勇兵ばかりといった状態である。

秋の刈り入れを前にして、皆の腹を満たす兵糧はないにも拘《かかわ》らず、秀吉は刈田狼藉《かりたろうぜき》、略奪等を禁止している。在陣している日本軍とすれば、なにを食って生きていけばいいのかと、口々に愚痴《ぐち》をもらし合う。あからさまに秀吉を罵《ののし》ることができないので、必然的に後方支援の業務を担う奉行たちに鉾先《ほこさき》が向く。特に厳しい検断をして帰国したばかりの石田三成などは、いい的《まと》であった。義弘は卓越《たくえつ》した三成の奉行能力を高く評価し、検地による島津家の経済の立て直しに期待を寄せてはいるが……。

兵糧が足りないせいか、皆の体調が悪い。とりわけ久保の具合が思わしくない。滋養のあるものを腹いっぱいに食すれば体力も回復するのであろうが、叶わない。朝鮮では戦乱と政治腐敗で農民は田畑を離れているので、満足な収穫も望めない。巨済島《コジェド》には漁に出せる船はないので、良い魚を得ることができない。狩り尽くしてしまったのか、鳥や動物を見ることも殆《ほとん》どない。家臣たちの頬は痩《こ》けるばかり。親として息子の衰退する様子を見るのは辛かった。

薩摩の出水《いずみ》に集まる海賊衆の一人に伊丹屋助四郎《いたみやすけしろう》がいた。助四郎は堺商人、伊丹屋清兵衛《せいべえ》の一族とも言われ、島津家が渡海するにあたり一役も二役も買っている。無論、ただ働きをするはずがない。義弘は朝鮮における助四郎らの行動を自由にした。

してやったりと、伊丹屋助四郎らは船を使って川伝いに勝手に奥地まで入り込み、苅田狼藉、略奪、奴隷狩りなどの限りを尽くした。

八月二十三日、これを三成が義弘に書状で咎《とが》めてきた。

〈なんば言いよる。太閤本人が命じておるじゃろう〉

義弘は鼻で笑う。三成は奉行なので不正を検断するのは仕方ないかもしれないが、あくまでもきれいごとである。戦《いくさ》は狂気の世界。苅田狼藉などをさせたくなければ、異国に出陣などさせなければよい。秀吉自身、大名が捕らえた「朝鮮人の中から、腕利《うでき》きの技術者や美麗な女性を選び出して献上しろ」という命令を出している。

この命令を受け、鍋島家では縫官《ほうかん》を二人、島津忠豊は一人を献上して感状を得ていた。

義弘は三成には応じたと伝えているが、伊丹屋助四郎らを野放しにした。豊臣家が責任を持って帰国の船を用意してくれるならば、助四郎らの行為を咎めることも吝《やぶさ》かではなかった。

空腹が継続する中、国許の新納《にいろ》旅庵は八月二十三日付の書状で義弘に衝撃的なことを伝えてきた。

「大隅で殿（義弘）の蔵入地になるはずの地は、大部分が鹿児島（龍伯）の蔵入地になり、残る地も鎌田出雲守《いずものかみ》（政近）や長寿院《ちょうじゅいん》（盛淳《もりあつ》）らが鹿児島衆に与えました。宮内、大窪、田口の少しが殿の御公領（蔵入地）になったものの、門《かど》屋敷（土地支配の制度単位）が僅《わず》か十二、三しかありません。数千石あるといっても畠や畑ばかりで、後日役立つ地ではありません。殿から厳しく仰せになられ、是非《ぜひ》とも大隅で勘落（没収）した地を、全て御公領にして然《しか》るべきかと存じます」

門屋敷は中世以来、島津家がとってきた土地支配の体制である。門地は郷単位、屋敷地は一町以下で割り換えられる百姓耕作地を差している。割り換えとは、一定の期間ごとに土地を分割して農民に割り当て、年限がくると再び割り直す習慣である。これにより収穫の平均化を図った。門地は主に地頭《じとう》が管理し、屋敷地はその下の地侍が管理していた。

これより少し前の八月三日、久保は病身でありながら、朝鮮で久保に従っている者たちの知行《ちぎょう》まで上知《じょうち》（収公）になった不当を激怒し、即刻返還するように、龍伯の側近である新納忠元に書き送っている。

さらに龍伯の御使役《おつかいやく》を務めていた山田有信を帰国させ、蔵入地を正すように書で伝えた。

「既に蔵入地になるべき土地が、誰かに分配され、その者が嘆願しようとも、公儀が決めた上下の例法なので、しっかり蔵入地として年貢を納めさせること」

下知しても、国許にいる者たちは、義弘や久保らが朝鮮に在陣しているのをいいことに、恣意的に知行割りを行っていた。

〈こげんこつでは、皆の士気を保つことはできん〉

義弘は龍伯に訴えても無理であることは判っているので、奉行の長束《なつか》正家に書状を送り、幽齋が行った仕置どおりに遂行することを懇願した。

〈他家の者《もん》に頼までははならんとは、情けなか〉

悔しいが、そうでもしなければ、在鮮している家臣たちを引き止めておくことが難しい。

義弘苦渋の選択であった。

日本に帰国している石田三成は長束正家から報告を受け、上洛している伊集院幸侃《こうかん》を国許に下向《げこう》させた。幸侃は名護屋に在する三成の家臣・安宅秀安《あたかひでやす》に現状を報せた。

報告を受けた安宅秀安は、八月二十七日、義弘と久保に報せている。

「鹿児島の者たちは、幽齋殿の仕置に従わず、第一の朱印状に背き、恣意の振る舞いをしているのは言語道断。このままでは貴家は続かぬでしょう」

わざわざ義弘に脅すように伝えているのは、龍伯をはじめ、その側近たちは安宅秀安の言葉に耳を傾ける気がないからであろう。

他にも安宅秀安は、八月十六、二十一、二十八日と相次いで義弘に書状を記している。

よほど腹に据えかねているようである。

朝鮮出兵時から義弘と龍伯の意思の疎通はとれていない。無論、家臣たちも同じ。鎌田政近や新納《にいろ》忠元ら龍伯の老中《おとなじゅう》にすれば、義弘らのことを、龍伯の意に背いて三成ら豊臣政権の者と結託し、渡海した背信者と考えている。御家《おいえ》の経済を傾ける迷惑者とも思っているかもしれない。

〈以前《しょて》よりも石田殿と接し、太守様《たいしゅさぁ》を動かしていくしかなかの〉

義弘は、龍伯と敵対するのではなく、豊臣政権の奉行を利用して島津家を変える考えは今までと同じである。自身がとって代わるつもりは毛頭ないが、所領問題は全ての根源。早く明確にしなければならなかった。

取次《とりつぎ》をする石田三成とすれば、義弘は龍伯や家臣たちに弱腰を示さず、強気で指導しないからいけない。改革できるように六年前、大隅一国を切り離して義弘に与えたはずだ、とでも言いたいに違いない。

義弘も判ってはいるが、次男として生まれた以上、長兄を尊重しなければならない。しかも、国許にいるならばまだしも、在鮮している身ではいかんともしがたいことであった。

同じ八月二十七日、薩州家の島津忠辰《ただとき》は釜山《プサン》の小西陣所で死去した。享年二十八。

「又太郎（忠辰）が！　ないごて死んだとか」

報せを受けた義弘は目を見開いて新納忠増に問う。

「表向き、流行り病《はややまい》でごわすが、実は詰め腹ば切らされたゆ噂《さた》と聞きもいす」

「詰め腹か……」

驚きの声も弱まる。切腹ならば秀吉が命じ、小西行長に伝えたのであろう。出水《いずみ》の地を蔵入地にしたので、領主だった島津忠辰《ただとき》の存命は邪魔。推察できるが、危惧もある。

〈こんこつ、太守様《たいしゅさあ》はご存じなのか。いかなこて(よもや)、応じられたんではなかよの〉

深まる疑念は消すことができない。いくら独立を謀《はか》ろうとしたとはいえ、龍伯にとって忠辰は孫。前年の晴蓑《せいさ》に続き、血縁のある者を二人連続で斬ることを承諾したとすれば、忌々《ゆゆ》しきことである。

確かめようがないものの、義弘の心に暗い影が宿ると同時に、兄を信じきれぬ自分に自己嫌悪を感じてもいた。

忠辰の死は独立を夢見た国人《こくじん》の哀れな最期だったのかもしれない。講和の交渉中とはいえ、異国で言葉の通じぬ敵と戦わねばならぬ状況に追い込まれた今、従う相手が秀吉だろうと龍伯であろうと、変わらないではないかと義弘には思えてならない。身内の死に直面したくない。他国にいるせいか、義弘は、より強く思うようになっていた。その後も病死以上の情報は伝わってこない。あくまでも忠辰の死は切腹とはされなかった。

八月は小の月なので三十日はない。忠辰の死から十日後の九月八日、グレゴリウス暦では十月二日にあたり、秋の海風も涼しくなってきた。

「体の様子はどげんか」

朝餉《あさげ》ののち、義弘は久保を見舞った。寝たきりではないが、大事をとらせて休ませている。

「粥《かゆ》も全部食べもした。そげん心配せんでごあんそ。俺《おい》は重病人ではあいもはん。毎日、こげんに、ごろたんごろたんして体が鈍るんが恐ろしか。太守様《たいしゅさあ》に戴いた馬で遠駆けしたかです」

痩《や》せ細った顔で久保は言う。

「吾《あが》は太守様の跡継ぎじゃ。無理をせんごつ」

労《ねぎら》いの言葉をかけて下がった。

異国に在しているので、良い薬師《くすし》に診《み》せられないのが親として切なくてならない。朝鮮にいるのだから薬となる朝鮮人参などすぐに手に入るものかと思っていたら、巨済島《コジェド》ではまず採れず、高価なものなので本国のほうでも貴人しか口にできないという。

〈講和が纏《まと》まれば帰国させられよう。そいまでの辛抱じゃ〉

今は早い講和を望む義弘であった。

その夜半、新納《にいろ》忠増が義弘の寝所に駆け込んできた。

「たいへんなこつでごあす。若様が……」

言葉に詰まり、新納忠増はそれ以上、口にできないでいた。

「久保がどげんしたか？」

問いながら、容態が急変したことは察しがついた。義弘は褥《しとね》から跳ね起きて久保の部屋に向かう。大事に至らねばいいと、それればかり願う。

さして大きな城ではないので、百歩も歩けば到着できる。戸を空けた瞬間、義弘は愕然《がくぜん》とした。久保の周囲に近習《きんじゅ》が座し、涙を拭《ぬぐ》っている。

「……………」

義弘は声を失ったまま部屋の中に入っていく。どこか雲の上でも歩いているようで、足が床についていない気がするのは、目の前の現実から逃れたいせいなのかもしれない。

久保は静かに横たわっている。眠っているかのように安らかな表情であった。唯一、違うのは胸が上下していないこと。息をしていないことが窺える。

浮遊するように歩いていた義弘は、久保の枕元に達すると、足の力が抜けたかのように、腰を下ろした。僅かに床の軋《きし》む音がしたものの、嫡子は目を開けることはなかった。

「久保、どげんしたとか？　目を開けて給《たも》んせ。吾《あが》は太守様《たいしゅさあ》の跡継ぎではなかか。こげん早く、目をつぶっとは、いかんど」

嫡子の体を揺すりながら、義弘は語りかける。まだ体には温もりがあるので他界したとは思えないが、久保の手足はぴくりともしない。魂の抜けた肉体は大きな人形のようであった。

「静かに……若様は静かに逝《い》かれもした……」

龍伯の老中《おとなじゅう》で久保を支える樺山久高《かばやまひさたか》が声を詰まらせながら告げる。

苦しまずに逝けたのならば、唯一の救いかもしれないが、嫡子を失った義弘には虚《むな》しい言葉であった。

〈俺《おい》が久保を連れてきたばかりに……〉

罪悪感に打ちのめされ、滂沱《ぼうだ》の涙が溢《あふ》れた。久保は朝鮮に出陣しなければ、こんなに若く命を落とすことはなかったはず。そう思うと、必然的に無謀な戦《いくさ》を画策した秀吉に恨みも向く。

〈こんないな戦《いつさ》ばさえなければ〉

悔やまれて仕方ない。親として子の死に顔を見ることほど辛いことはない。夭折《ようせつ》した長男の鶴寿丸《つるひさまる》、四男の万千代丸《まんちよまる》に続いて三度目である。義弘は人目も気にせず慟哭《どうこく》した。

死因は瘴癘《しょうれい》という風土病だという。伝染性の強い皮膚病やマラリアのようなものだというが、赤痢《せきり》や今でいう季節性のインフルエンザなのかもしれない。久保の他にも風土病の犠牲になった者は島津家以外にも多々いた。

久保は享年二十一。帰国したのち、福昌寺《ふくしょうじ》に葬られ、一唯恕参大禅定門《いちいじょさんだいぜんじょうもん》の法名が贈られた。

国許の龍伯にしても、跡取りの婿《むこ》を失ったことになる。報せを聞けば、さぞかし落胆するであろう。

悲嘆に暮れる義弘であるが、悲しみに浸《ひた》ってもいられない。名族島津家の次期当主を失ったのだ。早々に次の候補を立てなければならない。

まず第一候補になるのは義弘の三男・忠恒である。五男の久四郎忠清《ただきよ》は病弱なので難しい。他は佐土原《さどわら》の忠豊、その弟で東郷家の養子になった重虎《しげとら》（のちの島津忠仍《ただなお》、忠直）は側室の血を引く家久の息子なので、あくまでも準候補であった。

大事な久保が死去した翌九月九日、義弘は忠恒に痛嘆の中で筆を執《と》った。

「昨日八日の夜半、久保が死去した。我らの落胆を推し量《はか》ってほしい。最近少々煩《わずら》っていたが、今このように早く相果てる容態には見えなかった。まったく予想外のことである。しかれば貴所（忠恒）は、近く当地にまいると先日の書状で申してきた。壱岐《いき》、対馬《つしま》まで渡海していれば、よい日を決めて当地に罷《まか》り越すように。未だ名護屋にいるならば、先々の者のように帰国するがよい。このたび当地にまいることは、久保への見舞いのためであるが、久保は死去してしまったので見舞いの必要はない。ことに宰相《さいしょう》は頼りを失い、落胆しているだろうゆえ、貴所が在宅して力になることが肝要である。国許にいる者を呼び寄せたり、または無人にて出立することは無用である。よくよく嗜《たしな》むことが第一だ。勿論《もちろん》、隣所などにいるならば、ひたすら停止すること。このたび供衆も多く誰々を召し連れるかなどと、身のほどを知らずに来るようなことはないようにすること」

正室を気遣いつつも、まずは唯一の男子を無益な戦いに参じさせたくない義弘の親心である。

目を放すと、勝手な行動を取る島津家臣なので、釜山《プサン》に在する石田三成は、すぐに手を打った。翌十日、巨済島《コジェド》に在陣している島津忠長、同彰久《てるひさ》、北郷三久《ほんごうみつひさ》、伊集院忠眞《ただざね》ら二十三人の主立った島津家の家臣に対し、義弘は途方に暮れているだろうから、三成自身の考えという指示書を出した。
一、久保の死去に伴い、日本の寺々に供養するためと称して勝手に帰国してはならない。必ず義弘の許可を得て、帰国する者は上下百人ほどにすること。
一、久保のいた陣所には老中《おとなじゆう》か有力家臣を必ず置くこと。
一、番城の普請は義弘の指示を受けるまでもなく、家臣たちが率先して行うこと。
一、御城の米番は、米を積んだ船が着岸する場所、入れ置く地を普請すること。
一、家臣たちは法度《はっと》を徹底し、義弘に負担をかけず、下人《げにん》一人たりとも勝手に帰国させないこと。
概《おおむ》ね右の五ヵ条である。素早い対応のせいもあり、幾分、混乱と動揺は静まった。

増田長盛《ましたながもり》の見舞い状なども届く中、三成の使者として八十島《やそじま》助左衛門が義弘の許を訪れた。助左衛門の申し出で、義弘は太刀持《たちも》ち一人を伴うだけで応対した。

「このたびのご訃報《ふほう》、主《あるじ》に代わり、慎んでお悔やみ申し上げます」

「わざわざのお気遣い、痛み入る」

力なく義弘は弔辞《ちょうじ》に答えた。気落ちは簡単に復するものではなかった。

「お辛い心中は察しますが、まずは兵庫頭《ひょうごのかみ》様の身を心配なされますよう。怪しい噂も流れております」

八十島助左衛門は暗殺、毒殺を匂《にお》わせる。

「いかなこて（よもや）、そげんこつが……」

伏せていた目を上げ、義弘は八十島助左衛門を睨《にら》んだ。予想外の意見である。

「主《あるじ》は新たな島津家の確立を阻止された疑いは拭《ぬぐ》えないと申しております」

声を潜《ひそ》めるように八十島助左衛門は告げる。

島津家の新たな体制について、義弘と三成の意見は大方一致している。義弘が久保を後見する形で龍伯から移行し、主従関係を明確にした豊臣政権に順応できる組織を築く予定であった。太閤検地もその一つ。義弘としては龍伯を蔑《ないがし》ろにするわけではなく、あくまでも緩やかな当主の交代を望んでいたが、久保の死によって一旦、頓挫《とんざ》することになった。

新たな大名の形を喜ばぬのは、龍伯ならびに、その家臣たちである。久保が死ねば所領も体制も今までのまま。毒殺も考えられるかもしれない。島津氏が秀吉に降伏した時、逸《いち》早《はや》く跪《ひざまず》いたのは義弘の異母弟の家久であり、家久は突然死している。

〈まってか（そういえば）……〉

龍伯の老中《おとなじゆう》の一人、本田与左衛門公親《よざえもんきみちか》ら数名は、久保が死去しても涙を流していなかった。

「……いや、そげんこつはなか。当家はちっと動きが鈍いだけのこつ」

妙な先入観を植えつけられてはならぬ。義弘は否定した。

「我らは兵庫頭様の身を心配しているだけにございます。今、兵庫頭様に万《まん》が逸《いつ》のことあれば、貴家の屋台骨は揺らぎます。お気をつけなさいますよう。他意はありませぬ」

暗殺を深く追及せず、八十島助左衛門は話を進める。

「こののちのことでございますが、久保様の跡は忠恒様しかいないと主は申しております」

喪中《もちゆう》であっても三成は関係なく次のための一歩を踏み出そうとする。乱世の奉行として頼もしくはあるが、些《いささ》か冷淡で性急すぎる気もする。それでも考えは義弘と一致している。

「判ってはおるが……」

義弘は危惧して言葉尻が濁《にご》る。忠恒は久保の三歳年下の十八歳。久保の跡を継いで当主の候補となるには、未亡人となっている龍伯の三女の亀寿《かめ》と婚儀を交わさなければならない。

島津家が秀吉に降伏した時、龍伯は島津家の当主の証《あかし》である『御重物《ごじゆうもつ》』を義弘や久保ではなく三女の亀寿《かめじゅ》に渡しているので、亀寿の夫になる者が表向きの当主を意味している。『御重物』は家伝の文書のことである。

亀寿も失意の底にあろうし、若き忠恒としても、実兄の正室であった五歳年上の女性と祝言《しゅうげん》をあげることには抵抗を覚えるに違いない。二人のことを思うと、不憫《ふびん》である。

「お判りかと存じますが、兵庫頭様のご子息でなければ、島津家を率いていくことは難しいと主は申しております。このこと、改めて玩味《がんみ》なさいますよう」

八十島助左衛門の視線が突き刺さる。三成の意見ということは秀吉の意思も同じ。秀吉に反意的な龍伯が立てた跡継ぎに、島津家を任すことはできないということである。

塞《ふさ》ぐ気持の中で義弘が頷くと、八十島助左衛門は釜山《プサン》に戻っていった。

久保の遺骸《いがい》は樺山久高や平田増宗らの老中《おとなじゅう》と共に薩摩に戻っていった。

嫡子を乗せた船を巨済島《コジェド》の岸から眺めながら、義弘の嗟嘆《さたん》は深まるばかりであった。

久保の死から四日後の九月十二日、義弘の長女・御屋地《みやぢ》（千鶴《ちづ》）の婿《むこ》である旧豊州家《ほうしゅうけ》の当主・島津朝久《ともひさ》が、久保と同じ症状で死去した。享年は不明。

「俺《おい》は長く生き過ぎた。ないごて、若者《わかもん》の死ばかり目にせねばならんのか」

あと四ヵ月もすれば還暦を迎える義弘。僅か数日の間に、嫡子と娘婿を失って嘆く。死因に善《よ》し悪《あ》しはないけれど、戦死ではなく病死というのが、残念で仕方ない。しかも栄養不足が原因の一端かもしれぬと思うと悔やまれるばかり。少なくとも国内にいれば失わずにいた命。この世の不幸を一身に浴びたような心境である。長寿を恨みたくなる心境でもあった。

四

九月二十三日に名護屋に帰着した石田三成は、翌日、大坂に向かった。その最中の二十五日、薩摩の伊集院幸侃《こうかん》に対し、五ヵ条からなる密書を送った。幸侃は義弘と同じように島津家中での改革派であり、秀吉の覚えも目出度《めでた》い老中《おとなじゅう》である。陪臣《ばいしん》でありながら秀吉からは大名のような扱いを受けてもいた。

五ヵ条の中で、重要なのは三条目と四条目の途中である。

「一、又一郎（久保）殿が相果てられたことは、不慮のことにて申しようもない。ご心中を察する。御跡目《おあとめ》のことについて、拙者《せつしや》は羽柴兵庫頭《はしばひようごのかみ》（義弘）の内意を得ている。義久（龍伯）またはその方（幸侃）が在京する間に相談するようにと義弘も仰せである。内々のことなので左様に存じておくように。事は当地にて承《うけたまわ》るが、義久もその方も帰国中なので、義久が承知するように相談すること。その方も大変であろうが、上洛して義久の意見に従い、跡目のことを太閤様の御前で御披露《ごひろう》し、その決定したことを義弘にも必ず仰せになることが尤《もつと》もである。義弘は今、取り乱しているだろうが、島津殿の御家《おいえ》が極まった時なので、油断しないように。ことに、この前、熊川《ウンチョン》で伝えたように、御国の仕置（検地）も決定した。子細はその方に申し聞かせよという上意があったので、上洛することが肝要である。

一、島津殿の名跡は、定めて義久の意見と併せ家老衆も知ってのとおり、申すまでもないが、又一郎殿の次の御舎弟《ごしゃてい》（忠恒）である。左様のところに落着させ、早々に御舎弟を上洛させることを納得させること。御上洛して上意を得ることは必ず済ませねばならない。

（後略）」

その後はポルトガル製の石火矢（大筒《おおづつ》）を大小に拘《かかわ》らず、差し出すことが命じられている。

機密事項ということでか、宛先は記されていない。官途や名前が混雑しているのは口上をそのまま右筆《ゆうひつ》が記し、清書もせずに送ったためか。何《いず》れにしても、未《いま》だ豊臣政権に不満を持つ者が多々いる島津家に対し、騒動を起こさせぬため、内政干渉はしていないということを主張できるように、明確な命令書として出さなかったのかもしれない。

三成としては、精強な島津兵を義弘や伊集院幸侃《こうかん》の許で一つにし、豊臣家のために役立たせたい思惑があったので、家督相続は自発的に行わせたかったようである。

およそ一ヵ月後の閏《うるう》九月晦日《みそか》、三成の家臣の安宅秀安が義弘に対し、忠恒様のお供として伊集院幸侃が上洛することを、義久と幸侃に伝えたので、近日、忠恒様は上洛するでしょう。上洛次第に跡目は忠恒様に仰せつけられることになります。いかようなことがあろうとも、精を入れて御取り合うように申し入れます。特別に世話をしますので、三成が粗略にすることはありません、と伝えている。

石田主従が書状の中で龍伯という出家号ではなく義久と記しているのは、降伏前と同じように未だ当主として豊臣政権に逆らっている義久時代と変わらないことを暗に皮肉っているのかもしれない。家督を忠恒に移行し、龍伯を隠居させて政《まつりごと》に関わらせないようにしなければ島津家の力は発揮できない。長岡幽齋の仕置の失敗を早く修正する必要にも迫られていた。

三女の亀寿《かめじゅ》と仲睦《なかむつ》まじい久保には龍伯としても好感を持ち、自身の跡継ぎとして期待していたので、訃報《ふほう》を聞いて落胆したものである。失意の消えぬ中で伊集院幸侃《こうかん》から相談を受けた龍伯は困惑した。亀寿のことを思うと胸が苦しくなる。

暫《しばら》くは喪に服していたいところであるが、久保が死去した以上、そうそう先延ばしにしておくわけにはいかない。龍伯も義弘も高齢、いつ死んでもおかしくはない。しかも義弘は戦地に赴いている。島津家の当主としては、早急に跡継ぎを立てなければならなかった。

四十九日が終わるや否《いな》や、亀寿の再婚話が出たことについて、親として心が痛むものの、致し方ないと思っている。このまま髪を下ろさせるのは、あまりにも哀れ。亀寿を出家させて養子を迎えるつもりは龍伯にはない。亀寿が産んだ男子に家督を譲りたいのが希望である。

〈又八郎か……〉

御内《みうち》城の居間で龍伯は溜息を吐く。

亡き久保は分別もあり、武勇にも長《た》けていた。龍伯の言うことも素直に聞いていたので、島津家を任せられる存在であった。対して忠恒は、一応、兵法は示現流《じげんりゅう》剣術の流祖・東郷重位《ちゅうい》について修行しているが、元来、宗本家を継ぐべき者ではなかったので、帝王学のようなものは学んでおらず、家臣の一人として粗放に育てられてきた。初陣《ういじん》を果たす前に天下は統一されたので、武勇に関しては評価ができない。それよりも、上方の生活の弊害《へいがい》か、蹴鞠《けまり》に夢中になっている。龍伯から見れば軟弱に見えて仕方ない。

性格は、起伏が激しく、意固地《いこじ》になるところもある。分家の城主であれば、それでもいいかもしれないが、宗本家の当主として我儘《わがまま》な国人衆《こくじんしゅう》を束《たば》ねていくには、調和を大事にした土臭《つちくさ》い武将でなければならない。曲者《くせもの》だらけの島津家臣を率い、亀寿《かぢ》とうまくやっていけるかを想像すると不安でならないが、他に選択肢もないのが事実。

龍伯は忠恒を御内城に呼びよせた。

忠恒は島津家の血を引くだけあって端正な顔だちである。若いだけあって顎《あご》の肉もない細面《ほそおもて》で、南国生まれの男子にしては日焼けしにくい体質なのか色白である。

「吾《あが》は幸侃《こうかん》と上洛ばすっこつになった。上方では俺《おい》の跡継ぎの上意を受けるこつは間違《まし》いなか。じゃっどん、上方に染まるではなかぞ。そげんこつでは島津の家んは纏まらん。上方では殿下の言うこつに頷《うなず》き、国許では国許のしきたりに従えばよか」

これが豊臣政権に対する龍伯の真意でもあった。

「畏《かしこ》まってございもす」

前にも言われたので判っているとでも言いたげな忠恒である。

「於亀寿《おかめじゅ》のことじゃが……風邪などひかぬようにとの」

婚儀のことを口にしようとした龍伯であるが、忠恒は望んでいないのか、言いだしにくい雰囲気を持っていた。

「お伝え致しもす」

淡々とした口調の忠恒だ。あるいは龍伯のことを好んでないのかもしれない。

先日、久保の見舞いを兼ねて巨済島《コジェド》に渡海したいと義弘に伝えたことは龍伯も聞いている。久保の死で叶わなくなったが、異国に出陣することを嫌っている腰抜けでないことは承知しているので、頼り無い武士ではなさそうだ。

〈じゃっどん、於亀寿んこつを蔑《ないがし》ろにばしよったら、太閤が認めてんも、俺《おい》は家督を継がせん〉

戦《いくさ》や政《まつりごと》のことを冷静に判断できる龍伯も、娘のことになると感情が高まり、幾分、視野が狭くなる。末娘は幾つになっても可愛いものである。それでも今は口にすべき時ではないと、肚裡《とり》にとどめることにした。暗黙の了解で判ってほしいものである。まあ、周囲の老中衆《おとなじゆうしゆう》は理解しているはずなので、あえて念は押す必要はなかった。

ただ、今は秀吉や三成に取り込まれず、亀寿《かめ》を大事にしてほしいと願う龍伯だった。

用意を整えた忠恒が伊集院幸侃《こうかん》を伴って鹿児島を船で出航したのは十二月初旬。十三日、忠恒は摂津《せっつ》の大坂に着岸し、十五日、和泉《いずみ》の堺で三成と会見し、年内にも秀吉に謁見できるように取り計らうことが告げられた。三成の指示で忠恒は堺で年越しすることになった。その間、三成からは親切に家督継承等のことなどを指南されている。

すぐに謁見が叶わなかったのは暮れなので秀吉、三成主従が多忙なことと、そのため押し迫った頃に秀吉が体調を崩したこともある。

文禄三年（一五九四）が明けると、秀吉は洛中と大坂の間に位置する山城《やましろ》の国の伏見に隠居城を築城させはじめたことなども重なった。都の聚楽第《じゆらくだい》は甥の関白秀次《ひでつぐ》の城、大坂城は前年に生まれた一粒胤《ひとつぶだね》のお拾《ひろい》（のちの秀頼《ひでより》）の城であるからだ。

一月下旬、三成の指示を受けた伊集院幸侃は巨済島《コジェド》の義弘に対し、忠恒は謁見後早々に朝鮮への渡海が命じられるので、鎌田出雲守政近、伊集院抱節《ほうせつ》、比志島《ひしじま》紀伊守国貞《くにさだ》らの老中《おとなじゆう》が、忠恒の供をするように説得してくれと伝えている。

三人は何《いず》れも龍伯の信任が厚い鹿児島衆であり、先に長岡幽齋が仕置を行った際に抵抗あるいは怠《なま》けて協力しなかった有力な国人衆である。誰がどのような人物であるか、伊集院幸侃《こうかん》が三成に子細を伝えていたことによる人選である。

龍伯の後継者である忠恒が渡海すれば、老中《おとなじゆう》を側《そば》に置かないわけはない。龍伯も、老中衆も断れぬと踏んでのこと。忠恒の家督承認後、三成は島津領に対する太閤検地に乗り出そうとしている。この際、忠恒と一緒に抵抗勢力を国外に出して円滑に敢行するつもりであった。

検地については三成と伊集院幸侃のほか、龍伯の老中である長寿院盛淳《ちようじゆいんもりあつ》も参加して談合が繰り返されていた。

二月になり、漸《ようや》く謁見というところになって、忠恒は疱瘡《ほうそう》にかかり、一時は生命の縁《ふち》を彷徨《さまよ》うはめになった。当時は生死の確率は半分という重病である。報せを聞いた龍伯は衝撃を受けた。

〈こたびは又八郎か!〉

亀寿《かぢ》の婿になる男が、立て続けに重病にかかるのは、ただごとではない。

〈こいも、馴れん地に住まわされるからじゃ〉

龍伯の怒りは秀吉に向くが、憤っても忠恒の病は治らない。薬師が付きっきりになっているという報告を受けているが不安だ。龍伯は御内城下の寺社で加持祈禱《かじきとう》を行わせた。

神仏の力かどうかは定かではないが、およそ一ヵ月で忠恒は回復したので龍伯は安堵した。

三月十日、伊集院幸侃《こうかん》や忠恒の書状を受けた義弘は、鎌田政近ら老中衆《おとなじゆうしゆう》の説得は心得た。これも治部少輔《じぶのしよう》（三成）様の好意なので有り難いことである。老中衆がいれば弱輩の身でも在陣は心配ないであろう。良い才覚であると思案することが肝要である、と幸侃に伝えている。さらに、忠恒は生来の下戸《げこ》なのだから、酒色と蹴鞠の稽古に明け暮れさせてはならない。酒は一切、口をつけさせるな、と厳しく諫言《かんげん》してもいた。

十九日、忠恒は堺から上洛し、翌日、普請途中の伏見城で秀吉に謁見し、正式に島津家の跡継ぎとして認められた。これにより、時機はまだ未定であるが、朝鮮渡海が命じられた。二十六日には入洛し、絢爛豪華《けんらんごうか》な聚楽第で関白秀次に謁見している。

全ては三成らの予定どおりに進んでいた。

忠恒の家督が認証されたので、三成は早々に亀寿《かぢ》との婚儀を結ぶため、龍伯に上洛を促してきた。義弘からは、鎌田政近らを補佐として一緒に渡海させてほしいという懇願もされている。

〈幸侃奴《め》、治部少輔の口車に乗りおって。又四郎（義弘）もじゃ……馬鹿奴《ざこはつ》どもめ〉

三成ら豊臣家の奉行によって由緒ある島津家が崩されているのが判らないのかと、龍伯は憤る。予想していたことであるが、豊臣政権が島津家の後継者を決めるというのも腹立たしい。跡継ぎの第一候補は確かに忠恒で、ほかに見当たる者はいないものの、あくまでも決定するのは龍伯の意思に基づいたものでなければならない。

（じゃっどん、むげにもできんか）

島津家の安泰のためにも亀寿《かず》と忠恒の婚儀を先延ばしにするわけにもいかない。命令にも似た申し出に応じるのは甚だ不本意ではあるが、龍伯は上坂することにした。四月の中ほどに国許を発ち、大坂に到着したのは五月の初旬。秀吉は湯治《とうじ》のため有馬《ありま》に行っていたので、奉行や正室の北政所《きたのまんどころ》に挨拶を済ませたのち、伏見城下の島津屋敷に移動した。

伏見屋敷は城の西・石田三成の治部少曲輪《くるわ》にほど近い。

伏見城自体がまだ普請中で各大名家の屋敷も同じ。道を歩くたびに杉や檜《ひのき》の香りが鼻を擽《くすぐ》り、日がな一日、金槌《かなづち》で叩《たた》く音や作業中の掛け声が途切れることはなかった。

城にとても近い地を与えられている厚遇は、義弘が積極的に三成と昵懇《じっこん》になっているからであろう。秀吉に次ぐ武将の家康が隣というのも、なにかの因縁《いんねん》か。三成とすれば、いざという時、強悍《きょうかん》な島津家の武力を期待しているのかもしれない。

〈あいがためいわっ（有り難迷惑）なこつじゃ〉

城から遠ければ、名護屋の陣屋のように適当な屋敷の建築でお茶を濁すこともできるが、棟《むね》一つ挟んで伏見城では、そのようなわけにもいかない。見劣りしない建物を築けば相応に出費は嵩《かさ》む。島津家には余計なことであった。

その後、龍伯は上京し、聚楽第近くの島津屋敷に入った。

すぐに忠恒をはじめ、鎌田政近、伊集院抱節らの老中衆《おとなじゅうしゅう》が龍伯を出迎えた。婚儀の用意も進められているようだった。

挨拶を受け、諸報告を受けたのち、龍伯は密《ひそ》かに鎌田政近を呼んだ。

「亀寿《かぢ》んこつじゃが、又八郎はどげん思案でおっとか」

「太守様《たいしゅさあ》にお気を煩《わずら》わせたこつ、申し訳ございもはん。忠恒様は渡海のこつばかり思案しておいもす。姫様には、どげん接していいか判らんこつのようにございもす」

恭《うやうや》しく鎌田政近は答えた。

「そげんこつは、わいらが気遣いするが忠義ではなかか」

「がっついな（仰せのとおり）こつでございもす」

恐縮する鎌田政近であるが、困惑した表情をしていた。

表向きのことが終わったので、龍伯は亀寿と顔を合わせた。

「太守様にはご機嫌麗《つげんうるわ》しかございもす。お会いしとうございもした」

龍伯を見た亀寿は涙ぐんでいた。この年二十四歳。久保の死の傷心も癒《いえ》ず、城中では他家の女房衆から笑われるので薩摩言葉も使えず、畏縮《いしゅく》した生活を送っていたせいかもしれない。

「吾《あが》も息災でなにより」

末娘の悲しむ姿は切ない。龍伯は優しく労《ねぎら》いの言葉をかけるばかり。できうるならば、このまま薩摩に連れ帰りたいほどである。

「又八郎からの挨拶は?」

「遣いは、ありましたが、又八郎殿は……」

寂しげに亀寿《かじ》はもらす。女子《おなご》の再婚という引け目を和《やわ》らげることができるのは、忠恒の思《おも》い遣《や》りなのであろうが、望んでいる婚儀ではない年下の若者に求めるのは難しいのかもしれない。

「又八郎も渡海のこつで、忙しいに違《ちご》いなか」

愛娘《まなむすめ》には、そう誤魔化《ごまか》す龍伯だった。

秀吉が有馬から戻り、伏見城に入城したので龍伯は謁見した。

「重畳至極《ちょうじょうしごく》。忠恒も嫁を娶《めと》り、島津家も安泰じゃな」

漸《ようや》く龍伯が挨拶に来たので、秀吉は上機嫌であった。

ほどなく京都の島津屋敷で忠恒と亀寿の婚儀が執《と》り行われた。久保とに続いて二度目の花嫁衣装を目にする龍伯であるが、心中穏やかではなかった。

晴れの席にも拘《かかわ》らず、二人とも嬉しそうな顔をしていない。敵国どうしの政略結婚ならばまだしも、諍《いさか》いもしていない同族の婚儀が、これほど冷めた縁契りの席でいいものか。

亀寿にすれば、島津家を守るために二度も自分を利用するのか、と豊臣政権のみならず龍伯への憤懣《ふんまん》を持っているようである。どうせならば、家督が欲しければ、もっと自分を大事にしろと自分に迫るような気丈な心中であってほしいと龍伯は願う。

片や忠恒にすれば、家督を得るために兄のお古《ふる》を受けねばならぬのか、とでもいう心情か。

〈俺《おい》は亀寿《かめじゅ》が産む孫を抱けるんだい(だろう)か〉

目出度《めでた》いはずの席で、先行きに不安を覚える龍伯だった。

婚礼から三ヵ月後、渡海の命令が出され、八月二十五日、忠恒は名護屋に到着した。

名護屋での忠恒は、肥前・唐津城主で長崎奉行を務める寺沢正成からの饗応《きようおう》を受け、この世の名残《なご》りを惜しむかのように蹴鞠に興じていた。

忠恒が遊興に浸《ひた》っているからではなかろうが、九月中旬には水夫《かこ》が相次いで逃亡し、下旬には追手を差し向けて成敗せざるをえない状況に追い込まれていた。

その背景は、朝鮮水軍にある。日本軍は制海権を失ったままで、九月二十九日に四国衆が数十隻の軍船に襲われ、巨済島《コジェド》から義弘が救援に向かうほどであった。

十月一日には義弘の城にも朝鮮軍は襲来し、島津軍は撃退している。

なかなか出立《しゆつたつ》できぬ忠恒であるが、島津軍の勝利を確認したのちの十月九日、遂に名護屋を出航して壱岐の勝本に到着。その後、対馬を経由して釜山浦《プサンポ》に着岸したのは二十六日であった。無論、鎌田政近、伊集院抱節、比志島国貞らの老中衆《おとなじゆうしゆう》も一緒に渡海している。

一方、三成は島津家の変革計画の要《かなめ》である太閤検地へと踏み出し、七月には奉行や検地衆を派遣し、九月から本格的な実地検地を断行していった。

第三章　太閤検地の波紋

一

忠恒《ただつね》が巨済島《コジェド》に到着したのは文禄《ぶんろく》三年（一五九四）十月三十日。

「父上様には、長きに亘《わた》って異国でのお働き、ご苦労にございもす」

挨拶《あいさつ》をする忠恒は、義弘《よしひろ》の容貌を見て驚いた表情をしている。

「吾《あが》が、そげん口をきけるようになるとは思いもよらんど。なんの苦労などなか」

久々に会った息子に労《いたわ》られ、義弘は目頭を熱くした。実子の顔を見られたことは嬉《うれ》しいが、同陣して久保《ひさやす》を死なせたという罪悪感が再びぶり返す。同時に新婚の忠恒を渡海させたことを申し訳なく思い、理不尽さを憂《うれ》えてもいた。

義弘はこの八月七日、大坂で人質になっている妻の宰相《さいしょう》に憂慮《ゆうりょ》する書状を送っている。

「特別に申し入れる。唐国《からくに》と日本《ひのもと》との和議が決裂したという噂が立っている。事実ならば自分は帰国できないかもしれない。このまま戦《いくさ》が続くのならば、せめて忠恒には渡海命令が出されないようにしてほしい。かれこれ三年の間、異国で心労、苦労を重ねてきたのは御家《おいえ》や子供たちのためである。子供たちの行く末を思うと涙がつきない。宰相には子供がたくさんいるので、子供たちのためにも、どうか強く生きるように。義弘の死後に一万部の経を詠《よ》むよりも嬉しいことである」

義弘の危惧《きぐ》する吐露《とろ》は続く。

「日本の諸大名で、親子共に高麗《こうらい》に在番している家は一つもない。さてまた、御家中三人（島津以久《ゆきひさ》、北郷一雲斎《ほんごういちうんさい》、伊集院幸侃《いじゅういんこうかん》）の『御朱印衆《ごしゅいんしゅう》』のうち一人も高麗に在陣していないのに、（家督者《かとくもん》の）又八郎が渡海するとなれば、父子《おやこ》二人が高麗で暮らすことになる。まことに浮き世の有り様は、これに過ぎることはない（後略）」

義弘は渡海するにあたり、自身の命がどうなっても構わない覚悟は持っていた。それも島津家を思えばこそであるが、将来を嘱望《しょくぼう》された大事な宗本家《そうほんけ》の跡継ぎを死なせてしまった今、同じ轍《てつ》だけは踏みたくはなかったが、願いは叶《かな》わず忠恒は義弘の目の前にいる。失意は拭《ぬぐ》えない。

「高麗での戦《いっさ》や暮らしは、日本とは違《ちご》いもすか」

「吾《あが》は初陣《ういじん》でもあったの。吾が思案しておるほど、楽なもんではごはんど」

思い出すように義弘は戦の有り様を語る。

当初は腐敗した李朝《イ》からの解放を謳《うた》った侵攻であり、日本軍は略奪、刈田狼藉《かりたろうぜき》等の禁止事項を守っていたが、兵糧《ひょうろう》の逼迫《ひっぱく》と同時に禁制を破った。占領軍にありがちな日本語や日本式の髷《まげ》の強要などを行ったために、民衆の支持を失い、急速に敵を増やすことになった。

敵は農民や町民と同じ形《なり》をしているので見分けがつかず、急襲を防ぐのが難しい。言葉が通じないので降伏等が認めづらく、交渉も円滑に運ばず、殲滅戦《せんめつせん》を余儀《よぎ》無くされる。農民は兵と化して農地を離れる者が増加したので、朝鮮の田畑から収穫できる量は侵攻前の半分にも満たず、とても統治して年貢《ねんぐ》の徴収などは望めない状況であった。

「こん巨済島《コジェド》は、まだよかほうじゃが、油断すってはなかぞ」

とにかく忠恒だけは死なせぬよう、義弘は厳命する。できれば初陣は違う形でさせたかったが、今となってはどうにもならない。

〈たとえ我が命と代えても、久保の二の舞いだけはさせぬ〉

風土病防止の意味も含め、城から出さぬぐらいの覚悟である。

巨済島到着二日後の十一月二日、忠恒は永登浦《ヨンドンポ》城に蹴鞠《けまり》の懸《かかり》を作ることを決めた。庭普請奉行《にわぶしんぶぎょう》には春成主殿助《はるなりとのものすけ》、鎌田次右衛門《じえもん》、関民部左衛門を当て、柳、桜、松、楓《かえで》の四本木を巡らし、四日には義弘を招いて蹴鞠を行い、その後、宴会を開いている。こののちも忠恒の蹴鞠は続き、さらに茶室の普請も始まった。

既に帰国しているが、上杉家の家宰《かさい》の直江兼続《なおえかねつぐ》は、消失しそうな書物を掻《か》き集めた。財宝等の戦利品に目を向けぬ兼続に、福島正則《まさのり》は嘲《あざけ》った。

「左様な書物は田の肥やしにもなるまい」

「頭の肥やしになります」

直江兼続は平然と言い返し、日本に持ち帰ったという。年齢や環境の違いはあろうが、兼続と比べれば、惰弱《だじゃく》に映ることであろう。

〈まあ、城ん中にいるうちは、よかこつにせねば〉

国許《くにもと》にいれば武技を磨き、学問に勤《いそ》しめと叱責《しっせき》するところであるが、異国の戦陣では大目に見る必要がある。義弘は忠恒の身だけを案じていた。

忠恒や他の家臣が増えたことで、島津勢の総計は三千三十人になった。そのうち水夫《かこ》は四百八十人。まだ軍役の五千には遠く及ばない。島津家では病《やまい》によって帰国、あるいは病死した者が一千ほど出ていた。

今のところ明国《みん》との休戦協定が守られ、講和交渉が行われている最中なので、明の大軍と直《じか》に衝突しないでいられるが、破られれば消耗戦を覚悟しなければならない。万が一のためにも、早く国許の検地を実施し、動員能力を明確にして最悪の状態に備えたい義弘であった。

十一月中旬、十月六日に記された書状が義弘に届けられている。石田三成《みつなり》の下で取次《とりつぎ》をする安宅秀安《あたかひでやす》からの長い書状は、島津家の問題を言及して義弘の心痛を煽《あお》り立てた。

まずは在陣している島津勢の人数が少なく、開戦から二年半近く経っても軍役を満たしていない。病人が出るたびに、多くの供を連れて帰国するので、ただでさえ少ない兵が目減りするばかり。これでは少々補充しても軍役を満たすことはできず、御家《おいえ》の一大事になりかねない。伊勢・安濃津《あのつ》城主の織田信包《のぶかね》は軍役を果たさず、豊後《ぶんご》・府内《ふない》城主の大友義統《よしむね》は軍役が少ないことから臆病風に吹かれ、敵前逃亡を企《くわだ》てたとして改易《かいえき》になったと義弘を脅《おど》す。

軍役過小を解消する目的で太閤検地を行うのに、島津家の家臣たちは安宅秀安らを敵視して協力しようとしない。秀安は三成、延《ひ》いては秀吉の命令で龍伯《りゅうはく》や義弘のためにやっているので、悪く言われても構わないが、逆恨みされては迷惑であると、開き直ってもいた。

長岡幽齋《ゆうさい》が仕置《しおき》をした時には適当にお茶を濁《にご》せたので、島津家の家臣たちは、同じようにお座なりな対応で誤魔化《ごまか》し、事をすませるつもりであるようだった。

とにかく出陣の留守中、主《あるじ》の許可もなく主の知行《ちぎょう》を恣《ほしいまま》にしているようでは言語道断である。さらに忠恒が朝鮮出陣前に在京していた際、安宅秀安が将来のことで忠恒に相談しようとしたところ、老中衆《おとなじゅうしゅう》は忠恒に近づけないように邪魔をするので埒《らち》があかない。今後は、義弘が忠恒の側《そば》に然《しか》るべき者をつけないと、三成らの努力も無になり大変なことになると、訴えてきた。

〈あん、馬鹿奴《ざこはっ》どもめ！　島津が瀬戸際にあるこつ、判らんがか〉

書を読んだ義弘は憤《いきどお》る。長岡幽齋への不協力は、いつ罪に問われてもおかしくない事柄で、二度目はないことを突き付けられたも同じである。

〈じゃっどん、彼奴《あつどむ》らの肚《はら》も判らんではなかが〉

三成が派遣した奉行衆に協力し、所領が明確に算出されれば実質的に禄高《ろくだか》は削減された上で、風土病と飢えが待つ朝鮮に出兵させられる。ならば、際《きわ》の際まで粘《ねば》り、朝鮮からの撤退を待とう。改易処分が出され、受け取りの軍勢が進んできたならば、斬り死にする。病に冒《おか》され、餓えて死ぬならば、腹いっぱい食った上で討死《とうし》するほうがまし、という思案なのであろう。

秀吉の九州討伐の際に、徹底抗戦せずに龍伯が降伏したことに不満を持つ者が島津家中には多々いた。今度こそは納得できるまで戦おうと思っていても不思議ではない。

〈そん時、島津の家は、こん世から消えるこつになる〉

現在抱える困窮《こんきゅう》の打破どころか、逆に厳しくなり、義弘の危惧は深まった。

義弘は、まず国許《くにもと》の老中衆《おとなじゅうしゅう》に対して検地奉行に協力するように伝えると同時に、三成に対して気遣《きづか》いする書状を送った。

「国許の検地を仰せられたこと、累年の本望はこのことです。検地衆の中に幽齋の家臣は加わっていないでしょうか。（もし、いたならば）その意見を聞きたいところです。貴老（三成）様の御家臣は御書中で述べられているように、関東以来あちらこちらに出張して御苦労の上、このたび薩摩《さつま》まで差し下されることは、その御芳志《ごほうし》に申し上げることはありません。検地のことは何度も申し入れたように、なにとぞなにとぞ貴殿の御家臣に仰せつけられてほしいと願っていたところ、我らの望みどおりになったので、安堵《あんど》しております」

七条のうちの三条目であるが、目上の者に対するほどに義弘は謙《へりくだ》っている。三成ならば、島津家を改易や減封にせず、よい方向に導いてくれると期待してのこと。今、義弘にできることは、遠い異国から書状を書くことだけだった。

問題は多々ある中、薩摩から検地は始められていた。

南の巨済島《コジェド》ではあるが、毎年の冬将軍が朝鮮国を包み込み、体力の弱まった者たちを衰弱させる。寒さのせいもあろう、十二月十四日、御朱印衆の一人、北郷讃岐守忠虎《ほんごうさぬきのかみただとら》が死去した。享年三十九。忠虎は日向《ひゅうが》の庄内《しょうない》で三万六千五百余石を有する有力な国人衆《こくじんしゅう》である。

〈久保と同じじゃ。讃岐守も、こん戦《いつさ》さえなかったら、今ちっと長生きしとったに違《ちご》いなか〉

渡海前は元気だった北郷忠虎の姿を思い出しながら義弘は手を合わせた。

朝鮮に在陣する兵の苦労など知るよしもないのか、あるいは興味がないのか、暮れも押し迫った十二月二十五日、秀吉は諸将に虎狩りを命じてきた。太閤様の病気養生のため、虎の頭、肉、腸《はらわた》を塩漬けにして送れ、虎皮はその方に遣わすというもの。無論、正式な命令が出されるよりも早く虎狩りは行われていた。第一号は加藤清正ではなく黒田長政《ながまさ》。理由は、秀吉の病《やまい》ではなく、精力増進のためだという。

命令は文禄四年（一五九五）の春先に届けられた。

〈老いた天下人《てんかびと》が若い女子を抱くため、飢えた兵を獣《けもの》と戦わせっとはのう〉

呆《あき》れる義弘であるが、国許のこともあり、送らねば不忠だと疑われる。

「獣相手に無理すっとはなか。鉄砲で仕留めればよかぞ」

義弘は少しでも心証を良くしようと気が進まぬ中で虎狩りを命じたが、巨済島《コジェド》に虎はいない。

三月八日、義弘は忠恒のほか一千の兵を率いて対岸の朝鮮本土に渡った。周囲の雪はまだ消えず、凍《こご》えるような寒さの中、鎮海《チンヘ》から二里半ほど北の昌原《チャンウォン》まで進み、山や谷に入って虎を探したがなかなか見つからない。

十一日になり、雪の山中で漸《ようや》く虎一頭を発見した。刹那《せつな》、垂水《たるみず》島津家の彰久《てるひさ》の家臣・安田次郎兵衛《じろべえ》は虎の前に立ちはだかり、虎を睨《にら》むや牙《きば》輝く口内に太刀《たち》を突き出し、喉《のど》奥深く貫き、暴れる虎と共に高所から谷底へと落下した。虎は死に、次郎兵衛は軽傷を負ったものの、無事に生還した。忠恒は功を讃《たた》えて宝刀備前包光《びぜんかねみつ》一腰を与えた。

その後、新たな虎が出現した。折悪《おりあ》しく激しい雨となり、鉄砲の火縄が使用できなかった。

「権右衛門《ごんえもん》、負けるな」

分家の家臣に功を奪われたままでは宗本家の名折れ、忠恒は中間《ちゆうげん》の上野権右衛門に命じた。

島津家の跡継ぎから下知《げじ》を受けた上野権右衛門は、子孫に誉《ほま》れを残そうと発奮し、虎に斬りかかった。権右衛門は虎の牙に引っ掛けられ、振り廻《まわ》された挙《あ》げ句《く》、谷底に転落して死んでしまった。

「今度《こんだ》は俺《おい》じゃ」

帖佐六七《ちようさむしち》が虎の頭に三太刀《みたち》斬りつけたが、手負いの虎は獰猛《どうもう》で、六七の股《また》に咬《か》みついた。

「こん、馬鹿奴《ざこはっ》が！」

虎に言ったのか、帖佐六七に言ったのか定かではないが、義弘家臣の福永助十郎は虎の尾を摑んで松の木に引っ掛け、脇差《わきざし》で虎の腹を貫いた。次いで長野助七郎が虎の脇腹を抉《えぐ》ってとどめを刺した。

虎二頭を仕留めた義弘は即座に小西行長《ゆきなが》に報《しら》せ、翌十二日、家臣と共に巨済島《コジェド》に帰島した。

報せを受けた秀吉は、さすがに虎狩りで兵の命が失われたことに罪悪感を覚えたのか、以後の虎狩りを禁じた。

〈権右衛門は老いた亡者《もうじゃ》の目を覚まさせたのじゃ〉

そう思うと、幾らかは上野権右衛門が浮かばれるような気がした義弘だ。

残念ながら三日後に帖佐六七《ちょうさむしち》も命を落とし、義弘を嘆かせた。

虎の肉は日本に送ったが、虎皮はそのまま義弘に下賜《かし》された。この皮は島津家と昵懇《じっこん》の堺商人、伊丹屋清兵衛《いたみやせいべえ》が買い取っている。島津家は三成の肝煎《きもい》りで伊丹屋に多くの借銀をしている。島津家が改易の憂《う》き目《め》に遭《あ》えば、伊丹屋は借銀を回収しにくい状況に追い込まれるので、文禄の役で島津家の借銀が増えても支援を続けている。不良債権を多く抱えた銀行と不動産業者のような関係に似ていた。

国許では昼夜を問わず実地検地を断行し、二月の中旬には終了し、奉行衆は同月二十九日には京都に帰国している。

四月六日の書状で、取次の安宅秀安は義弘に報告してきたが、検地の終了と安堵できる内容ではなかった。相変わらず薩摩、大隅《おおすみ》、日向の侍、町人、百姓のみならず龍伯に至るまで検地に納得していない。

龍伯の指示で検地の監察に当たった長寿院盛淳《ちょうじゅいんもりあつ》は、老中《おとなじゅう》を辞めさせてもらうことを言上《じょう》する、と国許を発《た》って上洛《じょうらく》の途に就《つ》いた。これは、龍伯や他の老中衆と画策した行動《どん》ではなく、島津家臣衆の反発に嫌気が差したことによる。あるいは、身の危険すら感じたのかもしれない。豊臣政権に傾倒する伊集院幸侃《いじゅういんこうかん》も盛淳と同じ状況で、検地衆と共に上坂している。島津家中ですら、うんざりする勝手ぶりであった。

安宅秀安は龍伯や義弘が家臣たちを甘やかしすぎだと糾弾《きゅうだん》した上で、これまで三成もいろいろと支援してきましたが、もはや処置しようもなく、取次も思案し直さねばならない、と告げ、それでも、一応、検地も終わったのだから、どうにかなるだろう、三成が取次をしなくとも、勿論《もちろん》、構わないのではなかろうか、とも伝えてきた。

元来、検地を行えば、石高が増えて領主は潤《うるお》うものであるが、それでも龍伯は不満を持ち、龍伯の側近である長寿院盛淳《もりあつ》が家中の仕置を抛《ほう》り出した。これでは三成家臣の安宅秀安や三成派の伊集院幸侃では手に負えず、三成をしても島津家の戦力を温存したままでの再生はお手上げになった。

さっそく三成は秀吉に相談し、義弘の帰国を決定した。

四月十二日、秀吉は義弘に帰国命令を出した。

秀吉の朱印状、安宅秀安や龍伯の書状が義弘の手に届けられたのは五月上旬。

〈軍役も果たせず、検地にも納得せんで、俺《おい》の帰国。皆は事の重さを判っとらんがか〉

良くて減封、悪ければ改易。義弘は悪い状態を覚悟した。さらに危惧もある。

「国許んこつば片づけたや、いっき（すぐ）に戻《もろ》って来るので、いっせ（絶対）に血気に逸《はや》ってはならん。厳命ぞ」

忠恒を残して帰国することが、義弘には気掛かりで仕方ない。何度も義弘は念を押した。

「承知しておりもす。ご安心して給《たも》んせ」

若い忠恒は、父親の干渉から脱却できると、喜んでいるようだった。

五月十日、不安を抱えながら、義弘は巨済島《コジェド》を出立《しゆつたつ》して帰国の途に就いた。

翌十一日、父親の義弘は改めて息子の忠恒に起請文《きしようもん》の前文を提出した。

島津家を相続することはとても大変なこと。万事を擲《なげう》って国家安康のために尽くすことが肝要である。存じていることは折々異見《いけん》する。別心はない。疑ってはならない。世上の讒言《ざんげん》で忠恒を敵とし、義弘の五男の忠清《ただきよ》を大事にするなど、愚老（義弘）の心底にも毛頭ないので安心するように。親子の間に讒言があれば、その趣《おもむ》きを相互に話し合い、遺恨がないようにすれば、自然に不審もなくなるであろう。隠し事なく熟談すること。今後も別心なくすることが肝心だ。右のことに偽《いつわ》りがあれば、梵天《ぼんてん》、帝釈天《たいしやくてん》……等ありとあらゆる神仏の罰が下るであろう。

健康のみならず、朝鮮に残る忠恒に、龍伯や義弘に不審を持たせぬことが第一であった。

二

五月十四日の夜、義弘は後ろ髪を引かれるような心境で釜山浦《プサンポ》を発ち、翌日、対馬《つしま》の豊《とよ》崎《さき》に取りつけて、上県《かみあがた》の鹿見湊《ししみみなと》に着岸した。息子を異国に残し、老いた自分が島とはいえ安全な日本国の地を踏んだことに罪悪感を覚えるものの、安心する気持は抑えられなかった。

暫《しば》し天候不順で対馬への滞在を余儀無くされた義弘であるが、五月二十三日になって南端の豆酘崎《つつさき》を出航し、壱岐《いき》を経由して名護屋《なごや》に着陣した。

〈帰《けえ》ってきたぞ!〉

本土に足をつけた義弘は、罪の意識をも打破する、えも言われぬ喜びが湧き上がり、叫びたい心境にかられた。釜山《プサン》から名護屋と、名護屋から鹿児島の直線距離はほぼ同じであるが、もう、船に乗らずとも帰郷できるという状況が、歓喜させているのかもしれない。これは理屈ではない。異国の陣にいた者にしか判らぬ感情である。

ゆっくりしたいところであるが、休養を取るための帰国ではない。義弘は腰の据わる間もなく名護屋を発ち、六月三日には播磨《はりま》の室津《むろつ》に至り、大坂に到着したのは五日のことであった。

この時の豊臣政権は、三つの城に分かれていた。都の聚楽第《じゅらくだい》は関白秀次《かんぱくひでつぐ》に譲られた城、大坂城は、お拾《ひろい》(のちの秀頼《ひでより》)に与えられる城。両城の中間に位置する伏見城は太閤秀吉の隠居城。

大坂で人質になっている義弘正室の宰相《さいしょう》は、亀寿《かぢ》らともども伏見に移されていたので、すぐに顔を見ることはできなかった。

義弘の帰国を喜び、伏見から伊集院幸侃《こうかん》が挨拶に訪れた。義弘にとっては好都合である。

「まずは、無事のご帰還、御目出度《おめでと》う存じもす」

伊集院幸侃は義弘を敬《うやま》い、労《ねぎら》った。

島津家中では老中《おとなじゅう》中の老中。義弘の末娘の御下《おした》は伊集院幸侃の嫡子《ちゃくし》・忠眞《ただざね》に嫁《とつ》いでいる。豊臣政権とうまく歩調をとらねば島津家の生きる道はないという思案も一致していることからも義弘と幸侃は親しい間柄である。

「重畳至極《ちょうじょうしごく》、して国許《くにもと》の様子はどげんか?」

「検地で石高は倍になりもしたが、厳しきこつになっておりもす。一揆《いっき》が起きても不思議ではありもはん。武庫《むこ》（義弘）様《さあ》に下向《げこう》して戴《いただ》きもはんと、収まらんと思いもす」

冷静な目を持つ伊集院幸侃の言葉だけに、真実に違いない。義弘の緊張は増す。

「太守様《たいしゅさあ》がおられよう」

「まずは、太守様御自身もがってんいかん（納得できない）ご様子。御自身にその気がなくとも、下向すれば、蜂起《ほうき》の御輿《みこし》として担がれるは間違《まし》げいありもはん。武庫様が下向なされ、国を纏《まと》めた後で、ご帰国願うしかなかと存じもす」

一揆の討伐すら匂《にお》わせる伊集院幸侃。難しい状況であることは窺《うかが》えるが、引っ掛かるものもあった。

「あい判った。じゃっどん、わいは勘違《かんちげ》いしておっど」

「ないごてでごわすか」

「国を纏めんのは太守様《たいしゅさあ》。俺《おい》はそんために皆を説き、言うことを聞かすぎい（だけ）じゃ。太守様に取って代わる気は髪の毛一本も持ち合わせておらん。胆ん銘じておくがよか」

義弘は念を押した。龍伯から忠恒への円滑な家督相続は望ましいが、島津家中に亀裂《きれつ》が入っては元も子もない。

伊集院幸侃《こうかん》は、頑固な龍伯よりも、豊臣政権と親しい義弘のほうが扱いやすい。縁戚の関係からも、さらに島津家内で権力を握れる。そのために義弘を利用しようと思案しているのかもしれない。あるいは、石田三成あたりからの入れ知恵か。三成の思惑は磐石な豊臣政権を維持するために島津家を古い体制から脱却させ、手懐《てなず》けておきたいはずである。

義弘、伊集院幸侃、石田三成の三人はそれぞれ新たな島津家の体制を望む方向性は同じであるが、心中はそれぞれ別のものであった。

六月十二日、義弘は伏見に到着した。まずは城下の島津屋敷に入って龍伯に挨拶をするのが普通かもしれないが、少しでも秀吉の心証を良くするために、そのまま登城《とじょう》した。

〈大坂と聚楽第があって、ないごて、こげん豪華な城がいったとか〉

名護屋城を上廻る白亜の豪華な城が小高い指月山《しげつ》に築かれていた。同地は東山連峰の最南端に位置し、南に小椋池《おぐらいけ》と宇治《うじ》川を眼下に望み、大坂と都を水運で結ぶ要衝《ようしょう》でもあった。

普請にあたり、石垣の石は讃岐《さぬき》の小豆島《しょうどしま》から、木材は土佐《とさ》や出羽《でわ》などの遠方からも調達された天下の城であった。

南の大手門を潜《くぐ》ると、すぐに石田曲輪《くるわ》あるいは治部少曲輪とも呼ばれる三成の曲輪がある。敵が迫れば三成が撃退するということであり、秀吉に謁見するには三成の許可がなくば会うこともできないという形であった。幸いにも義弘は好意的に見られている。これまでは……。

石田曲輪に遣《つか》いを立てると、三成は本丸にいるとのこと。三成の家臣に案内され、義弘は本丸に向かった。当然だが、城内で騎乗することは禁止されているので徒歩である。輿《こし》に乗れる者はごく僅《わず》かで義弘は許されていない。大坂城同様、秀吉が築く城は、どこをどのように通ったのかと思わされるほど歩かされる。漸《ようや》く本丸に辿《たど》り着いた時は汗ばむほどであった。

城の中は、名護屋城に輪をかけたように、ただただ圧巻である。廊下は高級な漆盆《うるしぼん》のようで、自分の姿が映るほど艶《つや》があり、歩くのが申し訳ないほどである。柱も芳香《ほうこう》漂う檜《ひのき》と漆黒《しっこく》に塗《ぬ》られたものが交互に建てられており、壁や襖《ふすま》には金銀がちりばめられている。部屋を開ければ青々と眩《まばゆ》いばかりに輝く畳を目にでき、藺草《いぐさ》の馨香《けいこう》が鼻孔《びこう》を擽《くすぐ》った。

〈こげん贅沢《ふずらしか》もんは、皆、大名に整えさせたもんか〉

薩摩の現状を思うと、腹立たしさを覚える義弘であった。

控えの一室で四半刻《しはんとき》ほど待っていると、石田三成が訪れた。

「お待たせ致した。高麗《こうらい》での働き、ご苦労に存ずる。殿下もお喜びにござる」

淡々と三成は告げる。才槌頭《さいづちあたま》で細面《ほそおもて》の理知的な顔の三成である。

三成は近江《おうみ》の坂田郡石田村の出身で、浅井《あざい》旧臣の石田藤左衛門正継《まさつぐ》の次男として誕生した。幼少の時から利発で、近くの観音寺《かんのんじ》で手習いをしていた時、長浜城主の秀吉と対面し、三献《さんこん》の茶でもて成したことを気に入られて召し抱えられた。以来、吏僚《りりょう》として力を発揮して秀吉に重宝され、今や三成がなければ豊臣政権が動かぬとまで言われている。奉行内実力筆頭の三成はこの年、三十六歳。美濃《みの》の関ヶ原から大垣の周辺に所領を与えられていた。

因《ちな》みに近江の水口《みずぐち》で四万石を与えられたと『関ヶ原軍記大成』などに記されているが、裏付ける根拠はなにもない。これに対し、美濃の末守村や松尾村で北畠助大夫に扶持《ふち》を与えている書状が確認されている。なので、四万石の所領のうち一万五千石を割《さ》いて剛勇の嶋左近丞清興《しまさこんのじょうきよおき》を召《め》し抱えたというのも、単なる逸話に過ぎない。嶋左近は秀吉の直臣《じきしん》として大和《やまと》の平群《へぐり》郡で所領を与えられ、三成の寄騎《よりき》として働いていた。

少々横柄であるが、三成なりの労《ねぎら》いなので、言葉自体には不快感はない。問題は別にある。

涼しい顔で目の前にいる三成は、今や島津家の恩人になりつつあるが、晴蓑《せいさ》と久保を死なせた切っ掛けを作ったのは紛《まぎ》れもない事実。朝鮮出兵などがなければ、久保は風土病になどかからずにすみ、梅北《うめきた》一揆も起こらず、晴蓑《せいさ》も責任をとらされることはなかった。

三成の進言によって朝鮮侵攻が決まったわけではなかろう。検地も含め、秀吉の命令を忠実に実行し、才能を駆使して効率良く進めたに違いない。

〈恩人にして仇《かたき》が石田治部少輔《じぶのしょう》か〉

義弘は複雑な心境であるが、いつまでも恨んでいるわけにはいかない。島津家の危機だ。

「治部殿には、お気遣い痛み入りもす。また、国許での検地を無事終えて戴き、我が主《あるじ》になり代わり、改めてお礼申し上げもす」

島津家の今後を左右する三成に対し、義弘は丁寧に礼を述べた。

「役目ゆえ礼は無用。既にお聞きのことかと存ずるが、検地で貴国の石高が確定し、近く正式な通達がなされましょう。所領は倍になりましたゆえ、軍役を果たして戴かねば困ります」

これまで面倒見てきたのに、結果が出されていない。三成流の最後通牒《つうちょう》である。

「無論、尽力するつもりでございもすが、なにぶん南端に暮らしているせいか、思案の古い者が多く、暫《しば》しの猶予を戴きたい。必ず、太閤殿下ならびに治部殿の期待に応えもす」

急速な変革を義弘自身も望むが、現実は厳しい。義弘は慇懃《いんぎん》に懇願《こんがん》した。

「貴家だけ特別な目で見る期間にも限界がござる。急がれよ。我らも貴家だけに労力を割いてもいられぬゆえ」

朝鮮の陣のほかに、なにか懸案でもあることを三成はちらりと匂わせた。問題があるならば、そちらに没頭していてもらえると有《あ》り難《がた》いが、島津家への恩情が薄れてしまうのは困りもの。なんとしても要望に応えねばならない。

「承知致しており申す」

肚《はら》に重いものを感じながら義弘は頷《うなず》いた。

短い会話を交わしたのち、義弘は三成に伴われて書院に入った。二十畳ほどの部屋で、上座には五枚ぐらい重ねた高さの畳が高台としてあった。

下座で待っていると、秀吉が太刀持《たちも》ちの小姓らを引き連れて上座に現れた。

「ご尊顔《そんがん》を拝し、恐悦至極《きようえつしごく》に存じます」

義弘は平伏して挨拶をした。なんとか薩摩の言葉を出さぬように気をつけている。

〈俺は久保《おい》と晴蓑《せいさ》を死に追いやった男に頭を下げておるんか〉

額を畳の繧繝縁《うんげんべり》に擦《す》りつけながら、義弘は身の震えを抑えるのに必死だ。

〈あん時、降伏したふりでんしたまま、晴蓑と本気《ほんしき》で太閤の駕籠《かご》ば狙っちょれば、こげん惨《みじ》めな姿ん晒《さら》すこともなかか〉

今さらながら龍伯の弱腰を説得しきれず、降伏に踏み切らせたことを後悔してやまない。

改めて秀吉に敗北したことを植えつけられるが、この期《ご》に及び、斬りかかるわけにもいかない。小刻みな体の振動は己への怒りでもあった。

義弘の心中など知るよしもないのか、秀吉は鷹揚《おうよう》に応対する。

「よいよい、堅苦しい挨拶はよい。面《おもて》を上げよ。余とそちの間ではないか。兵庫頭《ひょうごのかみ》、近《ちこ》う」

気さくに秀吉は言う。相変わらず人当たりのいい天下人だ。

「はっ、お言葉に甘えさせて戴きます」

義弘は武家流のしきたりに従って躙《にじ》り寄り、何度かのやりとりののちに二畳手前に達した。

「遠路、疲れていように、城下の屋敷で休みもせず、登城してくる忠義、嬉《うれ》しく思うぞ」

「勿体《もったい》なきお言葉にございます」

「又一郎（久保）のことは残念じゃ。余にも覚えがあるゆえ、そちの心中察するぞ」

夭折《ようせつ》した鶴松《つるまつ》のことを思い出してか、猿顔を困惑させて告げる。

「お気遣い、忝《かたじけ》のうございます。太閤殿下にお心配り戴き、久保も泉下《せんか》で感謝しておりましょう」

「久保の跡は忠恒が見事に継ごう。忠恒にも、そちの勇姿を見せたかったのう。高麗における四国勢への後詰《ごづめ》は天晴《あっぱ》れじゃ。さすが戦《いくさ》上手の薩摩侍従《じじゅう》は違う。できることならば、小西、加藤と先陣争いに加わってほしいところじゃったが、今は講和の最中。怠《なま》け者どもの尻を叩き、戦陣を駆けるのは暫しお預けかもしれぬの」

労いつつも厳しい提言は忘れない。あるいは、皮肉口調の叱責《しっせき》が秀吉の本意なのかもしれない。龍伯にとって代われと遠廻《とおまわ》しに告げられることには、さすがに応じるわけにはいかない。

「主《あるじ》ともども忠節に励む所存にございます」

期限は口にせず、恭《うやうや》しく義弘は答えた。

「無欲じゃのう。まあ、今宵《こよい》は伏見の酒を堪能し、高麗の物語など聞かせよ」

素面《しらふ》では落とせぬと判断したのか、秀吉はすぐに切り替えた。

賑やかなことが好きな秀吉なので、奉行のほかにも前田利家、福島正則などの武将も宴席に呼ばれ、盃《さかずき》を呷《あお》った。

「お拾《ひろい》様は恙無《つつがな》く健《すこ》やかにお育ちとお聞きしております。大きゅうなられたことにございましょう。御目出度《おめでと》うございます」

秀吉唯一の弱点でもあるお拾様を褒《ほ》めることを義弘は忘れない。昼には贈物もしている。

「おうおう、侍従も喜んでくれるか。余も、一刻も早い成長を望むばかりだ」

と言った秀吉は、ちらりと東の方角に目をやった。この時は江戸に帰国中の徳川家康への危惧であろうか。秀吉は老境になってお拾を得ているが、嘗《かつ》て長久手《ながくて》の局地戦でただ一度後《おく》れを取った家康は子宝に恵まれ、長男の信康《のぶやす》を除く五男（秀康《ひでやす》、秀忠《ひでただ》、忠吉《ただよし》、信吉《のぶよし》、忠輝《ただてる》）四女（亀《かめ》、督《とく》、振《ふり》、松姫《まつ》）が成長している。さらに家康には子が誕生する。秀吉にすれば、先行き不安で仕方ないに違いない。

「間違いなく殿下に匹敵する大将になられることでしょう」

歯の浮くようなことを言うと、秀吉は顔が壊れたような笑みを浮かべる。

「やはり、跡継ぎは実子に限るのう。そちもそう思うであろう」

笑いが絶えぬ宴席の中で、秀吉はぼそりともらした。

秀吉と関白秀次との間が良好ではないという噂を耳にしている。秀次は秀吉の姉・智《とも》の長男で、秀吉にとっては甥《おい》にあたり、養子にしていた。

〈権力も地位も実子に与えたくなったとて、不思議《ふしっ》ではなかが〉

秀吉の言葉に、妙な違和感を覚えた義弘だ。

長期の在陣を労い、秀吉からは平野肩衝《ひらのかたつき》という茶入れと小泉の甲《かぶと》が下賜《かし》されたが、義弘としてはさして嬉しいものではなかった。

その晩、義弘は石田曲輪に泊まり、翌日、改めて登城して礼を述べた。

「そう遠くないうちに所領確定の朱印状が出されましょう。正直、龍伯殿に仕置《しおき》は任せられぬので、兵庫殿にして戴きます。無論、我らも合力《ごうりき》（協力）致す所存。これだけは胆《きも》に銘じておいて戴きたい。次の失態は許されぬ」

幾分、酒が残っていたものの、三成の厳しい言葉で目が覚めた思いである。

「承知致してございもす」

渋々応じさせられて伏見城を後にした。ほっとしたのも束《つか》の間《ま》、安堵はできなかった。

城西の島津屋敷に入り、義弘は兄であり当主の龍伯に帰国の挨拶をするために罷《まか》り出た。

控えの間で暫し待たされたのち、龍伯の居間に入ることが許された。

「お久しぶりでございもす。太守様《たいしゅさあ》には、お変わりなく、安堵しもした」

尊敬の念をこめ、義弘は龍伯に挨拶をした。兄弟でも主従のけじめは明確につけている。

およそ三年ぶりの再会に、自然と感情も高まった。

「異国でん働き、吾《あが》には苦労をかけるの。晴蓑《せいさ》んこつは、詫《わ》びようがなか」

弟に対し、龍伯は惜しげもなく頭を下げた。

「太守様が、そげんこつ、なさっては俺《おい》の立つ瀬がありもはん。頭を上げて給《たも》んせ。俺のほうこそ、大事な太守様の跡継ぎを死なせたこつ、お詫びのしようもございもはん」

両手をついて義弘は詫びた。

「死した者は生き返らん。吾も手を上げよ」

龍伯の言葉に従い、義弘は手を上げて、暫し朝鮮でのことを直《じか》に伝えた。

「そうか……」

飢えと風土病に悩まされ、軍役不足の汚名を浴びながら在陣を続ける過酷な状況を伝えると、龍伯も不憫《ふびん》に思ったのか溜息《ためいき》をもらした。

「検地ば終わったが、そいで解決すっと思うちょるか」

「簡単にはいきもはんが、よかほうに進むもんと存じちょりもす。一揆ば起きよった時ば、俺《おい》が討つつもりでおいもす。決して太守様《たいしゅさあ》の名を穢《けが》すことはあいもはん」

「殿下や治部に、なんか言わゆったか」

龍伯の目許が険《けわ》しくなった。

〈よもや、太守様は俺を疑っちょるんか〉

当主の座を奪い取るつもりなどは毛頭ない。疑問を持たれたことは侘《わ》びしいばかりだ。

「太守様を支えて、国を立て直せ、と」

「そいなら、俺を一刻も早く国許に戻すよう、画策せえ。治部と昵懇《じっこん》の吾《あが》が伏見におるほうが島津んためじゃろう。俺が上方《かみがた》においては、仕置もできん」

腹立たしそうに龍伯は命じる。龍伯は義弘よりも先に帰国したいようであった。

〈ないごて俺が、わざわざ高麗から呼び戻されたんか、太守様は判らんがか？　いや、太守様は、そげん浅慮者ではなか。判っているゆえ、焦《あせ》っておられるんか。俺の手で国人衆《こくじんしゅう》を討たせせんために……じゃっどん、叶《かな》えるのは難しかこつかもしれん〉

国を思う気持は同じであるが、接触、行動、言葉の選び方が違うために、うまく噛み合っていない。せっかく帰国したのだから、義弘は思案を摺《す》り合わせるつもりである。

「掛け合いもす。こんのちのこつにございもすが……」

「吾《あが》も、疲れたじゃろう。内儀も逢《で》たがっていよう。顔を見せてやれ」

会話の途中で龍伯は遮《さえぎ》り、近習《きんじゅ》の平田増宗《ますむね》を呼び寄せた。

帰国した実弟を煙たがっているわけではなかろうが、要望は伝えたので、あとは結果を待つというところか。一緒にいれば、愚痴《ぐち》をもらしてしまうのを避けたいのかもしれない。

まだ、言いたいことは山ほどあるが、纏《まと》めて告げても伝わらないかもしれない。義弘としても宰相《さいしょう》に逢いたいので、龍伯には追々《おいおい》進言することにした。

奥の部屋に足を運ぶと、宰相が三つ指をついて出迎えた。

「無事のご帰国、御目出度うございもす。お待ちしちょりました」

涙ぐみながら笑顔で告げる女性は園田清左衛門《せいざえもん》の娘で、皆からは宰相殿と呼ばれている。義弘自身も書状の宛先には「宰相」と記している。

宰相は義弘にとって後室にあたり、三人目の正室ということになる。一人目は北郷《ほんごう》忠孝の娘で、政略によって結ばれ、和睦《わぼく》が破れたので離縁した。この女性は長女・千鶴《ちづ》を産んでいる。二人目は相良晴広《さがらはるひろ》の娘で、この女性も同じ理由で島津家を去っている。

二度の政略結婚で妻と別れた義弘は、三人目は家中からと宰相を選んだが、園田清左衛門は下級武士ということで広瀬助宗の養女となって義弘に嫁《とつ》いだという。宰相は義弘との間に五男一女をもうけていた。気立てのいい、芯《しん》のしっかりした薩摩女《おごじょ》である。

「おはんも元気《いらいぇ》そうで良かこつ。苦労をかけるの」

義弘も笑顔を返した。宰相《さいしょう》の顔を見ると落ち着く。宰相自身、久保の死で悲嘆に暮れる中、塞《ふさ》いでいる亀寿《かじ》を慰め、上方において島津家の御台所《みだいどころ》役を務めていた。

「私《わたひ》らは毎日、遊《あす》んでいるだけにて、苦労などはあいもはん」

本来、母親であれば、我が子の死は父親の義弘よりも深い愁傷《しゅうしょう》であろうが、若き頃より悲しみや辛《つら》さを人に見せないので、義弘は救われている。

「おはんが、俺《おい》の嫁で助かっちょる。おはんには迷惑なこつだいが」

「なんの、殿様《とのさあ》に嫁げたこつで、都で綺麗《きれい》な着物《べいじょー》を着ていられもす。感謝こそしても、迷惑なこつはごあはん」

「そんなら、新しか着物でも買《こ》うてやるか」

「嬉しかこつにごあんそ。殿様には新たな羽織でも縫《ぬ》いもそ」

二人は笑みを向け合った。

互いに久保の死について口にはしない。言わずとも判っているだけに悲しみは深い。語らずとも二人揃って朝晩お経を唱えることが、義弘夫婦の慰め合いでもあった。

三

龍伯との微妙な歪《ゆが》みが埋まらぬまま半月ほどが過ぎた六月二十九日、義弘は秀吉に呼び出しを受けて登城した。所領の確定と義弘の下向が命じられるのであろう。

書院で待っていると、三成を伴った秀吉が現れた。丁寧な挨拶をすると、秀吉は満足そうに頷《うなず》き、三成に目をやる。

「されば、申し渡す……」

三成は島津領の知行割りを発表した。纏めると次のようになる。

龍伯蔵入《くらいり》　十万石（無役）。

義弘蔵入　十万石（無役）。

給人本地《きゆうにんほんち》（家臣の知行分）　十四万一千二百二十五石。

給人加増（浮地《うきち》分）　十二万五千三百八石。

寺社領　三千石。

伊集院幸侃《こうかん》　八万石（一万石無役）。

島津以久《ゆきひさ》　一万石。

以上、島津領は五十五万九千五百三十三石。在京料一万石は別に数えられている。

ほかに秀吉の蔵入地が一万石。

石田三成の検地料が六千二百石。

長岡幽齋の検地料が三千石。

出水《いずみ》、高城《たき》領が三万八百石。

朱印状は領知と明細、領知目録、知行分配目録の三種類であった。

秀吉が太閤検地として定めた基準は、曲尺《かねじゃく》六尺三寸を一間《けん》とし、一間四方を一歩《ぶ》とする。三十歩を一畝《せ》、十畝を一反《たん》として土地の面積を統一し、一反あたりの上田は一石五斗《と》、中田は一石三斗、下田は一石一斗の収穫があるものとした。さらに上畠は一石二斗、中畠は一石、下畠は八斗とし、年貢は三分の二が領主、残り三分の一が耕作者とした。

曲尺を小さく設定したことで収穫料は変わらずとも、数字は増えた。実地検地なので誤《ご》魔《ま》化《か》しがきかない。家臣たちの余剰分を明確に計上し、これを島津家の蔵入地に組み込み、経済基盤を強化して軍役を果たさせるのが太閤検地である。

検地のお蔭《かげ》で龍伯の蔵入は七万三千石、義弘は八万八千石の加増となった。それはそれで良いことではあるが、驚くべき問題が持ち上がった。

「なんと、こげんこつが……」

朱印状を見せられた義弘は驚愕《きょうがく》した。なんと宛先は義弘名義で出されているのだ。しかも義弘には島津家の本領ともいえる薩摩の大半が、龍伯にはこれまで義弘が領してきた大隅の大半。

「侍従、豊かになってよかったの。これでそちも働きがいがあろう」

してやったりと秀吉は北叟笑《ほくそえ》む。

「あいや暫《しばら》く……」

「侍従殿、なにゆえお礼を申されぬ。これは太閤殿下の決定でござるぞ。異議を唱えるは、貴家のためによろしくはござらぬ。ここは有り難くお受けし、ご奉公仕《つかまつ》るべきでござる」

三成なりの親切であろう。義弘が言いかけたところを三成は遮《さえぎ》った。

確かに三成の言葉は、豊臣家に仕える島津家とすれば正論なのかもしれない。文句を言って明らかになった所領を減らされるのは愚かなことである。判ってはいるが、義弘が国主では島津家は纏まらない。この朱印状を家中の者に披露すれば、明らかに義弘が豊臣家に擦《す》り寄って国主の座を龍伯から簒奪《さんだつ》したと思うであろう。伊集院幸侃《こうかん》の優遇も然《しか》り。殆《ほとん》どの家臣の所領が減る中、幸侃は五万九千石の加増である。どう考えても無事に収まるとは思えない。

それだけではない。島津忠辰《ただとき》から没収した出水、高城領も島津領ではなくなり、秀吉の蔵入地は大隅の加治木《かじき》から溝辺《みぞべ》にかけてに設定されている。これは薩摩に近い大隅の西で、島津家にとって中心的な地を奪われたことになる。

三成や長岡幽齋の検地料も含め、島津領が虫食い状態にされた衝撃は、改めて豊臣家に屈服させられた屈辱感を植えつけられたことになる。

さらに北郷《ほんごう》氏の知行指定がなかった。前年の暮れに死去した北郷忠虎《ただとら》の跡は、嫡子《ちゃくし》の長千代丸《ながちよまる》がまだ齢《よわい》六歳と幼いことから明確な相続はさせないでおいた。これに忠虎が軍役不足を指摘されたこともあり、御朱印衆の地位を失っている。ほかにも有力家臣の所《ところ》替《が》えをしなければならない。

〈こん検地によって、島津の家は攪拌《かくはん》され、余計に疲弊してしまうかもしれん〉

検地によって難題を吹っかけられた心境の義弘である。

「……有り難き仕合わせに存じます。当主の龍伯の代理として、お礼申し上げ奉《たてまつ》ります」

迷惑この上ないが、礼を口にしなければならなかった。

「重畳至極《ちょうじょうしごく》、新たな島津を期待しておるぞ、侍従。子細は治部少輔《じぶのしょう》に聞くがよかろう」

悪賢《わるがしこ》そうな笑みを浮かべた秀吉は、目的を果たすと座を立った。

朱印状が出された以上、宛名《あてな》の変更など申し出ても許されるものではないので、あえて義弘は追い縋《すが》るような真似はしなかった。三成も心得たものである。

「あとは貴家内での処理。重臣たちの所替えなどござろう。我が配下も遣わしますが、手に余るようならば、申し出て戴きたい。侍従殿には、いくらでも貸しますぞ」

義弘が三成に泣きつくことはないと確信しながらの心遣いである。

「ご好意、忝《かたじけ》のうございもすが、お手数をかけぬよう尽力するつもりでござる」

答えると三成は頷いて秀吉の後を追った。国内の細かなことから朝鮮の陣に至るまで差《さ》配《はい》して日がな一日働く三成、もしかしたら日本で一番忙しい男かもしれない。

暫く義弘は座を立てなかった。

〈俺《おい》は太守様《たいしゅさあ》に、どげん申し上げたらよかとか〉

考えるほどに途方に暮れそうになるが、避けては通れぬ道である。義弘としては、誠心誠意、龍伯に説明し、予想される騒動を最小に食い止めるしかなかった。


島津屋敷に戻った義弘は神妙な面持《おもも》ちのまま龍伯の前に罷《まか》り出た。

「こいが殿下から下された朱印状にごわす」

朱印状を受け取った龍伯は、目にした途端に顔が険しくなり、小刻みに手が震えた。文字の先に秀吉の顔でも見ているのか、睨《にら》んでいるような眼差《まなざ》しだ。

その視線が宛先に移り、ほどなく朱印状から離れて義弘を刺すように直視した。

「こいを黙って受け取ってきたんか？　そん頭を下げて？」

どの面《つら》を下げて龍伯の前にいるのかとでも罵倒《ばとう》したそうな剣幕だ。秀吉や三成と結託して龍伯から家督を奪い取ったつもりか、噛みつくかのような目が訴える。

〈疑われても仕方なか。今はなにを言っても無駄じゃろうが……〉

困難を承知で義弘は龍伯に向かう。

「島津んためにございもす」

「こん紙切れで島津が纏《まと》まっと思うちょるのか」

できるわけがない。龍伯の目は完全に否定している。

「纏めねば島津家はなくなりもす。皆には辛《つら》くても我慢させ、高麗で働いた者に浮地《うきち》の加増をしやっては、どがんでしょうか」

「わいがすんではなかか」

なげやりな口調で龍伯は言う。秀吉や三成と一緒に決めたならばお前がやれ。都合が悪いことだけを押しつけるな、といった心中であろう。

〈俺《おい》でん、好きで朱印状の宛先に名を記されたわけではなか〉

そもそも、このような原因を作ったのは誰なのか。義弘も反論したいところであるが、言えば亀裂が深まるので口に出すわけにはいかない。

「俺は、あくまでも島津家の一家臣にございもす。今までと同じ一万二千石で十分《じゅんたっ》にごわす。あとは太守様《たいしゅさあ》にお返し致しもす。栗野《くりの》からも動くつもりはありもはん」

開き直ったように聞こえぬよう注意しながら義弘は告げた。

「そいでん、太閤に背《そむ》くことになろう」

龍伯は首を横に振る。龍伯なりの諦めや秀吉への恭順《きょうじゅん》の意思なのかもしれないが、中途半端な反抗の態度が、義弘にはもどかしくて仕方ない。

「どげんなされもすか」

「吾《あが》が皆を納得させれば、俺は御内《みうち》城を出る。そいで、島津が落ち着くんなら俺は構わん」

どうあっても自身で率先的に行動に出るつもりはない龍伯である。

「判《わか》いもうした。俺《おい》が皆を説きもす」

憤懣《ふんまん》に凝《こ》り固まる中、一応の解決策が出たので義弘は安堵した。応じながら身を正す。

「改めて申しあげもす。俺は島津家の家臣で、太守様《たいしゅさあ》にとって代わるつもりなどさらさらありもはん。太閤殿下が俺をどげん扱おうとも、太守様の家臣でごわす」

告げると不快そうな表情のまま龍伯は頷いた。どうせ口だけだ、と今は思っているかもしれないが、それでもいい。義弘は行動で示すまでだった。

義弘がまず先にやらなければならなかったのは伏見城普請の材木の調達についてである。

七月四日、義弘は、新たに屋久島《やくしま》の領主になった島津以久《ゆきひさ》に対し、他国船による買い付けなどの禁止の置目《おきめ》を龍伯と共に下知した。家臣たちは義弘ではなく龍伯の命令しか聞かないが、豊臣政権は義弘を国主として扱っているので、家中への命令書は両者の署名が必要だった。

同じ日、国許の栗野で義弘の五男・久四郎忠清が死去した。享年十四。二年前に上洛したが、病弱なのでほどなく帰国している。法名は蘭桂純香大禅定門《らんけいじゅんこうだいぜんじょうもん》。栗野の徳元寺《とくげんじ》に葬られた。松下源四郎という者が殉死《じゅんし》している。

既に義弘の四男・万千代丸《まんちよまる》も夭折《ようせつ》しているので、生ある者は長女の千鶴《ちづ》、忠恒、次女の御下《おした》だけになってしまった。義弘が忠清の死を知るのは、まだ先のことであった。

翌五日には、北郷《ほんごう》家の家督相続について、死去した忠虎の跡は、嫡子の長千代丸《ながちよまる》に継がせることを忠虎の父の時久と、忠虎の弟の三久《みつひさ》に認《したた》めた。

龍伯は面倒臭そうに筆を執っていたが、忠恒が正式な当主になるまでの辛抱と、義弘は気遣いながら細かな仕事を片づけていった。

同じ日、島津以久《ゆきひさ》の長男の彰久《てるひさ》が朝鮮の巨済島《コジェド》で死去した。享年二十九。先に病死した久保らと同じ風土病だったという。義弘が知るのは一月半ほど先であった。

義弘が帰国準備を行っている最中、豊臣政権内で驚愕のお家騒動が起こった。

関白秀次に謀叛《むほん》の噂が立つと、七月三日、秀吉は三成や増田《ました》長盛らを差し向けて、適当な詮議《せんぎ》のまま、八日には、官位官職剝奪《はくだつ》の上で秀次を豊臣家から追い出し、十三日、紀伊の高野山《こうやさん》に追放。十五日には福島正則を検使として差し向け、秀次を自刃《じじん》させた。

あっという間に謀叛を鎮圧したと言えば聞こえはいいかもしれないが、誰の目にも秀次を排除し、地位も財産もお拾《ひろい》に譲り渡すための謀《はかりごと》であることは明らかであった。

この四月十六日、亡き大納言秀長《だいなごんひでなが》の養子になっていた秀次の末弟の豊臣秀保《ひでやす》が大和の十津川《とつかわ》温泉で、療養中に近習に殺されている。秀保の死によって大和、紀伊《きい》、和泉《いずみ》百万石が浮いた。

秀保は秀吉の姉・智《とも》の三男で、次男の秀勝《ひでかつ》は義弘らが巨済島に渡る前年の天正《てんしょう》二十年（一五九二）九月九日、同島で戦死している。この死も味方の鉄砲に当たったという噂もある。お拾《ひろい》が生まれた今、秀吉はお拾以外の豊臣家の血を引く男子を一人も残しておきたくないのかもしれない。

秀吉は徹底している。八月二日、秀次の妻子三十余名が三条河原で斬首された。

余波はまだ続き、事件に連座した木村重茲《しげこれ》は斬首、一柳《ひとつやなぎ》弥三右衛門《やざえもん》は自刃、同右近可《うこんか》遊《ゆう》は徳川家に、明石左近《あかしさこん》将監元知《のしょうげんもととも》は小早川《こばやかわ》家、羽田正親《まさちか》は堀秀治《ひではる》に、前野長康《ながやす》は中村一《かず》氏《うじ》に、渡瀬繁詮《わたらせしげあき》は佐竹義宣《よしのぶ》に預けられた。

秀次から銭を借りていた長岡忠興《ただおき》は家康に相談して、秀次が拘束される前に返済している。秀次と昵懇《じっこん》にしていた伊達政宗《まさむね》は、事件発覚後、慌てて上洛した。

「天下に二人とおらぬ太閤殿下ほどのお方が両目で見ても見誤られたものを、隻眼《せきがん》の某《それがし》が見誤ったとしても咎《とが》められるのは筋違いでござろう」

と詰問《きつもん》した施薬院全宗《せやくいんぜんしゅう》らを笑わせ、秀吉の罪にも触れて事なきを得ている。

七月二十日、秀次の謀叛に事を寄せ、秀吉は、秀吉ならびにお拾に対して、忠節を誓い、謀叛を起こさず、掟《おきて》を守るという起請文を徳川家康、前田利家《としいえ》のほか二十八人の武将から三成ら六人の奉行宛てに提出させている。既に義弘は都を発っていたので、龍伯が代わりに起請文を差し出していた。

〈対岸の火事ではなか。明日は我が身じゃ。気をつけんと〉

秀次自刃の報せを受けた義弘は自戒した。

義弘だけではなく、龍伯も危機感を持ったようで、同じ二十日、巨済島《コジェド》の忠恒に伝えている。

「国許は全て所替えすることに決まった。我々も大隅に移る覚悟だ。鹿児島には義弘が入るだろう。鹿児島衆の殆どは連れていくつもりだが、鹿児島で家臣にしたい者がいれば、書状で報せるように。そのことは相談に応じるつもりだ」

秀吉に抵抗しても埒《らち》が明かないので渋々応じる。大隅に移動するが、股肱《ここう》の家臣たちを鹿児島に残して忠恒の側《そば》に置き、遠隔操作による院政を布《し》くつもりのようである。

一方の義弘は、七月十七日に伏見を出立し、十九日、大坂から船に乗った。二十四日、日向の細島《ほそしま》に到着したところで久四郎忠清の死を知らされた。

「久保に続いて久四郎もか……」

これから国許で大鉈《おおなた》を振るい、新たな島津家の礎《いしずえ》を築こうとしていた矢先に、躓《つまず》かされたような心境である。改革を行おうという熱い闘志が急速に冷めていくようだった。

二十八日、義弘は三年ぶりに居城である栗野の松尾城に帰城した。

「ご無事のご帰還、御目出度《おめでと》う存じもす」

留守居の新納《にいろ》旅庵を筆頭に、家臣たちが総出で祝いの言葉を口にするが、どことなく主殿の空気が重い。忠清の死を憂えているのであろう。

「留守の守り、ならびに高麗への支援、わいらには感謝致す」

義弘は家臣たちを労ったのちに改まる。

「既に聞いていようが、検地で石高が正しく出され、新たな仕置をすっこつになった。わいらには、俺《おい》の手足となって働いてもらう。家中で斬り合いなっこつも覚悟せえ」

「承知致しもした」

主《あるじ》のただならぬ決意を感じとったのか、家臣たちは緊張した面持《おもも》ちで頷いた。

「もう一つ。上方ん者《もん》は、俺を当主として扱う。そいは、あくまでも上方の者に対してのこと。島津家の当主は太守様《たいしゅさあ》じゃ。俺ではなか。忠恒でんない。そんこつ、胆に銘じておけ」

義弘は徹底して、家中の分裂をさせないように尽力した。

皆への挨拶が終わったのちに、義弘は城の西に建立されている徳元寺に足を運んだ。夏場なので遺体の腐敗は早いということもあって、既に荼毘《だび》に付されている。義弘は墓の前で手を合わせた。

〈ないごて俺は、こげんに子たちの墓ば見ねばならんのか。長生きし過ぎたんか〉

忠清には婚儀も結ばせてやることができなかったので、心残りでならない。あどけない顔を思い出すと、目頭が熱くなる。今はただ、静かに菩提《ぼだい》を弔《とむら》うばかりだ。

同じ時期の八月、巨済島《コジェド》に在陣する島津軍は三里ほど離れた東の加徳島《カドクド》に移動した。講和交渉によって秀吉が朝鮮に築いた十五の倭城《わじょう》のうち、十城を破却しろと命じたことによる。

とはいえ、加徳島《カドクド》に島津軍三千を収容できる城はないので、島津家が築いた諸城を壊し、加徳島に移築した。忠恒にすれば、迷惑なことであるが仕方ない。島津家臣たちは皆で日夜城普請に尽力した。忠恒は加徳城にも蹴鞠《けまり》の懸《かかり》を作って興じている。

四

「ないごて鹿児島に入られんとでごわすか」

新納旅庵《にいろ》が義弘に問う。当主代行の権限に重みを持たせるためにも御内城《みうち》に入るべきだと言いたげだ。

「御内城は家臣が入る城ではなか。俺《おい》は帖佐《ちようさ》に新たな館《やかた》を築くつもりじゃ」

義弘は慎重だ。龍伯から当主の座を奪い取ったという誤解を少しでも解くために努力した。帖佐は、別府《べっぷ》川の北で、一線は越えない気遣いは怠《おこた》らない。

別府川のすぐ北、鍋倉《なべくら》山（標高百二十二メートル）の帖佐本城は平山城《ひらやまじろ》と呼ばれる山城があるが、不便なのでその南に館を築くことを命じた。鹿児島の御内城からはおよそ四里半ほど北の地である。

帖佐館が完成する間、義弘は栗野の松尾城で政務を執り、さっそく有力家臣の所替えを断行した。

　まずは秀吉の蔵入地となった大隅の加治木や溝辺周囲を領有していた肝付兼三《きもつきかねみつ》を薩摩の喜入《きいれ》へ移し、同地の領主である喜入久道《ひさみち》を大隅の永吉《ながよし》に移動させた。

　先の島津以久《ゆきひさ》は大隅の清水から種子島《たねがしま》、屋久島、永良部《えらぶ》群島に、種子島領主の種子島久《ひさ》時《とき》は薩摩の知覧《ちらん》に移封。知覧領主の佐竹久慶《ひさよし》は薩摩の川辺《かわなべ》に、大隅の禰寝《ねじめ》領主の禰寝重張《しげひら》は薩摩の吉利《よしとし》に、薩摩の入来院《いりきいん》領主の入来院重時《しげとき》は同国の湯之尾《ゆのお》に、と他にも容赦なく所替えを行った。土着性を切り離し、兵農分離を実行するためである。

「拒《こば》んだ者《もん》はおらんか」

　義弘は新納《にいろ》旅庵に問う。

「皆、ほろなっ（不服を申し）ておりもしたが、従《したご》ってはおりもす。たいがい（おそらく）、太守様《たいしゅさあ》が鹿児島を出ると聞いたからに違《ちご》いござんさん」

　新納旅庵の言葉には納得できる。改めて龍伯の力を見せつけられた気もする義弘だ。龍伯の直臣として長寿院盛淳《ちょうじゅいんもりあつ》が皆を説いていることも、移動が進んでいる理由であった。

「尤《もっと》もだ、そいでん、安心はできん。所替えした後《あど》が、本当《げん》の戦いとなるに違《ちご》いなか。油断すな」

　さして混乱が起こらぬ移動の後に騒動が起きるのは予想に難くはない。知行は今までどおりと同じ石高が与えられるが、収穫された米を与えられるわけではない。田の面積によって定められているので、同じ石高でも太閤検地後は目減りしており、実際には七割程度、場所によっては半減という地もある。馴れ親しんだ地を離れ、新たな土地では勝手の違うことも多々ある。間違いなく苦情が出てくるであろう。

〈特に太守様《たいしゅさあ》が帰国されてからが、問題じゃろ〉

今後のことを思案すると、胸苦しくなるばかりだった。

追って伏見から安宅《あたか》秀安と伊集院幸侃《こうかん》も下向してきた。二人は義弘の前に罷《まか》り出た。

「治部殿からの助言でございもすが、皆は浮地となっている地を加増要求してくるは明白。浮地十二万余石のうち、八万石は凍結し、四万石は裁量によって加増されたしとのことにございもす」

伊集院幸侃が告げる。三成の助言は秀吉の言葉でもあり、命令と同じである。

義弘が警戒していることを三成も危惧していたわけだ。まあ、少々、頭の廻る者ならば誰でも思案するであろう。

「そいにしても、八万石を凍結とはのう……」

義弘は溜息を吐く。先の知行割りでは龍伯が大事にしている亀寿《かぢ》ら女子衆の化粧料は含まれていない。当然、浮地の中から割り当てることになるので、その分、家臣たちへの加増は減ってしまう。これでは加増するなと言っているようなものである。

「渡海の軍役、八万石分でちょうどいいぐらいではござらぬか」

安宅秀安が皮肉をこめる。朝鮮に在陣している島津家の兵は約三千。二度の免除を受けた後の軍役に二千人足りない。四十石に一人出せと秀安は言う。

「承知しちょる」

さらに厳しくなることを実感しながら、義弘は応じざるをえなかった。

波瀾の予感を孕《はら》みながら九月十九日、龍伯も下国した。さっそく義弘は挨拶をするために鹿児島の御内《みうち》城に足を運んだ。

「太守様《たいしゅさあ》にはお疲れのところ、ご挨拶させて戴きもす。先には家臣たちへの指示も賜《たまわ》り、恙無《つつがな》く所替えも進んじょりもす。改めてお礼申し上げ致しもす」

どこにいても、義弘は龍伯を当主として仰ぎ、両手をついた。

「重畳至極《ちょうじょうしごく》、俺《おい》も近々大隅に移るゆえ、安堵せえ」

後は好きにしろというなげやりな態度ではないが、冷めた口調の龍伯だ。お前にどれほどのことができるのか、と高みの見物をするようなものでもない。

〈おそらく太守様は、さらに上方との距離を置かれるつもりじゃろう〉

間違っても自ら豊臣政権に協力したり、媚《こ》びを売って取り入るようなことはしないであろう。

〈あるいは先を見られたか〉

勝算もなく異国に攻め入る愚行の中、幼い嫡子のために一族を皆殺しにする秀吉。政権の先行きは短いと見たのではないか。一波瀾あるまでは下知どおりに義弘に島津家の運営を委《ゆだ》ね、自身は隠居したふりをして大隅のどこかに引っ込み、家臣ともども日の目を見るのを虎視《こし》眈々《たんたん》と待つつもりかもしれない。龍伯は昔から腰の重い忍耐の武将であった。

〈そげんこつなら、俺《おい》はその間に、やれるこつをやっておくしかなか〉

龍伯が豊臣政権を短命だと決めた。義弘としても磐石《ばんじゃく》の体制が長期続くかに疑問を持っているものの、すぐに改易処分になる危険と隣り合わせであることを熟知している。苦しい状況でも改革を行うことこそ、島津家の生きる道だと義弘は信じている。希望を持って進めるしかなかった。

自身の家臣だけでは物事は進まぬことは理解しているので、義弘は股肱《ここう》の新納《にいろ》旅庵、伊集院一雄《かずお》（久春《ひさはる》）、川上肱枕《こうちん》を選び、伊集院幸侃《こうかん》と、龍伯家臣の本田下野入道三清《さんせい》、長寿院盛淳《ちょうじゅいんもりあつ》を加えて政務を行うことにした。

秀吉の肝煎《きもい》りで八万石が与えられた伊集院幸侃は外《はず》せない。加増の件は幸侃と本田三清で、長寿院盛淳は調停役。新納旅庵らの三人は上方や朝鮮からの取次や兵糧の確保等の役に当てた。

伊集院幸侃ならびに龍伯の家臣に知行を担当させることにより、不平不満を押さえ込もうという義弘の思案である。実際、義弘が家臣たちに加増してやりたくても、十二万石のうち八万石の使い道を豊臣政権に握られているので、ない袖《そで》は振れない。これを本田三清らによって龍伯の家臣たちに伝えさせることで、なんとか動きの鈍い島津家の歯車も廻《まわ》り出し、十二月には落ち着きを見せた。

ある程度、完成したので、十二月三日、義弘は帖《ちょう》佐《さ》館《やかた》に移動すると、合わせるかのように龍伯が御内《みうち》城を出て、大隅の濱《はま》ノ《の》市《いち》に移り、富隈《とみのくま》城の普請を開始した。同地は同国の国府《こくふ》があった国分《こくぶ》のすぐ西に位置している。

これにより、龍伯の富隈城、義弘の帖佐館、忠恒の御内城が錦江湾《きんこうわん》（鹿児島湾）ならびに桜島を北、北西、西から囲むような形になったことで、勢力の分散も余儀無くされた。

〈幸か不幸か、仕置はしやすくなった。これからじゃの〉

本腰を入れようとしていた矢先、義弘には上方からの呼び出しがあった。

「こげんな時に、ないごて」

義弘は憤《いきどお》る。確かに大半の所替えは終了したが、まだ加増の件は途中である。

〈治部少輔《じぶのしょう》は、騒ぎを起こさせずに皆を移すためだけに、俺《おい》を下向させたのか〉

そう思えてならない。

「今、殿様《とのさあ》に上洛されますと、国人衆《こくじんしゅう》が帖佐に押し掛けて知行の奪い合いにもなりもす」

新納《にいろ》旅庵が不安そうに言う。

「わいの申すことは的《まと》を射ちょるが、背《そむ》くわけにはいかん。皆に任せるしかなか」

義弘は細心の注意を払うように下知し、十二月十九日、帖佐館を出立した。まだ、仕置の最中であるが、順調に進んでいることを秀吉に大々的に伝えるつもりである。

今回は陸路にて東進し、約一ヵ月後の文禄五年（一五九六）一月十七日、大坂に到着した。すぐに伏見に登城したいところであるが、秀吉は伏見におらず病《やまい》で大坂城にいた。出仕は二月一日に決められ、義弘は暫《しば》し大坂に留《とど》まることを命じられた。相変わらず三成は多忙で、大坂と伏見を行き来している。

事の真相を知りたい義弘は、早く三成と会いたくて苛立《いらだ》っていたところ、三成の使者として八十島《やそじま》助左衛門が大坂の島津屋敷を訪れた。

「まだ、国許の仕置は途中。治部殿も聞いておりもんそ」

「承知してござる。主《あるじ》は、所替えさえすめば、島津はうまく廻るはずと申してござる。自らの有り難い知行を直視し、怠《なま》けることなく軍役に勤《いそ》しむに違いない。これを怠《おこた》るようでは、考えを改めねばならぬと」

「確かに当家は軍役を果たせておらぬが、和睦《わぼく》の話が進む中、急ぐ必要があろうか」

講和交渉がうまくいってないのではと、義弘は疑う。

「軍役は軍役、果たしてもらわねばなりませぬ。兵庫様にご上洛願った理由もそこにござる。これまで主は再三、貴家に助力してきましたが、まことこれに応えてくれるや否《いな》や。兵庫様にできぬことも、豊臣の力ならば可能ではないかと」

「なんと！」

八十島助左衛門の言葉に義弘は衝撃を受けた。この期に及び、まだ秀吉に従わないならば、もはや容赦《ようしゃ》はしない。義弘では龍伯を排除できないので、代わりに豊臣家がしてやろうかということ。義弘を上洛させたのは、龍伯派を討つための罠《わな》を仕掛けるためなのか。

〈そげんなこつ、俺《おい》がさせんと思うがか！〉

喉元《のどもと》まで出かかったが、秀吉に叛意《はんい》ありなどと疑われてはならないので義弘は堪《こら》えた。実際、上坂してしまった以上、虜《とりこ》の身に近い。義弘が謀叛など起こせるはずもなかった。

「日本《ひのもと》が一つになって異国と戦《いくさ》をしている時、怠けているのは貴家だけにござるぞ」

三成の家臣という気軽さもあってか、八十島助左衛門は歯に衣着《きぬき》せない。

「怠けておるのではごわはん。遅れているだけじゃ」

「兵庫様のお気持は判りますが、そうでない方もおられます。覚悟は必要かもしれません。あるいは、知行のみならず、心を入れ替えられるかにござる」

言うだけ言うと八十島助左衛門は島津屋敷を後にした。

〈上方ん者は、やり方が汚か。俺としたこつが……〉

読みきれなかった義弘は、脇息《きょうそく》を叩いて憤る。とはいえ上坂を遅らせても、言い掛かりをつけられてしまう。出立は仕方なかった。あとは遣《つか》いを国許に送り、不満をもらさず下知に従って軍役を果たすこと。国内に戦はないのだから、領国を空にしても渡海することだ。

ない。

〈太守様《たいしゅさあ》は俺《おい》を蔑《さげす》んでおりもうそうな〉

〈そらみれ（それみよ）〉

龍伯の声が聞こえてきそうだったが、塞《ふさ》いでいるわけにはいかない。新たな仕置は進めなければならないが、三成からの下知を受けている伊集院幸侃《こうかん》に好き放題にさせてもいけない。

伊集院幸侃には島津家の家臣であることを再認識した上で加増等を行うこと。島津家を傾けるような真似をすると幸侃自身に危険が及びかねない、ということを遣いに言い含めて送った。

国内にいるにも拘《かかわ》らず、領国の薩摩が遠く感じて仕方ない義弘だった。

国許では、年が明けてすぐに本田三清《さんせい》が死去した。義弘が出立する時は元気だったが、卒中だったという。島津家の領国内では謎の死が多い。龍伯の家臣でありながら義弘方に傾いたことに腹を立てた、あるいは知行に不満を持つ者が毒を盛ったのではないかという噂は後を絶たない。

報せは大坂の義弘にも届けられた。改革が後退しないことを祈るばかりだ。

齎《もたら》されたのは凶報だけではなく、加増に対する不満の苦情。しかも薩摩、大隅のみならず、加徳島《カドクド》に在陣している忠恒であった。

十二万余石の浮地があることは忠恒も聞かされた。加増は異国で飢えに耐えながら敵と相対している者が受けて然《しか》るべき。在陣している家臣たちが優先的に得るのが筋。母国でぬくぬくと暮らしている者が、加増を受けるのはおかしい。在陣している家臣のため、龍伯、義弘の同意がなくとも知行宛行《あてがい》は自分で行いたい、と再三に亘《わた》って訴え、使者として有馬次右衛門を帰国させてきた。

書状を受けた龍伯は、一月二十三日、本領を離れた者には時期を見て戻すつもりだ、と忠恒に伝え、二月六日には、このたびの配当は京都から伊集院幸侃《こうかん》に仰せ付けられたもので、これを無視して配当しては京都（秀吉）に悪く伝えられるので御家《おいえ》のためによくないとも諭《さと》している。

実際の配当はどうなっているかといえば、四万石のうち、一万六千石は亀寿《かぢ》や宰相《さいしょう》ら奥方衆に宛てがわれている。その他は伊勢貞真《さだまさ》に二百石や井尻豊前坊《ぶぜんぼう》に百十九余石、春口土佐守《とさのかみ》に……と義弘派の家臣に加増されていた。龍伯が差配したのは相州家《そうしゅうけ》の島津図書頭《ずしょのかみ》忠長《ただなが》に一万石を与えたのみであった。

このような配当に対し、島津家中の殆どが納得していない。国許に残っている国人衆は龍伯が睨《にら》みをきかせているので、まだしも、忠恒ら異国にいる者たちは、不満どころか激怒する始末。その鉾先《ほこさき》は実父の義弘には向けられないので、必然的に伊集院幸侃に向けられた。

伊集院幸侃としても、三成からの指示どおりに配当や加増を行うものの、所領には限界がある。四万石以上分の場合は、三成のみならず、龍伯や義弘の同意が必要であった。

三成らは島津家の立て直しがきかぬならば、伊集院幸侃《こうかん》を悪役にすることで島津家中に亀裂を入れ、騒動を起こさせ、反豊臣派の大将でもある龍伯らを一掃しようと画策《かくさく》している。

島津家は混乱しており、とても軍役を果たせる状態にはなかった。ある意味、三成らの想定の範囲内であったのかもしれない。

そんな最中、秀吉は本復し、二月十四日、伏見城に移動した。

翌日、追い掛けるように義弘も伏見に赴き、秀吉を見舞いがてら挨拶をした。

「おう、侍従か、こうも早う顔を見せる、そちの忠義、嬉しく思うぞ」

島津家を攪乱《かくらん》しておきながら、秀吉はそしらぬ顔で言ってのける。

「殿下のお体はご自身のものだけではございませぬゆえ、お大事になさいますよう」

腹黒い天下の老人だと思いつつも、義弘は慇懃《いんぎん》に見舞いの言葉を述べた。

二十七日、秀吉は諸大名に伏見の向島《むかいじま》に出城を築くことを命じた。

〈まことのこつ、当家は持つんだいか〉

再び出費が増える。諸大名も同じ条件であるが、島津家は九年間の負債が積載した中で、漸《よう》く新たな仕置を始めたばかり。負担の大きさに落胆せざるをえない。

少しでも財政負担を減らすために、義弘は諸肌《もろはだ》を脱ぎ、自ら普請場で陣頭指揮を取る始末であった。

　その後も加徳島《カドクド》に在陣する忠恒からの加増要求は続けられ、龍伯や義弘のみならず、豊臣家実力筆頭奉行の石田三成をも呆《あき》れさせる始末だった。

第四章　地獄への再渡海

一

和睦《わぼく》交渉は明《みん》国側からの回答待ちという状況であるが、在陣している兵たちの疲弊《ひへい》が激しく、僅《わず》かながらの安らぎを与えるためか、秀吉は諸将に在番を残して帰国してもいいという許可を出した。

若き忠恒《ただつね》は歓喜したことであろう。

島津家に対する石田三成《みつなり》らの意図とすれば、加徳島《カドクド》の守備が比較的安定していること。次に、龍伯《りゆうはく》を排除する豊臣政権の計画に忠恒が絡んで混乱をきたし、収拾がつかなくなったので、早期解決を図ってのことかもしれない。

〈豊臣は島津を潰《つぶ》す気はないらしい。又八郎（忠恒）も無事じゃ〉

忠恒に帰国が許され、義弘《よしひろ》は安堵《あんど》した。

文禄《ぶんろく》五年（一五九六）三月九日、義弘は忠恒に対し、伊集院抱節《いじゆういんほうせつ》、比志島国貞《ひしじまくにさだ》、鎌田政近《まさちか》らに後を任せ、七百ほどの在番を残して帰国しろ、その節には早々に上洛《じようらく》するようにと三成から言われている、と伝えている。この書が届くのは約一ヵ月後になる。

安心も束《つか》の間《ま》、二ヵ月後には龍伯に上洛命令が出された。

〈いかなこて（よもや）、太守様《たいしゆさあ》に！〉

切腹を命じるのではないか。驚きの疑いを持った義弘は、即座に登城《とじよう》して三成に会った。

「龍伯の上洛、いけな（いかな）当所《あてど》でございもそか」

「ご安心召され、腹を召させるようなことはござらぬ。こののちの貴家のためでござる。少々、上方《かみがた》にはいてもらうことになりましょうが」

淡々とした調子で三成は言う。条件付きなので切腹ではないことに偽《いつわ》りはなさそうである。

「質《しち》でごわすか」

義弘は思案する。龍伯を上洛させている間に、龍伯の家臣に出陣させて軍役を果たさせる気か。

〈又八郎が帰国すっこつになれば、そん兵を率いるんは俺《おい》か〉

士気が低い龍伯に朝鮮の在番を任せるわけはない。

〈俺が又八郎の代わりに渡海し、御家《おいえ》が安泰ならば、そいでよか〉

軍役だけ揃えば、思う存分戦うつもりである。忠恒に代わって義弘が在陣するとなれば、考えられることは講和交渉が、思わしくないことが予想できる。

「治部少輔《じぶのしょう》殿に申したかこつがごわす。俺《おい》が高麗《こうらい》に渡り、龍伯が上方、忠恒が国許《くにもと》では島津は、よか家にはなりもはん。龍伯が国許、忠恒は上方に置くべきに限りもす」

「それでは検地前と変わらぬではござらぬか。こののち島津家の跡を継ぐならば、忠恒殿を国許に置き、龍伯殿を上方におくことこそ島津家のためと、某《それがし》は思案してござる」

義弘が初めて三成の口から、島津家への方針を聞かされた瞬間だった。義弘のことを口にしなかったので、諸将に帰国許可を出したものの、和睦交渉は不明確であることが窺《うかが》えた。

「明との和議は難しいのでごわすか」

「左様なことはござらぬ。秋口までには明確になるはず」

三成にしては歯切れの悪い返答である。三成は続けた。

「されど、我らは子供ではござらぬ。常に最悪の状態に備える、ではござらぬか」

「治部少輔殿の申すとおり」

一応、頷《うなず》く義弘であるが、疑念は消えない。細かな状況は判らないものの、さすがに三成や小西行長《ゆきなが》が偽《いつわ》りの使者を承知で受け入れたことなどは知るよしもなかった。

五月二日、長い書状の中で、三成は慎重なので帰国のことは焦《あせ》らないこと。渡海している総勢が陣を退《ひ》くかどうか判らないので、国許から交代する兵は送らない、万が逸《いっ》、長陣することになれば、交代の兵を送るので、心得ておくように、と忠恒に伝えている。

六月中旬、龍伯は伏見屋敷に到着した。

「蒸し暑か中、太守様《たいしゅさあ》には、遠路、お運び戴《いただ》き、お疲れ様にございもす」

義弘は丁重に龍伯を迎えた。

「こげん歳《とし》でん、質の価値があっとは嬉《うれ》しかこつ」

顔を合わせる早々、龍伯は皮肉を口にする。

「太守様を上洛させたこつ、申し訳ないと思うちょりもす」

そのような手間をかけさせないために豊臣政権に接近したのだが、それが果たせず義弘は反省している。決して形だけのものではなかった。

六十四歳の身に長旅は辛《つら》いと、龍伯は不快気に奥の居間に入ってしまった。

国許を押さえられる龍伯と義弘が伏見にいるので、国人衆《こくじんしゅう》は羽を伸ばして不満をあらわにする。そんな中で伊集院幸侃《こうかん》と長寿院盛淳《ちょうじゅいんもりあつ》が残り少ない浮地《うきち》の管理、配当をしているので、騒ぎが起きないわけはない。国人衆の代表であるはずの盛淳が賄賂《わいろ》を受けて幸侃側に寝返った、と非難し、脅迫などの突き上げを受ける。

ない袖《そで》を振れぬことを知る長寿院盛淳であるが、もう少し優遇してくれと伊集院幸侃に掛け合うものの、幸侃の権限ではどうにもならぬことがあるのを知っているはずだと、両者は啀《いが》み合い、暫《しば》し配当や加増は停止することになっていた。

先納問題も発生した。急な所替えを命じられた国人衆は、自領から年貢を受け取って移った者と、受け取らずに移動した者が出て言い争いになり、刃傷沙汰《にんじようざた》になりかねなかった。

〈せっかく太守様《たいしゆさあ》を上洛させたんじゃ、俺《おい》を下向させて仕置《しおき》を進めさせればよかものを〉

義弘は煮え切らぬ三成に憤《いきどお》りを感じていたが、敵に廻《まわ》すわけにはいかず、相談した。

ちょうど明国からの使者が伏見に到着している時であり、対応に追われる三成であるが抛《ほう》っておけず、義弘の求めに応じた。七月四日、龍伯と共に三人で、所替えに基づく先納の年貢は、寺社、諸侍、町人以下に至るまで、速やかに収納すること。勝手に行ったり、過怠《かたい》した者は領地を召し上げる、という連署の命令書を出して事を収めた。

島津家中が一触即発の危機にある時の六月二十七日、明副使の沈惟敬《しんいけい》が上下三百人を率いて伏見に赴き、秀吉に謁見している。

当初、正使は李宗城《りそうじよう》であったが、日本に行くと殺害されるという噂を聞いて逃亡してしまったので、副使の楊方亨《ようほうこう》が正使に、沈惟敬が副使に格上げされた。融通がきかない李宗城に偽報を流したのは小西行長ともいわれている。

秀吉は明の使節を引見するため、伏見城に壮麗な御殿を普請《ふしん》している最中であった。

あとは御殿が完成し次第に引見し、秀吉の面目が保たれれば講和は締結するはずだった。

ところが、閏《うるう》七月十三日、マグニチュード七・五ともいわれる大地震が畿内《きない》を直撃し、普請の最中にあった伏見城は脆《もろ》くも崩れ、予定されていた武者揃《むしやぞろ》えも中止された。

この時、三成の報告によって朝鮮での命令違反に問われ、蟄居《ちっきょ》させられた加藤清正は一番に駆け付けて秀吉を保護し、治安維持や負傷者の救護に当たったので勘気《かんき》を解かれている。

当然のように島津家の伏見屋敷も倒壊した。幸いにも正室の宰相《さいしょう》らは大坂にいたので、身が危険に晒《さら》されることがなかったのは、義弘にとって喜ばしいことである。

残念ながら伏見屋敷では死傷者が出た。

「とんだところに、連れて来《ご》らいたもんだ」

龍伯は迷惑この上ない表情で皮肉をもらした。

〈こん地は悪《あ》しき地なんかもしれん〉

家中の安否の確認をしたのち、義弘は家臣たちに介護や片づけの指示を出して、崩れた伏見城に登城した。瓦礫《がれき》を掻《か》き分けて伏見城に入ると、秀吉はお拾《ひろい》や側室の淀《よど》ノ方《かた》とおろおろするただの老人であり、とても六十余州を束《たば》ねる天下人《てんかびと》には見えなかった。

〈太閤の世も短《みん》かかもしれん〉

挨拶をしたのち、水の供給や瓦礫《がれき》の撤去を手伝った。

町全体として伏見が崩壊したので、忠恒らの帰国は先延ばしになった。

一月半ほどして地震の混乱も収まったものの、短時間で伏見城を修復するには無理がある。九月一日、秀吉は大坂城で明使節の引見をした。

明使節は秀吉に明皇帝の冊封状《さくほうじょう》、金印、冠服《かんぷく》（漢服）を進呈した。冊封とは明（中国）の皇帝が周辺諸国の君主と名目的な君臣関係を結ぶことである。

冊封の儀は恙無《つつがな》く終了したが、国書は辞令であり、古くから伝わる中華思想に基づき、秀吉を臣下として認めたに過ぎない。

中華思想とは漢民族の国（明）が世界の中心であり、その文化や思想が最も勝《すぐ》れ、異民族の独自文化の価値を認めず、化外《けがい》の民として教化の対象とみなしている。この思想において、日本は東夷《とうい》と呼ばれて見下されていた。

翌二日、眼下に見られているとは知るよしもない秀吉は、満足の体《てい》で明使節を饗応《きょうおう》した。

終了後、秀吉は花畠の山荘に鹿苑僧録《ろくおんそうろく》の西笑承兌《さいしょうじょうたい》、宗雲寺《そううんじ》の玄圃霊三《げんぽれいさん》、東福寺《とうふくじ》の惟《い》杏永哲《きょうえいてつ》を呼び、承兌に冊封状を読み上げさせた。

「ここに特に爾《なんじ》を封じて日本国王となす」

秀吉の意にそぐわないような文言は読むなと三成や小西行長らに念を押されていたが、正直者の西笑承兌は天下人に隠し事をし続けることはできなかった。

「なにゆえ明の輩《やから》に封じてもらわねばならん。余が王ならば、御上《おかみ》はなんと成すのじゃ！」

朗読を聞いた秀吉は激怒し、講和交渉が破談したというのが通説になっているが、ほかの理由のほうが真実に近い。

秀吉は先に要求した講和の条件を、かなり譲歩している。明からの皇女を迎える件は馬三百頭に代えることで応じ、明国との対等交易は冊封貿易で納得している。譲れないのは朝鮮王子を人質にすること。急襲であろうとも、引き続き朝鮮半島の南側を確保していることは戦勝に変わりない。勝利の名目であった。

四日、秀吉は沈惟敬に望みを問うと、沈惟敬は朝鮮王子には触れず、朝鮮における日本軍の完全撤退を書面にして秀吉に渡した。これを読ませた秀吉は怒髪衝天《どはつしようてん》に達したと、イエズス会の宣教師ルイス・フロイスは同会の総長に報告している。

朝鮮は明国に講和を任せていた。日本は明国と交渉をしながら、朝鮮に敗者の礼を取ることを求めていた。朝鮮は敗北したとは思っていない。この矛盾を承知で小西行長らは沈惟敬らの偽使者を認め、画策《かくさく》していたわけである。纏《まと》まるはずがなかった。

五日、秀吉は加藤清正に翌年の朝鮮再渡海を命じている。

七日、秀吉は義弘に対し、加徳《カドク》島の城普請を命じ、軍勢の半数を在番させるように命じた。十日には忠恒に対し、朝鮮四城に置く兵糧《ひようろう》の入れ替えを禁じることを下知《げじ》した。

「やっぱい（やはり）、講和は結べんかったか。俺《おい》が又八郎ん代わりに戦陣に立つんは本望じゃ。こん老体が役ん立つなら、いつでん出陣すっど」

三成らの対応を見ていたので、なんとなく予想はついた。再渡海が現実のものとなった以上、義弘は死に花を咲かせる決心をしている。

十二日、義弘は秀吉に謁見した。渡海の明確な時期が命じられると覚悟していた。

「まずは在陣の兵を増やすがよい。こののち高麗は寒中になろう、そちは老体ゆえ年内は在国して所務《しょむ》（年貢の徴収）などを申しつけよ。来春、総勢を差し渡すゆえ、一緒に渡海致せ」

口調は柔らかいものであるが、秀吉の厳命であった。

「承知致しもした」

平伏した義弘は、秀吉の前から下がった。

〈戦《いっさ》より、所務のほうが、大変《さば》なこつじゃな〉

義弘は決意を新たに九月二十三日、大坂を出航して帰途に就いた。先に龍伯が帰国していた濱ノ市《はまのいち》の富隈《とみのくま》に到着したのは十月十日のことであった。

「ただ今、戻りましてございもす。子細《しさい》は先に書状で報《しら》せたとおりにございもす」

挨拶をしても、相変わらず龍伯は不愉快な顔である。在国していた龍伯には再び上洛命令が出されていたからだ。

「兵糧のこつ、早よ、送ってやれ」

そっけなく龍伯は命じる。加徳島《カドクド》の忠恒からは、加増と兵糧、武器、弾薬の補給要求は途絶えたことがない。講和が破談したので忠恒の帰国は中止になった。義弘には冷たい龍伯であるが亀寿《かめ》の婿《むこ》であり、跡継ぎの忠恒への気配りはしていた。

「承知しもうした」

「吾《あが》は、いつ渡海すっとか」

「来春になりもす。そいまで、出陣の用意を万全にすっつもりでおいもす」

「よか。八万石を軍役に当てんならば、浮地《うきち》は殆《ほとん》ど残っておらん。そんつもりでおけ」

他は全て伊集院幸侃《こうかん》が配当してしまったとでも言いたげな龍伯だ。

暫《しば》し停止していた配当であるが、龍伯が帰国したのちに伊集院幸侃は再開し、一ヵ月に一度から二度ほど、徴料であるが行っていた。

挨拶を終えた義弘は帖佐《ちょうさ》に戻り、刈り入れ直後の年貢の徴収を開始した。

義弘が帰国したので入れ替わるように龍伯は十月中旬、上洛の途《と》に就いた。龍伯が国を空けたとはいえ、義弘は気遣《きづか》いをしながら事を進めた。面倒なのは相変わらず伊集院幸侃が長寿院盛淳《もりあつ》と反目し合っていることであった。まずは、盛淳を呼んだ。

「高麗に兵糧ば送りたくても、佞臣《ねいしん》が配当ば一手に握っちょりもす。俺《おい》の手には負えもはん」

長寿院盛淳は義弘に訴える。この九月三日、龍伯は義弘に対し、お前は盛淳を信頼して、何事も任せきっているようだが、今のままでは必ず後悔する時がくるであろう、と窘《たしな》めている。

偽りを言い、横領をしているようには義弘には見えなかった。

「俺《おい》はわいを信じちょる。又八郎も苦しかろう。島津んために励むがよか」

「有《あ》り難《がた》き仕合わせ。なんでん命じてくいやんせ」

龍伯にも疑われて塞《ふさ》いでいただけに、嬉《うれ》しそうな表情で長寿院盛淳は言う。この頃から盛淳は義弘に傾倒しはじめるようになった。

義弘は改めて長寿院盛淳に、武器、弾薬、兵糧の補給の責任者を命じた。

続いて三成と昵懇《じっこん》の伊集院幸侃《こうかん》を呼んだ。

「俺は、下知《げじ》されたこつをやっちょるだけにごわす。後ろめたいこつは、なんもした覚えはごわはん」

秀吉の後《うし》ろ楯《だて》があるだけに、伊集院幸侃は自分から長寿院盛淳に歩み寄るつもりはなさそうだ。

「判《わか》っちょる。来春、源次郎（忠眞《ただざね》）を連れて行く。そんつもりで用意させよ」

配当を私《わたくし》しているとは、さすがに言えなかった。今の島津家では仕方ないところ。代わりに伊集院幸侃の嫡子《ちゃくし》の忠眞を同陣させることで、外征に協力させることにした。忠眞は幸侃の息子であると共に、義弘の末娘の御下《おした》を嫁にしている。二十一歳の若武者だ。

「承知致しもした。最善を尽くす所存にございもす」

伊集院幸侃《こうかん》としても嫌だとは言えず、渋々応じた。

家中の仕置《しおき》に積極的な義弘が帰国したので、改革に消極的な家臣たちも不承不承協力するようになった。義弘は準備に勤しんだ。

講和も破れ、鬱屈《うっくつ》した世の流れを変えるためか、十月二十七日、文禄から慶長《けいちょう》に改元された。

十二月十七日、秀吉はお拾《ひろい》の成長を待ちきれず、四歳で元服させ秀頼《ひでより》と名乗らせている。渡海しないで力を貯《たくわ》えている徳川家康は健在であるせいか、秀吉は焦《あせ》りを覚えているようであった。

そんな最中の十二月中旬、朝鮮から忠恒の意を受けた島津忠長と鎌田政近が帰国した。龍伯派の二人はまっすぐ伏見に向かい、龍伯に在陣のことや配当のことを相談している。

これまでも忠恒からの加増要求は継続されており、過ぐる十月二十三日には安宅《あたか》秀安、二十四日は龍伯、三十日は義弘、十一月二十四日は本田正親と相良《さがら》新右衛門尉、十二月五日は安宅秀安、七日は義弘に書状を送って訴えている。

〈彼奴《あっどむ》の苦労は判っちょるが、今はそれどころではなか、俺《おい》が行くまでの辛抱じゃ〉

これらのこともあり、義弘は十一月五日、龍伯に起請文《きしょうもん》を送っている。

「このたびの加増、御支配のことは龍伯様、幸侃、義弘が重ねて談合したことなので、公《こう》儀《ぎ》（豊臣政権）のことは申すに及ばず、たとえ家臣や諸侍が謀《はかりごと》を企《くわだ》て、誹謗《ひぼう》する者があっても混乱することなく、龍伯様、幸侃《こうかん》、義弘は一味同心、相談することには、些《いささ》かも別儀はない」

島津家は一丸とならねば、この苦境を乗り切ることはできない。

義弘は国許《くにもと》で家臣たちの尻を叩《たた》くが、思うように捗《はかど》ってはいない。太閤検地によって実質的な実入りは目減りし、所替えによって混乱をきたし、肝心の領主は朝鮮に在陣しているので家臣たちは以前よりも貧しくなった。義弘や龍伯の蔵入地《くらいりち》は増えたものの、相次ぐ上洛要求に応え、伏見城の普請、地震で倒壊後の再普請、伏見屋敷の再築などで消えてしまった。

〈歳月が足りんか〉

せっかくの太閤検地であるが、財政を立て直すには至らなかった。義弘は自身が渡海して、丁寧に忠恒に説明するつもりである。差し当たって側近の新納《にいろ》旅庵を渡海させた。

新納旅庵が加徳島《カドクド》城に入ったので、忠恒は南西の巨済島《コジェド》に渡り、永登浦《ヨンドンポ》城を再築して敵に備えることになった。

十二月になっても、島津家は出陣の用意が進まない。このままでは文禄の役の二の舞いになり、また惨《みじ》めな思いをしかねない。そこで義弘は五日、自ら軍役を定めた。

島津家直属が一万二千四百三十三、島津以久《ゆきひさ》が三百三十二、伊集院幸侃が二千三百三十二で合計一万五千九十七人である。検地で石高が増えた以上、文禄の役で当初定められた軍役を守らねば武士の面目が果たせない。これを家中に示すためである。

実際、義弘は無理だと思っている。今の島津家で在京料を含めた五十六万九千余石で一万五千人では約三十八石に一人は現実的ではない。一万五千と言い、一万になれば仕方ないと諦《あきら》め、従うであろうと思ってのこと。

義弘は冬空の中、自ら薩摩《さつま》、大隅《おおすみ》、日向《ひゅうが》の諸縣郡《もろかた》を廻って歩き、国人衆《こくじんしゅう》に対して、叱咤激励し軍役の重要性を説得した。

二

僅《わず》か二ヵ月少々の慶長元年が過ぎ、明けた二年（一五九七）の二月十一日、巨済島《コジェド》の永登浦《ヨンドンポ》城に在している忠恒が、我慢の限界を超えたのか長文を義弘に送った。

「（前略）さてさて、去年から兵糧や兵を送って戴《いただ》くように頼みましたが、遂にさしたる補給もなく、最近では、こちらへの書状も途絶えております。こちらの兵糧は図書頭《ずしょのかみ》（島津忠長）が存じているように、昨年分があるかないかというところなので、なんとか節約をして、ただ今までもたせております。こののちはどうにもならないので、飢えに臨むばかりです」

困窮《こんきゅう》を伝えたあとは開き直っていた。

「こちらは相果てたとしても、是非《ぜひ》に及びません。のちのち御家《おいえ》がいかになっていくのか、その次第を忘れることがないようにしてください」

かつて義弘が在陣している時に、島津本宗家の非協力を龍伯に訴えたことと同じである。

「家臣から徴収する出物（米や銭）や自力にて兵や兵糧を送るということですが、数年の在陣、移動、または戦費の調達によって、家臣たちは皆疲れ果てていると聞いています。尤《もっと》もな御沙汰《おさた》でも、家臣たちが自ら整えて出陣するのは、急にはできないでしょう」

批判ののちには嘆きを書き連ねている。

「年の暮れから正月にかけて、諸大名の船は何度もまいりますが、薩摩からの船は一艘《そう》もまいりません。（中略）あまりの無念さに申すこともありません。この書を送る船も、夜中こっそりと他家の船に近づき頼んでいる次第です」

読めば不憫《ふびん》で涙が浮かぶような内容である。忠恒の書状が義弘の手に届くのは一ヵ月余り後のこと。何年経っても、島津家の状況は変わらなかった。

二月二十一日、秀吉は満を持して再征軍の陣立てを発表した。このたびも四国、九州勢が主力である。

一番隊は加藤清正、二番隊は小西行長ら、三番隊は黒田長政《ながまさ》ら、四番隊は鍋島直茂《なおしげ》、五番隊は島津義弘、六番隊は長宗我部元親《ちょうそかべもとちか》ら、七番隊は蜂須賀家政《はちすかいえまさ》ら、八番隊は本隊とし、毛利秀元と宇喜多秀家《うきたひでいえ》が交代で務める。このほかに釜山浦《プサンポ》城に小早川秀俊《こばやかわひでとし》（のちの秀秋《ひであき》）、安骨浦《アンゴルポ》城に立花親成《ちかなり》（のちの宗茂《むねしげ》）、加徳島《カドクド》城に高橋統増《むねます》（のちの立花直次《なおつぐ》）ら、竹島《チュクド》城に小早川秀包《ひでかね》（のちの毛利秀包）、西生浦《ソセンポ》城に浅野長慶《ながよし》（長継《ながつぐ》から改名。のちの幸長《よしなが》）、目付《めつけ》は太田一吉《かずよし》で総勢十四万一千五百余人。

この数字は、あくまでも豊臣政権が諸大名に課した軍役であって、実際の兵数はかなり少ない。立花親成は島津家同様、太閤検地によって石高が増え、文禄の役の倍となる五千の軍役を命じられたが、実際には三千ほどの兵しか集められなかった。

島津家には一万の軍役が課せられた。義弘としては予想どおりである。三成らと相談してのこと。加藤清正らの約二十石に一人よりは遥かに軽い。

〈またか。あれほど足を運んでも、彼奴《あつどむ》らは判らんがか〉

いきなり義弘は落胆した。帖佐《ちようさ》城に参集した兵は、義弘直属の三百ほどである。予定どおりにいかないのが島津家、改めて思い知らされた気がした。

「ちと、遅れているだけにございもそ」

側近の川上肱枕《こうちん》の次男・忠兄《ただえ》が気を遣う。

「そげんこつならば、よかが……」

義弘も家臣に気を配るが、肚裡《とり》は違う。殆《ほとん》どの家臣は我が身のことだけを考え、島津家のことを思案していない。今回もなんとか理由をつけて出陣を免《まぬが》れれば、済んでしまうと甘い認識でいるようだ。秀吉に二度も甘えが許されるという思考が鈍過ぎる。

「よいか、こたび軍役に従わん者《もん》の知行は召し上ぐっ、そげん家中に触れよ」

留守居《るすい》の川上肱枕《こうちん》に告げた義弘は、直属の兵を率いて帖佐城を出立《しゅったつ》した。その日は一里半ほど西の蒲生《かもう》に宿泊し、翌二十二日は同地から六里半ほど西の隈之《くまの》（二福《にふく》）城に入り、後続の兵を待った。

〈ほんなこっ（まことに）、彼奴《あつどむ》らは公儀に従わんつもりか〉

なかなか参集しない国人衆たちに義弘は苛立《いらだ》った。仕方がないので半里ほど北の平佐《ひらさ》城に赴き、城主の北郷三久《ほんごうみつひさ》と顔を合わせた。

「武庫様《むこさあ》には、わざわざお運び戴き、申し訳なかこつにございもす」

北郷三久は丁寧に出迎えた。三久の母は義弘の最初の先妻（北郷忠孝の娘）なので、長女の御屋地《みやぢ》と三久は異父姉弟の関係となる。先の所替えで日向諸県《もろかた》郡の三俣《みまた》から平佐に移動して数ヵ月。この年、三久は二十五歳の青年武将である。

「所替《ところが》えしたばかりにてせからしく（忙しく）、なにかと物入りも多く、参陣に遅れちょりもすこつ、お詫《わ》びのしようもごわはん。決して、武庫様に背《そむ》くこつはなかとです」

両手をついて北郷三久は詫びる。嘘ではなさそうだが、経済的な負担もあり、出陣を避けたいのは本音であろう。

「久々に、わいの顔を見に来ただけじゃ。気にすっこつはなか」

事情は理解しているので、義弘もことさら言及するようなことはしなかった。気を遣わねば兵も集まらないのが島津家。義弘の気苦労が尽きることはなかった。

義弘の叱咤が利《き》いたのか、十日ほど逗留《とうりゅう》している間に、種子島久時《たねがしまひさとき》や樺山久高《かばやまひさたか》らが駆けつけてきたことは心強いが、厳しい現状は変わらなかった。

その後、義弘らは隈之城から五町ほど西の向田《むこうだ》で乗船して隈之川を西に進み、川内川《せんだい》を下って河口南の軍港久見崎《くみざき》に到着。義弘は同所でも十日ほど待ったのちの三月中旬、十一端帆《たんぽ》の大船に乗り、十二艘《そう》を列《つら》ねて同港から出航した。

陣触《じんぶ》れをした時、義弘は石高に見合う軍役を果たした者には同じ石高を与えるということを告げていたので、島津家から知行を得ていない者は自力で参陣している者がいた。主に太閤検地で所領を失った者たちで、川内天満宮の代官・国分左京《こくぶんさきょう》は自力で五百石分の軍役を調達して参じている。左京は身分が確かなので、出陣前に二百五十石が先渡しされていた。

正規の家臣でも、さらなる知行の加増を望み、児玉利昌《としまさ》は自力で船と水夫《かこ》を用意し、龍伯家臣の岩切与兵衛《いわきりよへえ》、山崎少兵衛《しょうべえ》らと共に参じている。

数は少ないが、参陣を渋る者だけではなく一獲千金《いっかくせんきん》を狙う薩摩隼人《さつまはやと》も、僅《わず》かにはいた。

久見崎を出航した義弘らは肥後天草《ひごあまくさ》の佐志《さし》ノ津《つ》、肥前の樺島《かばしま》、平戸《ひらど》を経由して壱岐《いき》の風本《かざもと》（勝本《かつもと》）に到着。

壱岐で新納旅庵《にいろ》が出迎えた。

「お待ちしちょりもした。遠路、お疲れにございもそ」

半年足らずの在陣で、早くも新納《にいろ》旅庵の顔は痩せ細り、疲労感があらわに出ていた。旅庵ですら、この有り様では、長期在陣する忠恒はどうなっているのか。想像すると胸が痛む。

「わいにも、苦労をかけるの。すまんと思うちょる」

労《ねぎら》うよりも罪の意識のほうが重い。このたび義弘が率いてきた兵は一千余。加徳島《カドクド》と巨済島《コジェド》に在陣する島津勢と合わせても二千にも満たぬ兵であった。

「ご心中をお察し致しもす。そんうち、追って来るものと存じもす」

状況を理解している新納旅庵なので、仕方ないと諦《あきら》め顔であった。

加徳島では義勇兵の蜂起《ほうき》に神経を擦り減らすことはないものの、寒気と飢えに加え、風土病に悩まされることは尽きないと新納旅庵は言う。

「なんにしても若殿（忠恒）様の、国許へのご不満はただならぬものがございもす」

「そげんか、まずは又八郎（忠恒）に話さねば、ならんな」

改めて義弘は忠恒を説かねばならぬと思わされた。

壱岐に渡海した新納旅庵には、帰国して龍伯に子細を告げるように命じた。

義弘は、壱岐の風本で良風を待ちながら対馬《つしま》の桑振小浦《くわぶりこうら》に渡り、飛崎（鳶崎《とびさき》）に移動して五日を逗留したのちに釜山浦《プサンポ》に着岸した。

釜山《プサン》で総大将の宇喜多秀家に挨拶をした義弘は、その晩のうちに船を出し、翌日未《ひつじ》ノ刻（午後二時頃）に加徳島《カドクド》にある島津家の陣所に到着。既に四月も下旬に達していた。

四月二十日、義弘は相良甚吉《さがらじんきち》を忠恒の許《もと》に遣《つか》わし、近く巨済島《コジェド》に渡海することを伝えた。

波の穏やかな晴れた日、義弘は巨済島に渡り、忠恒と永登浦《ヨンドンポ》城で顔を合わせた。

「お久しゅうございもす。父上には恙無《つつがな》く、なによりでございもす」

暗い表情で忠恒は義弘を迎えた。渡海からおよそ二年七ヵ月。頬骨《ほおぼね》が浮き上がるほど痩せこけ、梳《す》いた髪も乱れ、服も色褪《いろあ》せていた。一言では表せぬ苦悩が、一目で判る。それでも、病《やまい》にも負けず、元気でいてくれたことが、ただただ嬉しくて仕方なかった。

「吾《あが》には、つらい思いをさせちょるの。期待に応えられんこつ、詫びようがなか」

言い訳のしようがない。義弘は頭を下げるばかりだ。

「やめっ給《たも》んせ。そげんこつ、父上がすべきこつではごわはん。憎っくきは売僧《まいす》でごわす」

吐《は》き捨てるように忠恒は言う。忠恒は剃髪《ていはつ》した伊集院幸侃《こうかん》を憎悪しているようだった。

「吾ん気持も判るが、幸侃一人のせいではなか。幸侃も自《おの》ができるこつをしているに過ぎん。よう、やっちょるほうじゃ」

伊集院幸侃の嫡子の忠眞《ただざね》も参陣し、加徳島《カドクド》に在しているので、義弘は庇《かば》った。

「そげんこつなら、ないごて、こげん、有り様にごわすか！」

今までの鬱憤《うつぷん》を噴き出すかのように、忠恒は問う。

「そいはのう……」

義弘は激昂《げっこう》する忠恒に対し、言葉を選びながら丁寧に説いた。伊集院幸侃《こうかん》は秀吉の意志を受けた石田三成の指示に従っているに過ぎないこと。浮地で軍役を整えるはずであったが、武器、弾薬、兵糧を用意することで消えた。検地で家臣たちの知行は目減りし、所替えで国内は混乱し、満足に兵の参集が行えなかったこと。島津家全体に言えることとして、朝鮮出兵には反対であり、その場の一時凌《しの》ぎができれば、なんとかなると甘い認識が抜けていないことであった。

「事情は判りもしたが、売僧《まいす》が八万石の知行を受けているこつは事実。俺《おい》は無禄にごわす」

説明しても忠恒の憤りは収まらない。飢え、病《やまい》や敵からの恐怖、みすぼらしい暮らしなどからの抑圧の怒りを誰かに向けなければいられぬのであろう。その鉾先《ほこさき》は秀吉、三成、龍伯、義弘であり、一番向けやすい伊集院幸侃を敵視することで島津家の和を保っているとも言える。

「吾《あが》は太守様《たいしゆさあ》の跡継ぎぞ。帰国すれば俺《おい》の知行と合わせ、十万石以上を直《じか》に握るこつになる。家臣がいな（のような）こつを申してはいかん」

「帰国できれば、よかこつですが」

失意に満ちた表情で忠恒は言う。

「大将が、そげんこつ申すではなか。大将は地獄ん中でん、たとえ一人になっても前に向かうもんじゃ。俺《おい》は、吾《あが》のみならず、家臣たちを帰国させんために渡海してきたど」

声を張り上げて義弘が告げると、忠恒は僅《わず》かに笑みを作るが、すぐに戻した。

「そいなら、敵ばすべち（全て）撫《な》で斬りにせんと」

「必要ならの」

噛み締めるように義弘は告げた。敵を憎いとは思わぬが、帖佐《ちょうさ》を発った時から覚悟はできていた。

鬱屈《うっくつ》した暮らしが続いたせいか、忠恒も随分と酒を飲めるようになっていた。飲まずにはいられないのであろう。義弘は忠恒と酒を酌《く》み交わした翌日、加徳島《カドクド》に帰島した。

その後も島津家の家臣は、十人、十五人と精強な朝鮮水軍の目をかい潜《くぐ》りながら渡海してきた。ある意味、そのほうが目立たなかったのかもしれない。

慌ただしくなってきたのは、残暑厳しい七月のこと。日本軍の本格的な侵攻を知った朝鮮府は、忠清《チュンチョン》・全羅《チョルラ》・慶尚《キョンサン》三道水軍統制使の元均《ウォンギュン》に制海権を奪い、後方攪乱《かくらん》と海路の遮断、日本水軍の排除を命じた。

文禄の役で日本軍を散々悩ました李舜臣《イスンシン》は、讒言《ざんげん》によって失脚し、罰を受けて一兵卒として従軍するという白衣従軍を命じられていた。

朝鮮側の動きは釜山《プサン》に在陣する宇喜多秀家に逐一届けられ、報せは各武将に伝えられた。宗義智《そうよしとし》の麾下《きか》で対馬住人の梯七大夫《かけはししちだゆう》や小西行長麾下の要時羅《ヨシラ》が慶尚《キョンサン》右兵使の金応端《キムウンソ》の許を訪れ、偽りの情報を流し、朝鮮側の状況を摑《つか》んできていたからである。因《ちな》みに梯七大夫と要時羅は同一人物で、朝鮮と日本の間に立つ二重スパイとも言われている。

倭船《わせん》が来援するという報せを摑まされた金応端は都元帥《トウオンス》の権慄《クオンユル》に報告。即座に権慄から三道水軍統制使になって酒色に溺《おぼ》れる元均《ウオンギュン》に叱責《しっせき》ならびに迎撃命令が出された。

七月十四日、叱咤《しった》された元均は口惜《くや》しまぎれに出撃可能な軍船に下知《げじ》し、巨済島《コジェド》のすぐ南西に位置する閑山島《ハンサンド》を出航した。

朝鮮水軍の北上は熊川《ウンチョン》、安骨浦《アンゴルポ》、巨済、加徳《カドク》、金海《キムヘ》、竹島《チュクド》の日本軍に報されていた。

義弘は十二日に主力を率いて加徳島から巨済島に渡り、忠恒と合流していた。十四日の午後には同島の北西の碁石浜《バドウクドルサ》から島崎《ドンギ》までの十五、六里の間に三千の兵を配置し、海辺の岩陰に控えさせている。

「腕が鳴りもすな」

これまでの鬱屈したものを闘志に変え、忠恒は勇む。

「逸《はや》りと、油断さえ気《き》つければ、敵を破れんこつはなか」

絶対に忠恒だけは死なせてはならない。義弘は血気盛んな息子を諫《いさ》めた。

藤堂高虎《たかとら》、脇坂安治《わきざかやすはる》、加藤嘉明《よしあき》らの日本水軍は釜山の鎮浦《チンポ》に大小六百余艘を停泊させていた。この中には島津忠豊も八百の兵と共に出撃できる態勢にあった。

十四日の朝方出発した元均《ウォンギュン》の朝鮮水軍が、翌十五日、釜山《プサン》西の絶影島《ジョルヨンド》（現・影島《ヨンド》）沖に達した時、波風が強くなり、辺《あた》りは暗くなりはじめた。周囲には停泊する湊《みなと》はなく、海上には日本軍の船が遠望できた。この日は朝から小雨が降っていた。

荒波の中、逃げれば追撃を受けるだけ。退《ひ》くにしても敵に一撃喰《く》らわせてからというのは、水陸変わらぬ常識である。元均は船団を前進させた。水夫《かこ》たちは閑山島《ハンサンド》を出てから船を漕《こ》ぎ続けて疲労困憊《こんぱい》、船を急進させることは困難。そこへ休養十分の日本水軍が急襲した。

荒れた海で視界も悪く、ただでさえ艪《ろ》が扱いにくい上に疲弊した朝鮮水軍の兵たち。対して、李舜臣《イスンシン》がいないことを知り、体力に余裕がある日本軍は、あっという間に朝鮮船の後ろについて矢玉を放ち、船の動きが止まれば、縄のついた熊手、打鉤《うちかぎ》を敵船に投げ込んで引き寄せ、続々と乗り込んで白兵戦を挑み、船を乗っ取り、朝鮮兵を仕留めていった。

この戦いでは島津忠豊自ら敵船に乗船し、鑓《やり》の餌食《えじき》にしていった。

島津忠豊は過ぐる天正十二年（一五八四）、肥前の沖田畷《おきたなわて》の戦いにおいて十五歳で初陣《ういじん》を果たした。激戦が予想されたので、父の家久は忠豊に本国へ帰還するように命じた。

「仮に本国にいたとしても、父上の苦戦を聞けば駆けつけるもんを、陣中におりながら撤退したとあっては末代までの恥でごあす。俺《おい》は戦いもす」

忠豊は帰国命令を拒否して合戦場にとどまり、見事初陣で武者一人を討ち取る手柄を立てている。以降、諸戦場で功を得た。

壊乱となった朝鮮水軍のうち、三道水軍統制使の元均《ウォンギュン》の許可も得ず、全羅《チョルラ》右水使の李《イ》億祺《オッキ》の軍船七艘が撤退すると、他の船も四散するように逃亡した。

追撃ほど容易《たやす》く敵を討てることは水陸同じである。日本軍は新手の船と入れ替えて敵を追い、散々に打ち破った。

元均の船は交戦を避けて巨済島《コジェド》の永登浦《ヨンドンポ》に退却し、水と薪《まき》を求めて上陸した。

「飛んで火に入る夏の虫とは、あん奴《わろ》らのこつ。一人残らず、討ち取れ！」

義弘の大音声《だいおんじょう》に島津家臣たちは天地を響動《どよ》もす鬨《とき》で応え、一斉に鉄砲を放った。

十五日の夜であるが、曇り空で月は出ない暗夜の中、漸《ようや》く敵を振り切ったと安堵していた朝鮮兵に対し、突如、怒号が上がり、轟音が響き渡った。朝鮮兵にとっては死神《しにがみ》の雄叫《おたけ》びにも聞こえたであろう。さらに闇中《あんちゅう》から真一文字に飛んでくる閃光《せんこう》は死の人魂《ひとだま》にも見えたかもしれない。ばったばったと浜辺、岩場に倒れ、あっという間に四百人が屍《しかばね》となった。

待ち伏せを受けているとは思っていなかったのか、元均はおののきながら乗船命令を出し、慌てて沖へと船を漕ぎ出した。

「追え！　一人たりとも生かして帰すな！」

忠恒は絶叫して、岩陰に隠していた船で追撃命令を出す。上陸した兵を全て討ち取ったこつで十分じゃ」
「待て、こん、暗い海では、味方の被害が多くなる。

義弘は忠恒を宥《なだ》め止め、家臣たちの戦功を賞した。

島津勢は追撃を停止しているが、他の日本軍は元均《ウオンギユン》らを追っていた。

元均らは巨済島《コジェド》とすぐ西の漆川島《チルチヨンド》（七川島）の間にある漆川梁《チルチヨンリヤン》に逃げていく。同地は文禄の役初期から朝鮮水軍が停泊していた海峡であり、風と波を避けられる地である。

藤堂高虎、脇坂安治らは夜のうちに漆川梁を取り囲み、翌十六日の明け方を待って一斉攻撃を開始。疲労し、脱水症状寸前の朝鮮兵では防衛もままならない。戦闘から二刻ほどして慶尚《キヨンサン》右兵使裵楔《ペソル》は閑山島《ハンサンド》に逃亡した。

最後まで踏み留まって抗戦していた元均は力尽きて閑山島に逃れたものの、巨漢で走れず、松の下に座《すわ》り込んでいたところを討ち取られた。

朝鮮水軍がほぼ壊滅した原因は、無計画な出航も然《さ》ることながら、元均が李舜臣《イスンシン》の配下であった者たちの役を解いて召し放ったため、海戦に不馴《ふな》れな兵が多く乗船していたことによる。

李舜臣が三道水軍統制使に復帰し、朝鮮水軍が再建されるのは九月のことだった。

同じ十六日、義弘は忠恒のほか、小西行長、藤堂高虎、脇坂安治、加藤嘉明らと連署で、敵の番船百六十艘を切り取り、唐人《からびと》数千を討ち取ったと報告している。無論、数に誇張はつきものであるが、海戦での勝利は日本軍を勇気づけるものであった。

慶長の役の緒戦《しょせん》は順調であった。

三

漆川梁《チルチヨンリヤン》の海戦に勝利した翌七月十七日、総大将の小早川秀秋が釜山《プサン》に到着し、周辺に在する諸将が参集した。秀秋は養父の隆景《たかかげ》が六月死去したことを機に秀俊から改名している。

義弘は忠恒を巨済島《コジェド》に残し、本陣が置かれている釜山《プサン》へと足を運んだ。

軍議での方針は、着実に全羅道《チヨルラド》、慶尚道《キヨンサンド》を制圧するために忠清道《チユンチヨンド》まで北進して、朝鮮軍を排除すること。明軍が南下しないうちに、拠点を固めておかねばならない。

二十二日には北進する左右の部署が決められた。

左軍は小西行長、宗義智、松浦鎮信《まつらしげのぶ》、大村喜前《よしあき》、有馬晴信、五島玄雅《はるまさ》、蜂須賀《はちすか》家政、毛利吉成、生駒一正《いこまかずまさ》、島津義弘・忠恒親子、島津忠豊、宇喜多秀家、秋月種長《たねなが》、高橋元種《もとたね》、伊東祐兵《すけたか》、相良頼房《よりふさ》で合計四万四千六百。目付は太田一吉《かずよし》と竹中重利《しげとし》。そのうち、義弘親子は五千、忠豊は八百であった。

右軍は加藤清正、黒田長政、鍋島直茂、毛利秀元、池田秀雄《ひでお》、中川秀成《ひでなり》、長宗我部《ちょうそかべ》元《もと》親《ちか》で合計六万四千三百。目付は早川長政、垣見一直《かきみかずなお》、熊谷直盛《なおもり》。

その他、藤堂高虎、加藤嘉明、脇坂安治、来島通総《くるしまみちふさ》、菅達長《かんみちなが》の船手衆は遊軍とする。

決定後、義弘は巨済島《コジェド》の忠恒に、北進することを伝えている。

「地獄への出立《しゅったつ》になりそうでごわすな」

巨済島への帰路船の中、新納《にいろ》一族の忠増《ただます》がぼそりともらす。忠増は武蔵守忠元の次男で、兄の忠堯《ただたか》が戦死すると、沖田畷《おきたなわて》の戦い以降に、島津家のほぼ全ての戦いに参陣して功名を上げ、島津家が秀吉に降伏した時は人質として上洛したほど、島津家では重要な人物であった。義弘も側近として信頼している。

「俺《おい》たちゃ、目の前の敵と戦うだけじゃ」

波の飛沫《しぶき》を浴びながら義弘は静かに答えた。定められた軍役の半分しか果たせぬ義弘としては戦功をもって忠節を果たし、島津家の存在を示すしかなかった。

嫡子となり島津家の跡継ぎとなった忠恒は巨済島の留守居としておきたい義弘であるが、先の理由もあって同行させないわけにはいかなかった。

出立に先立ち、義弘は忠恒を支える老中《おとなじゅう》の比志島《ひしじま》国貞、伊集院抱節《ほうせつ》、種子島久時を呼んだ。

「若い又八郎は戦功を欲して血気に逸る。俺も注意するが、わいらも目を光らせておけ」

忠恒を失えば、島津家の大事。跡継ぎがいないと見れば、秀吉は容赦なく親族を養子に迎えさせる。小早川秀秋などがいい例だ。秀秋は秀吉の正室・北政所《きたのまんどころ》の兄、木下家定《いえさだ》の五男として誕生し、一時は秀吉の養子となっていた。お拾《ひろい》が誕生したので秀秋が邪魔になり、秀吉は子がない毛利輝元の養子に入れようとしたが、叔父の小早川隆景が毛利家に百姓の血筋を入れるのを躱《かわ》すために、自身にも男子がいないことから小早川家に引き取った経緯がある。お蔭《かげ》で隆景は年寄《としより》（一般的には大老）六人衆にも選ばれ、隠居後には、秀秋に譲った本領の他に、秀吉から五万石の隠居料が与えられている。その隆景もこの六月には鬼籍《きせき》に入っていた。

何《いず》れにしても、島津家の血を守るためにも重要なことである。

「承知しちょいもす。俺《おい》たちゃの命にばかけて若殿様《わかとのさあ》をお守り致しもす」

当然といった表情で比志島《ひしじま》国貞は応じる。龍伯からも念を押されているのかもしれない。

七月二十八日、小雨降る中の朝方、義弘・忠恒親子は家臣たちを率いて巨済島《コジェド》を出航した。波をかき分けながら、直線距離にして九里ほど西の慶尚道《キョンサンド》の固城《コソン》に上陸したのは既に辺りが暗くなった酉《とり》ノ刻（午後六時頃）であった。

「見張りは必ず立てよ。陣に近づく者は、容赦なく捕らえよ」

義勇兵は各地に盛んなので、義弘は家臣たちに厳しく命じた。ただでさえ兵は足りない。末端の一人たりとも無駄死にさせてはならなかった。虎狩りなどは、もってのほかである。

警戒を厳重にしていたので、野陣でも夜襲のようなものはかけられなかった。

下知《げじ》に従い、島津軍は翌二十九日も僅か四里ではあるが西に移動している。三十日は大雨が降ったので同地にとどまり、八月一日は固川《コチヨン》、八月二日には泗川《サチヨン》、四日は昆陽《ゴンヤン》、五日は光陽《クワンヤン》、六日は北の河東《ハドン》、七日は全羅道《チヨルラド》の求礼《グレ》と敵からの襲撃を受けることなく進むことができ、十二日には他の諸将とともに南原《ナムウオン》の東の山に着陣した。

南原は慶尚道《キヨンサンド》と全羅道を結ぶ交通の要衝《ようしよう》で、日本軍としては絶対に押さえておかねばならぬ地である。同地には高い石壁に囲まれた約二十三町四方の正方形をした南原城という平城《ひらじろ》が築かれていた。

明・朝鮮軍も日本軍の北進は摑んでおり、明の副総兵《ふくそうへい》・楊元《ようげん》が指揮を執《と》り、明軍三千、朝鮮軍一千の兵とともに籠城《ろうじよう》の準備を進めていた。

楊元は南原に到着するや、城の壁を一丈《じよう》（約三メートル）ばかり高くし、城外に備えられている馬を守るための羊馬墻《ようばしよう》（馬防壁《ばぼうへき》）に銃眼《じゆうがん》（狭間《さま》）を開けた。さらに城門には大砲三門ほどを据え付け、堀を一、二丈掘って深くし、その土を羊馬墻の外側に積んで土《ど》塁《るい》とした。同時に周囲の屋敷や森林を焼き払って、寄手《よせて》が身を隠せる場所をなくした。

明・朝鮮軍は城壁に八百、外郭の陣に一千二百、遊軍を一千、本隊を一千と配置した。

「堀さえ埋めれば、固い城ではなかと思いもすが」

智異山《チリサン》から一緒に南原城を眺め、忠恒が問うように言う。

「城門は四つ。敵よりも、戦功争いをする味方に気をつけねばならんかもしれん」

難攻不落ではないだけに、義弘は同士討ちを危惧する。

「そん時は、味方を蹴散《けち》らすだけでごわす」

闘志満々、忠恒は主張する。義弘の懸念はさらに強まった。

ほどなく諸将が宇喜多秀家の陣に呼ばれ、評議が行われた。明・朝鮮軍に後詰《ごづめ》がないことから、諸将は功名を得んと唾《つば》を飛ばして先陣を求め、布陣地の確保を強弁した。仲間割れが始まりそうだったので、公平に籤引《くじび》きが行われ、次のように城包囲の配置が決定した。

城南に宇喜多秀家、藤堂高虎、太田一吉。

城西に小西行長、宗義智《そうよしとし》、松浦鎮信《まつらしげのぶ》、有馬晴信、大村喜前《よしあき》、五島玄雅《ごとうはるまさ》、脇坂安治、竹中重利。

城北に島津義弘・忠恒親子、加藤嘉明、来島通総《くるしまみちふさ》、菅達長《かんみちなが》。

城東に蜂須賀家政、生駒一正《いこま》、毛利吉成、島津忠豊、秋月種長、高橋元種、伊東祐兵《すけたか》、相良《さがら》頼房。

遊軍の船手衆も参陣して総勢五万一千八百に増加した。目付の兵数は不明である。

城の南が大手で、北が搦手《からめて》にあたる。

城方も東門には副総兵の楊元《ようげん》、中軍に李新芳《りしんほう》、南門に蔣表《しょうひょう》、西門に毛承先《もうしょうせん》、北門に全羅道《チョルラド》兵使の李福男《イボンナム》らを配置した。

宇喜多秀家は即時の開城を呼び掛けたが、楊元は拒否したので諸将に城攻めを指示した。

日本軍は厄介な堀を埋める土を集め、竹や木を切り倒す用意を開始した。その最中、東に陣を布《し》く蜂須賀家政が物見を城に近づかせたところ、城内から弓・鉄砲を放ってきた。蜂須賀勢もすぐさま応戦し、南原城《ナムウオン》での初めての交戦が行われた。

「東で戦《いつさ》が始まったど」

射撃音を耳にした島津家の家臣たちが騒ぎ出し、すぐに義弘の許《もと》に届けられた。それだけではなく、隣に陣を布く加藤嘉明勢が先に兵を出したという。

「父上、遅れれば、とったでごわす」

報せを受けた忠恒が、慌ただしく義弘の前に現れて催促口調で言う。

「川上兄弟（忠兄《ただえ》・久智《ひさとも》）を出せばよか」

「そげん兵だけでは、少なくはなかですか」

「様子見の軽い一当てじゃ。鑓《やり》を交えることはなか」

本格的な戦いはまだ先。抜け駆けをしても堀と城壁に阻《はば》まれて城内に乗り入れることはできない。義弘は冷静な目で見ていた。

案の定、この日は多少の死傷者を出したものの、城の内外で鉄砲を撃ち合うだけで終了した。

蜂須賀家政は夜にも兵を密《ひそ》かに出し、石橋を渡るところまで進めたが途中で発見され、射撃を受けて引き上げた。その後は四方で篝火《かがりび》を煌々《こうこう》と焚《た》き、鬨《とき》をあげて威圧した。

十三日、日本軍は前日に用意した土嚢《どのう》や竹、木を堀に抛《ほう》り込んで埋め立てを開始した。城兵は作業を阻止するために弓・鉄砲を放つが、寄手《よせて》は竹束や民家を破壊した板で楯を作って防ぎ、応戦しながら普請を続けた。

「敵の鉄砲放ちを狙え」

作業効率を捗《はかど》らせるために、義弘は徹底させたので、島津勢の持ち場の埋め立ては早かった。

十二倍以上の寄手が昼夜を問わずに攻めたて、工事を行うので城兵の闘志が落ちてきた。楊元は士気を高めるために出撃を決心するが、中軍の李新芳《りしんほう》は日本兵を入城させてしまうかもしれないので、堅守して援軍を待つことを主張して意見が割れた。

楊元の意志は固く、城門を開いて三百ほどの兵と共に城外に討って出た。蜂須賀勢は圧《お》されて後退するが、これも作戦のうち。引きつけたのちに楊元を包囲しようと一斉に殺到。警戒されていたことを知った楊元は、慌《あわ》てて退却していく。これを蜂須賀勢は追撃し、数十人を討ち取った。

寄手は敵を討つと、すぐに鼻や耳を削《そ》いだ。文禄の役では誇大な報告があったので、このたびは虚報がないように証拠を示すためである。本来、首を送るべきであるが、首はかさばって輸送船の往復が増えるので、耳や鼻を塩づけにして送ることが命じられた。

夜陰から降った雨は夜明けにはやんだ。昨日の失敗に懲《こ》りたのか、城方は城外に出る素振りはなかった。まだ、堀が埋まらないので弓・鉄砲を放つだけで陽が暮れた。落城前に宇喜多秀家の指示を受けた小西行長配下の要時羅《ヨシラ》を城に差し向けて再び降伏勧告を行った。

「余は五十五歳にして将帥となり、天下を横行したるも、戦いに臨んで勝利を得ざるはなし。しかるに、今、精兵十万をもって城を守るなれば、いずくんぞ退くべけんや」

楊元が拒むと、要時羅が言い返す。

「一千余の残兵で、いかにして百万の大軍に手向かい致すのか。明将らは朝鮮に対する恩義もなく、犬死にしてもよろしいのか。早々に降伏するが身のためだ」

要時羅は楊元のみならず、城兵たちにも広言しながら城を出た。

これによってさらに城兵の動揺は大きくなったので、より重圧を加えるために、寄手は夜通し鉄砲を放ち、爆竹を鳴らし、鬨《とき》を上げて恐怖感を煽《あお》り立てた。

同時進行で堀の埋め立ても行い、大方が埋め終わっていた。

「朝餉《あさげ》ののち、我らは総攻めを致すので、貴殿らは逃亡する輩《やから》を討ち取られよ」

宇喜多秀家の使者が義弘の許を訪れて命じた。

「あいや、待たれよ。ないごて俺《おい》たちゃ後詰《ごづめ》の役ば果たさにはならんとか」

義弘より先に、忠恒が喰ってかかる。

「窮鼠《きゅうそ》、猫を噛むの喩《たと》えが判らんがか」

忠恒を窘《たしな》めた義弘は宇喜多家の遣《つか》いに向かう。

「承知したと備前殿《びぜんどん》（秀家）に伝えられよ」

腰を低く伝えると、遣いは満足そうな顔で帰陣していった。忠恒は憤懣《ふんまん》を顔に表し、今にも噛みつきそうな表情をしている。

「ないごて、あげな下知を素直に受けたとですか」

「総大将に刃向かって総攻めに加わったとして、十、二十討つ首が増えるだけではなかか」

「一つでも多くの首を討つため、武士は命を賭けるではなかですか」

忠恒には義弘の心中が理解できないようであった。

「こん初めての城攻めで、大将の機嫌を損ねては、次ん好機は廻ってこん。損して得すっとは、こんことじゃ。必ず、俺《おい》たちゃの力ば頼りにされる。そん時まで楽しておけばよか」

鷹揚《おうよう》に義弘は告げた。口にしたことに偽《いつわ》りはない。最初はどの武将も勇んでいるので戦功争いをしても、たいして差は出ない。皆が疲れだした頃に活躍すれば、秀吉への印象も増す。

もう一つは、宇喜多秀家が秀吉の養子になっていたことのある武将で、二十六歳という若さにも拘《かかわ》らず年寄五人衆に加えられている。秀吉に育てられたと言っても過言ではない秘蔵っ子に憎まれることはない。朝鮮の役は長いと義弘は踏んでいた。

十五日の朝餉《あさげ》後、北の搦手《からめて》を除く三方面から総攻めが行われた。寄手は移動式の高櫓《たかやぐら》から城内に向かって鉄砲で射撃したので、籠城兵《ろうじょうへい》に多数の死傷者が続出し、反撃もままならなくなった。

陽が落ちたものの、満月は昼をも思わせるほど明るい光を放っている。攻撃に支障をきたすことはない。寄手は鉄砲を連射しながら釣り梯子《ばしご》を城壁に架けて城内に兵を突入させ、中から南の城門を開かせた。

即座に宇喜多秀家重臣の戸川逵安《みちやす》と麾下《きか》の宍戸《ししど》太郎兵衛、青井善兵衛、藤堂高虎家臣の藤堂仁右衛門と藤堂作兵衛らが一気に突撃して一番乗りを争うと、後続が雪崩《なだ》れ込み、城内は日本兵で満ちていった。

副総兵の楊元は帷幕《いばく》の中で寝ていたが、城内の喊声《かんせい》で跳ね起きた。もはや落城は必至と判断した楊元は十数人の近習《きんじゅ》と数十人の兵に守られ、西の城門を開いて脱出を試みた。

城外に逃れた明兵の殆《ほとん》どは寄手に討ち取られたものの、小西行長と宗義智は楊元を討たぬように指示を出して逃亡を見逃した。

「敵ん大将をみすみす見過ごすとは、軍法に背《そむ》いとるんではなかですか」

一緒に北の高台から城攻めの様相を眺めている忠恒が義弘に問う。

「俺《おい》は聞いとらんが、ないごてか画策しておるとではなかか」

他人事《ひとごと》のように義弘は吐き捨てた。明国や朝鮮との交渉は難しいであろうが、文禄の役の時から、二人の行動は如何《いかが》わしいと義弘は思っている。

「そいで、よかとですか」

「よかこつはないが、判断するとは上ん役目。俺《おい》たちゃ目の前の敵を討つだけじゃ。見ろ」

眼下の城を指差すと、城内に乱入した日本兵に追われ、城兵が搦手から逃れようとしていた。

「島津の名折れ。一人も逃すな」

義弘が命じると、即座に下知は搦手を固める家臣たちに伝わった。

島津家の家臣たちに命令が告げられるや否や、城兵は搦手の北門を開き、我先にと逃げ出した。

「一人残らず討ち取れ!」

新納《にいろ》忠増、島津忠長らが怒号し、島津家の兵は隣の加藤嘉明勢と戦功を争うように突撃した。

死から逃れようと城兵は必死の抵抗を試みるが、これまで抑えられていた闘争心を解き放たれた島津兵は猛然と明・朝鮮兵に襲いかかり、次々に鑓《やり》の餌食《えじき》にしていった。

この夜、島津勢が討ち取った敵は四百二十余人を数えた。

夜半に南原城《ナムウォン》は陥落。城から逃れた者は楊元のほか百十七人で、生け捕りにされた兵は百余人、そのほかの殆どが討ち取られた。

翌十六日の朝、大将の宇喜多秀家が改めて南原城を接収し、落城を宣言して鬨《とき》を上げた。十一日、とどまったのちの十八日、島津勢は他の日本軍と共に南原を発って北進した。十九日には任実《イムシル》、二十日は全州《チョンジュ》、二十九日は益山《イクサン》、九月二日は忠清道《チュンチョンド》の石城《ソクソン》、三日は扶余《フヨ》に達した。同地がこの戦役を通じて島津勢にとって最北端の遠出地となった。四日は南西の林川《イムチョン》、六日は韓山《ハンサン》、七日は舒川《ソチョン》、十五日は金溝《キムグ》、十六日は井邑《チョンウプ》に到着した。

ここで長宗我部元親、鍋島直茂、吉川《きっかわ》廣家らが加わり、井邑会議が行われた。同地に残る一勢と南下する一勢に分かれ、島津勢は後者になって出立。

二十一日は長城《チャンソン》、二十四日は羅州《ナジュ》、二十五日は霊岩《ヨンアム》、二十七日は海南《ヘナム》、十月十一日は東の康津《カンジン》、十三日は海南、十四日は羅州に戻り、二十日は北東の潭陽《タミャン》、二十一日は淳昌《スンチャン》、二十三日は南原に戻って帰路に就く。二十五日は求礼《グレ》、二十六日は河東《ハドン》、二十九日は泗《サ》川《チョン》に帰着した。

この間、島津勢は義勇兵や抵抗兵に遭遇し、小戦闘を行って敵の鼻を削いでいる。さらに陶芸の巧みな職人を捕らえ、捕虜とした。帰国の暁《あかつき》には連れ帰り、薩摩で陶品を作らせるつもりである。

泗川《サチョン》城が小さく脆弱《ぜいじゃく》なため、義弘は同地から一里ほど南西の入江に近い船津《ソンジン》に新たな城を普請し、年末には完成した。古城には僅かな守備兵を残し、義弘は忠恒とともに泗川新城に移動した。さらに古城の北東にも出城を構築している。

〈こんままではあらんど。敵は必ず仕寄《しよ》せて来るに違《ちご》いなか〉

どれほどの敵が攻めてくるか判らないものの、守りきる自信は義弘にある。ただ時期までは予測できなかった。無論、後方支援があるのが前提であるが。

慶長の役が始まり、日本軍の左軍は扶余《フヨ》、右軍は竹山《チュクサン》まで北進して武威を示し、全羅《チョルラ》、慶尚《キョンサン》の南側を守備するまでは、大方順調にいった。明軍が本格的な派兵に踏み切るまでは。

年末には加藤清正や浅野長慶らが籠《こも》る蔚山《ウルサン》城が襲われた。同城は釜山《プサン》から十四里半ほど北東に位置した海岸に近い地である。この時、義弘は援軍を申し出たが、軍監の垣見一直に拒絶され、泗川の死守を命じられた。

〈こいも兵が足らんこつが尾を引いておるか〉

軍役不足を働きによって補い、忠節を示そうとしたが拒まれたことは非常に遺憾《いかん》であった。

気掛かりであった蔚山の籠城戦は黒田長政や毛利秀元らの援軍が到着して明・朝鮮連合軍を追い払って事なきをえたが、各地で多勢の襲撃を受けている。

義弘の島津家は、多少のゲリラ戦を受けて小競《こぜ》り合いは行われるものの、そのたびに排除しているので、泗川《サチヨン》の両城は比較的穏やかな日々を過ごしていた。

同地では周辺の農民を農地に戻して領有を認め、年貢を徴収することにしたので、文禄の役時ほどの飢えはなくなった。ただ、慢性的な兵糧、武器、弾薬の不足を解消することはできなかった。

文禄の役の時も同じであるが、朝鮮の冬は日本よりも寒い。在陣している武士が西国出身の者が多く、寒さに馴れていないこともあろうが、薪《まき》なども不足していたので、凍死者が続出した。病死する者は出ても、島津家では一人も凍死による犠牲者は出なかった。

常々不思議に思っていた加藤清正が、たまたま寒中の島津陣を訪ねた時であった。屋内には大きな囲炉裏《いろり》が設けてあり、貴重な薪が赤々と焚《た》かれていた。その中に義弘は家臣たちと一緒になり、足を入れて暖をとっていた。

「兵庫頭殿《ひょうごのかみ》は、いつもかようにしておられるのか」

加藤清正は端《はし》の若い武士に尋ねた。

「仰せのとおり。殿は夜毎《よごと》に総陣営を巡回すること三度、火暖の絶えぬようにご命じられもす。とりわけ風雪の夜は上下一様に粥《かゆ》を啜《すす》り、寒気を凌《しの》いでおりもすが、殿も同じでごわす」

末端の家臣まで大切にする姿勢に、加藤清正は感動したという。

主従の隔《へだ》てなく気を配る義弘に、島津家の者たちは命を捨てて戦う。これこそ島津家の強さであった。

蔚山《ウルサン》の激戦後、義弘は家臣を連れて加藤清正の許を表敬訪問した。近くで鷹狩りができると聞き、義弘は鷹を放っていたところ、清正の陣から抜刀した者が走り寄ってきた。背後から加藤家の家臣が追ってくる。

「その科人《とがにん》を討ち果たしてくれ」

加藤家の家臣が叫ぶと義弘の馬廻《うままわり》を務める鉄砲上手の押川郷兵衛が前に進み、持っていた鉄砲で斬りかかってきた刀を受け止め、脇差《わきざし》で刺し倒した。

「鉄砲は受け止めるもんではなかぞ」

義弘が冗談さながらに言うと、押川郷兵衛も笑みを返す。

「間に合いもさんゆえ」

「よか、判断じゃ」

ただの鉄砲衆ではなく、臨機応変に対応できる押川郷兵衛を義弘は褒《ほ》めた。

加藤清正は礼として小袖《こそで》と皮道服《ひどうふく》を押川郷兵衛に贈っている。

四

慶長三年（一五九八）五月、朝鮮に在陣する日本軍は新たな編成を行い、宇喜多秀家、小早川秀秋、毛利秀元、浅野長慶らに帰国休養を許した。長宗我部元親らは先に帰国している。

慶尚道《キョンサンド》の東から蔚山《ウルサン》城に加藤清正の一万。

西生浦《ソセンポ》城に黒田長政の五千。

釜山《プサン》本城に毛利吉成、島津忠豊、秋月種長、高橋元種、伊東祐兵《すけたか》、相良頼房ら五千。

釜山丸山《プサントン》城に寺沢正成の一千。

金海竹島《キムヘチュクド》に鍋島直茂の七千。

昌原《チャンウォン》城に鍋島勝茂の五千。

固城《コソン》に立花親成、小早川秀包、筑紫広門《つくしひろかど》ら七千。

泗川《サチョン》新城に島津義弘の五千。

南海《ナムヘ》城に宗義智の一千。

巨済島《コジェド》の見乃梁《キョネリョン》城に柳川調信《しげのぶ》ら三百。

全羅道《チョルラド》の順天《スンチョン》城に小西行長、松浦鎮信《まつらしげのぶ》、有馬晴信、大村喜前《よしあき》ら一万三千七百。

総勢六万余。戦線は縮小し、慶尚道の南海岸と全羅道の東端を僅かに抑える程度だ。

五月八日、太閤秀吉は有馬の温泉に湯治《とうじ》に行く予定であったが体調不良によって取り止めている。もはや起きることもままならぬ状態になっていた。

七月二日、伏見に在する龍伯は徳川家康、前田利家に対して、忠節を尽くす起請文を提出。
増田《ました》長盛、浅野長政（長吉から改名）、徳善院玄以《とくぜんいんげんい》ら奉行から義弘に、秀吉の容態がかなり悪いという書状が七月八日付で出され、およそ一月半後には、泗川《サチョン》の義弘にも届けられている。

奉行からの書状が届く前、泥沼の戦いが続く中の八月十八日、丑《うし》ノ刻（午前二時頃）、豊臣秀吉は伏見城にて身罷《みまか》った。享年六十二。卑賤《ひせん》の身から従一位、関白《かんぱく》、太政大臣《だじょうだいじん》にまで上り詰め、戦国乱世を一度は終わらせた英雄は日本史上でも稀《まれ》なる存在である。

外国と交戦という動乱を招いた秀吉は、さぞ国の行く末を憂《うれ》えていたかと思いきや、死に際して朝鮮で戦う日本軍のことなどには一切触れなかった。幼い秀頼の将来のみを案じ、豊臣政権を担う五人年寄と五奉行の十人衆に対し、ただ懇願する哀れな老醜《ろうしゅう》を晒《さら》しながら黄泉《よみ》に旅立った。

未曾有《みぞう》の暴挙に踏み出したものの、偉大なる天下人の死は、本来ならば国葬が行われるべきことであるが、異国との戦いが継続されているということで死は秘された。

十人衆の合議により、講和して撤退しろという命令を受けた徳永壽昌《ながまさ》、宮城豊盛《とよもり》、山本重成《しげなり》が使者として朝鮮に向かった。

徳永壽昌らが日本を発った頃、義弘は奉行衆からの書状を手にしていた。

〈太閤が、もうだめか。あん、太閤が……〉

島津家の前に大きく立ちはだかり、九州統一の夢を打ち砕いた秀吉。さらに国内の軍役と検地で領内を混乱に陥《おとしい》れただけではなく、朝鮮出兵で家中を疲弊の途《と》を辿《たど》るばかりに追い込んだ秀吉。その天下人に近づいて御家《おいえ》の生き残りを図《はか》ろうとした義弘。秀吉が死ねば、島津家の家臣からは、相当な突き上げを喰らうことは想像に難《かた》くない。

（そげんこつより、皆を生きて連れ帰らねばならん。俺《おい》の命に代えても忠恒だけは）

明・朝鮮軍が秀吉の死を知れば、特に朝鮮は国をあげて日本軍の殲滅《せんめつ》を試みるであろう。動揺するなというのが無理である。

〈んも（すでに）動いていっかもしれん〉

重病を知るだけで軍勢を進めていたとしても不思議ではない。

「なにか、あめた（やっかいな）こつでもおきもしたか」

新納《にいろ》忠増が問う。

「殿下が重病とのこつ。そんうち、敵にも漏れるくゎす（はず）。んも、伝わっていっかもしれん。かつてない戦《いっさ》をすっこつがこよう」

義弘は臆《おく》する表情も作らず、誤魔《ごま》化すこともしなかった。忠恒も龍伯から、島津忠長は伊集院幸侃《こうかん》からの書で秀吉が重病であることが伝えられている。

いつ、敵方に漏れたとしても不思議ではない。

「そいでは、島津と殿様《とのさあ》の武威を唐《から》まで伝えられっとでごわすな」

老将だけに狼狽《うろた》えることはない。悲愴感の中で冗談を口にした。

「どうせなら、天竺《てんじく》、南蛮にまでと言うがよか」

義弘も軽口を返して笑みを作る。互いに壮烈な戦いが行われることを覚悟していた。

秀吉の死の秘密は、徳永壽昌《ながまさ》らが伝えるより早く、日本に在している明・朝鮮人から噂となり朝鮮半島に伝わり、撤退するであろう日本軍を根絶やしにしようと、本格的な南下を始めることにした。明の大軍が漢城《ハンソン》に集結している。

東路軍の大将は麻貴《まき》で二万四千。これに平安《ピョンアン》、江原《カンウオン》、慶尚北道《キョンサンプクド》の朝鮮軍五千五百が合流。

中路軍の大将は董一元《とういちげん》で一万三千五百。これに京畿《キョンギ》、咸鏡《ハムギョン》、慶尚南道《キョンサンナムド》の朝鮮軍二千三百が合流。

西路軍の大将は劉綎《りゅうてい》で一万三千六百。これに忠清《チュンチョン》、全羅道《チョルラド》の朝鮮軍一万余が合流。

水路軍の大将は陳璘《ちんりん》で一万三千二百。これに李舜臣《イスンシン》らの朝鮮水軍七千三百が合流。

合計八万九千四百。さらに民兵、義勇兵が増える。東路軍は蔚山《ウルサン》城を、中路軍は泗川《サチョン》の両城、西路軍は順天《スンチョン》城、水路軍は南海《ナムヘ》城、見乃梁《キョネリョン》城および日本水軍を攻める計画であった。

九月中旬、明・朝鮮連合の諸軍はそれぞれ攻撃目標に向かい、兵を増やしながら南下してきた。

「申し上げもす。十万にも及ぶ敵が泗川《サチョン》に近づいちょりもす」

物見《ものみ》が泗川新城に戻り、義弘に報せた。

（敵が動いたか。太閤が逝《い》ったんかもしれんな。元来、こげんこつは味方の端《はし》に伝わるより早く敵が摑むもんじゃ。隠しても隠しきれるもんではなか）

義弘は秀吉の死について確信を深めだした。島津家とは直接関係ないが、過ぐる元亀《げんき》四年（一五七三）四月十二日、武田信玄は死に際し、三年の間は死を隠して喪《も》に服せと陣代の勝頼《かつより》に命じているが、一ヵ月ほどで敵対していた織田信長や上杉謙信に漏れていた。

「十万？　わいは見間違《みましげ》ったとではなかか？」

一緒に報告を受けた忠恒が問うが、物見は見違えることはないと首を横に振る。

「敵が増えたとしても不思議ではなか。泗川、晋州《チンジュ》、そん他の民、百姓が加わったんではなかか。俺《おい》どんたちゃあを討って日本に恨みを晴らす気じゃ。俺たちゃあの負けを確信したに違《ちご》いなし」

当然といった表情で義弘は言う。驚きはあるが出さぬよう努力した。

「俺たちゃあ明兵のみならず、全高麗人を敵にしたこつにごわすな」

仕方ないといった面持《おもも》ちで新納《にいろ》忠増が告げる。

「そんなら、全兵討ち取るだけじゃ。俺たちゃあに向かってくる者《もん》は全て敵じゃ」

義弘は覇気《はき》を示した。

すぐに主立った者を集め、警戒することを命じた。泗川《サチョン》周辺の守りは次のとおり。

泗川新城に義弘・忠恒親子が三千五百。

新城の北東一里の古城には川上忠実《ただざね》ら三百。

古城から二里少々北の望晋砦《マンジン》に寺山久兼《ひさかね》ら三百。

望晋砦から一里東の永春《ヨンチュン》砦に川上久智《ひさとも》ら三百。

南江《ナムガン》の北で望晋砦の対岸の晋州《チンジュ》城に三原重種《しげたね》ら三百。

泗川新城から船津浦《ソンジンポ》を挟んで一里半ほど西の昆陽《コンヤン》城に北郷三久《ほんごうみつひさ》、伊集院忠眞ら三百。

九月十八日、遂に中路軍の先鋒として、遊撃隊将の藍芳威《らんほうい》が三万の兵を率いて晋州城に迫ってきた。城将の三原重種は自身百の兵を連れて物見に出かけたところ、思いのほか明軍の進み具合が早く、城の北に屹立《きつりつ》する風鳳山《ピホンサン》の西麓《せいろく》で遭遇した。「鉄砲で敵ん足を止めよ。全兵、討ち死にとど」

三原重種は怒号し、率いてきた十数挺《ちょう》の鉄砲を放たせた。

轟音《ごうおん》を響かせながら三原重種は、一人の遣いを晋州城に向かわせ、残りの兵を対岸の望晋砦に退くよう命じた。来《きた》るべき本戦に一人でも多くの兵が残っていれば、戦上手《いくさ》の義弘がなんとかしてくれる。戦において兵を指揮する義弘への信頼は絶大であった。

一瞬、足止めをしたものの、十数挺の鉄砲で三万の先鋒を、そうそう釘づけにできるものではない。四半刻《しはんとき》とかからずに明勢は前進を始めた。

「退《ひ》け！」

三原重種は鉄砲衆を殿《しんがり》にして撤退を命じた。晋州《チンジュ》城の兵を無傷で逃れさせるために、自分たちは南ではなく南江《ナムガン》の北岸を川の流れに沿うように新安里《シンアンリ》、平居里《ピヨンユリ》……と西に向かう。一里ほどの間で五十近くを失うものの、重種は昆陽《コンヤン》まで逃れ、半数ほどを死なさずに済んだ。

晋州城の残兵たちは三原重種の救出に向かうとの意見が大半であったが、重種も退くという指示を出していたので、これに従い、南江を渡り、二百人が望晋砦《マンジン》に逃れることができた。

物見の三原勢五十を討ち取った藍芳威《らんほうい》は途中で追撃を止めて兵を戻した。島津勢が後詰を出してこないので董一元《とういちげん》は警戒し、晋州城の手前で兵を止めて野陣を張った。

報せは泗川《サチョン》新城に届けられた。

「ついに、晋州にまで来おったか。望晋、永春《ヨンチュン》、古城には出撃するなと申せ」

義弘が命じると、新納忠増《にいろ》が問う。

「こん城に引き上げさせんでよかですか」

「我が兵は神速。動きが鈍か唐人《とうじん》では追いつけん。いつでも退かせられる」

すぐに退却させては臆病風に吹かれていると、敵を増長させる。連合軍は短期決戦を望んでいるのか、長対峙《ながたいじ》をするつもりか、小荷駄《こにだ》の様子なども摑めていないので、まずは寄手の出方を窺《うかが》うことにした。

「敵はまだ落ち着いておりもはん。夜討ちをかけさせて給《たも》んせ」

忠恒が義弘に申し出る。

「ならん。夜討ちで十や二十討っても大勢に影響はなか。あん奴《わろ》らは多勢を頼み、何《いず》れこん城に仕寄《しよ》せて来る。これを一発で討ち破る。こいしか俺《おい》たちゃあに勝つ手はない」

十万を超える敵に本腰を入れて包囲され、兵糧攻めにされれば敵中突破もままならない、とはさすがに士気が下がるので言えない。義弘は闘志を失わぬよう下知した。

晋州《チンジュ》城に入った董一元は慎重で、島津軍が奇襲を企《くわだ》ててくるかもしれないと、安易に南《ナム》江《ガン》を渡らせぬように命令し、後続の兵が集まるのを待っていた。圧倒的な兵力で粉砕するつもりであろうが、東路、西路軍の状況を確認しているのかもしれない。前年の暮れ、蔚《ウル》山《サン》城攻めで多勢の連合軍は排除され、這々《ほうほう》の体《てい》で退却している。蔚山、順天《スンチョン》城攻めの軍勢が排除され、日本軍の後詰に挟撃されては目も当てられないからである。

物見が戻り、連合軍の小荷駄はそれほど多くはなく、十万の兵であれば半月ほどだという。

「多勢の兵糧を整えるは困難。半月で俺たちゃあを討てる気でおるとは、舐《な》むんな」

新納《にいろ》忠増が吐き捨てる。

「俺どんたちゃあの兵糧を奪う気かもしれん。じゃっどん、短期の決戦は望むところ。勝ちが見えたぞ」

義弘は周囲の者たちに笑みを向けた。決して強がりではなく根拠はあった。

一晩、兵を休ませた董一元は、九月十九日の朝、別の遊撃隊将・茅国器《ぼうこつき》に望晋砦《マンジン》の様子を探るように命じた。

下知を受けた茅国器は一千ほどの先兵を南江《ナムガン》の南に渡河させた。

「明の奴輩《やつばら》じゃ。島津ん強さを見せつけよ」

望晋砦を守る寺山久兼は先兵を見つけると、晋州城から収容した兵も加え、全兵で出撃。様子見で渡海した一千に対し、五百の島津勢は鋒矢《ほうし》となって突撃して壊乱に陥れた。茅勢は蜘蛛《くも》の子を散らしたように四散し、南江の北に逃げ戻った。

島津軍が頑強に抵抗することを確認した董一元は、その日のうちに晋州城《チンジュ》に入城した。望晋砦《マンジン》から晋州城は十町と離れていないので様子がよく判る。色とりどりの旗指物《はたさしもの》が立ち並び、十万もの兵が犇《ひし》めく姿は、豊臣軍が薩摩に押し寄せた時のように寺山久兼には見えたことであろう。報せは、その日の夕刻、義弘の許に届けられた。

「彼奴《あつどむ》らを犬死にさせるわけにはいかん。こん城に退かせよ」

義弘はすぐに下知を出した。

泗川《サチョン》の古城はそのままにし、望晋、永春砦《ヨンチュン》の兵は夜陰に乗じて退却させた。

翌二十日、董一元は満を持して兵を進め、望晋、永春砦に打ち入ったがすでに蛻《もぬけ》の殻《から》。

「日本軍は腰抜け揃いじゃ」

砦を接収した兵たちは島津軍を嘲笑《あざわら》い、両砦を焼き払った。

両砦を破却した連合軍は二十二日には昆陽《コンヤン》城をも攻略し、こちらも焼失させている。同城の北郷《ほんごう》三久、伊集院忠眞《ただざね》には撤退命令を出しているので、三百人は退きにかかったところ追撃を受け、十二人を失ったものの、他は無事に泗川《サチョン》新城に到着した。

「追い討ちを受けもうしたこと、お詫びのしようもありもはん」

北郷三久、伊集院忠眞は義弘に両手をついた。

「致し方なか。こん恨みは倍にして晴らしてやればよか。そいより、馬鹿奴《ざこはっ》どもめ。俺《おい》たちゃあの痕跡《こんせき》を、こん世から消すことによって、自軍の力を誇示せんつもいが、せっかく雨風を防げるものを潰すんは、自《おの》が体の力を削ぐようなもの。こん戦《いっさ》は俺たちゃあの勝ちじゃ。寡勢でも不安に思うこつはなかぞ」

城は泗川の新古二城になってしまったが、義弘は呵々大笑《かかたいしょう》して家臣たちを励ました。

心中では二十倍にも及ぶ多勢がじわじわと迫る様に、えもいわれぬ切迫感を覚えていた。

第五章　鬼石曼子《グイシーマンズ》

一

半島の南側とはいえ、日に日に朝鮮の国に吹く風は冷たくなってくる。雨でも降れば凍《こご》えるほど寒い。まるで日本軍の心中を表しているかのようであった。

晋州《チンジュ》城に本陣を置き、望晋砦《マンジン》、永春砦《ヨンチュン》、昆陽《コンヤン》城を破却した明《みん》・朝鮮連合軍は暫《しば》し島津軍の様子を見ていた。

「敵はなにを待っちょとでしょうか」

櫓《やぐら》の上から北方を眺め、忠恒《ただつね》は左隣に立つ義弘《よしひろ》に問う。

「周囲との兼ね合いもあろうが、俺《おい》たちゃあの心が折れるこつを待っちょとかもしれん。吾《あが》は大将じゃ、死を前にしても不動心でおるこつじゃ」

苛立《いらだ》つ忠恒を説く義弘であるが、自身に言い聞かせてもいた。

島津軍の出城を落とした明・朝鮮連合軍は蔚山《ウルサン》、順天《スンチヨン》城の動向を窺《うかが》いながら評議を続けていた。

「直《ただ》ちに攻めるべきだ」

強硬に主張したのは朝鮮軍の慶尚《キヨンサン》右兵使・鄭起竜《チヨンギリヨン》である。この意見は中路軍の大将・董一元《とういちげん》に受け入れられた。

董一元は鄭起竜に対し、歩兵七千、騎馬三千を与えるので九月二十八日の日暮れに泗《サ》川《チヨン》古城を包囲するように命じた。自身も一万数千の精鋭を選りすぐって後詰《ごづめ》とする。攻撃は二十九日の早朝をもって行うこととした。

斥候《せっこう》によって報《しら》せは義弘の許《もと》に届けられた。

「六郎兵衛（川上忠実《ただざね》）には退《ひ》くよう命じよ」

大敵が迫ることが確実となった今、兵の分散は好ましくない。即座に義弘は命じた。

「そげん急がんでも、唐《から》の腰抜けどもは足が鈍い。ゆるりと戻ればよか」

川上忠実は島津四勇将の一人と謳《うた》われた川上久朗《ひさあき》の弟。兄に劣らず豪気で、島津家の三州（薩摩《さつま》、大隅《おおすみ》、日向《ひゆうが》）統一戦で活躍し、戦功は数え切れない勇士である。義弘の命令を蔑《ないがし》ろにしたのではなく、戦わずに退くことが不快で、城に留《とど》まっていた。

楽観視していたのも事実で、陽が落ち、多勢が接近した報せを耳にして川上忠実は緊張した。

「陣を崩《くず》さねば、死んこつはなか。鉄砲衆、火縄を消すとじゃなかど」

鑓《やり》を手に川上忠実は下知し、櫓の上に上って周囲を見ると、松明《たいまつ》や篝火《かがりび》を手にした軍勢が押し寄せてきた。まるで昼かと思うほど明るいが、時は丑《うし》ノ下刻《げこく》(午前三時頃)。

「よいか、まっすぐ新城を目指せ。押し立てよ!」

川上忠実は怒号と同時に城門を開かせ、麾下《きか》の兵を打って出させた。忠実は櫓の上と城外に鉄砲衆を配置し、逃れさせる兵の援護に努めた。

「鉄砲衆、放て!」

有効射程距離に敵が入った途端、川上忠実は大音声《だいおんじょう》で命令。間髪《かんはつ》を入れずに轟音《ごうおん》が響いた。夜陰に五十余の筒先が、絶え間なく火を噴《ふ》く様は、季節外れの螢《ほたる》が光るようでもあった。

烏丸六《からすまるろく》右《え》衛門《もん》重持《しげもち》は、まっ先に進み来る明兵を一番最初に撃ち倒した。

勿論《もちろん》、鉄砲を手にするのは連合軍も同じで、しかも夥《おびただ》しい数を揃えている。城の外で構えている島津家の鉄砲衆は、ばたばたと血煙《ちけむ》りを上げて倒れだした。

「こんままでは、皆討ち死にじゃ」

敵を搔《か》き乱さないと味方は全滅してしまう。川上忠実は駿馬《しゅんめ》に飛び乗ると、城の外に飛び出した。近習《きんじゅ》たちもこれに従う。

「唐《から》・高麗《こうらい》の腰抜けどもよう聞け、俺《おい》は島津右馬頭以久《うまのかみゆきひさ》が家臣・川上六郎兵衛忠実じゃ。

腑抜《ふぬ》けん中に、武士がおればかかってまいれ！」

馬を疾駆させながら川上忠実は、夜空に名乗りを響かせた。当然、日本語が理解できる者が万余の中に何人いるかなどは判らない。ただ、日本の勇者が戦う前に名乗りを上げることは、戦いに参じたことのある者ならば知っているはずである。

川上忠実が絶叫すると、青い鎧《よろい》に鉄の兜《かぶと》をかぶり、栗毛の馬に乗った武将が姿を見せた。

「儂《わし》は慶尚《キヨンサン》右兵使・鄭起竜《チヨンギリヨン》麾下の李寧《リネイ》だ。儂が勝負してやろう」

薙刀《なぎなた》を手にする李寧が叫ぶ。おそらく、李寧と名乗ったと川上忠実は理解した。

「異国にも男がおったか。俺が刃《やいば》を受けてみぃ」

喜んだ川上忠実は鑓を従者に渡し、腰に佩《は》く長刀を抜いて鐙《あぶみ》を蹴《け》った。忠実に敵を迎え撃つという感覚はない。勝利はあくまでも敵に突き入って奪い取るものであった。鑓から長刀に持ち替えたのは、馬上では鑓は柄《つか》が短くても扱いにくいからである。

「チェストーッ！」

砂塵《さじん》を上げて敵に接近した川上忠実は、還暦《かんれき》も近い身とは思えぬ素早さで斬りつけた。瞬時に剣戟《けんげき》が響き、火花が散った。薙刀は柄《え》の分、刀より遠間から攻撃でき、威力も大きいものの、重いので小廻りがきかず、一撃を躱《かわ》されると防御は脆《もろ》い。互いに一長一短の得《え》物《もの》を手に、馬を入れ替えながら干戈《かんか》を交え、具足、鎧に傷を増やした。

一進一退の戦いの中、突如、李寧が島津兵の放った鉄砲に当たって倒れた。

「まあ、戦《いっさ》じゃ。こげんこつもありもんそ」

雌雄《しゆう》を決したかったところだが、珍しいことではない。寡勢《かぜい》の川上忠実は敵の身を心配し、味方の横槍ともとれる行為を咎《とが》めることもしない。早速、首を取ろうと近づいた時である。

漆黒《しっこく》の駿馬に跨《また》がった武将と、周囲を固める集団が近づいた。

「李寧《リネイ》を討たせるな」

紫の鎧に青い鉄兜をかぶった偉丈夫《いじょうふ》。命じたのは鄭起竜《チョンギリョン》であった。

川上忠実には眼前にいる敵が鄭起竜であることを知らないが、かなり高い地位であることは瞬時に察知できた。

「李寧に代わり、俺《おい》と勝負致せ」

鄭起竜に長刀を突き付け、川上忠実は叫ぶ。高位の武将が自分に注意を向けていれば、その分、味方は義弘の許に逃れられる。

闘志満々、川上忠実は高位の武将との戦いを求めるが、鄭起竜は応じず、手で横の騎兵に指示を出す。下知《げじ》を受けた騎兵は一人ではなく、数騎が川上忠実に向かって鐙《あぶみ》を蹴った。

「もはや面白き勝負はできんか」

合戦なので卑怯《ひきょう》だとは思わない。川上忠実は数騎に向かって馬を疾駆させる。数人が相手ならば、敵を討ち取るというよりも、多勢を攪乱《かくらん》するのが目的である。忠実は敵の薙刀と剣戟を響かせ、躱しながら縦に横にと戦場を走り廻り、陣を攪拌《かくはん》した。

そこへ緋色《ひいろ》の鎧に黒い兜をかぶった武将が着陣した。明軍の遊撃部将の一人・盧得功《ろとくこう》である。半弓の名手である盧得功は背の箙《えびら》から矢を取ると、川上忠実に向かって弦《つる》を弾く。矢は真一文字に飛び、忠実の肩に突き刺さった。

「ぐっ」

左肩に熱いものが走ったが、川上忠実は馬から落ちず、縦横無尽に連合軍の中を疾走する。お蔭《かげ》で次々に矢が刺さり、針鼠《はりねずみ》のようになっていた。

弓の名手は島津家にもいる。川上忠実と同僚の樺山休《かばやまきゅう》兵衛《べえ》は忠実を仕留めようとする盧得功に狙《ねら》いを定め矢を射た。連合軍とは違い、島津勢が使う弓は大弓なので、遠くから放つことができる。矢は見事に盧得功の喉《のど》を貫き、血飛沫《ちしぶき》が上がった。

川上忠実も全身血に染まっている。盧得功が射倒されたのを契機に退きにかかった。忠実らが踏み留まって連合軍を引き付けていたが、半分近くは熾烈《しれつ》な追撃を受けていた。

泗川《サチョン》古城には義弘の側近を務める相良玄蕃助頼豊《さがらげんばのすけよりとよ》と勝目兵右衛門《かつめひょうえもん》が検使としていた。

「俺《おい》は日頃から玄蕃助とは生涯を共にせんと約束《やつじょ》しちょったが、今や生死すらも判らん。こいは、ほんなこて無念千万。せめて玄蕃助ん死骸《しがい》ば見ねば申し訳が立たん。わいは、こいを持って故郷に帰り、老親幼子どもに、俺が犬死にしたわけではなかこつを伝えよ」

勝目兵右衛門は従者に脇差《わきざし》を渡して泗川新城に向かわせると、自身は踵《きびす》を返して追撃勢の中に突撃し、遂に討死した。同じ検使の相良頼豊は先に斬り死にしていた。

義弘が宿直《とのい》に起こされたのは、既に泗川《サチョン》古城が連合軍に襲撃されている時だった。

「父上、古城の救援に向かいもす」

同じように報せを聞いた忠恒が、義弘の許に駆け込んで許可を求めた。

「ならん。唐・高麗の奴輩《やつばら》は、俺《おい》が打って出てくるんを待っちょるこっが判らんか。六郎兵衛（忠実）には早《はよ》う退けと命じていた。退かん六郎兵衛が悪い。一人も兵を出さず、退いてきた者《もん》の撤収に努めよ」

厳しい処置ではあるが、義弘は忠恒の申し出を退《しりぞ》けた。ただでさえ劣勢の島津軍が、闇《やみ》の中で敵の策に乗って開戦に応じれば全滅の恐れもある。士卒《しそつ》を大事にする義弘であるが、大将として小を捨てて大を取らざるをえないことも熟知している。

義弘に許しを得られなかった忠恒は、憤懣《ふんまん》やるかたない表情で部屋を出ていった。

「弥九郎を呼べ」

密かに義弘は伊勢兵部少輔貞昌《ひょうぶのしょうさだまさ》を呼び、古城の様子を窺《うかが》いながら退却する島津兵を手助けするように命じた。貞昌は三十人ほどを率いて搦手《からめて》から出ていった。

義弘の下知なく出撃していった者も何人かいた。一度戦場に出たからには、異様に仲間意識の強い薩摩隼人《さつまはやと》の心意気であった。

開戦から一刻としないうちに、退却した兵が泗川《サチヨン》新城に逃れてきた。

「わいら、よう戻った。生きて辿《たど》り着いただけでん功を得たも同じじゃ」

義弘は一人一人、手を取って労《ねぎら》った。

そんな中、満身創痍《まんしんそうい》の川上忠実が仲間に支えられて担ぎ込まれた。忠実の具足には三十六本もの矢が刺さり、鏃《やじり》が貫通して体をも抉《えぐ》り、簡単に脱ぐことができないほどであった。

「殿様《とのさあ》の下知に従わず、申し訳なかこつにございもす……」

息も絶え絶えに川上忠実は詫びる。獅子奮迅《ししふんじん》の働きをしたことは想像に難《かた》くない。

「なにも申すな。ようやった」

生きて戻った川上忠実に感激し、義弘は脇差《わきざし》を与えて労《ねぎら》った。

敵の李寧《リネイ》、盧得功《ろとくこう》という名のある武将を死に追い込んだものの、結局、泗川新城に戻れたのは半数で、相良頼豊、勝目兵右衛門、玉利善兵衛、木佐貫八郎左衛門、上井主兵衛、鳥井休兵衛……ら忠臣を失った。義弘の無念、失意は図り知れなかった。

悔しさと悲しさに沈んでいる時、泗川新城に向かって銅鑼《どら》を叩《たた》きながら向かってくる明兵の集団があった。騎馬武者が一人と歩兵が十人ばかり。明兵は城から三、四町のところに榜木《ぼうき》（立て札）を立てて戻っていった。

義弘は頴娃主水親智《えいもんどちかとも》、白浜助七重安《しらはますけしちしげやす》を遣《つか》わして榜木を取ってこさせた。そこには次のように記されていた。

「明日十月一日、新城を攻める。予《あらかじ》めそのことを塞将《さいしょう》に諭《さと》す。彷徨《さまよ》うことなかれ云々《うんぬん》」

兵は二十万の大軍だという。島津軍を畏怖《いふ》させて降伏させるための誇張であろう。

「彷徨うことなかれじゃとう？　馬鹿奴《ざこはっ》が！　俺《おい》が、こげん脅しに屈し、城を明け渡す、ふっかぶい（おくびょうもの）じゃと思うちょるんか。来るなら、明日とは言わず、今すぐ仕寄《しよ》せてくればよか。纏《まと》めて撫《な》で斬《ぎ》りにしちゃる！」

一緒に榜木を見た忠恒が激怒した。この年の九月は日本の暦で小盡《しょうじん》にあたり、晦日《みそか》は二十九日になっている。連合軍も判っているようであった。

忠恒同様、島津家の家臣たちも憤《いきどお》りに満ち、皆は徹底抗戦を口々にし合った。

「俺は死を恐れてはおらんが、あん奴《わろ》らは違《ちご》う。多勢で優位ゆえ楽に勝てると思うちょる。そこが付け目じゃ。勝負は一度きり。一撃で決める。こん戦いは絶対に勝つ。油断だけするな」

義弘は皆の不安を払拭《ふっしょく》するように告げ、武器の手入れを確認させた。同時にありったけの飯を炊《た》き、この世に名残りを残させぬよう皆に腹いっぱい喰わせた。

この戦いには伊丹屋助四郎らの海賊衆も参じ、城の西の湾を守備していた。

一方、泗川《サチヨン》古城に入った中路軍大将の董一元は、夜明けと共に泗川新城を総攻撃することを評議で命じた。

「新城では井戸水が不足していると聞きます。窮鼠猫《きゅうそねこ》を噛《か》む、窮した敵を追うことなかれ、の喩《たと》えもあるので、今暫《いましばら》く様子を見てはいかがでしょう」

慶尚《キョンサン》右兵使の鄭《チョン》起竜《ギリョン》が意見を述べる。島津軍は死を超越した集団なので、追い詰めれば死にもの狂いで奮戦し、刺し違える覚悟で向かってくるので、討ち取った数と同等以上の兵を損ずることになる。水がなければ兵糧《ひょうろう》があっても持ちこたえることはできない。そこを十日も包囲して鉄砲を撃ちかけ、一方を開いてやれば、逃れることは間違いない。挟撃すれば損害を少なく敵を容易《たやす》く討ち取れると主張する。

「我、まさに万雷《ばんらい》耳を聾《ろう》するがごとく敵を踏み躙《にじ》らん」

董一元は一笑に付すが、遊撃隊将の茅国器《ぼうこっき》は首を捻《ひね》る。

「恐れながら、我が軍は望晋《マンジン》、永春《ヨンチュン》、昆陽《コンヤン》、泗川《サチョン》古城を破りましたが、敵兵の損失は多くなく、殆《ほとん》どは新城に逃れ込んでおりますので、必ずや死力を尽くして防戦に当たりましょう。新城を攻めて陥落させる前に金海《キムヘ》と固城《コソン》からの援軍が到着すれば、攻略はより困難になるので、万全の策ではありません。金海、固城は共に小城で兵も少ないので落城させるのも容易い。両城を落としてから、改めて新城を攻めてはいかがでしょうか」

「新城の兵は多くないので、この城を落とせば、他の城の者は、報せを聞いて我らが到着する前に退散しよう。ゆえに、この城を先に落とすことが重要だ」

大将の董一元が告げると、遊撃隊将の彭信古《ほうしんこ》が同意する。

「私が見たところ、城中は炊煙《すいえん》も乏《とぼ》しく、暗いので守兵も少ない。攻略は容易《たやす》いと存じます」

彭信古の賛同で、董一元の意見に勢いが増し、十月一日の城攻めが決定した。

先鋒は茅国器、彭信古、葉邦栄《ようほうえい》ら一万五千。

右翼は郝三聘《かくさんへい》、師道立《しどうりゅう》ら七千五百。

左翼は馬呈文《まていぶん》、藍芳威《らんほうい》ら七千五百。

本隊は鄭起竜《チョンギリヨン》、副総兵の祖《そ》承訓《しようくん》ら四万。

泗川《サチヨン》古城に董一元ら三万。

合計十万。南江《ナムガン》の北側には義勇兵ら十万余が控えていた。

二

十月一日の寅《とら》ノ刻（午前四時頃）、まだ辺《あた》りは暗い。

義弘は泗川新城の櫓《やぐら》に立って周囲を見廻す。敵の斥候《せっこう》などは闇にまぎれて様子を窺っているかもしれないが、目の届く範囲に複数の人の気配は感じられなかった。

「まっこと、敵は仕寄せてまいりもそうか」

隣で新納忠増《にいろただます》が問う。

「榜木を立てた以上、敵も後には引けまい。そいに、仕寄せられぬ理由はなかろう」

これまで義弘の戦勘《いくさかん》は、そうそう外れることはなかった。

「そんなら、厳しき戦いになりもすな」

「そげんこつは、国許《くにもと》を出た時から判っていたはず。こん戦いは島津ん戦いではなく、日本《ひのもと》の戦いになっど。俺《おい》たちゃあが勝てば蔚山《ウルサン》、順天《スンチヨン》も勝つ。じゃっどん、後《おく》れを取ることつがあらば、他ん城も同じになる。絶対に勝たねばならん戦《いつさ》じゃ」

覇気《はき》をあらわに義弘が言うと、新納《にいろ》忠増は力強く頷《うなず》いた。

半刻ほどが経ち、辺りが薄《うつ》すらと白みはじめた頃、数騎が東の大手を開いて城外に出ていった。忠恒と近習。無断であることは言うまでもない。

「あん、馬鹿奴《ざこはつ》が！　老中衆《おとなじゆうしゆう》は、なんでん止めんかった。早《はよ》う呼び戻せ！」

櫓の上から眼下を見下ろし、義弘は指揮棒で櫓の枠を叩《たた》き、怒鳴った。

大将自ら勇ましい、押さえられない闘志の表れ、と周囲は口にするかもしれないが、義弘にすれば大戦を前に取り乱した子供以外のなにものでもない。物見《ものみ》は正しい目を持つ家臣に任せればいい。大将はじっと本陣に腰を据えて軍勢を差配《さはい》するのが役目である。まして忠恒は龍伯《りゆうはく》の跡継ぎとして白羽の矢が立てられた者。軽はずみな真似をすることは許されない。

〈こいも、俺の血か〉

本陣にどっしり構えた大将の龍伯に対し、弟の義弘は常に最前線で戦った。薩摩、大隅を統一するまでは自分の目で見なければ信じられなかったこともあるが、もはや時代は違う。三国の兵を率いる後継者として相応《ふさわ》しい振る舞いをしてもらわねば家臣たちが戸惑ってしまう。

すぐさま義弘の指示を受けた使者が城を飛び出し、ほどなく忠恒を説いて連れ戻した。

「ぼっけ者《もん》が！　太守様《たいしゅさあ》の跡継ぎが、そげん腰の据《す》わらんこつで皆が従うと思うか？　俺《おい》が先に死ねば、吾《あが》が皆を指揮すっど。大将は、際《きわ》を見極めるまで動くな！」

殴りこそしないものの、義弘は櫓の床を揺るがすほどの怒声を発した。

「じゃっどん……」

歴戦の父親に一喝《いっかつ》され、一瞬、身を竦《すく》めた忠恒は口を開いたが、義弘は遮《さえぎ》った。

「薩摩隼人に言い訳は無用。跡継ぎの証《あか》しは、劣勢の戦《いっさ》で示せ」

義弘は忠恒に隣から動かぬことを厳命した。

静寂を取り戻した櫓で、溜息《ためいき》を吐《つ》くと、息が白くなっていたことに気がついた。これも昂《たかぶ》っているせいか。十月一日は、グレゴリウス暦では十月三十日にあたり、泗川《サチョン》の朝は冬のように寒い。薩摩より一ヵ月近く季節の流れは早いようだった。

交代で朝餉《あさげ》をとるために、一旦、義弘は櫓を下りた。

卯《う》ノ刻（午前六時頃）には完全に夜の帳《とばり》がとれ、遠くまでが見渡せるようになった。

「申し上げもす。敵が三方から仕寄せてまいりもす」

物見が義弘に告げる。西が船津浦《ソンジンポ》なので、三方は東、南、北のこと。

「来たか」

早めの朝餉を口にしていた義弘は、椀に残った粥《かゆ》をかき込むと、櫓に上がった。

闇が明けたと思ったところ遠くから黒い色が近づいてくる。線が迫ると言ったほうが正しいか。そのうちに横線が曲線になり、波打つようにさえ映る。接近するほどに、黒一色ではなく、さまざまな色が混在していることが判る。多色の波は寄せても引くことはなく、馬蹄《ばてい》や地を踏み締める地響きと共に津波のように迫《せ》り上がってくるようだった。

辰《たつ》ノ刻（午前八時頃）には、西を除く三方面が完全に包囲された。連合軍は蟻《あり》一匹逃さぬように城の周囲を埋め尽くしていた。寄手《よせて》は鉄砲だけではなく、攻城用の仏郎機《フランキ》砲、霹《へき》靂《れき》砲、虎蹲《こそん》砲などの重砲を用意し、震天雷《しんてんらい》など日本の炮烙《ほうろく》玉のように当たれば爆発する大砲玉を揃えていた。

炮烙玉の種類は数多くあり、椀型をした半円の焼き物の中に火薬と鉛玉を詰め、紙を糊《のり》づけして塞《ふさ》いだものもある。なにかにぶつかって変形すれば、中で石が動いて摩擦を起こし、爆発する仕組みだ。中には導火線を出して火をつけて抛《ほう》り投げる場合もある。

「敵は数だけの弱兵。簡単に城は落ちはせん。俺《おい》たちゃあからは仕掛けるではなか」

義弘は改めて下知を出した。際まで引きつけて迎撃するつもりである。

一旦、停止した軍勢は、銅鑼《どら》を叩きながら再び進行を開始した。降伏勧告こそしてこなかったものの、島津軍が降参しないので、本格的な攻撃のためであろう。

連合軍は辰ノ下刻（午前九時頃）には外堀のところまで肉薄し、彭信古《ほうしんこ》勢が大手門に向かい一斉射撃を開始した。五百近い筒先《つつさき》が次々に咆哮《ほうこう》すると、喊声《かんせい》も銅鑼の音も一瞬掻《か》き消え、宙は硝煙《しょうえん》で灰色に染まった。

轟《とどろ》きと共に夥《おびただ》しい数の鉛玉が厚い城門に食い込み、大手門全体を揺るがした。二つある左の櫓上に義弘はおり、攻撃を受けても、じっと時を待っていた。

「父上、ないごて反撃せんとでごわすか？　下知して給《たも》んせ」

鉄砲を撃ちかけられ、右の櫓上にいる忠恒が懇願《こんがん》する。

「狼狽《うろた》ゆいな。まだ時機ではなか。時を待っちょれ」

敵に目を向けたまま義弘は答えた。

島津軍が応戦しないので、寄手は嵩《かさ》に懸かって攻めてくる。鉄砲で圧倒したのちは、外堀の外周に張り巡らせた木柵《ぼくさく》を斧《おの》で打ち壊して堀に投げ込み、堀には梯子《はしご》をかけて渡りだした。

堀を越えた連合軍の兵は城壁に梯子をかけ、ある者は鉤縄《かぎなわ》を上部にかけてよじ登ろうとする。大手門に達した者たちは丸太を荷台に乗せた押し車を勢いをつけてぶち当てて門を破ろうとしていた。これ以上ないところまで寄手は接近していた。

忠恒は我慢できなくなり、弓を取って矢を放ち、二、三人を射伏せた。

〈下知を待てんとは、仕方なか奴じゃ〉

激昂《げっこう》すると制御がきかぬ忠恒に、義弘は先行きの不安を感じた。

「時が来た。放て！」

少々早いが仕方ない。義弘は号令をかけた。途端に連続した轟音が耳朶《じだ》を劈《つんざ》いた。

寄手は城門、城壁にへばりついているので逃れる術《すべ》がない。鉄砲衆は一発も打ち漏らすことなく引き金を絞るたびに敵を骸《むくろ》に変えていった。

引きつけて叩き伏せるのが義弘の策だと知った彭信古は重砲を放つように家臣に命じた。仏郎機《フランキ》砲、霹靂《へきれき》砲、虎蹲《こそん》砲などの重砲は、城から三町（約三百二十七メートル）ほどのところに据えられていた。その周囲には大量の火薬が積み上げられている。砲兵は重砲の台に乗り、松明《たいまつ》を片手に他の者が火薬を詰め終わるのを待っていた。

「いいか、わいらはあの大筒《おおづつ》放ちを狙え」

長鉄砲を持つ数人の鉄砲放ちを櫓に上げて義弘は命じた。通常の鉄砲は口径約十六ミリで六匁《もんめ》玉を使用するが、長鉄砲は口径約十九ミリで十匁玉を使う。当然、後者のほうが威力があり、遠くまで届く。有効殺傷距離は二町ほど。三町は十分に届くが死に至らしめることは難しい。それでも鎧で隠されていない部分に当たれば傷を負うことになる。直《じか》に肌に当たれば大痣《おおあざ》にはなる。

義弘の狙いは、なんとか火薬の山に鉄砲を当てて、爆発を起こさせること。それで敵が慌ててくれれば、一気に出撃して敵軍を壊乱に陥《おとしい》れるつもりだ。

寄手は重砲の用意を終え、遂に火挟《ひばさみ》に松明《たいまつ》の火を押しつけた。刹那《せつな》、雷鳴のような轟音が天地を響動《どよ》もし、風切り音がしたと思った瞬間、泗川《サチヨン》新城の二ノ館の屋根に穴が空き、爆発した。他の玉は城壁を壊し、石垣を破壊し、地に落ちると土砂を高々と撥《は》ね上げた。

「狼狽《うろた》ゆるな。大筒は続けて放てるもんではなか」

動揺する家臣たちを窘《たしな》め、義弘は長鉄砲放ちに命じる。

「よく狙え。大筒放ちか、大筒に当てさえすれば俺《おい》たちゃあの勝利は間違《まし》げいなか」

敵が玉込めをしている時が好機。筒中には鉄砲以上に滓《かす》が溜まるので、これを掻《か》き出さねば暴発してしまう。鉄砲は約二十秒で玉込めを終えるが、大筒は三分近くを要した。

義弘の下知を受け、長鉄砲衆は大筒に的《まと》を絞って引き金を引いた。

近くを掠《かす》めていくので、連合軍の大筒放ちも、自分たちが狙われていることが判ったようである。人間、誰でも鉄砲の的にされれば焦るもの。何人かいる砲兵の一人の足下に十匁玉があたり、驚いて松明を落としてしまった。これが高く積まれた火薬箱の上に転がった。

あっ、と思った時は既に後の祭。この世の終焉《しゅうえん》を迎えるかのような爆音が轟《とどろ》き、火柱が天を衝《つ》き上げた。爆発によって仏郎機《フランキ》砲は木っ端《こぱ》微塵《みじん》に吹き飛び、周囲の霹靂《へきれき》砲や虎蹲《こそん》砲を破壊し、火薬に飛び火して幾つもの炎塊がそれぞれ一町もの輪を描いた。

震天雷《しんてんらい》はその場で炸裂《さくれつ》して連合軍の兵を肉片に変え、炎玉は周辺に飛び散って人を黒焦《くろこ》げにした。まるで火山が噴火したかのような光景にも見えた。地震のごとく大地を揺らし、目を眩《くら》ませた閃光《せんこう》は時間軸を歪《ひず》ませるかと思うほどの衝撃であった。

この爆発で一千人近くが死傷したであろう。連合軍は騒然とし、どのように事を収めていいものか、彭信古らの遊撃隊将ですら戸惑っているようであった。

この好機を逃す義弘ではない。

「今じゃ、押し立て、蹴散らせ！」

全力を込めて怒号し、義弘は軍扇《ぐんせん》を高く振りかざした。

「行けーっ！　チェスト！」

薩摩隼人たちは奇声を上げ、城門を押し開いて続々と城外に打ち出した。

南の右翼からは忠恒、伊勢貞昌、平田宗位《むねただ》、二階堂重行、鮫島《さめじま》宗俊、伊勢弥次郎ら……。

北の左翼からは北郷三久《ほんごうみつひさ》、種子島久時、伊集院忠眞《ただざね》、島津忠賀《ただしげ》、入来院《いりきいん》重時ら……。

義弘は東の大手門を開き、新納《にいろ》忠増、川上忠兄《ただえ》、太田忠綱、島津忠在《ただあり》らと共に突撃した。

待ちに待った兵が先を争って出撃したため、城門の扉が全開にも全閉にもならず、困難を極めた。これをのちに「朝鮮の半扉」と伝えられ、勇猛果敢な島津勢を示す言葉になった。

爆発の被害が甚大《じんだい》なところに、闘志満々、日本でも最強といわれる戦闘に強い島津軍が餓狼《がろう》と化して襲いかかる。当惑する彭信古の家臣たちは、次々に血祭りに上げられ、骸《むくろ》になった。

阿鼻叫喚《あびきょうかん》の地獄絵図と化しているが義弘は容赦しない。

「こいが日本刀の味じゃ。存分に味わうがよか」

義弘は自ら馬上で太刀《たち》を振るい、一刀の下に敵兵を仕留めていく。義弘が通過すると血《ち》飛沫《しぶき》が宙を朱に染め、敵は屍《しかばね》になっていった。

「敵将はどこか？　敵将はおらんがか」

十文字鑓《やり》を手にする忠恒は、敵を抉《えぐ》り、貫きながら彭信古を探す。義弘に自重することを命じられていたが、闘争本能が打ち消し、本能のままに戦う。肩に浅手を受けても気にせず、無我夢中で敵を追い散らしていた。

義弘・忠恒親子に押され彭信古勢は壊乱になって敗走を始めるが、後方に控える茅国器や葉邦栄勢が構えているので逃れることができず、死体の山が増えるばかり。

これを見た右翼の郝三聘《かくさんへい》と左翼の馬呈文《まていぶん》は浮き足立って逃亡を企《くわだ》てる。寄手は総崩れとなった。

北の昆陽《コンヤン》口から出撃した北郷三久《ほんごうみつひさ》らは逃げる敵を討ちながら東に向かう。三久は乱戦の中、明兵と組み打ちになり、馬上から転がり落ちて上下入れ替わる激闘になった。三久が下になって危うくなったところを忠恒が発見した。

「作左衛門を討たすな！」

叫ぶや忠恒は騎馬で駆け寄り、下馬して明兵を横から討ち取った。その首は北郷三久の家臣の束野《つかの》又兵衛に取らせた。

「若殿御自《おんみずか》らの助勢とは恐れ多きこつにございもす」

「礼は敵の首一千にて致せ」

「そんなら、二千にて致しもす」

忠恒に笑みを向けた北郷三久は再び敵を追う。忠恒も新たな敵を目指した。

泗川《サチヨン》古城に在する董一元は激怒する。

「なにゆえ七万の兵が数千の寡勢に追われておるのじゃ。すぐに引き返させよ。踏み留まらぬものは斬り捨てさせろ」

董一元は唾《つば》を飛ばして厳命するが、恐怖にかられ、雪崩《なだれ》を打って逃げる連合軍の兵を簡単に止められるものではなかった。これを阻止しようとする一元麾下の歩兵指揮官は、逆に斬り捨てられるほどであった。

敗走する連合軍の中でも冷静な武将はいた。彭信古の後方に陣を敷いていた茅国器と葉邦栄である。二人は藍芳威らの軍勢と泗川古城の西の中宜里《チユンソンリ》辺《あた》りで合流した。

「見たところ城外に出た島津兵は数千。城はほぼ空に近い」

茅国器が主張すると、葉邦栄が続く。

「そのとおり。島津勢の退路を断って、逆に城内に討ち入り、奪い取れば彼奴等《きやつら》の帰る城はない」

「城外で挟み撃ちにして皆殺しじゃ」

藍芳威が力強く付け加えると、茅国器、葉邦栄は共に応じた。

茅国器ら一万余の軍勢は、即座に泗川《サチヨン》新城の西を流れる島池江《ソムチカン》沿いに南下した。

迂回《うかい》する茅国器らの軍勢を島津忠長が発見した。

「あん奴《わろ》らに城を奪われれば、俺《おい》たちゃあ全滅じゃ。なんでん阻止すっど」

他の武将に呼び掛けている暇《いとま》はない。島津忠長は家臣と周囲の味方百余人を掻《か》き集めて昆陽《コンヤン》口に向かう。先に到着した忠長は、昆陽口の前面を流れる小川の畔《ほとり》に身を隠して茅国器勢に備えた。

島津忠長らの存在を知らぬ茅国器らは首尾よしと昆陽口に兵を進めたところへ忠長は鉄砲を放ち、矢を射た。数人が倒れ、驚く茅国器らに忠長らは猛然と突き入った。

「こんな寡勢で儂《わし》らに仕掛けてきたのか。一気に踏み潰せ」

茅国器は呆《あき》れ口調で命じ、配下に忠長勢を囲ませる。

「前に大敵ありて、背後に後詰《ごづめ》なく、あまつさえ漫々たる大海じゃ。もはや逃れる術《すべ》はなか。こいは十死に一生の合戦ど。俺《おい》たちゃあ、こん戦場《いつさば》から一歩も退かん」

不退転の決意を絶叫し、『鐘《つきかね》』の馬印を押し立て、島津忠長は群がる明兵と剣戟《けんげき》を響かせた。自分たちの主《あるじ》が死を覚悟して敵に挑んでいる姿に家臣たちも発奮し、臆せず敵に向かって鑓をつけた。

百倍の敵を相手に獅子奮迅の戦いをする島津忠長らであるが、多勢に無勢は否《いな》めず、あっという間に半数が討ち取られた。

「死ぬるは一度きり。末期《まつご》にいめじんごろ（おくびょうもの）の汚名を残すではなかぞ。死ぬんなら、敵と刺し違《ちご》えて死ね」

体中に多数の傷をつくり、血に染まりながら島津忠長は吠える。

誇り高い島津忠長の言葉が届いたのか、彭信古らを追撃していた樺山久高、寺山久兼、島津忠在《ただあり》らに、忠長勢が全滅寸前の危機にあることが届けられた。

「図書頭《ずしよのかみ》殿を死なせてはなか」

急遽《きゆうきよ》、樺山久高らは追撃を止め、踵《きびす》を返して島津忠長らの救援に向かった。

近づいた樺山久高らは島津忠長らの奮戦ぶりに愕然《がくぜん》とした。

「あいほどの多勢に、寡勢の俺《おい》たちゃあが突き入っても焼け石に水。かった（おそらく）、背後は軽卒じゃ。其奴《そやつ》らに仕掛ければ騒動になり、陣が崩れる。こん策にかけるしかなか」

機転を利かせ、寺山久兼が提案すると、皆は瞬時に応じた。考えている暇はなかった。寺山久兼らは元来たところを戻るように北に向かって迂回すると、案の定、茅国器勢の背後は小荷駄《こにだ》や軽卒ばかりであった。

「かかれーっ!」

獲物を見つけた寺山久兼らは怒号と共に弓・鉄砲を放ち、怯《ひる》んだ敵を斬り倒していった。武器、弾薬を積む小荷駄がなければ戦《いくさ》は続けられない。これを襲われては一大事、島津忠長を追い詰めていた茅国器らは慌て、勢いは止まった。

ちょうど、その時、義弘も島津忠長の窮地を知った。

「わいらは、図書頭を助けよ」

夢中で追撃をかけていた義弘は野添帯刀《のぞえたてわき》、本田与兵衛を差し遣《つか》わした。

「図書頭の数刻の働きは、誠に諸手に勝《すぐ》れて見える。いよいよそん功を励まし、武備を乱さず指揮せよ。こん義弘が、水の手にあって、そん戦いぶりを見届ける」

義弘は、そう島津忠長に告げるように命じた。

「俺《おい》も、ちと我を忘れたか」

泗川古城《サチヨン》近くまで敵を追った義弘は、周囲を見渡しながら軽忽《けいこつ》を恥じた。

寺山久兼らに加え、野添帯刀らの後詰が参じたので、島津忠長は勢いを盛り返した。

援軍が攻撃に加わったことで、茅国器は新手の軍勢が後詰として駆け付けたと錯覚した。

しかも小荷駄隊が崩壊しては戦を継続できない。

「退け」

この状況で逆転できぬと判断した茅国器は命令を出し、退却していった。

古今東西、追撃ほど容易《たやす》く敵を討てる時はない。島津忠長らはさんざんに明兵を討ち取った。

一方、泗川古城《サチョン》に三万の兵を要していた董一元は闘気十分であったが、七万の兵が追い立てられると、古城に在していた兵たちは怯《おび》えだし、瞬《また》く間に逃亡をはじめた。

泗川古城は平城《ひらじろ》で守備には向いていないので、義弘らは新城を築城したのだ。とはいえ島津軍は勢いはあっても五千。対して董一元勢は三万、常識で考えれば城を攻略することなどは無理である。打って出ずとも冷静に島津軍を城に引き付け、一旦退いた茅国器勢に挟撃させればひとたまりもないはずである。

「城を焼き討ちに致せ。よう燃ゆっど！」

先ほどの大爆発を目の当たりにしていたせいか、島津兵に脅されると、泗川古城に在していた兵は我先にと逃亡し、董一元が気づいた時には三千ばかりが残るだけになった。これでは籠城《ろうじょう》もままならない。董一元も古城を捨てて北へ退却する。

勢いに乗る忠恒は微塵《みじん》も手心を加えない。猛然と敵を斬り捨てながら進み、ちょうど泗川古城と永春《ヨンチュン》砦の間に流れる泗洲川《サジュチョン》に架かる石橋に差し掛かった。

川を前に、董一元の配下は鑓衾《やりぶすま》を造り、弓衆を配置して島津軍の追撃を止めようとしていた。頴娃親智《えいちかとも》がまっ先に突撃すると、矢を左の肩に受けて負傷した。

「こん場は俺《おい》に任せて給《たも》んせ」

川上久智が申し出るので、忠恒は許可した。

「押し進め！」

先頭を進むことを許された川上久智は大音声で叫び、砂塵《さじん》を上げた。射られる矢を太刀で払い、突き出される鑓の柄を両断して鑓衆を斬り捨てる。何人かが負傷するものの、遂に明兵を蹴散らして、久智は一番に石橋を渡った。これに吉田大蔵《おおくら》、伊集院抱節《ほうせつ》、町田久政、栢原市之丞《かしわばらいちのじょう》、上井兼政。村田経昌、樺山忠征《ただゆき》……らが続く。無論、忠恒も。

申《さる》ノ刻（午後四時頃）、連合軍の諸将は南江《ナムガン》川畔の望晋《マンジン》砦に集まった。

「望晋砦は天険の地。ここを去れば倭兵《わへい》の要害となるゆえ、儂《わし》はここを死守する」

茅国器は主張するが、誰も賛同する者はいなかった。

董一元は副総兵の祖承訓のほか、茅国器、藍芳威、彭信古、葉邦栄、師道立の六将に晋《チン》州《ジュ》から六里少々北の三嘉県《サムガヒョン》を守るように命じ、自身はさらに四里ほど北の陝川《ハプチョン》に退《ひ》くことを告げた。

「鄭起竜《チョンギリョン》勢は全滅しておりますぞ」

島津勢に完膚《かんぷ》なきまでに叩き伏せられた彭信古が偽報を告げた。

「されば、陜川《ハプチョン》は捨てて星州《ソンジュ》まで退く」

言い捨てると、董一元は席を立った。星州は陜川から十里ほど北東に位置している。大将に続き、他の連合軍も星州を目指した。

ほどなく忠恒らは南江《ナムガン》川畔に達した。まだ対岸には多少の兵が残り退却している最中であった。

「逃さん」

柊山二兵衛《つちやまにへえ》は周囲が止めるのも聞かずに南江を泳ぎきり、逃げ遅れた明兵を討ち取った。

これにて、この日の追い討ちは止めにし、渡河は禁止された。

この日、島津軍が討ち取った敵数は、次のように報告された。

「慶長三年十月一日朝鮮国泗川《サチョン》表に於《お》いて討捕首注文。
一、首一万百八　　鹿児島方（忠恒）衆討捕也。
一、首九千五百二十　　帖佐《ちょうさ》方（義弘）衆討捕也。
一、首八千三百八十三　　富隈《とみのくま》方（龍伯）衆討捕也。
一、首六千五百六十　　伊集院源次郎（忠眞）手討捕也。
一、首四千百四十六　　北郷《ほんごう》作左衛門（三久）手討捕也。
合計三万八千七百十七。

この外、切り捨てた者数知れず」

義弘はこれらの首を泗川新城《サチヨン》の外に二十二間の大穴を掘って埋め、「京観」と名づけた。削《そ》いだ鼻は塩漬けにして日本に送っている。

一方、島津軍の戦死は市来《いちき》家綱と瀬戸口弥七の二人とされている。誇張であることは言うまでもないが、泗川の戦いが島津軍の大勝利であったことは間違いない。榜木《ぼうき》に記された兵二十万はそのまま通説となった。

何《いず》れにしても、島津軍の強さは朝鮮、明国にまで知れ渡った。以後、明兵は島津軍を「石曼子《シーマンズ》」、義弘を「鬼石曼子《グイシーマンズ》」と言って恐れた。石曼子とは嚙むことができない石と饅《まん》頭《じゅう》をかけたもの。朝鮮の一部では「沈安頓吾《シマンドウノ》」島津殿と言って白地に黒の筆文字の『十』を崇《あが》めたという。

泗川新城の西の泗川湾を伊丹屋助四郎らの海賊衆が守り、明・朝鮮の船を寄せつけなかったことも勝因の一つであった。

のちに明朝廷では、まっ先に逃げた馬呈文と郝三聘《かくさんへい》を斬首し、先鋒《せんぽう》を務めた彭信古は戦功を賞している。

鬼石曼子こと義弘は泗川新城に戻り、漸《よう》く一息吐いた。戌《いぬ》ノ刻（午後八時頃）には忠恒も帰城している。

反省点は多々ある。細かいことを言えばきりがないが、元々五千の兵で十万の兵と加担する十万の民衆を敵にしての戦。全滅しても不思議ではない状況を最小限の損害で切り抜け、勝利を摑んだことに、文句を言っても仕方がない。義弘は戦勝の美酒に酔うことにした。

この日、徳永壽昌《ながまさ》、宮城豊盛《とよもり》らが釜山《プサン》に到着した。

三

島津軍が泗川《サチョン》の戦いで大勝利を収めたことは、日本軍全体にとっても重要なことだった。蔚山《ウルサン》城を攻めあぐねていた東路軍の大将・麻貴《まき》は泗川の大敗を聞くと、十月六日には、城の囲みを解いて兵を退いている。同じように順天《スンチョン》城を攻めていた劉綎《りゅうてい》も報せを聞くと、一時撤退している。まさに鬼石曼子《グイシーマンズ》様々である。

大勝後、義弘らの島津軍は泗川新城に留《とど》まり、壊れた箇所を修築して連合軍の動向を窺っていた。敗走し、島津軍を恐れている連合軍であるが、その気になれば二十万余の人数を集められるので油断するわけにはいかなかった。

なにごともなく過ぎる中の十月八日、徳永壽昌、宮城豊盛らが泗川新城に到着し、秀吉の死を伝えた。

「殿下が逝《ゆ》かれたか……」

凶報を直《じか》に聞き、義弘は力なくもらした。先に危ないということを聞かされていたので、それほどの衝撃はない。泗川《サチョン》、蔚山《ウルサン》、泗川新城の三城がほぼ同じ時期に攻められたことを思えば納得できる。

〈そいにしても、太閤は俺《おい》たちゃあ島津の者《もん》にとって、これ以上ない疫病神《やくびようがみ》であったの〉

義弘は過去を思い出した。島津家の九州統一を阻止して薩摩、大隅と日向の一部に押し込め、異母弟の家久《いえひさ》を死に至らしめた。軍役と検地で家臣の和を乱して疲弊させ、朝鮮出兵の暴挙によってこれに拍車をかけ、さらに弟の晴蓑《せいさ》を死に追い込んだ。朝鮮の役がなければ、息子の久保《ひさやす》も病死しなくてもすみ、亀寿《かぢ》を悲しませずにすみ、忠恒にも負担をかけることはなかった。

（こいも、すべて太閤の仕業《しわざ》。そいでん、逆らえんかった俺が力不足ごて、仕方なかか）

少々自棄《やけ》になる義弘であった。

「島津殿には、こたび戦った唐・高麗の敵と和睦《わぼく》して戴《いただ》かねばなりませぬ」

徳永壽昌《ながまさ》は年寄《としより》五人衆と五奉行の意向を伝えた。和睦の条件は、朝鮮王子を人質に取ること、貢物《みつぎもの》として朝鮮から八木《はちぼく》（松、柏、桑、棗《なつめ》、橘《たちばな》、柘植《つげ》、楡《にれ》）、虎皮、豹皮《ひようがわ》、薬種、清蜜《せいみつ》を供出させること、帰陣の日取は十一月十日までに釜山《プサン》に撤退すること。八月二十五日付の書状で、これらのことと、十八日に秀吉が死去したことが記されている。

帰国に発つまで、釜山の在番に人数を割くことも命じられた。

「あくまでも面目にこだわるか」

聞いて虚《むな》しさばかりが湧き上がる。朝鮮出兵における日本側の言い分は、仮途入明《かとにゅうみん》を断られたことによるものなので、帰国するにあたり謝罪の形を欲していた。

「貢物は、その辺りで調達できようが、質《しち》など簡単に取れるはずはなか。そげんこつができておれば、死を覚悟して戦うことなどなかったわ」

「島津殿、これは十人衆が合意での……」

「公儀は再び、漢城《ハンソン》、平壌《ピョンヤン》に仕寄せよと命じらるるのか？」

義弘は徳永壽昌《ながまさ》の言葉を遮って問う。

「そういうわけではござらぬが……」

鬼石曼子《グイシーマンズ》に気圧《けお》されてか、徳永壽昌が言葉尻を濁す。

「ま、よか。尽力しもんそ」

使者に文句を言ってもはじまらない。応じる意思を示した。王子を人質に取る件は思案の外《ほか》ではあるが。

義弘に十人衆の草案を伝えた徳永壽昌、宮城豊盛らは順天城《スンチョン》に赴き、小西行長にも同じ旨《むね》を伝えた。

和睦は優位に立っている時が一番。義弘は小西行長らと連係をとりながら、娘婿《むすめむこ》である伊集院忠眞《ただざね》に話を任せた。通訳は南京《ナンキン》出身の張昂《ちょうこう》、日本名を孫次郎という明国の者が行った。敵は知っているであろうが、秀吉の死は伏せたままである。

先の勝利は大きいもので、董一元は即座に応じた。条件は島津軍が多数捕獲した連合軍の捕虜を解放すれば、明軍は人質を差し出して、島津軍の撤退を保障するというもの。

「信じられそうか」

伊集院忠眞を信頼しているが、義弘は確認する。

「高麗《こうらい》の者《もん》は判りもはんが、明の者は名目を欲しちょる様子。信じてよかと思いもす」

自身の思案と同じ返答に義弘は頷《うなず》いた。

泗川《サチョン》の戦いで大敗を喫した董一元は完全に面目を失っている。汚名を返上する勝利を得たいであろうが、再び精強な島津軍とは戦いたくない。和睦を蹴れば何《いず》れは合戦に及ぶことになる。朝鮮に在する日本軍に徹底抗戦され、全兵を皆殺しにしても家臣に多数の死者を出しては割に合わない。それよりも自軍に損害を出さず、日本軍を朝鮮から追い出せれば、名誉を挽回《ばんかい》できるわけである。

義弘は伊集院忠眞に交渉を継続させ、順天《スンチョン》城の小西行長と釜山《プサン》城に在する寺沢正成にも報せた。

話し合いは順調に進み、十月十三日、明軍参謀の史竜涯《しりゅうがい》と与友理《よゆうり》が和睦交渉の詳細を詰めるために泗川新城を訪れた。

「よかこつにございもすか？　敵は、こん城を探るつもりではごわはんか」

史竜涯らが入城した報せを受けた忠恒が主殿で義弘に問う。

「構《かん》まんではなかか。隙《すき》を見つけたら仕寄せてまいればよか。何度でん、討ち負かせちゃる。そげん気概を見せちゃれ」

そしらぬ顔で義弘は答えた。義弘には自信があるが、秀吉が死去した今、求めて戦うつもりはない。和睦して無事に帰国できるならば、それにこしたことはなかった。

重大事項なので、日本側の窓口である小西行長を外すわけにはいかず、順天《スンチヨン》城から呼び寄せた。寺沢正成も同席している。

「敵に恐れられる兵庫頭殿《ひょうごのかみどの》は、姿を見せぬほうがよいかと存ずる」

小西行長が勧める。戦功のみならず、和睦での功名を奪われたくないためか。あるいは、破談させて再戦させせないためか。はたまた、今までの怪しい交渉が露見しないようにするためか。

「承知」

素直に義弘は応じた。面倒なことはしたくない。

「じゃっどん、当家の者《もん》が一人でん、質になっこつには応じられもはんど」

これ以上、秀吉の愚行のために家臣を死なせるわけにはいかない。義弘は釘を差して、忠恒ともども主殿を出た。

交渉は首尾よく進み、明軍は茅国器の弟らを人質に差し出すことを約束した。

十月十七日、史竜涯と与友理は茅国器の弟の茅国科《ぼうこつか》をはじめ十七人の人質を泗川《サチヨン》新城に連れてきた。鬚《ひげ》を蓄え、太々《ふてぶて》しい面構《つらがま》えの男である。

「本人でなければ、どげんしもすか」

忠恒は疑っている。

「偽《いつわ》りが露見すれば斬られるこつは明白。死にに来たとは思えんが、約定《やくじよう》を違《たが》えた時は、本人として扱う」

調べるのは難しいので、そうするしかなかった。

人質を受け取った義弘は捕虜を解放した。多数の捕虜を抱えているのは島津軍にとっても負担が大きい。捕虜は生きていればこそ価値がある。命を繋《つな》ぐには食料が必要。これがなくなるだけでも大助かりである。

茅国科らを丁重に扱っていることもあり、泗川新城《サチヨン》は穏やかな日が続いた。

小西行長は劉綎と交渉を続け、十月二十五日、劉一族の劉万寿《りゆうまんじゆ》（天爵《てんしやく》とも）と王建功《おうけんこう》らの人質を受け取った。

これによって十月晦日《みそか》、泗川新城の義弘、南海城《ナムヘ》の宗義智《そうよしとし》、固城《コソン》の立花親成《ちかなり》、順天城《スンチヨン》の小西行長の中央から西部方面の武将は南海瀬戸において撤退に関する評議を行い、次のことを決定した。

一、順天、南海、泗川、固城に在する諸将は、蔚山《ウルサン》など東部の日本軍が相談の上、無事に釜山《プサン》に集結したのち、期日を定めて巨済島《コジエド》まで引き取ること。

二、順天《スンチヨン》、泗川《サチヨン》での撤退準備を無事に整えることを第一番とする。もう一つの決め事は一日でも準備が早く整ったほうが人質の受け取りをすること。どちらにしても引き退く時は先手から順番にすること。

泗川、固城《コソン》の船は順天に差し遣わすこと。

泗川の船は南海まで、固城の船は唐島（巨済島）の瀬戸まで送り届けること。

撤退の開始は十一月十日とした。

「兵庫頭殿のお蔭で、和睦が早く整いましたなあ」

宗義智《そうよしとし》が嬉しそうに言う。代々朝鮮との交易を生活の糧《かて》にしてきた宗氏。朝鮮出兵によって一番、迷惑を蒙《こうむ》った一族なので、一刻でも早く国交の回復を待ち望む男であった。

「まだ、油断はできもはん。警戒を怠《おこた》らぬようにすっとがよかごわす」

素っ気無く義弘は言う。戦《いくさ》を長引かせないために、小西行長と組んで、偽りの報告をしてきた武士である。元々無謀な侵攻ではあったが、皆を混乱させたのは事実。義弘としても、あまり良い印象は持っていない。

油断するなということについては本心である。明軍は早く日本軍を追い出して帰国したいのが本音で、和睦には賛成。隙を見せれば、あわよくば追撃しようとしてくるであろう。明軍に対し、国土を荒らされた朝鮮人は在陣している日本軍全てを殺害したいと憎んでいるので和睦には反対。明軍と和議を結んでも朝鮮軍が攻撃してこない保障はなかった。

実際、西路軍大将の劉綎は和睦に賛成しているが、明の水路軍大将・陳璘《ちんりん》と朝鮮水軍の李舜臣《イスンシン》は反対。しかも三者は仲が悪く、順天《スンチヨン》周辺は予断を許せぬ状況であった。

評議を終えた義弘は泗川《サチヨン》新城に戻り、撤退の準備を開始した。

十一月十六日、島津軍は泗川新城を焼き払い、朝鮮本土と南海《ナムヘ》島《ド》の間にある興善島《チヤソンド》（昌《チヤ》善島《ソンド》）に到着した。

泗川の戦いで大敗した中路軍大将の董一元は和睦に応じたものの、恨みを押さえ切れず、人質が斬られることを諦めて追撃の軍を起こした。その前に島津軍は撤退しており、明軍が到着した時には焼けた城が残るばかり。焼け残った建物には数人の負傷した朝鮮人と女子が三人いるだけ。董一元は地団駄踏んで悔しがったという。

島津軍は無事、興善島に到着したものの、小西行長らの姿はない。

立花親成、寺沢正成、宗義智、高橋統増《むねます》らは南海島に着陣していたという。

「ないごてか、あったとか」

義弘は南海島に遣いを送り、状況の収集に努めた。

その頃、小西行長、松浦鎮信《まつらしげのぶ》、有馬晴信、大村喜前《よしあき》、五島玄雅《ごとうはるまさ》ら一万三千人は順天城に閉じ込められていた。少し前の十一月十三日、行長らは劉綎との約定によって順天城を引き払い、興善島に向かって出航したが、行く手を明・朝鮮水軍が遮った。陳璘と李舜臣が相手では勝負にならない。行長は順天城に引き返さざるをえなかった。

順天城《スンチヨン》に帰城した小西行長は激怒し、約束が違うと、人質のうち二人の腕を斬って劉綎の許に送りつけた。

劉綎は、これは自分の与《あずか》り知らぬことなので、水路軍大将の陳璘に賄賂《わいろ》を贈って脱出させてもらえと突っ撥ねた。劉綎も行長からは賄賂を貰っていた。

翌十四日、仕方がないので小西行長は陳璘に賄賂を贈って、撤退における安全保障を申し出た。このことは朝鮮方に漏れ、嚇怒《かくど》した李舜臣《イスンシン》が反対し、復讐を改めて公言した。

水軍が明と朝鮮で割れたことを陳璘方から報されると、小西行長は李舜臣にも賄賂を贈って取り込もうとしたが一蹴《いっしゅう》されている。行長は陳璘に李舜臣を抑えてもらうために十六日、再び駿馬《しゅんめ》、鑓、刀などを贈り、懇願したが、李舜臣を説得できなかった。

贈賄工作が半《なか》ばしか上手《うま》く運んでいないことを義弘らは知らない。唯一、摑んだ情報は、小西行長らの日本軍が順天城に押し込まれて身動きできないということであった。

南海島《ナムヘド》に在していた立花親成、寺沢正成らは、興善島《チヤソンド》の義弘の許を訪れた。

「摂津守《せつつのかみ》（小西行長）殿らが敵の水軍に囲まれている様子」

秀吉をして「その忠義、鎮西一、その剛勇、また鎮西一」と言わしめた立花親成が告げる。親成は生涯三十七度の合戦において一度たりとも負けたことがない武将。過ぐる文禄二年（一五九三）一月の碧蹄館《ペクジュグアン》の戦いでは寡勢で連合軍を打ち破り、明・朝鮮にその名を轟かせた。日本国内では天正十四年（一五八六）八月、島津軍が親成の籠《こも》る筑前の立花城を攻めたが、落とせず退却している。その前月、伊集院幸侃《こうかん》らの島津軍が同国の岩屋城を攻め、親成の実父の高橋紹運《じょううん》を討死させている。親成にとって島津家は仇《かたき》であるが、一言たりとも恨み言を漏らしたことはなく、毅然《きぜん》と義弘に接していた。好感の持てる武将はこの年三十二歳であった。

「よか、順天《スンチョン》から撤退せんとする小西、大村、五島、有馬、松浦《まつら》らの五将を救わずんば、日本の瑕瑾《かきん》とならん」

瑕瑾とは、瑕《きず》や恥という意味。武名を第一とする立花親成は、義弘の言葉を聞くと笑みを作る。

「さすが島津殿じゃが、敵は大海の鯱《しやち》。あるいは鮫《さめ》かもしれぬ。陸の虎が船でいかがされる？」

加藤嘉明、藤堂高虎、長宗我部元親、脇坂安治、九鬼嘉隆らの水軍ですら李舜臣《イスンシン》には歯が立たなかった。ましてや興善島《チャンソンド》に集まった諸将は水軍を持っていない。闘将の立花親成が疑念を持っても不思議ではない。

「そいが、狙《ねら》い。敵は俺《おい》たちゃあを一蹴《いっしゅう》できっと考えているはず。敵ん船は足が速か。そん足を封じれば、敵は陸に上がった鯱や鮫。俺たちゃあ順に討つだけにごあんそ」

「狭い海峡に誘い込む策でござるな。それはよい」

義弘の作戦に立花親成が応じると、諸将も頷いた。

諸将はさらに詳細を煮詰めた。

四

陽が落ちてからかなり経つが、十一月十七日の月は明るく波立つ海面を照らしている。海風は冷たく、本来ならば身が震えるほどであるが、闘志のせいか皆の背筋は伸びていた。艨艟《もうどう》いわゆる戦船《いくさぶね》は、順天《スンチョン》城を救出するために興善島《チャソンド》の湊を出航した。義弘と忠恒は、親子揃って討死することを避けるため、別々の船に乗っている。

海賊衆の伊丹屋助四郎もこの戦いに参じ、船の用意にも貢献していた。

「又八郎は血気に逸《はや》ることは少なくない。しっかいと周りを固めねばならん。又八郎は太《たい》守様《しゅさあ》の大事な婿《むこ》。万が逸《いつ》のことあらば、わいらの腹でん、すまされんど」

出航するにあたり、義弘は伊集院抱節や比志島国貞ら老中衆《おとなじゅうしゅう》を呼んで厳命した。

兵力は島津義弘が五千、立花親成が三千、高橋統増《むねます》が五百、寺沢正成が二千五百、宗義智が一千の合計一万二千。

島津軍は先鋒《せんぽう》、大将の身にありながら義弘は前方に近い船に乗っていた。

〈こん戦《いっさ》が、高麗で最後の戦となるじゃろう。向かってくる者は全兵、雑魚《ざこ》のえど（えさ）にしちゃる〉

月光を浴びる波を掻《か》き分けながら進む光景を船先から眺め、義弘は闘志を新たにした。

義弘が海の戦場と定めたところは、朝鮮本土と、L字形をした南海島《ナムヘド》の北端の狭隘《きょうあい》な露梁《ノリャン》海峡。興善島《チャヤソンド》からは海路で三町半ほどであった。

月で周囲が明るく潮の流れも把握でき、流されることはない。五百の船が連々と続いた。北風もあったせいか十一月十八日の丑《うし》ノ刻（午前二時頃）、海峡の一番狭いところを通過した時、前を進む船から敵を発見したという合図が松明《たいまつ》で送られた。先頭のかなり先を進む物見《ものみ》の船から順番に連絡されるようになっていた。義弘は一旦、船足を弱めさせた。

「どげんしもそ？　報せが届けられたいうこつは、一里半ほど西に敵がいるこつになりもす」

新納《にいろ》忠増が義弘に相談する。

「後方に敵のこつを報せよ。四半刻《しはんとき》して敵が動かねば前進する」

義弘は即断した。島津軍が敵を発見したということは敵も同じ。日本軍が海峡から動かなければ、船の扱いに馴れた連合軍は一部を迂回させ、海峡の東西から挟撃するかもしれない。袋の鼠《ねずみ》となれば壊滅の恐れがある。あるいは海峡の西で待ち構え、西進する日本軍を各個撃破しようとすることも考えられる。

何《いず》れにしても、義弘とすれば敵の用意が整う前に打撃を与えるつもりである。

下知《げじ》が触れられた途端に島津軍の各船は緊張し、臨戦態勢に入った。後続の諸将も順番に同じようになっていくであろう。義弘は火薬を濡《ぬ》らさぬよう、改めて命じた。

四半刻しても報せがないので義弘は船を進めさせた。

さらに四半刻した丑《うし》ノ下刻（午前三時頃）、物見の船が義弘の本船に近づき、大音声で報せた。

「申し上げもす。敵は……」

報告によれば、陳璘が率いる明水軍は本土の河東《ハドン》の南端の水門洞《スムントン》と竹島《チュクド》の間に停泊。数はおよそ三百艘《そう》。李舜臣《イスンシン》が率いる朝鮮水軍は南海島《ナムヘド》の西面にある車面里《シャミヨンリ》の入江に停泊。数は約二百艘。

明水軍までの距離は約十町。朝鮮水軍までの距離は倍の約二十町ほどだという。

「権左衛門と摂津守を呼べ」

即決が求められる時である。義弘は報せを受けると樺山《かばやま》権左衛門久高と喜入《きいれ》摂津守忠政の船を呼び、すぐに義弘の船に乗船させた。

「俺《おい》たちゃあ北の明船を討つゆえ、わいらは立花と合力《ごうりき》して高麗船を抑えよ。高麗は手強いが数が少ない。明を討ったのち、わいらの後詰《ごづめ》に廻る」

「承知しもした」

樺山久高が応じると、喜入忠政が続く。

「俺どんたちが先に高麗船を討って、殿様《とのさあ》の後詰に廻りもす」

二人とも困難を承知で言う。いざ戦場に立てば弱音を吐かない薩摩隼人であった。

島津軍が乗船する二百十艘のうち、義弘は六十艘を朝鮮水軍に当てることにした。義弘らが百五十、寺沢正成の百五、宗義智《そうよしとし》の四十艘が明水軍に向かう。樺山久高らの六十、立花親成の百二十五、高橋統増《むねます》の二十艘が朝鮮水軍に向かう。

日本軍が船を進め、狭い露梁《ノリヤン》海峡を通過すると、少しずつ海が開けてくる。諸将は義弘の指示どおり、南北に陣形をとりだしたところ、北方に明水軍を目視できた。連合水軍側も日本の動きは摑んでいたようである。明軍のほうが近いので先に接近した。

時は寅《とら》ノ刻（午前四時頃）、まだ夜明けには早く、海面には月が浮いていた。

「敵は泗川《サチョン》の大敗を聞いて俺《おい》たちゃあ島津を恐《おじ》がっちょる。遠慮なく討ち倒せ！」

月光を浴びながら、義弘は御座船《ござぶね》で怒号した。

「おおーっ！」

島津兵は鬨《とき》で応え、水夫《かこ》も力強く艪《ろ》を漕ぐ。途端に開戦を報せる法螺《ほら》が鳴り響き、戦鼓《せんこ》、陣鉦《じんがね》が乱打された。新納《にいろ》忠増、島津忠長、北郷《ほんごう》三久、伊集院忠眞、種子島久時らの各船は先を争うように突き進む。各船に積んでいる大筒《おおづつ》の門を開き、いつでも砲撃できる準備は整えてある。あとは義弘が号令をかけるだけであった。

明水軍は本土と蛙島《ケグリソム》の間から船を進めてくる。先頭近くで指揮を執るのは七十歳を超える副総兵の鄧子竜《とうしりゅう》で、大将の陳璘は後方にいた。

やがて距離は五町ほどに縮まった。大筒の射程に入った。

「放て！」

義弘の下知と共に各砲門は咆哮《ほうこう》し、雷鳴のような轟音を響かせた。一呼吸後には前方の月光で輝く海面に水柱が上がり、何発かが船の帆柱を叩き折り、船腹に風穴を空けた。

敵方の悲鳴と絶叫は味方の勇気をより湧かせ、闘争心を熱く滾《たぎ》らせる。

「休むな。一発たりとも無駄にせず、敵の船に叩き込め！」

義弘は大音声で叫び続け、攻撃の手を緩めない。

明軍も砲撃してくるが、何《いず》れも島津軍の前で水柱を上げた。口径が小さいのか、火薬の量が少ないのかは定かではないが、義弘らにとっては好都合。勢いに乗って前進し、大筒を放った。

近づけば味方にも損害は出るが仕方がない。何艘かが敵の攻撃を受けている。

「一人たりとも見殺しにさせるではなか」

義弘は後方の船に指示を出させた。島津軍の最後方にいる何艘かは救助を専門にさせている。この船を用意していることで、ほかの兵は安心して戦えるからである。

ほどなく両軍は鉄砲を撃ち合える距離に達し、夥《おびただ》しい筒先が火を噴いた。大筒とは違って船を揺るがすような振動と轟《とどろ》きはないものの、絶え間なく射撃音は続き、硝煙《しょうえん》で月明かりを遮《さえぎ》るほど周囲は灰色に染まった。さらに船は近づいた。

「炮烙玉《ほうろくだま》を見舞っちゃれ！」

義弘が命じると、島津軍の兵は革製の投石具に炮烙玉を包み、遠心力を利用して抛《ほう》り投げた。

炮烙玉が炸裂《さくれつ》するたびに火炎が広がり、甲板や帆が火に包まれ、乗船する明兵は慌てて消火に奔走する。その隙に島津軍の鉄砲衆は引き金を絞り、敵兵を撃ち倒した。鉄砲だけではなく、火矢も射るので、あちらこちらの船が炎上する。それだけではない。

「乗り込め！」

島津軍は明船に鉤縄《かぎづな》をかけて横づけにすると、渡り板を舷《ふなばた》に架けて乗り込んでいく。

「チェスト！」

大刀《だいとう》を右肩に担いだ薩摩隼人は奇声をあげて、体ごとぶつかるように袈裟《けさ》がけに敵を斬り伏せる。のちに二の太刀《たち》いらずと言われる薩摩示現流《じげんりゅう》そのままに一刀の下に骸《むくろ》に変えていった。

ただ、島津軍だけが圧倒していたわけではない。島津軍の船が明軍の船を奪い、炎上させれば、同じことを明軍もする。比較的優位に戦えているのは、乗船する人数の差か。日本軍も連合軍も共に出航した船は五百余艘ずつであるが、日本軍は一万二千に対して連合軍は一万五千。各船の大きさはそれほど変わらず、艪《ろ》の数も同じ。連合軍の船は過剰な兵の分だけ重く、幾分、動きが鈍かった。

緩慢に乗じて島津兵は副総兵の船に乗り込み、白兵戦の末に鄧子竜に重傷を負わせている。

一方、朝鮮水軍は蛙島《ケグリソム》と項島《モクソム》の間から日本軍に迫った。亀甲船《きこうせん》を操る李舜臣《イスンシン》らは旋回しながら日本の船を撃破し、樺山久高らの船も打撃を受けて一旦、戦線を離脱した。

樺山久高らの島津軍を一蹴した李舜臣らの朝鮮水軍は、明水軍と一進一退の攻防を繰り広げている義弘らに迫る。

「敵にございもす。高麗船にごわす」

新納《にいろ》忠増が掠《かす》れた声で叫ぶ。側近の声に義弘は愕然《がくぜん》とした。

「権左衛門らは討たれたんか。おのれ、高麗の輩《やから》に砲門を向けよ！」

義弘は樺山久高らの仇を討とうと船腹を、進んでくる朝鮮水軍に向けて砲撃を開始。何艘かに打撃を与えるが、反撃も受ける。日本軍は明軍と朝鮮軍に挟撃され、劣勢に立たされた。

「あん、船が敵の御座船か」

船首に備えられた龍の目が一際鋭く睨《にら》む船が後方にあり、見れば、そこから周囲に指示が出されていることが判った。

「あん、船に大筒を集中させせよ」

少々遠いので当てるのは難しいが、惑乱させれば劣勢を打破できる。義弘は命じた。

下知《げじ》に従い、明軍の攻撃を受けながらも島津軍は李舜臣《イスンシン》の亀甲船に大筒を放つ。当たりはしないが、集中砲撃されて目の前で水柱が上がると、さすがの李舜臣も水夫《かこ》の艪を停止させる。

その刹那《せつな》、東の岩陰に潜んでいた船から鉄砲の一斉射撃が行われた。樺山久高らである。樺山久高の船は損傷を受けて岩陰につけて応急修理をして再び岸を離れたところ、運良く李舜臣の船と遭遇した。久高らが放った十数挺の鉄砲のうちの一発が李舜臣の胸から背中を貫通。李舜臣は血反吐《ちへど》を噴いて倒れ込んだ。

「戦い、まさに急なり。我が死を言うなかれ」

李舜臣は駆けつけた甥の李莞《イカン》に言い残して目を閉じた。死しても士卒の動揺を抑え、戦勝に繋げようとした朝鮮の英雄である。

遺言を受けた李莞は涙を飲んで采配《さいはい》を振ったが、そうそう同じようにはいかず、調子が歪みだした。

「高麗軍の足並みが乱れだした。こん隙に明軍のとどめを刺す。敵ん御座船を狙え！」

李舜臣の死こそは知らぬものの、義弘は混乱するなにかが起こったことを察知した。本来ならばすぐにでも朝鮮水軍に挑みかかりたいが、身近に混戦している明軍を破るほうが先であった。義弘は自ら敵船に乗り込む気で明船に自船を近づけた。

その途端、互いの帆柱が接触して両柱が折れてしまった。

開戦から一刻半が過ぎ、既に辺りは明るくなっていた。夜明けと共に露梁《ノリャン》海峡の潮の流れは速くなり、帆柱を失った義弘の船は左右に大きく揺れながら流され出した。

これを明軍が見逃すはずがない。義弘の御座船に鉄砲の一斉射撃が行われた。轟音と共に、義弘の周囲で家臣たちが血飛沫《ちしぶき》を上げて甲板に倒れた。それだけではなく、近づいては鎌や、熊手を投げて仕留めたりもしていた。

「危のうございもす。船ん中に身を避けて給《たも》んせ」

新納《にいろ》忠増が気遣うものの、義弘は聞かない。

「安心致せ。俺《おい》には敵ん鉄砲などは当たらん。そいより、船を立て直して反撃させよ」

速い流れを艪だけでは押さえられない。操縦を戻すのがまずは急務だが、もはや舵《かじ》が利《き》かない。攻撃は引き続いて行われ、このままでは撃沈されそうであった。

「殿様《とのさあ》を死なせてはならん」

絶体絶命の状況下、種子島久時、川上忠兄《ただえ》・久智兄弟、新納忠増、太田忠綱らが無我夢中で鉄砲を乱射し、義弘の船を援護した。

中でも種子島久時は最初に日本に鉄砲が伝えられた島出身だけに島津家きっての名手。敵船の鎌を投げていた敵兵を悉《ことごと》く撃ち倒し、危機一髪の義弘を救った。

「左近《さこん》（久時）、天晴《あっぱ》れじゃ。ついでん、敵の御座船を攻めよ」

窮地を脱した義弘が命じると、種子島久時らは笑みを作って陳璘の船に向かう。

義弘の馬廻《うままわり》に木脇刑部左衛門祐秀《きのわきぎょうぶざえもんすけひで》がいる。祐秀は八尺（約二百四十センチ）という大男で「薩摩の今弁慶《いまべんけい》」、「小弁慶」と呼ばれていた。

寸尺の誇張はあるものの、大柄の木脇祐秀は激戦の最中、壇《だん》の浦《うら》の戦いにおける源義経《よしつね》さながらに、義弘の御座船と敵船の間を飛び移り、弁慶のように薙刀《なぎなた》で敵を斬り倒していった。

身軽な豪勇を仕留めようと朝鮮兵が矢を放つと、見事に腕に当たり、木脇祐秀は両船の間に落下した。祐秀は着ける鎧《よろい》も大きいので重く、腕を射られたので泳げない。みるみるうちに沈んでいくところを義弘が艪を差し伸べたので、祐秀は片手でしがみついた。

義弘は、他の家臣と木脇祐秀を引き上げたのち、膝枕をして傷口に薬を塗ってやった。

「勿体無《もったいな》きこつにごわす。俺《おい》は殿様《とのさあ》のためんなら、いつでんも死にもす」

木脇祐秀は涙を流して義弘に謝した。

「熊んごたる（のような）形《なり》で泣くではなか。そげんこつなら、生きて俺に奉公致せ」

義弘は笑顔を向け、手拭いで木脇祐秀の腕を縛《しば》ってやった。一人でも家臣を失いたくない気持は初陣《ういじん》の時から変わらなかった。

激戦の中、今度は陳璘の船が日本軍に囲まれて危機に瀕《ひん》した時、慶尚《キョンサン》右水使の李純信《イスンシン》に助けられた。

日本軍を壊滅させるどころか、半数近い船を失い、執拗《しつよう》に自分を狙ってくる島津軍に陳璘は戦意を失って戦線を離脱。明水軍は主君に従い、朝鮮水軍もこれに倣《なら》って引き上げた。帰湊した陳璘は、李舜臣《イスンシン》の死を知り、三度船上に座り込んで慟哭《どうこく》したという。仲は良くなかったものの、戦友の死は理屈を超えたものがあるに違いない。

日本軍もかなりの損害を受けたので追える余裕はなかった。それでも、敵を追い払った。

「鬨《とき》じゃ」

「えい、えい、おおーっ！　えい、えい、おおーっ！　えい、えい、おおーっ！」

昇天する朝日を浴びながら日本軍は船上で鬨を上げた。

露梁《ノリャン》海戦の最中、小西行長らは順天《スンチョン》城の脱出に成功した。

目的を果たした義弘らの日本軍は多くの犠牲を出したものの、紛《まぎ》れもなく露梁海戦は勝利に終わった。

この日、島津軍の戦死者は桂忠次、町田久政、伊集院忠絋《ただふさ》、栢原《かしわばら》市之丞、阿多忠次、祁答院《けどういん》平次郎、伊地知《いじち》重堅、同新三郎、同重頼、同平次郎、二階堂重行……ら『征韓録』に名が記されているだけでも二十六人で、そのほか多数と続けられている。

日本軍が失った船は二百余艘。沈没前に助けられた兵も多くいたが、辛勝《しんしょう》であったことも事実。義弘の御座船も航行不可能になり、ほかの船に移って巨済島《コジェド》に退いた。

船が座礁し、あるいは破壊され、南海島《ナムヘド》に上陸した島津兵が五百人ほどいた。李舜臣を討ち取った樺山久高、喜入《きいれ》忠政らである。久高らは二里少々歩き、島の東に位置する宗義《そうよし》智《とし》の空城のあった船所里《ソンソーリ》に隠れ、味方の救援を待っていた。

義弘は巨済島《コジェド》に到着してから事実を知った。

「権左衛門らを見殺しにはできん。全員助けて帰国する」

「そげんこつなら、まず俺《おい》が南海島《ナムヘド》に渡り、皆の安否《あんぴ》を確かめもす」

伊勢貞昌が名乗り出た。貞昌は忠恒の近習なので、義弘は暫《しば》し思案した。

「次右衛門（有馬重継）と簗右衛門（鮫島宗俊）も同行致せ。そいと、兵部少輔《ひょうぶのしょう》（貞昌）は少左衛門（五代友泰）と代われ」

義弘が命じると、伊勢貞昌は喰ってかかる。

「代われば俺《おい》の武士が廃《すた》りもす。たとえ、どげん罪に問われても、代わるわけにはいきもはん」

断固、伊勢貞昌が拒否するので、義弘は忠恒の許可を得て、四人で行かせることにした。

海戦後、連合軍の船は島の周囲を巡回していた。四人は敵の番船の目をかい潜《くぐ》り、南海島に渡って樺山久高らと会い、迎えの船と落ち合う手筈を相談の上、再び巨済島に戻った。

樺山久高は打ち合わせどおり、皆と共に島崎《ドンギ》に赴き、迎えの船が来るのを待ったがなかなか来ない。焦《じ》れはじめたところ小船二艘が漕ぎ寄せた。

「わいどんらは、何処《どこん》の船か」

「我らは対馬《つしま》の浦船（漁船）にて、日本《ひのもと》の方々が残した兵糧を拾いにきただけにござる」

危険を顧みず戦場で稼ぐ、抜け目なくも強《したた》かな島民であった。

「そいは、盗人《ぬすっと》じゃなかか？　まあ、こたびは見逃してやる。こん舟、必ず返すっで、少しん間、俺《おい》に貸せ」

半ば強引に借り受け、樺山久高は四、五人ずつを船に乗せ、一番近い興善島《チャソンド》にこっそりと渡らせた。何度も往復させるうち、深野重張、同重房、同重政、長崎六郎左衛門は突如、帆を上げて釜山浦《プサンポ》に逃げ去ってしまった。

「あん、いめじんごろ（おくびょうもの）め、あとで、ぶち殺すっど」

激怒する樺山久高であるが、船は一艘しかなくなったので、仕方なく、時間をかけて往復を繰り返し、夜には全員を移動させた。

最後に渡り終えた樺山久高は配下の吉田大蔵《おおくら》、竹内実位《さねたか》に向かう。

「わいらは、こん船で唐島（巨済島《コジェド》）に渡り、皆が興善島に脱したこつを御両殿様《とのさあ》に伝えよ」

「下知ではございもすが……」

二人は樺山久高の命令を拒否した。

万が逸、義弘・忠恒親子が帰国していて、興善島に五百人の味方を残したままでは、自分の使命が果たせない。その時は興善島に向かって切腹し、五百人と死を共にするので、その証人として国許に報告するため、樺山久高の甥《おい》の忠征《ただゆき》を同道させてくれと、改めて懇願した。深野重張のように逃亡者とは思われたくないに違いない。

「そげんこつ、俺《おい》にはできもはん。どげんして、釜山浦《プサンポ》で腹切る二人を見ながら、俺一人で国に帰るこつがごあんそか」

今度は樺山久高の甥の忠征が首を振る。

「そげんこつでは、誰も行く者がおらで、皆がこん島でのたれ死ぬ。わいらが行くしかなか」

樺山久高は強く命じて吉田大蔵、竹内実位、樺山忠征の三人を巨済島《コジェド》に行かせた。

十九日になり、五百人の安否を心配していた義弘の許に吉田大蔵らが到着した。

「ほんなごてか、安心致せ。一人残らず連れ戻る」

家臣の無事を聞き、義弘は歓喜した。

「もう一戦、せなばなりもはんな」

忠恒もその気だ。

「あいや、待たれよ。儂《わし》らはかなりの打撃を受け、帰国の途に就くには、もう一戦を覚悟しなければならん。こたびの海戦は小西殿《どん》らを救うための戦《いつさ》。こたびは順天《スンチヨン》の五将に働いてもらうが筋ではござらぬか」

寺沢正成が主張すると、宗義智《そうよしとし》らも頷いた。十九日の午前中、小西行長らの五将は無事に巨済島に撤退している。これも義弘らが露梁《ノリヤン》海峡の激戦で勝利したお蔭である。

「承知致した」

助けられたままでは帰国後の心証が悪い。小西行長らは応じ、安宅船《あたかぶね》を二十艘ばかり興《チャ》善島《ソンド》に出して樺山久高ら五百余人全員を巨済島に連れ帰った。

「お助け戴き、有り難き仕合わせにございもす。お礼の言葉もごあんはん」

主《あるじ》を見た樺山久高は涙ぐむ。

「ないごてか、わいらは、こたびの戦の勇士ではなかか。なんで見捨てられとっか」

義弘は樺山久高の手をとって労《ねぎら》いの言葉をかけ、その日は皆で祝酒を酌《く》み交わした。

十一月二十一日、島津軍は巨済島《コジェド》を発し、翌二十二日には昌原《チャンウォン》に渡り、その後、斉浦《ジェポ》、安骨浦《アンゴルポ》、天城《チョンソン》、加徳島《カドクド》、多太浦《ダダポ》を経由して釜山浦《プサンポ》に到着した。

日本軍が在していた釜山の諸城に遣いを送ったものの、退却する際に焼き払ったあとで灰燼《かいじん》に帰しており、誰一人残っておらず、釜山本城に集まっていた。

日向・佐土原《さどわら》城主の島津忠豊《ただとよ》が義弘を出迎えた。

「お待ちしちょいもした。泗川《サチョン》に続いて露梁の勝利、さすが伯父御《おじご》でごわす。俺《おい》も他ん者《もん》に鼻が高《たこ》ごわした。俺も伯父御と同陣したかこつにございもした」

憧れの闘将を崇《あが》めるように、忠豊は接する。

「わいがおったら、敵ん屍《しかばね》がもっと増えたなが」

義弘も甥の忠豊を息子のように可愛がっていた。

残りの日本軍が釜山《プサン》に到着したので、改めて撤退の評議が行われた。

「殿《しんがり》を島津殿に頼みたい」

誰とはなしに、諸将は口々に言い合った。

泗川《サチョン》の大勝における敵への畏怖《いふ》。露梁《ノリャン》の見事な采配。鬼石曼子《グイシーマンズ》は連合軍に睨みが利く。皆は同じことを口にした。

「判りもうした。俺《おい》が務めもす」

義弘は静かに応じた。褒《ほ》められたことは正直嬉《うれ》しい。おだてられていることも判る。ただ、皮肉が混ざっていることも認識している。この七年、碌《ろく》に軍役も果たさず、さしたる活躍もなし。最後の最後に少し働いただけ。尻拭《しりぬぐ》いをするのは当たり前。皆はそんな表情をしている。

〈よか、終わりよければ全てよし〉

義弘の心境だ。

「馬を積み忘れるではなかぞ」

義弘は家臣に命じた。朝鮮の馬は日本の馬よりもよく走るので、持ち帰ることにした。

帰国した義弘は朝鮮の馬を大隅の鹿屋《かのや》に放ち、日本の馬とかけ合わせて品種改良と増産に努めることになる。人では陶工だけではなく養蜂《ようほう》を行っていた百姓も連れ帰り、殖産興業にも尽力することになる。

十一月二十四日、釜山《プサン》本城に集合していた加藤清正、黒田長政、毛利吉成、鍋島直茂らは義弘らに先駆けて釜山を出航していった。一緒に発てない理由は敵に備えねばならぬこともあるが、海上が混雑して味方の船と接触事故を防ぐ意味もあった。

翌二十五日、小西行長を先頭に、残りの日本軍も釜山から船を出した。最後は島津家。

義弘は船の上から、感慨深く朝鮮の地を眺めていた。

「地獄から離れられもしたな。日本は一田ほども得ることもできもはんでした。よき家臣を死なせただけの戦《いっさ》。無益な戦いでごわす」

新納《にいろ》忠増が隣でもらす。

「功によって所領を得るんが武士じゃ。天下を取った太閤には、もはややる地が日本にはなかった。人は無謀な妄想と言うかもしれんが、あるいは、武士の欲を捨てさせるための戦だったのかもしれん。よき家臣を失いはしたが、俺《おい》たちゃあ島津の武名を唐・高麗まで響かせた。こいからが、また、しんどかこつになるかもしれん。揺れ戻しは必ず来るもんじゃ」

既に義弘は新たな戦雲を感じていた。朝鮮侵攻は失敗。責任を取るべき秀吉はこの世にはいない。欲で固まる武士たちが、黙っているはずはないからだ。

ただ、暫くは静かにしていたいのが、ささやかな願いであった。

帰国の途中、鮫島宗俊は壱岐《いき》の風本《かざもと》で深野重張らを捕らえ、全員斬首の刑にした。

〈此奴《こやつ》らも、唐入りの哀れな犠牲であったな〉

深野重張らの首を見た義弘は、ただ憐憫《れんびん》の心に浸《ひた》っていた。

第六章　乱のはじまり

一

　ところ狭しと船が並んでいる。船着き場に寄せるのが困難なほどである。それでも漸《ようや》く寄せることができ、岸から舷《ふなばた》に船板が渡された。慶長《けいちょう》三年（一五九八）十二月十日のことである。

　島津軍は筑前《ちくぜん》の博多湊に着岸した。周囲は人の下船のみならず、荷下ろしが行われていた。

「日本《ひのもと》は暖こうございもすな」

　帰国した安心からか、新納忠増《にいろただます》が意外なことを口にする。

　確かに朝鮮よりも暖かいが、それよりも地獄から生還した安堵《あんど》で、より強く感じさせるのかもしれない。義弘《よしひろ》も判《わか》る気がする。

頷《うなず》きながら船板を渡ると、龍伯《りゅうはく》からの遣《つか》いとしては北郷久二郎《ほんごうきゅうじろう》が訪れた。

「長きに亘《わた》っての在陣、ご苦労様にございもす。そいに泗川《サチョン》、露梁《ノリャン》の大勝、太守様《たいしゅさあ》も、殊《こと》の外《ほか》喜び、お褒《ほ》めになってごわす。お疲れのこととは存じもすが、若殿様《わかとのさあ》、兵庫頭様《ひょうごのかみさあ》には、一刻も早く上洛して戴《いただ》きたいと、太守様は下知《げじ》されておりもす」

北郷久二郎は労《ねぎら》いと共に龍伯の意思を伝えた。

おそらく龍伯は秀吉死後の上方の政《まつりごと》にうんざりして早く帰国したいに違いない。

〈高麗《こうらい》のこつは太守様には関係なかか。上方《かみがた》んこつが嫌になったんだいな〉

「承知した。人ん心も温《ぬく》ければよかが」

北郷久二郎に告げながら、義弘は新納《にいろ》忠増の先ほどの言葉に後《おく》ればせながら答えた。

「わいにも随分、世話になったの」

義弘は船頭の伊丹屋助四郎に笑みを向ける。

「なんの、殿様《とのさあ》には、儲《もう》けさせてもらいもした。また、なんでん、命じて給《たも》んせ」

伊丹屋助四郎も笑みを返した。

帰国したのち、義弘は伊丹屋助四郎に鹿児島と、薩摩《さつま》半島の南端の山川の湊に居宅を与えた。

朝鮮に出陣していた諸将が帰国すると、五人年寄《としより》・毛利輝元《てるもと》の名代として従弟の秀元《ひでもと》、五奉行のうち石田三成《みつなり》と浅野長政が出迎えた。

「島津殿、ご苦労でござった。貴殿の働きがあればこそ、日本の軍勢は恙無《つつがな》く帰国できた」

慶長の役では主君輝元に代わって朝鮮で共に戦った毛利秀元が礼節を尽くす。

「敵が弱過ぎただけにごわす」

毛利秀元に挨拶《あいさつ》を返すと、浅野長政が笑顔を見せる。

「まずは、ゆるりとなされよ。酒ならば浴びるほど用意してござる」

浅野長政は文禄《ぶんろく》の役では朝鮮に渡海して軍監を務めているが、慶長の役では出陣を嫡《ちゃく》子《し》の長慶《ながよし》に任せて日本に在国したままでいた。

浅野親子は文禄の役で出陣する前、梅北一揆《うめきたいっき》の討伐のために島津領に兵を進めた。秀吉の命令で薩摩に下向《げこう》したとはいえ、敵視するつもりはないが、好印象は持っていない。

「そいは楽しみにしちょりもす」

社交辞令を口にした義弘は、本命の三成に向かう。

「よう戦われました。太閤殿下もさぞ、お喜びしておられよう」

この期《ご》に及び、三成はまだ秀吉の死を隠すような口調であった。

「そいは、俺《おい》も嬉《うれ》しかこつにごわす。そいより、薩摩んこつにございもすが……」

「そのこと、また改めて申し上げさせて戴く」

義弘の質問を遮《さえぎ》り、短く締めた。他にも帰国した武将はいるとでも言いたげである。

慶長の役が始まり、義弘が出陣したのちも、島津家は満足な軍役を果たせず、三成家臣の安宅《あたか》秀安や八十島《やそじま》助左衛門らから厳しい指導を受けていた。秀吉が死去したので、いきなり改易《かいえき》や所領変更などはないであろうが、気掛かりではある。泗川《サチョン》、露梁《ノリャン》の活躍で帳消しにできるかも疑問だ。

「そげんな」

しつこく食い下がって気でも悪くされては敵《かな》わない。義弘は諦《あきら》めて三成の前から歩きだした。あとから忠恒《ただつね》も続き、家督《かとく》の道を開いてくれた三成には黙礼をして通り過ぎた。

〈まだ若いの。いらざる敵は作らぬこつは判らんか〉

感情の起伏の激しい息子に、あとで言って聞かせるつもりだ。

朝鮮から帰国した武将たちは、博多の商人《あきんど》にして茶人の神屋宗湛《かみやそうたん》が用意した宿に草鞋《わらじ》を脱いだ。それぞれの宿で宴《うたげ》が開かれた。

〈こいも、治部少輔《じぶのしょう》の思案であろう〉

女中から受ける酒を飲みながら、義弘は想像する。

戦場《いくさば》から帰還した憤懣《ふんまん》に満ちた武将たちを一堂に集め、酒など飲ませたら収拾がつかない。まずは分けて浴びるほど飲ませ、一旦落ち着けてから話をするつもりであろう。

〈さすが治部少輔は知恵者。じゃっどん、そいがさらに憎まれる原因でもある〉

三成は頭脳明晰《めいせき》であるが、その分、余計なことを口にしないので誤解されやすい。説明などしなくても判るであろうと思っているところがあり、判らなければ愚鈍だと公然と見下す。三成にすれば、加藤清正や福島正則などは馬鹿に見えて仕方ないに違いない。お蔭《かげ》で情も薄いと取られるし、清正らにすれば鼻持ちならないようだった。

〈こげん時は、全てを擲《なげう》って労《ねぎら》うもんじゃ〉

おそらく今の三成は日本で一番忙しい男であろう。秀吉死去後の豊臣政権の維持に思案を巡らせながら、朝鮮から撤退する軍勢の船や兵糧《ひょうろう》の手配を迅速にしなければならない。自身も近江佐和山《おうみさわやま》領の領主なので、領国の仕置《しおき》を行う必要もある。寝る暇《いとま》もないだろう。帰国した武将たちは不満が鬱積《うっせき》している。日本に在国して鞘《さや》から刀を抜かなかった者がどんな労いの言葉をかけても、満足はしない。帰国した半分以上の武将が三成を憎んでいる。その筆頭が加藤清正だ。

厳寒の最前線で泥沼の激戦を繰り返しても、兵糧、武器、弾薬が不足して思うように戦うことができない。戦線が広がり過ぎて日本軍どうしの連係がとれないので、確実に支配地を確保するために縮小を提案すると、消極的だと秀吉に報告された。現場を知らない吏《り》僚《りょう》への怒りは増すばかり。さらに戦功を歪曲《わいきょく》されたどころか、讒言《ざんげん》によって蟄居《ちっきょ》させられたと思っている。

後方支援の遅滞《ちたい》、失態は三成ら奉行《ぶぎょう》の責任だけではなく、組織的な水軍の力不足が原因の一つでもあるが、朝鮮に上陸して直《じか》に敵と戦う武将たちには、そんなことは通じない。

女真《じょしん》にまで攻め込んだ加藤清正にすれば、撤退すること自体が信じられないに違いない。秀吉の無計画に責めを負わすわけにはいかないので、計画の失敗は奉行の罪という認識でいた。

古今東西、血を流した者と、流さない者の溝は埋まらないというが、事実かもしれない。

〈労えば労ったで、嚙《か》みついてくるか〉

坊主憎けりゃ袈裟《けさ》まで憎い、という言葉があるが、その典型かもしれないと義弘は思う。帰国したばかりで、もめなければいいが、と思案しているうちに微睡《まどろ》んでいった。久々に畳の上で安心していられる。予想以上に朝鮮在陣は体を疲労させていたのかもしれない。

外では諸大名の家臣たちが酒を飲んで騒いでいる。酒や女を求め、異国からの無事の生還を謳歌《おうか》しているようだった。

翌日、義弘をはじめ帰還した武将たちは筑前の名島《なじま》城に招かれた。同城は小早川秀秋《こばやかわひであき》の居城である。博多から近く、秀吉の養子にもなった豊臣家の親族の城ということで、妙な騒動などは起こせないだろうと判断したのかもしれない。秀秋は伏見にいて留守だった。

主殿の上座には毛利輝元の名代として秀元が座し、帰国した諸将は左右に分かれて腰を下ろした。

上座から向かって左側には加藤清正、黒田長政、浅野長慶、鍋島直茂、寺沢正成、有馬晴信……ら、いわゆる反三成派の武将たち。右側には小西行長、毛利吉成、立花親成《ちかなり》、高橋統増《ますむね》、松浦鎮信《まつらしげのぶ》……ら、親三成派。うまい具合に分かれるものだと思いながら、義弘は忠恒、忠豊《ただとよ》と共に、空いている三成方の右側に腰を下ろした。

その途端に加藤清正らは「なぜ？」と不思議そうな表情で義弘を見る。清正にすれば、慶長の役の勇将ならば、自分たちと同じ武闘派であろうという認識を持っているのかもしれない。検地と軍役で領国を混乱させられたことも知っているからだ。

〈治部少輔には恩もあれば恨みもある。俺《おい》はどっちんでもなか。俺は島津の者《もん》じゃ〉

他の武将に理解してもらうのは難しいかもしれないが、この考え方は、秀吉に屈した時から微塵《みじん》も変わっていない。あくまでも島津家の生き残る道を模索していたに過ぎないだけだ。

浅野長政と三成は、それぞれ左右に分かれて横に座している。

少々険悪な雰囲気もあり、座は緊張感に満ちて静まり返っていた。静寂を破ったのは、年寄衆の名代としての毛利秀元である。

「方々の高麗による奮闘は日本にも確《しか》と届けられておる。亡き太閤殿下も黄泉《よみ》の彼方《かなた》で、さぞかしお褒《ほ》めになられてござろう。こたびは御苦労でござった」

口火を切った毛利秀元が横を見ると、三成が頭を下げて諸将に向かう。

「長々と異国での在陣、御苦労でござった。既に高麗でお聞きのことかもしれぬが、改めて申し上げる。本年の八月十八日、太閤殿下は……」

三成は、さすがに声を詰まらせながらも、秀吉の死を冷静に伝えた。

〈治部少輔は今少し言葉が足りんのう〉

戦陣に立たなかった奉行とすれば、もっと労うべきであろうと、義弘は呆《あき》れる。おそらく毛利秀元が年寄衆の名代として告げたので、奉行の三成はお座なりの挨拶ですませたのであろう。冷たさが植えつけられるばかりだ。

浅野長政が三成に続いた。

「……こたびの方々の活躍、忠義に対し、太閤殿下からの形見分けをさせて戴く」

加藤清正、小西行長、立花親成、鍋島直茂、義弘には金子《きんす》三十枚、毛利吉成、黒田長政には金子二十枚、浅野長慶は大三原の脇差《わきざし》……などであった。因《ちな》みに毛利秀元は蕪《かぶら》なしの茶器と脇差（名は不明）、三成と浅野長政は吉光の脇差と金子五十枚。龍伯には吉久の脇差であったが、忠恒と忠豊にはなく、二人は不機嫌だった。忠恒は正式な跡継ぎとして認められておらず、忠豊は独立した大名であるが、本家の寄騎《よりき》と見られていたようである。

秀吉の死を改めて聞かされた加藤清正、浅野長慶らは涙ぐんでいた。

「これより諸公は、伏見に上って太閤殿下の喪《も》を弔《とむら》い、秀頼《ひでより》様にご挨拶をすませたのちに帰国され、翌年、入京致した暁《あかつき》には茶会など開き、長年の労をお慰め致そう」

三成なりの労いの言葉かもしれないが、すぐに清正が睨《ね》めつけた。

「朝鮮で戦《いくさ》をせなんだ汝《うぬ》らは、蓄財していたゆえ茶会を催すこともできよう。されど、我らは渡海すること七年、泥水を啜《すす》り、土を喰《く》らって戦い、一銭も残さず茶もなければ酒もない。ただ稗粥《ひえがゆ》をもって返答するのみじゃ」

朝鮮では鬼上官《きじようかん》と恐れられた加藤清正が、鬚《ひげ》を揺らして吐き捨てると、浅野長慶も続いた。

「我らの帰国は治部少輔の欲せざるところであろうよ」

痛烈な皮肉を聞き、三成は顔を顰《しか》めた。それでも堪《こら》えたところは大人だった。

その後、酒宴となり、幾つかの部屋に分かれて酒を口にした。饗応役《きようおうやく》をも兼ねた浅野長政が島津家の座に顔を見せた。

「日本の軍勢十万余が恙無《つつがな》く帰陣できたのも、島津殿の一戦の大功ゆえにござる」

酒を義弘の盃に注ぎ、浅野長政は称《たた》えた。

「嬉《うれ》しかこつを仰せになる。じゃっどん、泗川《サチヨン》に於《お》いて、又八郎が数万の敵を討って大勝を得るこつができたとも、ここにおる図書頭《ずしよのかみ》（忠長）が良き戦《いつさ》をしたからにごわす」

義弘は謙遜《けんそん》し、息子と重臣を称賛した。

「御辺《ごへん》が図書頭でござるか。予《かね》てから盛名は承《うけたまわ》っておったが、対面するのは、こたびが初めて。忠功の至り、名誉のほどと感じ入っておる」

浅野長政は忠長の手を取って褒め称えた。

「薩摩の武士として戦っただけにごわす」

照れながら忠長は答えた。まさに武士の誉れの瞬間である。

忠恒をも賛美した浅野長政は島津家の部屋を出ていった。半刻《はんとき》ほどして三成が姿を見せた。

「……明日にでも改めて話をさせて戴きたい」

酒の席では言いたくないのであろう。挨拶ののちに短く告げると、忙《せわ》しげに立ち去った。

「味気ない御仁《ごじん》でごわすな。改めてとはなんでございもそ」

新納《にいろ》忠増が酒を飲みながら問う。

「判らん。明日になれば明らかになろう。今宵《こよい》は飲めばよか」

家臣の言葉ではないが、義弘としても胸に閊《つか》えるものがある。酒で流し込もうと、義弘は呷《あお》った。

翌日、多忙の三成から来ることはないので、義弘から足を運び、半刻待たされたのちに小部屋で顔を合わせた。三成は文机《ふづくえ》に向かっている最中であった。

「わざわざお来し戴き、忝《かたじけ》ない。実は内府《だいふ》が隠していた牙《きば》を剝《む》いてきたのでござる」

義弘のほうを向き直り、三成は言う。内府とは内大臣に任じられている徳川家康のこと。

「ほう、内府殿が？」

意外だといった顔で義弘は聞くが、やはりそうかという思いのほうが強い。

関東六ヵ国（伊豆、相模《さがみ》、武蔵《むさし》、上野《こうずけ》、下総《しもうさ》、上総《かずさ》）と近江の在京料を合わせて二百五十五万余石を有する家康は年寄五人衆の筆頭。秀吉存命時においても事実上、実力日本第二位の武将である。長久手《ながくて》の局地戦では秀吉が派遣した三好信吉《みよしのぶよし》（豊臣秀次）らの別動隊を壊滅させている。秀吉にとって家康は目の上の瘤《こぶ》であり、麾下《きか》に加えるために結婚していた妹の旭姫《あさひひめ》を離別させて家康に嫁《とつ》がせ、母親の大政所《おおまんどころ》を人質にする努力までしたほどだ。名目上、織田信長の同盟者であった家康は、信長の家臣であった秀吉に屈辱を耐えて臣下の礼を取っていた。秀吉が死に、重石《おもし》がとれた今、肚裡《とり》に隠していた天下の野望をあらわにしても不思議ではなかった。

「内府《だいふ》は、誓紙を反故《ほご》にし、諸大名と徒党を組んでござる」

誓紙とはこの九月三日、年寄、奉行十人によって交わされた六ヵ条で、第三条に諸大名と徒党を組まないことが記されている。

「貴家には、早々に手を伸ばしてござる」

三成は説明する。南端の勇家・島津家と昵懇《じっこん》になることを思案する家康は薩摩出身の眼医を江戸から呼び寄せ、伊集院幸侃《こうかん》を通じて龍伯に伝えた。他にも家康は、三成と共に島津家の取次役をしていた長岡幽齋《ゆうさい》を通じて、龍伯に接触している。

長岡幽齋は機を見るに敏な武士なので、秀吉亡きあと家康が次の天下人《てんかびと》だと見定めているようだった。さらに秀次事件が勃発した時、嫡子の忠興《ただおき》が秀次に借金をしており、急遽《きゅうきょ》、金子を用立てなければならなかった際、家康が貸したという経緯もあるので、頼みはせた。

断れなかった。

前関白《さきの》・近衛前久《このえさきひさ》は島津家の主筋であるので、家康は前久にも依頼して間を取り持たせた。

これにより、徳川家の使者が伏見の島津屋敷に足を運び、会談に応じた龍伯がこの十一月二十日、徳川屋敷を訪ねている。この時、龍伯は巻物五十反と太刀《たち》を一振《ふり》贈っている。

十二月六日、今度は家康が島津屋敷に答礼していた。朝の五ツ刻《どき》（午前八時頃）から夜の四ツ刻（午後十時頃）までいたと龍伯家臣の大村重頼《しげより》が書き残しているので、家康は長時間に亘《わた》って島津屋敷に居たことになる。家康には近衛前久の子の前左大臣・近衛信輔《のぶすけ》（信尹《のぶただ》）も同行している。

義弘が朝鮮に在陣している間、三成は島津家に対し、借銀返済を引き延ばすことを京都の商人に口利《くちき》きしたり、兵糧米《ひょうろうまい》返済の遅滞の緩和や、大豆の相場を教えるなど、かなり便宜を図っていたので、龍伯が家康と接触することは法度《はっと》に背《そむ》くどころか、裏切り行為にも等しかった。

〈太守様《たいしゅさあ》が自ら徳川の屋敷に足を運ばれたか……〉

中立を保つとばかり思っていた龍伯が、家康と親しくなるのは義弘には意外だった。

〈豊臣に対する反動か。あるいは俺《おい》に対して……〉

龍伯は秀吉ならびに豊臣政権を憎んでいた。長岡幽齋の仕置《しおき》の失敗後、島津領を検地したのは三成の家臣で、龍伯は薩摩から大隅に追いやられた、薩摩を与えられたのは義弘。これまで同様、豊臣政権との関係を維持しようとする義弘への反発かもしれない。

「内府殿《だいふ》は年寄筆頭。この御仁《ごじん》にお声掛け戴き、あしらうことは公儀《こうぎ》に背を向けるも同じ、と誰でも思いもそ。当家は豊臣を蔑《ないがし》ろにするつもい（つもり）はありもはん」

龍伯、家康、豊臣家思いの三成を義弘は気遣《きづか》った。

「公儀への忠義を口にされても、違背《いはい》は違背にござる。兵庫頭殿からもお気をつけられるよう、龍伯殿に注意してくだされ」

忠節に篤《あつ》く、譴責《けんせき》が得意というよりも好きと言われる三成にしては、温《ぬる》い叱責《しっせき》であった。

〈島津を味方にしておきたこっか。泗川《サチョン》、露梁《ノリャン》の努力は報《むく》われそうじゃな〉

なんとなく三成の下心が読めた義弘だ。

三成が筑前にいる間にも家康は積極的に諸将の屋敷に足を運んでいた。十一月二十五日には五奉行の一人で大和郡山二十万石の増田長盛《ましたながもり》、翌二十六日には土佐二十二万石の長宗我部元親《ちょうそかべもとちか》、十二月三日は摂津高槻《せっつたかつき》三万石の新庄直頼《しんじようなおより》、九日は長岡幽齋（嫡子の忠興は丹後宮津十八万石）、十七日には播磨《はりま》三木一万石の有馬則頼《のりより》……と、石高の大小には関係なく顔を合わせた。

一人でも多くの武将からの支援を得るためであり、家康を敵視する三成方の目にあからさまに映るような挑発行為なのかもしれない。徒党を組むだけではなく、御掟《おんおきて》に定められている年寄・奉行の許可もなく、大名間の私婚の話も進めていた。

名島城での饗応を終えると、諸大名は家臣たちを国許に帰国させ、諸将は上洛の途《と》に就いた。

義弘は暫《しば》し、博多に留《とど》まっていたものの、忠恒は三成と共に出立《しゆったつ》し、途中で播磨の姫路にある餝磨戸《しかまと》に上陸し、陸路をとって十二月二十四日には上洛している。義弘も僅《わず》かな供廻《ともまわり》と一緒に後から出立し、二十六日には備後《びんご》の當津《とうづ》(鞆《とも》)、二十七日には大坂に到着した。

二

十二月二十八日の昼過ぎ、義弘は伏見に到着し、屋敷で龍伯と顔を合わせた。

「ただ今、戻ってまいりもした。太守様《たいしゆさあ》にはお変わりなく、恐悦至極《きょうえつしごく》に存じもす」

下座に腰を下ろした義弘は家臣として、恭《うやうや》しく当主の龍伯に平伏した。

「重畳至極《ちょうじょうしごく》」

思いのほか龍伯は不快気であった。おそらく、家康と密会したことを三成らに咎《とが》められ、さらに先に到着した忠恒に支援不足と所領問題の愚痴《ぐち》など、さんざん聞かされたに違いない。

「まずは、こん一年半ばかりの在陣、苦労じゃった。泗川《サチョン》、露梁《ノリャン》の勝利は目出度《めでた》き限り。吾《あが》の働きで島津の面目は立った。俺《おい》も伏見で鼻が高かこっじゃ」

労う龍伯であるが、嬉しそうではなかった。

〈よもや、太守様《たいしゅさあ》は俺に嫉妬《しっと》ばしちょるんか〉

軍役不足で肩身の狭い思いをしている時に、弟が大戦功を立てた。義弘の評価は鰻上《うなぎのぼ》りであるが、龍伯は当主としてなにもしておらず、白い目で見られている。不愉快であっても不思議ではない。

「有り難き仕合わせにございもす。こいも、太守様の後押しがあったゆえにごわす」

「謙遜《けんそん》するこつはなか。吾は昔からの戦上手《いつさ》。胸を張るがよか」

他人事のような龍伯だ。兵力不足で人数の増強を依頼しても、まったく応じてくれなかったことを詫《わ》びる言葉もない。

「恐れ入りもす」

「忠恒も無事に戻ったこつゆえ、年明けにも俺は国許に戻るつもりじゃ。移封したてゆえの」

冷めた口調で龍伯は言う。大隅に追い出されたことが、今なお不満で仕方ないようである。

〈本来ならば、俺《おい》に帰国を勧める太守様《たいしゅさあ》であったが……〉

人気の義弘が上洛したので、上方には嫌気が差したのかもしれない。

「太閤殿下亡き後のこつにございもすが……」

問うと龍伯はすぐに遮《さえぎ》った。

「島津は島津。じゃっどん、俺は内府《だいふ》とは馬が合いそうじゃ。というより、他とは合わん」

他とは三成をはじめとする豊臣政権に携《たずさ》わる者たちであることはよく判る。

「仰せの儀は判いもすが、所領が増えたんも、皆……」

「又四郎、考え違《ちご》いをすってはなかぞ。元は皆、島津の所領じゃ。棹入《さおい》れをして、なんかよかこつでもあったとか？　吾《あが》は異国におったゆえ判らんが、今、国許は麻んように乱れておる。早《はよ》う、俺が戻らねば、島津は島津ではなくなる」

一息吐いたのちに龍伯は改めて続ける。

「こんのち、遠からず、天下の仕置を巡って争いがはじまるじゃろう。吾は深入りせんと、一歩引いておれ。引けなくなったら内府の側に立て。治部には従ったふりをしての」

龍伯の明確な意思表示であった。やはり龍伯も、秀吉亡きあとで政権争いが行われていることを察知していた。主導権を握るのは家康であることも見据えている。あるいは、家康との会談の中で、なにかを約束したのかもしれない。

「承知しもした。中立を保つように心掛けもす」

と答えるしか義弘にはできない。島津家の代表として豊臣家に寄り添った者として、ばっさりと割り切れるほど薄情ではなかった。

「吾《あが》も疲れておろう。早う宰相《さいしょう》に顔でも見せてやるがよか」

家臣に、下知は伝えたのでもう用はない、とでもいう冷めた調子の龍伯であった。

豊臣政権に屈する前ならば、義弘の手をとって労い、酒を自ら注いで戦功を称《たた》えていたであろうが、鹿児島を追われた龍伯に、昔に戻れというほうが無理なのかもしれない。

〈俺《おい》もそうか……いや、太守様《たいしゅさあ》は宰相に会わせてくれたど〉

寂寥感《せきりょうかん》の中、義弘は少しでも好意的に捉《とら》えることにして、最愛の正室の許に足を運んだ。


翌十二月二十九日、義弘は忠恒と共に伏見城に登城《とじょう》し、徳川家康、前田利家、毛利輝元、上杉景勝《かげかつ》、宇喜多《うきた》秀家の年寄五人衆に謁見した。

「高麗、数年の軍務、ご苦労でござった。ことに、こたび貴殿らがいなければ、日本の軍兵十万余は外土の枯骨《ここつ》となっていたであろう。まことに蓋代《がいだい》（希代）の大功、異国、本朝に類がない」

年寄筆頭の家康が義弘親子の戦功を賞賛した。

いつもながら大きい耳だと思わされる。その耳で、多数使う伊賀、甲賀の忍びからの情報を聞いているのであろう。一見、好々爺《こうこうや》のように見える下ぶくれして優しそうな顔であるが、見開くと飛び出そうな丸い目は、捕らえた獲物は見逃さなそうなしつこさを宿していた。

体形は小太りであるが、柳生新陰流《やぎゅうしんかげりゅう》の兵法《ひようほう》（剣術）を好んで学び、茶や連歌よりも鷹狩りを趣味にしているので、たんなる脂肪太りの武将ではなかった。

〈運も実力ともうすが、自《おの》が力以上のもんがあるに違《ちご》いなか〉

義弘は狸《たぬき》にも似た家康の顔を見ながら、聞き知る家康の生い立ちを反芻《はんすう》する。

天文《てんぶん》十一年（一五四二）寅《とら》年十二月寅日寅刻、家康は三河《みかわ》の小豪族、松平広忠《ひろただ》の嫡男として生まれた。幼名は竹千代《たけちよ》。健《すこ》やかに育っている最中、竹千代は僅か六歳で隣国の大大名・駿河《するが》の今川家に人質として出された。

松平家にとっては屈辱ではあるが、お家は安泰だと思っていたところ、移動の途中で竹千代は義祖父の戸田康光《やすみつ》に奪われ、信長の父である尾張《おわり》の織田信秀《のぶひで》に売られた。竹千代を得た信秀は、松平広忠に織田の麾下《きか》になるよう迫ったが、広忠は拒否したので、竹千代は斬られる危険に晒《さら》された。生命の危機に追いやられたところ、人質交換によって竹千代は今川家に送られた。

竹千代は今川家の人質となり、元服して元康《もとやす》となり、松平家は今川の先兵として遣い減らしにされる運命にあったが、織田信長が田楽狭間《でんがくはざま》で今川義元《よしもと》を討ち滅ぼしてくれたので、人質から解放された。

今川家から独立した元康は家康と改名して信長と清洲《きよす》同盟を結んだものの、信長からは家臣のごとく扱われ、なんの因果か戦国最強と謳《うた》われた武田信玄《しんげん》の矢面《やおもて》に立たされた。三方原《みかたがはら》の戦いでは壊滅《かいめつ》寸前にまで追い込まれたが、信玄が兵と時間の損失を避けたお蔭で生き延びることができた。いつ攻められるかと浜松城で怯《おび》えていると、信玄は病《やまい》に倒れて危機を脱した。

一難去ると、今度は信長から疑いをかけられ、妻子の殺害を命じられた。苦渋《くじゆう》の決断の末にこれを実行して従属を誓うと信長が恐ろしき武田家を潰してくれた。東の脅威がなくなり、家康の版図《はんと》も広がったが、邪魔者として排除されるのではないかと怯えていると、今度は惟任《これとう》光秀が本能寺で信長を討ってくれた。この時、家康は和泉《いずみ》の堺を遊覧しており、帰国のための危険な伊賀越えも忍びを配下に多数抱えていたことにより事なきをえた。

信長の家臣であった秀吉の拡大を警戒し、小牧《こまき》・長久手《ながくて》の戦いを仕掛け、局地戦で勝利したまではよかったものの、同盟者の織田信雄《のぶかつ》が秀吉に屈したことで、最終的には敗戦となった。それでも秀吉の天下統一を念頭に置いた戦略のお蔭で滅亡から逃れることができた。

戦闘では敗れ、戦争に勝利した秀吉であるが、家康に臣下の礼を取らせるために、強引な政略結婚と人質を送ることによって家康は豊臣政権に組み込まれることになった。膝《ひざ》を屈しはしたが、秀吉の弟の秀長と共に次席の地位を得ることができた。今では押しも押されもせぬ日本一の武将として、義弘の前にいた。

〈家を存続させるため、俺《おい》に妻子を殺《あや》められようか……無理じゃな。俺にはできん。天下を狙《ねら》おうっちゅう者《もん》はたいしたもんじゃ〉

止《や》むに止まれぬ仕儀とはいえ、義弘には冷酷な家康の行動が理解できなかった。

家康は臆病者だと陰口を叩《たた》かれるが、無法な戦国の世で臆病でなければ長生きはできず、家を存続させることは難しい。秀吉は家康を最後まで「律義《りちぎ》」と言い続けた。獰猛《どうもう》な虎を眠り猫にでもしようと暗示にかけようとしていたのかもしれない。家康も、秀吉と戦えば消耗戦を強《し》いられるので、「律義」を守り通してきたが、もはや猫をかぶる必要はなくなった。枷《かせ》のとれた虎には羽まで生えている。

〈簡単には止められんじゃろう。それゆれ太守様《たいしゅさあ》も与《くみ》する気になられたか〉

誰でも思うところであるが、義弘は武将としての闘争心が疼《うず》く。

〈戦《いつさ》は一大名どうしで戦うもんではなかこつが、叶《かな》うならば徳川家と島津だけで雌雄《しゆう》を決してみたいもんじゃの。そいなら、負ける気はせんが〉

ささやかな義弘の願望が通じたかどうか定かではないが、家康と合った視線で火花が散ったような気がした。まあ、龍伯に戦う気がなければ、義弘が戦陣に立つこともなかろうが……。

謁見は短い時間で終わり、年寄衆の前から下った。廊下を歩いていると声をかけられた。

「島津殿、ちとよろしいでしょうか」

振り向くと、背は中肉中背、蝦蟇《がま》のように目が離れ、顎《あご》が細く染みが浮いた奇妙な顔、かなり歳をとった男がいた。謀臣と呼ばれる家康の懐刀《ふところがたな》、本多佐渡守正信《まさのぶ》である。

本多正信は三河譜代《ふだい》の家臣で、鷹匠《たかしょう》あがり。『藩翰譜《はんかんふ》』によれば「大御所（家康）、正信を見給《みたま》ふこと朋友《ほうゆう》の如くにて」という関係であるが、熱心な一向衆徒《いっこうしゅうと》なので、一時、家康に背いて追放され、諸国流浪ののちに加賀に在住し、その後、帰参が許されている。梟雄《きょうゆう》松永久秀をして「強からず、柔かならず、また卑《いや》しからず、世の常の人に非《あら》ず」と言わしめた人物である。家康がけちだということもあるが、多くの石高を望まず相模の玉縄《たまなわ》で一万石しか得ていない。所領よりも政《まつりごと》の中枢《ちゅうすう》にあって謀《はかりごと》を巡らせることに喜びを感じる数奇《すき》な男でもある。義弘よりも年下の六十一歳であった。

〈内府《だいふ》は俺《おい》ごときにも接触してくっとか〉

というのが義弘の感想である。

「こいは佐渡殿、久しかこつにございもす」

「挨拶が逆になってしまい申し訳ございませぬ。高麗でのご活躍をお聞き致し、胸のすくような思いでござる。我が主《あるじ》も、膝を打ってお褒めになられてござる」

粘《ねば》りつくような目を張りつかせて本多正信は言う。

「有り難くも、先ほど、お声をかけて戴いてごわす」

「されば話は早い。我が主は龍伯様と昵懇《じっこん》の間柄。そのご舎弟の兵庫頭殿ともお近づきになりたいと申してござる。ご都合はいかがでござろうか」

話しはじめると、単刀直入に問う本多正信である。

「一、傍輩《ほうばい》（諸大名）の中で、その徒党を組まぬこと。一、十人衆と諸傍輩の間において大小名によらず、何事についても一切、誓紙を取らぬこと。よもや年寄筆頭の内府《だいふ》殿が連署の誓紙をお忘れではなかろう。とすれば、これは貴殿が徳川家に不忠を働くことでござるか」

朗々と声をかけたのは石田三成である。

「無論、某《それがし》の判断にて、我が家臣たちに高麗の陣における勇者の武辺話《ぶへんばなし》をお聞かせ願い、後学のためにするつもりでござったが、不忠と言われては心外。これにて失礼致す」

不快そうに告げる本多正信であるが、義弘には「また何《いず》れ」とでもいった顔で黙礼すると、ゆっくりとした足取りで二人の許から去っていった。

「危ないところでござったな。高麗の勇者が法度《はっと》を冒《おか》すところだった」

悪戯《いたずら》を見つけた親のように、三成は義弘を見て口端を上げた。

「お偉い見張りがいたお蔭で助かりもしたか」

義弘も笑みを返した。

「じゃっどん、徳川と当家の屋敷は隣どうし。味噌の貸し借りをしたとて不思議ではごわはんど」

島津屋敷は路《みち》を一本挟んで徳川屋敷の北に位置している。そのように配置したのは貴殿であろうと、義弘は三成を見た。因《ちな》みに徳川屋敷の西隣は毛利輝元。東は一棟挟んで石田曲輪《くるわ》と、三方面から家康を包囲する配置になっていた。

「噂によれば、貴家は内府《だいふ》から借銀をしておるとのこと」

しっかり監視してほしいからとでも言いたげな三成だ。

「そいは、初耳でごわす。調べておきもんそ」

口から出た言葉は本当で、義弘は知らなかった。

「内府は少しでも隙《すき》を見せれば衝《つ》いてくる。油断ができぬ男でござる」

「関東二百数十万石はだてではないようでございもすな」

「それゆえ、御掟《おんおきて》破りは内府を除く年寄と奉行総意の下で、近く厳しく詮議《せんぎ》する所存。貴家には、関わりなきことを明確にしてもらわねばなりませぬ」

自信ありげな三成だ。義弘は嫌な予感がした。

「某《それがし》がまいれば角が立ちますゆえ家臣を同行させます。龍伯殿に念押しをお願い致します」

「そげんこつされんでも、我が主《あるじ》は……」

「今、申したとおり、九人の総意でござる。お察し戴き、願い、といううちになされませ」

命令書を出させて事を荒立てるなという三成なりの気遣いであろう。

「判りもした」

重い気のままに義弘は応じた。

三成と別れたのち、義弘は新納旅庵《にいろりよあん》に借銀のことを問い質《ただ》した。

「まことにごわす。どげんにも立ちゆかなかったこん秋、こいで借銀の利息の返済を綺麗《きれい》にされよと、佐渡守（本多正信）殿《どん》が黄金二百枚（二千両）貸してくれもした」

「なんと！」

衝撃だった。そこまで島津家の財政が疲弊《ひへい》しているとは思ってもみなかった。

「そん黄金は、どげんしたか？　太守様《たいしゅさあ》はご存じか」

「存じておりもす。黄金は返済に廻し、もはや一枚もありもはん。佐渡殿は、返済は都合がついた時でいいと申してござい もす。これまで催促されたこつはござい もはん」

「こいは首根っこ摘《つま》まれた猫ん子と同じじゃの」

家康に対して大きく出られるわけはない。対抗心など瞬《また》く間に失《う》せ、落胆する義弘だった。

「ないごて、そげんに首が廻《まわ》らんようになったとか」

「当家が上方に出てきた時に借銀ができ、利息が増えるばかりでございもす」

新納《にいろ》旅庵は説明する。関東、奥州討伐、名護屋《なごや》、伏見の築城の負担と伴う屋敷の構築に加え、二度の朝鮮出兵。海賊禁止法と、文禄・慶長の役によって交易もできなくなり、農地からの収入では出費を賄《まかな》いきれるものではないという。

〈高麗での戦《いつさ》で、島津は武威を異国にまで示したが、引き換えたもんが借銀とはのう〉

改めて虚《むな》しさを感じる義弘だった。

年寄五人衆から賞賛されたのち、義弘は忠恒と共に、三成家臣の八十島《やそじま》助左衛門を伴い、龍伯の前に罷《まか》り出た。当然、龍伯は憤《いきどお》りに満ちて眉間《みけん》に刻まれた皺《しわ》が消えなかった。

「俺《おい》に誓紙を書けと申すのか」

八十島助左衛門に問う龍伯であるが、目は義弘を捉えたままだ。吾《あが》は家臣の分際で主君にそのようなものを出させる屈辱を味わわせるのか、とでも言いたげだ。

「秀頼様への忠節を、お疑いになられぬように、でございます」

少々臆《おく》しながら八十島助左衛門が答えると、龍伯は義弘に向かって問う。

「吾の存念を申せ」

龍伯は、八十島助左衛門を伴ってきたことにも腹を立てているようである。

「島津家のため、ここは堪《こら》えて給《たも》んせ」

両手をついて義弘は懇願した。全て穏便に収めるためである。

「吾《あが》が、そげん俺《おい》に書かせたかこつならば、仕方なかの」

渋々龍伯は応じたものの、憤懣《ふんまん》に満ちていた。家康との相互訪問は主家である近衛信輔《このえのぶすけ》の依頼によってであるが、言い訳のようなものはいっさいしなかった。


年が明けた慶長四年（一五九九）一月三日、龍伯は義弘と忠恒に対し、「家康と特別な相談をしただけではない。そんなことを言えばきりがない。十月二十八日には前田利家にも会っている。それに秀吉のお咄衆《はなししゅう》の山岡道阿弥《どうあみ》も同席しているし、徳善院玄以《とくぜんいんげんい》、増田《ました》長盛、長束正家《なつかまさいえ》には事前に報せている」、という内容の覚書と誓紙を二通記している。宛先が十人衆でないことは、龍伯の自尊心の高さと、潔白の表れであった。

書状を受け取った義弘は、ますます兄弟の間に亀裂《きれつ》が入っていくような気がした。

義弘は書状を三成に見せて、一段落したと思いきや、この日、家康の遣いで山岡道阿弥と共に徳川家臣の本多忠勝《ただかつ》、井伊直政《いいなおまさ》が義弘と忠恒を訪ねた。

山岡道阿弥は代々、近江《くみ》の勢多《せた》城を守ってきた甲賀衆で、信長、信雄《のぶかつ》の家臣になり、賤ヶ岳《しずがたけ》の戦いで秀吉に与しなかったことで所領を失い、甲賀に退《しりぞ》いてのちに秀吉のお咄衆になった。それ以前に本能寺の変が勃発した時、堺にいた家康が伊賀越えをする際に、道案内をして家康と接していた。

本多忠勝、井伊直政は、江戸に在する榊原康政《やすまさ》と先に死去した酒井忠次《ただつぐ》ともども徳川四天王と言われる重臣で、武勇のみならず、交渉事にも長《た》けていた。

徳川家臣と会う前に、別室で家康に与《くみ》している山岡道阿弥が義弘に向かう。

「言わずと知れた二人は内府殿《だいふ》の寵臣《ちようしん》でござる。貴家に仇《あだ》を成すと思われたならば、容赦なく誅伐《ちゆうばつ》なされるがよい」

「ははは っ、戯《ざ》れ言《ごと》がきっか（きつい）。今、当家に仇を成すような者《もん》がおりもそか」

呵々大笑《かかたいしよう》する義弘であるが、既に駆け引きが始まっていることを思い知らされた。島津家が徳川家の重臣を斬れば、私恨によって騒動を起こした罪人として義弘親子と龍伯は刑罰に処され、島津家は取り潰しになる。

〈内府ちゅう男、股肱《ここう》の二人を捨て石にできっとか〉

絶対にできないと知って、山岡道阿弥に言わせているのであろうが、家康という男は恐ろしく冷徹な武将であることを植えつけられた。

味方をしなければ敵であるということも突き付けてきたわけだ。

〈あん二人、斬られるかもしれんこつ覚悟で当家に足を運んだのか〉

三河武士は決して背信せず、犬のような忠節を示すと聞いていた。

〈太閤が恐れるわけじゃ。そいでは、そん恐ろしか者たちに会うか〉

家康には借銀があるので無下《むげ》にできない。義弘は忠恒と山岡道阿弥を伴い、二人が待つ部屋に向かった。

「我が主《あるじ》は泗川《サチョン》、露梁《ノリャン》の戦勝における島津殿への祝いをしなければ、豊臣家年寄筆頭の名が廃《すた》ると申してござる」

口上を述べたのは、上総《かずさ》の大多喜《おおたき》で十万石を得る本多平八郎忠勝である。武田信玄の家臣の小杉左近《さこん》から「家康に過ぎたるものは二つあり　唐《から》の頭《かしら》に本多平八」と言わしめた忠勝は、最前線で戦うことが多く生涯五十七度戦場に立つも、かすり傷一つ負ったことがないという闘将で、義弘に通ずるところがあった。

家康からは、家康と義弘が会うのを邪魔されるので、お前らが義弘と昵懇《じっこん》になれ、とでも言われてきているのであろう。重臣二人とは物々しさもあった。

本多忠勝は家康からと、義弘に國俊《くにとし》の太刀と馬を、忠恒には長光《ながみつ》の太刀と馬を贈った。さらに忠勝ら徳川家臣から時服《じふく》十襲《しゅう》、太刀一腰、馬代が義弘に献じられた。

「これは高麗の話を聞かせて戴くために持参した酒の肴《さかな》ゆえ、お気遣いは無用でござる」

お判りのはず、とでもいった口調の本多忠勝である。

「随分と、高価な肴にございもすな」

財政逼迫《ひっぱく》の島津家にとって贈物は、相応のものを返礼しなければならないので迷惑だった。

「高麗のこつにござるが……」

面倒なやりとりをしても仕方がない。義弘は朝鮮でのことを回想しながら話しだした。

三人が義弘の武勇に心酔して、この場にいるわけではないことは承知している。

〈内府《だいふ》と治部少輔《じぶのしょう》が豊臣を二つに割って戦うことになるか。その二人が当家を欲しておる。加藤主計頭《かずえのかみ》らは治部少輔憎しで内府に近づいておるようじゃが、俺《おい》たちゃあ違《ちご》う。島津は島津じゃが、付くとするならば、より島津を大事にするほうになろうか。果たしてどちらになるかのう〉

　話しながら、義弘は考えていた。

　その後の酒宴も戦《いくさ》談義に花が咲いた。徳川家の戦い方など、大まかなことが聞けたので、義弘としては有意義な会談であった。

　翌日、すぐに三成の知れるところとなり、八十島《やそじま》助左衛門が義弘の許を訪れた。

「酒を飲んだに過ぎず。よもや、他家の者とは一切、交じわるなとは申せまい。徳川家の戦ぶりを耳にできたは、のちのためになると治部少輔殿に申されるがよか」

　後ろめたいことはないので、義弘は胸を張った。

「それは重畳にござる。主《あるじ》は、島津家は大坂にある屋敷が手狭ゆえ、時期を見て広いところに移られてはいかがか、貴家のため、と申してござる」

　八十島助左衛門を通じて三成が指摘するとおり、島津家の大坂屋敷は借家のようなもので、大人数が入れるような造りではない。島津家が秀吉に屈した時、政《まつりごと》は都の聚楽第《じゅらくだい》で執っており、その後、伏見に移ったことが原因だった。

三成が島津家の大坂屋敷を危惧《きぐ》する理由は、四日後の一月十日、定めに従い、秀頼が伏見から大坂に移り、前田利家が後見役として側《そば》に支え、家康は伏見で政務を執ることになっていたからだ。これにより、多数の諸大名も大坂に移るので、三成は家康と島津家を切り離そうとしているに違いない。

島津家は大名として住める屋敷が大坂にないので伏見に残ることになる。三成はこれを懸念していた。

「よき地があれば、見繕《みつくろ》って戴きたか。じゃっどん、当家の事情は治部少輔殿がよく存じていもんそ。今は、恥ずかしかこつじゃど、逆さになってん鼻血も出ん時じゃで」

断るのではなく、義弘は現状をそのまま伝えた。出費は一文でも少なくしたいのが本音だ。

一応、納得した八十島助左衛門は伏見城の石田曲輪《くるわ》に戻っていった。三成からは、大坂に移動して落ち着いたら、改めて知らせると、使者が伝えてきた。

翌七日のこと、側近の新納《にいろ》旅庵が義弘の前に慌ただしく罷《まか》り出た。

「申し上げもす。若殿《わかとのさあ》様が内府《だいふさあ》様の誘いを受けて茶会に出席したとのことにごあす」

「なんと！」

衝撃を受けた義弘は驚きの声をあげた。これまで多少の振れを修正しながら家康と三成の間で、巧《たく》みに均衡を保ってきたのに、三殿と言われる龍伯、義弘、忠恒のうちの誰かが、両勢力のうちの何《いず》れかに足を運べば一気に崩れてしまう。

〈あん、馬鹿奴《ざこはっ》！　なんのために太守様《たいしゅさあ》が誓紙を書いたんか判らんとか！〉

握った拳を震わせ、義弘は肚裡《とり》で怒鳴った。息子ではあるが、龍伯の養子となって島津家の跡継ぎ候補となった以上、あからさまに罵倒《ばとう》できないのが辛《つら》かった。

茶会のあと、酒食でもてなすのは常識である。夜、遅くになって忠恒は帰宅した。酔っている者に、叱責《しっせき》しても仕方ない。義弘は腹立たしさを堪えながら床に就いた。

翌日の午前中、忠恒は酒が残っているということで、午後、義弘の居間で顔を合わせた。

「言わんでも判っちょろう。吾《あが》は太守様の誓紙を踏《ふ》み躙《にじ》ったとじゃど」

「内府《だいふ》殿の茶会に出たこつ、太守様はご納得なされておりもす」

「なに！」

再度の驚きであるが、忠恒の言葉で、義弘は察知した。

〈太守様は、どげんしても豊臣を守ろうとする治部少輔には与《くみ》せんおつもりか〉

龍伯の思案は判ったものの、同じ屋敷の中にいて、意思の疎通がまったくとれていないことに義弘は不安を覚えた。確かに豊臣家が割れれば中立は許されないが、まだ旗幟《きし》の色を明確にするには早過ぎる気がする。どちらかといえば、三成らのほうが優勢になりそうな気がしてならないからだ。

もう一度、問い質《ただ》しておかねばならぬと、義弘は龍伯の部屋を訪ねた。

「同じことを何度も聞くでなか。まだ、物忘れをする歳ではなかろう」

不快気に軽くあしらわれた。豊臣家への恨みは根が深いようだった。

翌九日、再び義弘と忠恒は十人衆に呼び出されたので、親子揃って伏見城に登城した。別に失態を言及されたりするようなものではなく、島津家にとっては非常に喜ばしいことであった。

泗川《サチョン》、露梁《ノリャン》の戦功を賞され、義弘は参議《さんぎ》（宰相）に叙任され、正宗の太刀が下賜《かし》された。忠恒には長光の太刀が与えられ、少将に任官された。これにより忠恒は諸将から薩摩少将と呼ばれる。

さらに忠恒には約五万石が加増された。内訳は文禄二年（一五九三）に改易された島津忠辰《ただとき》の出水《いずみ》・高城《たき》三万石と、薩摩、大隅内に設けられた秀吉の直轄領と、三成、長岡幽齋の検地料の二万であった。

秀吉が死去する前の遺言ともいえる太閤置目《おきめ》では、秀頼が成人するまで加増は行わないということであるが、これを破った異例の加増であった。三成は自身の実入りが減ることもあり、反対したが、家康が強引に押し切った結果だという。島津家としては有り難い限り。

特に出水・高城三万石分の加増は大きい。失った地を取り戻したのみならず、同地は島津宗本家《そうほんけ》から独立を図っていた薩州家《さつしゅうけ》・島津忠辰の旧領。この地は宗本家でも手を出せない地であった。同領では米ノ津《こめのつ》、阿久根《あくね》という交易上、重要な湊があるので、石高以上の収益がある。さらに、秀吉の直轄領と三成、長岡幽齋の検地料によって島津領の重要地が虫食い状態であったが、領内は漸《ようや》く島津家で統一され、他人の介入を受けることがなくなったことは、ある意味、侵略者の排除でもあり、自尊心の回復にも繋がる。島津家にとっては万々歳であった。

〈やはり治部少輔よりも内府《だいふ》の力が絶大か。こいはこいで、よかこつなんかもしれん〉

忠恒が公儀から認められ、島津家が危ういことにならなければ、義弘は龍伯ともども国許に引き上げて隠居しようかとも考えだした。

一月十日、秀吉の遺言に従い、秀頼は伏見城から大坂城に移徙《わたまし》した。大坂に屋敷のない家康であるが、年寄筆頭なので付き添いで一緒に大坂に向かっている。

大坂に大きな屋敷のない島津家は伏見の留守居《るすい》として、大移動を見送った。一応、忠恒が島津家の代表として同行している。

〈一息吐《つ》いたら、内府《だいふ》も伏見に戻ろう。伏見に残るは徳川と島津か。昵懇になるもよかこつかもしれん〉

もともと政《まつりごと》に関わる気など島津家にはないので、西国最南端の勇として存在感を示せばいい。義弘は蜿々《えんえん》続く軍勢を眺めながら、思案していた。

三

大多数の大名が秀頼の警護として大坂に赴いたので、伏見は閑散としていた。静かな薩摩で育った義弘なので、落ち着けていいと思っていたが、そういうわけにはいかなかった。諸将と一緒に大坂に赴いた家康は、同地に屋敷を持っていないため、賤ヶ岳七本鑓《しずがたけしちほんやり》に数えられる豊臣家の重臣片桐且元《かたぎりかつもと》、その弟の貞隆《さだたか》の屋敷を宿所としていた。

十一日の晩、三成の重臣の嶋左近《しまさこん》丞清興《のじょうきよおき》は忍びを使って家康の周辺を探らせていた。これを知った家康は忍びを暗殺者だと言って騒ぎ、突如、片桐屋敷を出立。途中まで招き寄せた井伊直政の兵に守られて十二日の朝方、伏見の屋敷に帰宅した。

戻っただけではなく、家康は三成方が襲撃してくると吹聴《ふいちょう》して、屋敷の警護を固めさせた。

家康と意を通じる藤堂高虎や黒田長政らは伏見に警護の兵を送ってきたので、静かになった町が俄《にわか》に騒然としだした。島津屋敷は路《みち》を一本挟んだ隣なので、騒がしさがよく判る。

すぐに家康の使者が島津屋敷を訪れ、万《まん》が逸《いつ》のことがあるので警戒してくれと注意を促《うなが》した。と聞けば好意的であるが、いざという時は加勢しろという催促であった。

「あん堅い治部少輔様《さあ》が、内府様《だいふさあ》を仕物《しもの》（暗殺）にかけるとは思えんのでごわすが」

新納《にいろ》旅庵が義弘に話しかける。

「治部少輔はそうじゃろが、家臣の嶋左近は現実をよく知っちょる。どげな手を使おうとも、内府の首を討てば、豊臣も主の石田家も安泰。罪をかぶるつもりで行動に移したとしても不思議ではなか。まあ、真実を聞きだすことは無理だが」

厄介《やっかい》なことになりそうなので、義弘は龍伯に報せた。

「隣の誼《よしみ》じゃ、万が逸の時は内府に手を貸してやれ」

当然といった表情で龍伯は言う。確かに敵意を示せば、徳川の鉾先《ほこさき》が島津家に向く。今後、家康に味方しようとする大名が増えると思われるので、現状では正しい選択かもしれない。

「承知しもうした、じゃっどん、旗幟《きし》を鮮明にするとは、些《いささ》か早うはなかですか」

「吾《あが》は内府が負けっと思うちょっとか」

「十人衆のうち、浅野弾正少弼《だんじょうしょうひつ》（長政）あたりは怪しかこつにごわすが、他ん八人は治部少輔と意を同じにしちょ様子。内府優位とは言えんではなかですか」

義弘は諸将の名をあげる。

年寄衆の毛利輝元は百二十万五千石、上杉景勝は百二十万千石、前田利家は八十三万五千石、宇喜多秀家は五十七万四千石。

五奉行の石田三成は十九万四千石、長束《なつか》正家は五万石、徳善院玄以《とくぜんいんげんい》は五万石、増田《ました》長盛は二十万石。家康寄りの浅野長政は十七万石。

浅野長政を除けば四百三十万八千石と、徳川家の二百五十五万七千石を優に上廻る。

家康に味方しそうな大名は先の藤堂高虎、黒田長政のほか加藤清正、福島正則、加藤嘉明《よしあき》、浅野長慶、蜂須賀《はちすか》家政、長岡忠興、池田照政《てるまさ》（のちの輝政）、森忠政、京極高次、伊達《だて》政宗《まさむね》、最上義光《もがみよしあき》……ら。

対して八人衆のほうには小西行長、佐竹義宣《さたけよしのぶ》、多賀谷重経《たがやしげつね》、相馬義胤《よしたね》、大谷吉継《よしつぐ》、安国寺恵瓊《あんこくじえけい》、生駒親正《いこまちかまさ》、太田一吉《かずよし》、織田秀信《ひでのぶ》、木下勝俊《かつとし》、立花親成《ちかなり》、毛利吉成《よしなり》ら。

小早川秀秋、鍋島直茂、長宗我部元親、真田昌幸《さなだまさゆき》、中村一氏《かずうじ》、堀尾吉晴《ほりおよしはる》らは不明。

「決して、太守様《たいしゅさあ》の思案に逆らうもんではありもはんが、万が逸、事が起こりし時、内府《だいふ》及び内府に味方する者は遠く、治部少輔に味方する者は兵を集めやすうございもす」

あくまでも島津家の立場を明確にするのは早いと、義弘は理由を説明した。

「そげんこつ、判らんとでも思うちょっとか。内府を支援する者たちと与《くみ》し、治部少輔らに追われたからと、伏見城に入ったら、簡単には落とせまい。その間に兵を集められようが。内府は太閤が取り上げた地を返してくれたこつ、忘れてはなかぞ」

あくまでも詭弁《きべん》である。間違っても龍伯は三成に与しないことだけは窺えた。

「こいは、俺《おい》が浅はかでございもした。太守様の下知に従いもす」

説得は無理、義弘は素直に応じた。諸将の兵は国許にあるので、それほど大事《おおごと》にはならぬであろうと思ってのことである。

家康を伏見に孤立させた三成は、次の手を打った。『御掟《おんおきて》』違反の指弾である。

前年の秋ぐらいから、家康は内々に政略結婚の話を進めていた。六男の忠輝《ただてる》と伊達政宗の長女・五郎八《いろは》姫、松平康元《やすもと》の四女・満天《まて》姫を家康の養女として福島正則の養嗣子・正之《まさゆき》に、小笠原秀政《ひでまさ》の娘・氏《うじ》姫を家康の養女とし、蜂須賀家政の息子・至鎮《よししげ》と婚約を交わした。他にも黒田長政、加藤清正らにも話は齎《もたら》されていた。

関白秀次が切腹した後の文禄四年（一五九五）八月二日、年寄衆が署名して誓った『御掟』の第一条「事前許可のない大名間の婚儀の禁止」で、秀吉が死に臨んでも固く守るよう誓紙を書かせたにも拘《かかわ》らず、これを家康は公然と破ったのだ。

三成は浅野長政も含む九人協議の上、中村一氏、生駒親正、堀尾吉晴らの三中老《さんちゅうろう》と豊光寺《ほうこうじ》長老・相国寺《そうこくじ》塔頭《たっちゅう》の西笑承兌《さいしょうじょうたい》を派遣して家康に詰問《きつもん》させることにした。

一月十八日、家康は有馬則頼の屋敷でこれを井伊直政から聞いて帰宅。同じ内容ながら藤堂高虎からは三成謀叛《むほん》と付け加えられていた。

二十一日、三中老と西笑承兌は伏見の徳川屋敷を訪ね、家康に質問をした。

「許可なく大名間の縁組は禁じられていることとご存じのはず。にも拘らず、不正を致すのは異心があるからでござろう。明確なご回答ができぬならば、十人衆の位から除き申す」

使者の詰問に対し、家康は用意万端、口を開く。

「縁組が違法であることは、うっかり忘れておった。最近、もの忘れが酷《ひど》くて適《かな》わぬ。歳は取りたくないものじゃ。とは申せ、今、捨て置けぬことを耳にした。物忘れを取り上げて、儂《わし》に逆心ありとはいかなる魂胆か。貴殿らは儂を秀頼様から遠ざけようとしているようだが、それこそ太閤殿下の遺命に背《そむ》くことではないのか？」

家康は悪びれることもなく、言い返した。

老練な家康に切り返され、使者たちは反論できずに徳川屋敷を退散した。軽くあしらわれたまま大坂に戻れば、使者の面目は丸潰《まるつぶ》れ。百戦錬磨の家康には敵わぬものの、他の武将ならば厳しく詰め寄れるかもしれない。使者たちは伊達屋敷に足を運び、政宗に真意を尋ねた。

「堺の今井宗薫《そうくん》が仲人《なこうど》役ゆえ、詳しきことは宗薫に聞くように」

何度も秀吉の鉾先《ほこさき》を躱《かわ》したことのある伊達政宗は、使者を子供扱いに追い返した。

今井宗薫は堺の商人にして茶人で有名である。

仕方なく使者たちは福島屋敷を訪ねて詰問した。

「縁組のことは内府《だいふ》（家康）殿の申し出ではなく、当家から持ちかけたこと。儂《わし》は太閤殿下の親戚筋ゆえ、内府殿と縁続きになれば、秀頼様の御為《おんため》にもなろう」

福島正則は政略結婚を認めても、なにが悪いのか、と非を認めない。それどころか正則に威嚇《いかく》された使者は蜂須賀屋敷に足を運んだ。

「縁組が違法であることは存じておるが、なにせ某《それがし》は弱輩者。仲立ちが誰であれ、内府殿《だいふ》との縁組であれば、断ることができましょうか」

齢十四歳の蜂須賀至鎮《よししげ》だけが、非を認めたことになるが、三成らとしても至鎮だけ罰するわけにもいかず、縁組の件は有耶無耶《うやむや》になった。

この詰問を家康は逆手《さかて》にとった。奉行と年寄衆が家康を排除するために兵を伏見に進めてくると吹聴して諸将の参陣を要請。ちょうど番替えで上洛途中にあった徳川四天王の一人・榊原康政が途中で報せを聞くと、戦《いくさ》さながらに兵を進軍させ、二十九日に伏見に到着した。

家康の求めを受けた藤堂高虎と黒田長政は、大坂にいる仲間を呼び集めて伏見に参陣。黒田如水《じょすい》、加藤清正、同嘉明、浅野長慶、福島正則、蜂須賀家政、長岡忠興、池田照政、森忠政、京極高次、大谷吉継らは家康屋敷の周囲に兵を布陣させた。屋敷の周囲を竹柵で結び、新たな外郭を築き、楼櫓《ろうろ》を急造して敵対姿勢を示した。

寒空の中、隣は篝火《かがりび》を焚《た》き、物々しい状況になっている。

島津家は、隣ということもあってか、兵の参集は求められなかった。

「そいにしても、治部少輔と仲の良い、大谷刑部少輔《ぎょうぶのしょう》まで内府様《さあ》に付くとは、利の前に義は無になるということでごわすな」

参陣した諸将の顔ぶれを知り、新納《にいろ》旅庵が言う。

「戦《いっさ》を止めに来たんかもしれん。大谷刑部少輔は太閤が認めた知将と聞く」

外の騒ぎとは裏腹に、静かな島津屋敷の中で義弘は答える。

兵站《へいたん》奉行として才能を示し、戦場において秀吉の質問等に理路整然と答える大谷吉継に、秀吉は「紀之介（吉継）に百万の兵を与えて、縦横に指揮を執らせてみたい」と評したことは、つとに有名である。残念ながら不治の病《やまい》を煩《わずら》い、秀吉の言葉は実現しなかった。越前の敦賀《つるが》城主で五万七千石。三成よりも一つ年上の四十一歳であった。

「止まりもんそかい」

「止まらんで喜ぶのは内府《だいふ》たち。困る者《もん》が止めるじゃろう」

今のところ火の粉が飛んでこないので、義弘には他人事であった。

膠着《こうちゃく》状態が続く中、三中老によく言い含めなかった責務もあるということになり、五奉行が責任を取ることで事を収めることになった。

二月五日、家康は四年寄と五奉行と互いに誓紙を差し出しあって和睦《わぼく》をした。

「一、大名縁組のことは、年寄・奉行の意見を承知する。
一、太閤様の遺命、十人衆の誓紙には背かず、違反する者があれば意見する。
一、このたび、双方に昵懇する者につき、遺恨に含まないこと」

最初から僧籍にある徳善院玄以を除き、残り四人の奉行が剃髪《ていはつ》して家康に詫《わ》びたので、漸《ようや》く伏見は武装解除された。今井宗薫は蟄居謹慎《ちっきょきんしん》を命じられている。

妙な形で責任を取らされた五奉行実力筆頭の三成は、家康方の切り崩しをはじめた。二月九日には大坂城の書院に伊達政宗、宇喜多秀家と小西行長、博多の商人・神屋宗湛《そうたん》を交えて茶会を開き、政宗の取り込みに勤《いそ》しんでいる。

微妙な立場にある島津家にも誘いがかけられた。忠恒は大坂の島津屋敷にいるので、無下に断るわけにもいかない。一応、義弘は龍伯に相談した。

「吾《あが》は治部少輔とは昵懇。吾が行き、向こうの様子を探り、又八郎を加担させぬように致せ。茶会が済んだのちは必ず連れ帰れ。できねば、吾が代わりに大坂におれ」

淡々と龍伯は告げた。義弘の思案するところと同じであるが、冷たい口調である。

「承知しもした」

応じた義弘は大坂に向かった。

二月十二日、義弘と忠恒親子は大坂城の御番櫓に招かれ、茶会で三成にもてなされた。

「先日は内府《だいふ》の側に加担せず、感謝してござる」

自ら点《た》てた茶を差し出し、三成は礼を言う。いつになくしおらしい三成だ。茶室という密室は茶の味を楽しむのみならず、公の場では話せぬことを口にできる政《まつりごと》の場でもあった。

三成の剃《そ》った才槌頭《さいづちあたま》には頭巾《ずきん》がかぶせられている。自尊心の高い三成は、責任をとって剃髪したとは言わず、秀吉の喪《も》に服すためと称していた。

「忝《かたじけ》のうごわす」

少々後ろめたさを感じながら、義弘は差し出された茶碗を手にした。

「大納言《だいなごん》（前田利家）殿も、内府《だいふ》の専横には腹を立てられてござる。近く真を問うと申されてござる」

秀頼の後見役を務める前田利家は、現状で唯一、家康の横暴を抑えられる武将かもしれない。信長の小姓《こしよう》から成り上がった利家は紆余《うよ》曲折《きよくせつ》の上で国持ち大名に出世した。秀吉とは親友であったが、賤ヶ岳の戦いでは寄親《よりおや》の柴田勝家に従って敵対。利家は秀吉の意を受けて戦闘の最中に戦線を離脱。これにより、柴田軍は敗北し、勝家は自刃《じじん》した。

いかに秀吉から信頼されようが、戦《いくさ》の最中に恩義ある勝家を見捨てて戦陣を離れることは言語道断。家康と共に二大巨頭と評されようが、義弘が好きになれる武将ではなかった。

「こう言ってはなんでごわすが、あまり内府殿に嚙みつかんほうが、よかこつではなかか」

「高麗の陣の勇将とも思えぬ、弱気な言葉にござるの」

かつての三成ならば、空約束でも得たか、と尋ねたかもしれないが、気を遣っていた。

「仕掛ければ、当然、内府殿も反抗する。さすれば亀裂は深まり、戦への道を辿《たど》るばかり。火の手が上がれば、簡単には終息《しゆうそく》せず、豊臣の世が乱れて喜ぶのは内府殿ではごわはんか」

「それゆえ、悪《あ》しき芽は早めに摘《つ》むが肝要」

「内府《だいふ》殿は高齢。黙っていても年上は先に旅立つのは世の常。秀頼様のためにも、内府殿の鉾先《ほこさき》を躱《かわ》すことに専念したほうが良かこっではごわはんか」

加増を受けたとしても、領内の疲弊がすぐに解消できるはずがない。義弘としては、借銀の返済の目処《めど》が立つまで、戦陣に立ちたくないのが真意なので、本気で説いた。

「大谷刑部《ぎょうぶ》（吉継《よしつぐ》）も上杉の直江山城守（兼続《かねつぐ》）も同じことを申してござった。されど、二人が認識不足なのは、内府が年寄筆頭では満足しないということ。我らが傍観していれば、次々に仕掛けてくるに違いない。島津殿が申すように、高齢ゆえ」

「どうあっても押さえ込みにかかられるか」

「秀頼様のためにも、敵が鉾を収めぬうちは、我らも収めることはできませぬ。それゆえ、島津殿にも、是非とも我らへの加担をお願い致したい。今は明らかにはできませんが、その暁には相応のことを考えてござる」

誰かの助言でも受けたのか、三成が義ではなく利で釣ろうとするのは珍しいこと。

「そいは、喜ばしきこつにごわすが、存じてのとおり、当家は高麗の戦で干涸《ひから》びている始末。お役に立てるとしても三年は先になりもんそ」

「ご安心なされ。商人《あきんど》に知り合いは多くござる。島津殿の武名があれば、幾らでも用立てさせましょう」

三成は堺の町奉行をしていたこともあり、同地でも一番の豪商と言われる天王寺屋とは昵懇。さらに博多の神屋宗湛《そうたん》とも親しい間柄。三成と仲の良い小西行長は堺の商人出身。五奉行という立場もあり、三成は日本の武将の中で金銀を廻す能力は一番であろう。

「そいを聞いて安堵致した。火急の折にはお願いしもす」

結局は借銀をさせられると思いつつ、義弘は頼んでおいた。金銀銭の動く経済力は、秀吉を通じてまざまざと見せつけられてきたが、やはり根本は所領から上がる米であるという観念が抜けない。そういった意味では、義弘の考え方は家康に近いのかもしれない。

茶会で接待を受けた義弘・忠恒親子は一泊したのち、伏見の屋敷に帰宅した。

四

二月二十日、伏見の島津屋敷の広間に主だった家臣たちが居並んでいる。広間の一段高い上座に龍伯と忠恒が並び、義弘は一間下がったところに腰を下ろしていた。

「忠恒は高麗の陣で、島津家の面目を施《ほどこ》し、奪われた所領を取り戻した。もはや誰でん、文句を言う者もなかじゃろう。家督《かとく》を忠恒に譲るこつにする」

久保《ひさやす》が死去したのちに家督の候補とされたものの、性格や行動に難があると、およそ五年半も様子を見られてきた忠恒に漸《ようや》く家督が認められた。

未だ亀寿《かめ》との間が円満にいっていないことで渋っていたが、既に龍伯も六十七歳。秀吉が死去した年齢を五年も長く生きたことになる。いつまでも曖昧《あいまい》にしてはいられなくなったのであろう。それに龍伯とすれば、加増を義弘の功にはしたくないに違いない。

宣言ののち、龍伯から島津家に伝来する始祖・忠久《ただひさ》ゆかりの時雨《しぐれ》軍旗や歴代の系図などの『御重物《ごじゅうもつ》』が譲渡された。この家宝を持つことが当主の習わしであった。これにより、正式に家督相続が行われたことになる。

島津家十七代目の当主の誕生である。

「御目出度《おめでと》うございもす」

上座を見上げ、家臣たちの祝いの言葉を耳にしながら、義弘は万感の思いにかられた。朝鮮で一緒に在陣しながら病死させた久保と重なり、目頭が熱くなる。

「未だ俺《おい》は弱輩者じゃが、太守様《たいしゅさあ》の意思を受け継ぎ、島津の家を守っていく所存じゃ」

短い忠恒の所信表明であった。あまり晴れやかではない表情が、義弘には気掛かりでもある。

その後、酒宴となり、広間は賑《にぎ》わった。

忘れないうちにと、同じ日、義弘は自身の蔵入地《くらいりち》から亀寿に化粧料として五千石を贈った。龍伯へのささやかなお礼である。さらに有髪《ゆうはつ》のまま兵庫入道《ひょうごにゅうどう》と名乗ることにした。

表向き、秀吉の死に弔意《ちょうい》を表したためとしているが、豊臣政権が家督と認める義弘が、自身は家督者でないことを家中に明らかにするためでもあった。

家督を譲りはしたが、家臣たちの対応は今までと同じである。忠恒への気遣いは増えたものの、未だ龍伯への慇懃《いんぎん》さは変わらず、実権は隠居が持っていた。齋藤道三《どうさん》と義龍《よしたつ》、織田信長と信忠、北条氏政《うじまさ》と氏直《うじなお》、豊臣秀吉と秀次、佐竹義重《よししげ》と義宣《よしのぶ》……などと同様であげればきりがない。

翌日、家督を継いだ忠恒は義弘に向かう。部屋には二人きりである。

「俺《おい》は自分のこつを判っちょりもす。太守様《たいしゅさあ》の威には届かず、父上の武にも達してごわはん」

「まだ若いから仕方なか。才は二人を超えておる、胸を張ればよか」

「お言葉は忝《かたじけ》のう思っちょりもすが、現実は厳しかこつにごわす。国許からは苦情の書が山んように届いちょりもす。幸侃《こうかん》を、こんまま抛《ほう》っておいては島津は纏《まと》まりもはん」

南のほうにちらりと目をやり、今までにない強い意思表示をする忠恒である。

豊臣政権の許可を得て、伊集院幸侃は伏見の島津屋敷の南東の隣に、独自の屋敷を構えていた。これが主家をも凌《しの》ぐほど立派で、しかも高台なので、島津屋敷を見下ろすようになっている。忠恒が住む離れの屋敷はちょうど真下にあたり、酒宴の声もよく聞こえるという。

「ちと、いきすぎたところは、あっかもしれんが、こいも島津んためじゃ」

「俺《おい》の考えとは違《ちご》いもす。あん奴《わろ》は皆が苦しむ最中、私腹を肥やした獅子身中《しししんちゅう》の虫。俺たちゃあが高麗で、どいほど苦労させられたこつか、父上もお判りでごあんそ。どげんしん（よもや）敵が家中にいっとは思いもよらんこつ。もはや太閤もおりもはんゆえ、何《いず》れ厳しく処分するつもでごわす。こんこと胸にしまっておいて戴きますようお願いしもす」

憤《いきどお》りをあらわに忠恒は言いきった。

「所領の分配は誰かがやらねばならんかった。彼奴《あつどむ》は汚れ役を命じられたに過ぎん。吾《あが》は島津の家督を受けた当主じゃ。広い目で家中を見ねばならん。彼奴は吾の叔父じゃ。寛大にの」

伊集院幸侃《こうかん》の嫡子・忠眞《ただざね》の正室は義弘の末娘の御下《おした》。御下は忠恒の妹である。

義弘の言葉に忠恒は頷《うなず》かなかった。家督を受けて傲慢《ごうまん》になったわけではないだろう、伊集院幸侃への憎しみの表れのようだった。

〈遊びたい盛りに異国でひもじい思いをさせられたゆえ、恨みを持つも仕方はなかが……〉

気持は判らないわけではない。伊集院幸侃も秀吉の威を受けて多少、増長していたのは事実。

〈彼奴《あつどむ》もいい歳じゃ。折を見て家督を忠眞に譲るよう申しておくか〉

その際、所領の半分も返還させれば丸く収まるはず。龍伯や義弘の十万石に継ぐ八万石は、羨望《せんぼう》と嫉妬の対象であり、憎しみと怒りの鉾先にもなる。義弘は、時期を見て伊集院幸侃《こうかん》を説くつもりでいた。

忠恒に家督を譲った龍伯は安心したかのように、二月二十八日、伏見を発って大坂に向かった。翌二十九日、龍伯は大坂城の西に位置する伝法《でんぽう》に到着し、天気が晴れれば明日にも大坂を出航することを義弘に伝えてきた。久々の帰国を子供のように喜んでいるのであろう、文からも嬉しさが伝わってくるようだった。

義弘は新納《にいろ》旅庵も一緒に帰国させている。

帰国したいのは義弘も同じ。帖佐《ちようさ》に移ってから領主らしきことはなにもやっていない。国許がどれほど疲弊しているのか、書状や上洛する家臣から口伝《くちづて》で聞くしかないので不安で仕方ない。龍伯を羨《うらや》ましいと思いつつも、やるべきことがある。義弘は南東隣の伊集院屋敷に足を運んだ。

門構えも、中の庭造りも、屋敷そのものも島津家のものよりも立派だった。

〈こいでは、恨みを買うのは仕方なかの〉

辺《あた》りを見廻しながら義弘は歩を進めた。伊集院幸侃の言い分も判る。薩摩人が上方の者に馬鹿にされぬよう、見栄《みえ》を張ってのこと。主家に代わって諸将を接待することも多々あった。経済的に疲弊しているので、島津屋敷は質素に造っており、皆には島津家の別宅と称していた。多少の私腹を肥やしたかもしれないが、批難するほどのことではない。ただ、異国で泥水を啜《すす》り、土を舐《な》めて敵と戦った者には華美に見えるはずなので、憎しみの的《まと》にされるのは仕方ないことだった。

「こいは、武庫様《むこさあ》自らまいられるとは恐れ多し。お上がり給《たも》んせ」

玄関先まで出迎え、伊集院幸侃《こうかん》は丁寧な対応をした。年齢は七十歳を超えている。

義弘は入道と称しているが、言いづらいのか、伊集院幸侃は前のままで気さくに呼ぶ。幸侃の伊集院一族は島津家二代目の当主・忠時《ただとき》の三男・忠経《ただつね》の子孫なので、島津家の血を引いている。これだけでも十分に礼を尽くしているほうである。

伊集院幸侃は早くから龍伯らの父貴久《たかひさ》に仕え、家督を継いだ龍伯にも従って諸戦場を転戦。過ぐる天正三年（一五七五）、肝付兼道《きもつきかねみち》の日向福島、志布志《しぶし》両城を救援、同十一年には肥後八代《やつしろ》の守将として有馬氏を救援、翌十二年には島津家久《いえひさ》を大将とする島津軍に参じて龍造寺隆信《りゅうぞうじたかのぶ》と戦い、隆信を討ち取る大勝利を得た。

天正十四年には筑後大友方の岩屋《いわや》城・宝満《ほうまん》城を落城させ立花城に迫っている。翌十五年、島津家が秀吉に降伏した際、伊集院幸侃は豊臣秀長の許に人質として入り、交渉も務めた。武勇のみならず、筆頭の老中《おとなじゅう》として島津氏の政務を取り仕切ってもいた。歌道や茶道にも通じていたので、龍伯や義弘らは上方で恥をかかずに済んだことは何度もあった。

伊集院幸侃は義弘と共に、古い島津家を改革しようと努力してきた仲でもある。島津家になくてはならぬ人物として、義弘は幸侃《こうかん》を認めているので、目に入れても痛くない、末娘の御下《おした》を幸侃の嫡子に嫁《とつ》がせていたのだ。

言葉に応じて義弘は伊集院屋敷にあがった。通された客間では当然、上座に腰を下ろし、幸侃は下座で相対している。世間話ののち、義弘は切り出した。

「わいが、これまで島津のために奔走してきたこつは、よう存じておる。ゆえに、確かな血筋も合わせ、今ん地位も当然なこつ。じゃっどん、疲れた島津にあって、わいは皆の怒りの的《まと》になっちょる。こんままでは、収まらんところにまできておる」

言いづらいことを嚙み砕きながら、義弘は伝えた。

「知っちょりもす。こんままでは、何《いず》れ斬られると、いうこつも聞いちょりもす」

やはり伊集院幸侃は、ただの愚将ではなかった。

「そいでん、今後のこつじゃが……」

「武庫様《むこさあ》は、俺《おい》がどげんするがよかかと、思うちょりますか」

義弘の言葉を遮るように伊集院幸侃は問う。

「俺はまどろっこしいのは嫌いゆえ、はっきり言う。家督を源次郎（忠眞）に譲って隠居せえ。所領は半分返上せよ。そいで島津は丸く収まる」

「そいは、できもはん。俺は仮にも亡き太閤殿下の御朱印衆《ごしゅいんしゅう》。そげんこつをすっには、十人衆の許しを得ねばなりもはん。俺が所領を返上すれば、誰かが返上させたというこつになり、その鉾先が島津本家に向きもす。殿下の仕置に異議を唱えたのは誰かと」

尤《もっと》もな伊集院幸侃《こうかん》の言い分である。幸侃は続けた。

「加増は武士として嬉しきこつにごわす。じゃっどん、身に過ぎたこつは重々存じておもす。俺《おい》は所領を返上したくても返上できんのでごわす。そんこつ、武庫様《むこさあ》は判っておりもそ！」

唾《つば》を飛ばして伊集院幸侃は訴える。義弘には偽《いつわ》りには見えなかった。

「判っちょる。近く治部少輔に相談するつもりじゃ」

「そげんこつならば、こん件は武庫様にお任せしもす。島津と伊集院家がうまく立ち行くよう計らって給《たも》んせ、家中で血を流し合うこつだけは、せぬようお願い致しもす」

両手をつき、伊集院幸侃は懇願した。

「判った。俺に任せよ。源次郎は俺の大事な婿じゃで」

なんとか説得できて、義弘は胸に閊《つか》えていたものが下りていくようであった。

同じ二十九日、三成が東山の方広寺《ほうこうじ》で秀吉の法要を行う中、寿命を悟った前田利家は、病《やまい》の身を押して長岡忠興、加藤清正、浅野長慶と共に伏見の徳川屋敷を訪ねて和解に踏み出した。

三月八日、先の返礼のために家康も前田家の大坂屋敷を訪問した。この時、利家は、秀吉の晩年のように、息子の利長《としなが》を頼むと、涙を浮かべて家康に懇願したという。もはや

「鑓《やり》の又左」と言われた覇気に満ちた姿はなかった。さらに利家は、伏見の徳川屋敷は脆《ぜい》弱《じゃく》で物騒、そこへいくと向島の屋敷は堅固なので伏見城南の向島に移すように勧め、家康は応じている。

家督を継いだ忠恒は、満を持して島津以久《ゆきひさ》、同忠長らを加増した。

〈こいでは、まったく足りんな〉

どうやりくりしても、朝鮮で奮戦した家臣たちに報《むく》いてはやれない。

〈太守様《たいしゅさあ》は数日後、帰国される。行動に移してもよか頃じゃな〉

忠恒は龍伯に許可を得たことを実行することにした。

三月九日、忠恒は伏見屋敷に伊集院幸侃《こうかん》を呼び寄せた。

義弘は都の上京《かみぎょう》にある近衛屋敷に足を運び、前関白《さきの》の龍山《りゅうざん》（前久《さきひさ》）・前左大臣の信輔親子に挨拶をしている。ちょうど和歌山城代の桑山治部卿法印《じぶきょうほういん》（重晴）も罷《まか》り出て、狗母魚《えそ》五十四、栄螺《さざえ》四十個を献上している。

〈あん奴《わろ》は、俺《おい》の言うこつを聞っじゃろ（だろう）か〉

忠恒は離れにある茶室で一人待っていた。伏見に島津屋敷ができたのは、秀吉の御茶頭を務めた千利休《せんのりきゅう》が自刃《じじん》させられたあとのことなので、利休が好んだ二畳以下の狭い部屋ではなく、何人かが密談できる四畳半ほどの空間を確保してあった。

緊張していると、伊集院幸侃《こうかん》はなに喰わぬ顔であらわれた。

「お呼び戴き、恐悦至極。ただいま幸侃、罷り越しもした」

上方では、かなりの数の茶会に呼び、呼ばれているのであろう。狭い躙口《にじりぐち》を通る姿勢にもそつがない。

〈俺《おい》が血で血を洗う戦《いつさ》をしてる最中、優雅に茶を啜《すす》っておったんか〉

そう思うと、どんな態度も不愉快に感じる。忠恒の目には太々《ふてぶて》しく見えた。

「太守様《たいしゅさあ》も、父上もおらぬゆえ、われとは腹を割って話しておこうと思うての」

忠恒は主《あるじ》として伊集院幸侃をもてなすために作法どおり茶を点《た》てた。多少、まごついたところもあるが、形どおりにはなり、幸侃に差し出す。

「頂戴致しもす」

伊集院幸侃は古袱紗《こふくさ》という織物を膝《ひざ》の上に乗せ、こふくらの茶碗に入れられた茶を手にとり、廻しながら香りを楽しみつつ口にした。

「些《いささ》か苦《にご》うございもす」

客は口に合わぬ時は、遠慮なく言う。茶室の中は身分の差はないものとされている。但《ただ》し、主従の間では、家臣は絶対に文句を言わないものである。茶の湯に通じた伊集院幸侃は忠恒に指導するようなつもりなのかもしれない。その態度も忠恒には腹立たしい。

「そいが、血を流して覚えた茶じゃ」

「畏《おそ》れながら、そいは改められませ。忠恒様は新たな島津家の当主。諸将に侮《あなど》られもす」

「そん、当主を当主と思わん態度がこがなこつ（腹立つ）。わいは俺《おい》の下知を、お世継ぎの命令でも飲むわけにはいかんと、何度も高麗からの書を握り潰しよったな！」

今まで溜まっていたものを一気に吐き出すように忠恒は声を荒らげた。

「公儀の下知に従ったまでにごわす。そいでん、なんとか武器、兵糧を送れもした」

「そげんな物《もん》は殆《ほとん》ど届かず、玉は敵が放った物を鋳《う》ち直し、喰い物は高麗のもんを盗んで喰うたわ」

「そいは、水軍に難があったとではなかですか。俺の責任ではありもはん」

伊集院幸侃《こうかん》の返答に、一瞬窮した忠恒であるが改めて口を開く。

「俺が言うちょっとは所領のこつ。わいは浮地《うきち》を身内にばかり与え、高麗で戦う者《もん》に与えんかった。こいは、私腹を肥やすのも同じ。横領じゃ」

「俺は息子の源次郎を出陣させ、軍役は果たしちょりもす。浮地は軍役を果たすために公儀が定めた地ゆえ、既に参陣しちょる者に与えるんではありもはん。あとは戦功を得た者を賞するためのもの。苦しか戦いを強いられたと聞いちょいもすが、そいは、出陣を拒んだ者が多くいたからではありもはんか？　横領と言われるんは筋違《すじちご》いでございもす」

なにを言っても、伊集院幸侃には言い負ける。出陣拒否は、龍伯の家臣が多く、忠恒としても憤りを覚えているが、真の権力者の龍伯を批判することはできなかった。

「所領は功によって決まるもの。口先ではなか」

「俺《おい》は忠恒様《さあ》が生まれる前から戦っちょいもす。誰にも蔑《さげす》まれるこつはありもはん」

「そいは、皆同じ。わいだけではなか」

子供扱いされたことを堪《こら》えながら、忠恒は言う。

「ほいなら、忠恒様は、どげんするつもりでごわすか」

「わいには所領を返上してもらう。その上で新たに与えるつもりじゃ」

「そげんこつはできもはん。俺は亡き太閤殿下の御朱印衆。勝手な真似をされると改易の憂《う》き目《め》にも遭《あ》いもそ。そんこと兵庫頭様《ひょうごのかみさあ》に聞いておられんのですか」

聞いた途端に、忠恒の怒りはさらに過熱した。

「俺は島津家十七代目の当主じゃ。父上は関係なか。そいに、殿下への誓紙は無になる世。既にわいへの御朱印など無きも同然。わいの後《うし》ろ楯《だて》はもはやない」

なにかあれば後押しする、と家康が龍伯に言ったことを、忠恒は龍伯から聞いている。

「石田治部少輔殿が許しませんぞ」

「年寄筆頭を蔑《ないがし》ろにし、頭を丸めて謝罪した治部少輔か」

忠恒は少将に任じられた時、従四位下に叙任されたので三成の従五位下よりも上位。もはや遠慮はない。伊集院幸侃《こうかん》を改易にしても、家中のことで片づけられると踏んでいる。

「随分と、お偉くなられたものでごわすな」

「聞き捨てならん。偉くなったのは家臣のわいじゃ。所領を返上すると一筆書け。ほいなら、わいの非礼に目をつぶり、伊集院の家を立っど」

「できもはん。理由は今申し上げたとおり。そげん大事な要求ならば、こげん密室ではなく、公儀の前で堂々と申し出られてはいかがでごわすか」

断固、伊集院幸侃《こうかん》は拒否した。ここで屈すれば自身の生きざまを否定したことになる。

「馬鹿奴《ざこはっ》め、わいは何様のつもりじゃ！　こいが最後、書け、書かねば腹を斬れ。俺が介錯《かいしゃく》すっど」

言うや忠恒は横の隠し棚に入れていた備前長光《びぜんながみつ》の太刀を取り、立ち上がりながら鞘《さや》を抜き払った。刀身二尺九寸（約八十七・九センチ）の名刀である。

「茶室に太刀を持ち込むとは言語道断。最初から俺を斬るつもりでごわしたか」

刃《やいば》を突きつけられても伊集院幸侃は臆することなく、忠恒を見上げながら言う。その落ち着き払った態度が、忠恒の怒りを逆撫《さかな》でする。

「聞いちょるんは俺じゃ。書くんか、書かんのか、しっかい（はっきり）致せ」

忠恒は声を荒らげ、最後通牒《つうちょう》を突きつけた。

「そげんもんは書けもはん。忠恒殿、俺を斬れば島津の領内は内乱になりもすぞ」

「わいのごたくは聞き飽きた。逆賊は一人残らず撫で斬りにすっど。そん始めはわいじゃ」

我慢の限界。忠恒は振り上げた長光を一閃《いっせん》。白刃《はくじん》は怪しくも冷たい輝きを放ちながら袈《け》裟《さ》がけに大気を斬り裂き、伊集院幸侃《こうかん》の体の中を走った。

「ぐあっ」

短い悲鳴と共に、血飛沫《ちしぶき》が上がり、茶室の青畳や白い壁に朱色の無惨な模様を染めた。

気合いにも似た忠恒の怒号《どごう》を聞くや、近習《きんじゅ》の別府小吉が茶室に突入して伊集院幸侃にとどめを刺した。

「馬鹿奴《ざこはっ》め。素直に所領を返上すれば、忠臣として名を残せたものを」

血に塗《まみ》れた伊集院幸侃に、忠恒は罵倒《ばとう》した。

「即座に伊集院屋敷を囲ませ、制圧せよ」

「殿様はいかがなされもすか」

刀の血を拭《ぬぐ》いながら、別府小吉が問う。

「俺《おい》は、身を清めたのちに蟄居《ちっきょ》致す」

告げて茶室を出た忠恒は、浴びた血を洗い流したのちに書院に入り、筆を取った。宛先は徳川家康の近習、石田三成、寺沢正成の三人で、伊集院幸侃が逆心に及んだので、仕方なく成敗したと記した。その後、忠恒は高雄《たかお》の神護寺《じんごじ》に入り、蟄居した。

伊集院屋敷には白坂篤国《しらさかあつくに》と吉利杢右衛門尉《よしとしもくえもんのじょう》が派遣された。篤国は伊集院幸侃の妹婿。杢右衛門尉は幸侃の正室（島津久定の娘）の甥に当たる。

白坂篤国と吉利杢右衛門尉は、抵抗すれば伊集院家は取り潰しになり、忠眞にも罪は及ぶことを説得。幸侃《こうかん》の妻子、一族郎党は慟哭《どうこく》しながら東福寺《とうふくじ》に立《た》ち退《の》いた。

忠恒からの書を受けた家康は、即座に井伊直政と配下の騎馬武者二十人を忠恒の離れの屋敷に派遣し、忠恒の行動を支持することを伊勢貞昌に伝えている。

伊集院幸侃の一族が東福寺に退《しりぞ》いたことを知ると、井伊直政は安堵して引き上げた。

義弘は洛中から伏見に戻る最中であった。

第七章　泥沼の領内内乱

一

近衛《このえ》屋敷からの帰り道、義弘《よしひろ》は十数人の供廻《ともまわり》と伏見街道を南に下っていた。ちょうど辺《あた》りには桜の花が咲き乱れ、艶《つや》やかな色彩を飾っていた。義弘は堪能しながらゆっくりと馬足を進めていると、真向かいから砂塵《さじん》をあげて迫る馬があった。

「あいは（井尻）弥五郎ではなかか」

近習《きんじゅ》の白浜七介が遠望しながら告げると、早馬は義弘の前で止まり、井尻弥五郎が跪《ひざまず》いた。

「申し上げもす。若殿様《わかとのさあ》、伏見のお屋敷にて幸侃殿《こうかんどん》を成敗なされもした」

肩で息をしながら井尻弥五郎が告げた。

「なんと！　詳しゅう申せ」

驚きに顔を強《こわ》ばらせ、義弘は問い質《ただ》す。井尻弥五郎は知りうる限りのことを伝えた。

〈又八郎が、ないごて、そげん愚かなこつを……〉

馬足を進める義弘は思案を深める。既に事は終わっているので、馬を走らせても仕方がない。慌てた素振りを周囲に見せたくはないが、心中は動揺し、手綱《たづな》を持つ手に力が入り、轡《くつわ》を取る小者が馬を宥《なだ》めることも暫《しば》しあった。

忠恒《ただつね》が伊集院幸侃《いじゅういんこうかん》を憎んでいたことは知っていたが、刃傷《にんじょう》沙汰《ざた》にまで及ぶとは思いもよらぬこと。所領の削減と家督《かとく》の交代で忠恒は渋々でも納得していたはずである。

義弘も島津家中での所領替えとして石田三成《みつなり》に相談し、内々で承諾を得ていた。あとは時機を見て実行という矢先のことであった。

〈斬ったとなると、治部少輔《じぶのしょう》も黙ってはおるまい。そいにしても内府《だいふ》の手廻しの早かこつ……よもや?〉

家康が、三成を抑えるので好きにしろ、とでも言い、内諾を受けた忠恒は安心して伊集院幸侃を斬ったのではないか、と義弘は疑念を持たざるをえない。もし、中立を保つ年寄《としより》筆頭ならば、秀吉の御朱印衆《ごしゅいんしゅう》を斬った者を簡単に許しはしない。しかも重臣を派遣したとすれば、なおさらだ。

伏見屋敷に帰宅した義弘は、改めて伊勢貞昌から子細を聞くが、事の内容に変更はない。既に忠恒は神護寺《じんごじ》に蟄居《ちっきょ》しているので、本人に問い質《ただ》すわけにはいかない。

〈俺《おい》が又八郎に会いに行けば、親子合意の下で幸侃《こうかん》を斬らせたと思われる〉

別に義弘に悪名が及ぼうとも構わないが、それでは幸侃の子・忠眞《ただざね》に嫁《とつ》いだ御下《おした》が不憫《ふびん》であり、国許《くにもと》に在する伊集院一族が主《あるじ》の死に激昂《げっこう》して蜂起《ほうき》しては大事《おおごと》である。伊集院氏八万石は大身《たいしん》。都城《みやこのじょう》を中心に庄内十二外城《とじょう》と呼ばれる城を、同名衆や有力な地頭《じとう》に守らせ、堅固な結束を持ってる。しかも忠眞は泗川《サチヨン》の戦いで六千五百六十の首を取った勇将。敵対されれば簡単に鎮圧できるものではない。

〈太守様《たいしゆさあ》は、ちょうどよか時期に帰国された。あるいは、同意の上で〉

忠恒以上に、龍伯《りゆうはく》は秀吉に引き抜かれた伊集院幸侃を憎んでいた。龍伯の帰国は忠眞が蜂起《ほうき》する前に押さえにかかるためではないのか、と思えてならない。

〈又八郎は俺に相談すれば止められると思うて、しなかったか〉

共に異国で死闘をくぐり抜けた親子にも拘《かかわ》らず、忠恒は義弘ではなく龍伯を選んだ。龍伯は島津家の当主なので、権力を引き継ごうとすれば当たり前のことかもしれない。これも成長の証《あかし》なのであろうが、義弘は寂寥感《せきりようかん》を覚えた。

〈とすれば、今の俺にできることは……〉

伊集院忠眞に軽はずみなことをしないように説得する書を送るだけ。新当主としての忠恒は面目があるので、伊集院幸侃には悪いが、どうしても幸侃が逆心を抱いたとするしかない。

〈いや、先に俺《おい》が動くわけにはいかぬか〉

情は示したいが、今は島津家の安泰が第一。義弘は国許に対して静観するしかなかった。娘婿の忠眞が助けを求めてきたならば、伊集院家を守るために尽力するつもりだ。無論、龍伯や忠恒に鉾先《ほこさき》を向けるようなことは絶対にできないが。

忠恒からの書を受け取った三成は、翌日には八十島《やそじま》助左衛門を義弘の許に遣《つか》わした。

「亡き太閤殿下の御朱印衆を手討ちにするとは言語道断。とても許せるものではない。それに、先の相談とは違う。いかなることにござるか？　主《あるじ》は騙《だま》されたと怒ってござる」

家康の専横《せんおう》を押さえ込むのに全力を尽くしている最中、面倒を起こしてもらっては困る、と三成の剣幕が伝わるようであった。井伊直政《いいなおまさ》が先に島津家を訪れたことが、より三成の怒りを煽《あお》り立てているのかもしれない。あれほど島津家に手を貸してやった恩を忘れ、家康に加担するのかとでも問いたいのであろう。

「忠恒の書にあったとおり。幸侃《こうかん》が俺たちゃあの心中を無にして逆心を起こしたゆえ仕方なか」

心を鬼にして義弘は伊集院幸侃を逆臣にするしかなかった。

「じゃっどん、息子の源次郎（忠眞）には関係なかで、源次郎に罪を問うつもりはごわはん」

「島津殿、罪は貴家が問われておるのでござるぞ」

「こいは、おかしきこつを申される。石田家では返り忠《かえりちゅう》が者《もん》を許されるか」

義弘は感情的にならぬように心掛け、躱《かわ》すように問い返す。

「末端の家臣と、御朱印衆は違います。勘違いなされては困ります」

「当家にとって御朱印衆であろうと末端の家臣であろうと仇《あだ》をなす者は同じこつ。延《ひ》いては豊臣家に仇をなす者を忠恒が成敗したに過ぎず。報告が逆になっただけにごわす。治部少輔殿には、事を荒立てず、穏便に取り計らうよう申して給《たも》んせ」

悪びれることなく義弘は言いきり、八十島助左衛門に酒を振る舞った。

〈こげんこつになったら、内府《だいふ》への繋《つな》がりを強めておくか〉

八十島助左衛門を饗応《きようおう》しながら、義弘は思案する。

〈じゃっどん、俺《おい》が内府と接すれば、治部少輔の検断が厳しくなるの〉

なにかを頼めば、倍の要求が返ってくるので止《や》めることにした。忠恒、龍伯が家康と繋がっているならば、均衡《きんこう》を取るために義弘は引き続き、三成と親しくすることにした。それが島津家のためであると信じている。

島津家に好意的な三成ではあるが、家康が絡んだとなると、大目に見るわけにはいかない。五奉行実力筆頭として、評議の議題にも上げ、厳しく詮議《せんぎ》をしてきた。

「当家にお気遣い戴《いただ》けることは感謝してごわす。じゃっどん、返り忠が者が一人斬られただけ。今は皆が秀頼様《ひでよりさぁ》の下に結束して、よき世を造るこつが肝要。治部少輔殿には、そげんことに全力を傾けて戴くよう、申し上げて給んせ」

使者が島津屋敷を訪れるたびに、義弘はのらりくらりと糾弾《きゅうだん》を躱した。

三月二十日、伏見に在していた伊集院三九郎《さんくろう》が日向《ひゅうが》の都城《みやこのじょう》に到着して、幸侃《こうかん》斬殺の凶報を伝えた。ちょうど伊集院忠眞は猪狩《いのししが》りをするために都城の西に位置する大隅《おおすみ》の財部《たからべ》に出向いていた。

翌二十一日の朝、忠眞は財部の大川原山《おおかわはらやま》で猪狩りをしている最中、幸侃が斬殺されたことを知らされ、とるものもとりあえず帰城した。

これまで伊集院家は陰に日向《ひなた》で島津家を支えてきた。特に秀吉が九州討伐を行った際に、幸侃は豊臣家への仲介も果たし、人質にまでなって島津家滅亡の危機を救った。その恩人ともいえる幸侃を、さしたる理由もなく斬殺するとは言語道断。忠眞は激怒した。

都城に戻った忠眞は怒りを抑えながら一族や主だった家臣を集め、今後のことを話し合った。開戦と恭順《きょうじゅん》の意を示す意見は半々。忠眞の叔父の比志島義智《ひしじまよしとも》や同じく伊集院新右衛門は、島津家に反抗する気のない旨《むね》を伝えて本領の安堵《あんど》を請うべきことを主張。元・紀州根来寺《ねごろじ》の僧で客将となっていた白石永仙《えいせん》は徹底抗戦論を声高《こわだか》に展開した。激論が交わされる中、永仙の意見が通り、忠眞は籠城《ろうじょう》準備を開始した。

本拠の都城を中心に日向、大隅に庄内十二外城がある。最南端の恒吉《つねよし》は都城から四里半と一番遠いものの、他は三里以内に位置している。南の末吉《すえよし》、梅北《うめきた》、西の財部、北西の安《やす》永《なが》、山田、北の野々美谷《ののみたに》、志和池《しわち》、北東の高城《たかじょう》、山之口《やまのくち》、東の勝岡《かつおか》、梶山《かじやま》城。

城主や城将と兵数は次のとおり。

都城には伊集院忠眞のほか、祁答院左京《けどういんさきょう》、東条清閑齋《せいかんさい》らと一千六百余。

恒吉城は伊集院宗右衛門尉《そうえもんのじょう》、滝聞《たきぎく》平三郎と四百五十余。

末吉城は伊集院小伝次、同忠能《ただよし》、川添源太夫、姶良《あいら》八郎左衛門尉と六百五十余。

梅北城は日置越後、同善左衛門、同覚内、渋谷仲左衛門尉、簗瀬《やなせ》某と四百五十余。

財部城は伊集院長右衛門尉、同甚吉、猿渡《さるわたり》肥前守と五百余。

安永城は伊集院如松《じょしょう》、同五兵衛尉、白石永仙、中山平太夫と一千五百余。

山田城は長崎治部少輔、同久兵衛尉《きゅうべえのじょう》、中村与左衛門尉と五百余。

野々美谷城は有田屋大炊左衛門尉《ありたやおおいざえもんのじょう》、古垣忠晴《ふるがきただはる》、同与兵衛尉と一千二百余。

志和池城は伊集院掃部助《かもんのすけ》、薗木治右衛門《そのきじえもん》、伊集院一忠齋《いっちゅうさい》、中神石見《なかがみいわみ》と一千五百余。

高城は比志島義智、同彦太郎、同久次郎、小牟田《こむた》清五左衛門尉と七百二十余。

山之口城は倉野七兵衛尉、樗木主水《ちしゃきもんど》、同堅物《けんもつ》と五百余。

勝岡城は伊集院如真齋《じょしんさい》、朝倉十助、中俣玄蕃《なかまたげんば》と四百余。

梶山城は野辺《のべ》彦市、野辺金右衛門尉、谷口丹波《たんば》、同伊予守《いよのかみ》と三百六十余。

総勢一万三百三十余。籠城戦なので領民の大半が動員された。

元来、庄内は北郷《ほんごう》氏の所領であったが、所替《ところがえ》によって伊集院氏が入領した。所領の移動にあたり、秀吉は兵農分離を敢行したので、それまで戦働《いくさばたら》きをしていた精強な農民はそのまま残ることになり、伊集院家の支配下とされていた。

農民が旧主の下知《げじ》を聞かぬよう、忠眞は人質を取ったのちに年貢の減免を行い、戦功による恩賞を約束し、さしあたっての金銀を与え、武器、弾薬を配って寄手《よせて》に備えた。

一方、三月十四日に大隅の富隈《とみのくま》に帰国した龍伯は、二十五日に伊集院幸侃《こうかん》殺害を知った。即座に龍伯は、幸侃の嫡子《ちゃくし》の忠眞に使僧を送り、罪は幸侃ただ一人で、忠眞には関係ない。疑いを持たれぬためにも、早々に富隈城に登城《とじょう》して疑いを晴らせと伝えさせた。その旨《むね》を義弘と忠恒にも報《しら》せている。

これとは別に、龍伯は忠恒に国許の疲弊《ひへい》した状況を伝え、亀寿《かぢ》を気遣うことを頼んでいる。

義弘が適当に三成の使者をあしらっていることもあってか、三成は三月十五日付で龍伯に、忠恒を弾劾《だんがい》するような書を送っている。義弘の対応で、忠恒、龍伯派が島津家で権力を掌握《しょうあく》し、徳川方に流れていくことを察し、これを阻止《そし》しようとするための布石かもしれない。

三月二十九日に書状を受けた龍伯は、閏《うるう》三月一日、三成に返書をしている。

「幸侃《こうかん》のことは、このたび治部殿の御意《ぎょい》を得て行ったものだと存じていたところ、忠恒の短慮だと知って驚いております。言語道断、是非《ぜひ》にも及ばぬことと存じます。拙者《せっしゃ》にも忠恒から事前に相談もなく、とんでもない曲事《くせごと》で罪深いことです。兵庫入道は知っていて同心したのかも判りません。治部殿がご立腹なされるのは尤《もっと》もなことで至極当然です。治部殿からご尊意を伺《うかが》うと思いましたので、源次郎（忠眞）には出仕するように命じてありますので、国許のことは我らに御任せください。皆には騒動を起こさぬように伝えてあります」

完全に恍《とぼ》けた返答であった。大坂と大隅とは距離があるので、そうそう強硬手段には出られないという判断である。

同じ日、龍伯は新納拙齋《にいろせっさい》（忠元）、鎌田政近《まさちか》、比志島国貞、山田利安《りあん》（有信・理安）、平田増宗、種子島《たねがしま》久時、新納旅庵《りょあん》、伊集院抱節《ほうせつ》、町田存松《ぞんしょう》、樺山久高《かばやまひさたか》、桂忠昉《かつらただあき》らの有力家臣の連署で伏見の伊勢貞昌宛に同じ内容の書状を提出させている。

三日には、右の家臣を含む十四人から密謀《みつぼう》を漏《も》らすことなく、伊集院忠眞の領地である庄内との交通を行わないという起請文《きしょうもん》を取り、忠眞を牽制《けんせい》。その上で、庄内に通じる往《おう》還《かん》を封鎖して人や物資の出入りを止めさせた。さらに忠眞領を有力家臣に包囲させている。

龍伯の返書が届く前、大坂では政権を揺るがす大事件が勃発した。

閏三月三日卯《う》ノ刻（午前六時頃）、大納言・前田利家は大坂城内の前田屋敷で死去した。享年六十三。利家の口から家康討伐の遺言を聞きだそうと、三成は前田屋敷を見舞っていたが叶《かな》えられず、失意の焼香《しょうこう》をあげるはめになった。

前田利家の死は、その日の午後には親戚の長岡忠興《ただおき》、浅野長慶《ながよし》に伝えられ、すぐさま家康にも届けられた。北叟笑《ほくそえ》んだ家康は藤堂高虎、黒田長政に手を廻す。

家康に唆《けしか》けられた藤堂高虎と黒田長政は、利家が死去した当日の夜、加藤清正、福島正則、浅野長慶、池田照政、加藤嘉明《よしあき》、長岡忠興、脇坂安治、蜂須賀《はちすか》家政らの武闘派を煽《あお》り、三成を討つために大坂の石田屋敷に向かった。

反三成派の不穏な動きを嶋左近《しまさこん》が摑《つか》み、前田利家嫡男の利長《としなが》を家康打倒の旗頭に立つように説得していた三成に伝え、三成を石田屋敷に引き上げさせた。

ほぼ同時に武闘派の動向を摑んだのは、三成と昵懇《じっこん》である常陸《ひたち》の佐竹義宣《よしのぶ》であった。義宣は家康を東から牽制させるために、三成から優遇を受けた大名の一人。謝恩の一環として石田屋敷を訪れ、三成を女輿《おんなこし》に乗せて玉造《たまづくり》にある宇喜多《うきた》秀家の屋敷に逃れさせた。

急報を知り、三成と親しい、上杉景勝《かげかつ》、直江兼続《かねつぐ》主従や、佐竹義宣麾下《きか》の相馬義胤《そうまよしたね》らも駆けつけた。相談の結果、秀頼の在する大坂での騒動を回避し、背後で糸を引く家康にも責任を取らせるために、三成は佐竹家の軍勢三百と上杉家臣に護衛され伏見に向かい、日付が変わらぬ前に伏見城の石田曲輪《くるわ》に入った。

入城を見届けた嶋左近は、佐和山《さわやま》に足をのばしている。

「申し上げもす。石田治部少輔様、今しがた石田曲輪に入られもした」

まだ夜が明ける前、義弘は宿直《とのい》に起こされた。大坂の留守居《るすい》が、慌ただしく伏見の島津屋敷に到着したので、義弘は三成が伏見城に入ってから一刻とかからずに大まかな子細を知った。

「大納言が死んだだけで、そげんに世は動くか。早いもんじゃのう」

寝起きはいいほうの義弘、報せを聞いて感心もし、呆《あき》れもした。

「どげん致しもそ。伏見城に使者を立てもすか」

伊勢貞昌が問う。

「治部少輔からの求めはない。余計なお世話はせぬがよい。向島《むかいじま》（家康）にも無用じゃ」

家康は前田利家の勧めによって伏見城南の向島に移動したことから、地名の向島で呼ばれることもある。

三成、家康共に恩を受けているので、義弘は中立を保つことにした。

〈俺《おい》自身は別にして、こげなこつを自力で打破できんならば、島津家が与《くみ》するわけにはいかん〉

乱世を生きた義弘の心中である。

「いかなこつになりもそうか」

「伏見城は城造りの名人と言われた太閤が築きし城。今、伏見、大坂にいる兵では、まず落とせんじゃろう。そのうち話し合いで和睦《わぼく》すっはず。騒動を起こした者は蟄居《ちっきょ》ではなかか」

ごく当たり前のことを義弘は口にしたが、三成があえて伏見に来たとすれば、それだけで終わらせるわけはないという気もする。

〈じゃっどん、まだ戦《いっさ》になるような風は吹いてはおらん。吹いてもらっても困る〉

義弘の本音だ。伏見、大坂の島津家臣は諸将の七割程度の百数十人しかいない。しかも朝鮮から帰国して四ヵ月目で戦《いくさ》などできる経済的な余裕は微塵《みじん》もなかった。

今はただ平和裏の解決を望むばかりだ。

閏《うるう》三月四日の朝方には加藤清正ら武闘派の諸将が伏見に到着した。諸将は伏見城に入る権限はなく、また城門は閉ざされているので入城できず、城壁を挟んで睨《にら》み合いが始まった。戦場を疾駆《しっく》した者ばかりなので、野太い声での罵倒《ばとう》は朝餉《あさげ》を取る島津屋敷の義弘にも聞こえた。

「申し上げもす。外の諸将から、加担するようにと催促する使者がまいっておりもす」

「大納言殿以外の九人衆からの要請がなく、私闘に参ずるは、亡き太閤殿下の忠節に背《そむ》くこつになる。当家は大納言殿の喪《も》に服すので、応じられぬと、丁重に伝えさせよ」

義弘は馬鹿げた騒動に介入する気はまったくなかった。

その日、服喪する前田家にあって、老臣の徳山則秀《のりひで》が出奔《しゅっぽん》し、徳川家に仕官した。秀吉を真似た家康による引き抜きである。

追って報せは届けられた。

〈昨年の密会や無許可の婚儀は軽い一当《ひとあ》てか。内府《だいふ》はいよいよ本気で牙《きば》を剝《む》くようじゃの〉

奉行の中で本気で家康と敵対しようとするのは三成だけ。その三成をある意味、伏見城に封じ込めた家康は、同じ年寄衆《としよりしゅう》の内部攪乱《かくらん》を開始した。阿漕《あこぎ》な手であるかもしれないが、政《まつりごと》であるならば家康のほうが勝《すぐ》れていただけと、義弘は冷めた目で見ていた。

〈内府が実権を握るとすれば、忠恒の疑いは内府のほうから晴らしてもらうか〉

豊臣政権も、島津家中も政情が不安なので、義弘は一刻も早く忠恒を自由の身にしたい。ただ、これ以上、家康に恩を売られることに気が引けていた。

家康は武闘派の諸将と三成を睥睨《へいげい》しながら静観し、加藤清正らには大坂の御番などに許可を与えている。既に意思は決めているであろうが、公《おおやけ》にはしていなかった。

島津家への気遣《きづか》いも忘れない。

閏三月六日の朝餉後、家康の使者として伊奈令成《いなよししげ》が島津屋敷を訪れた。

「逆臣を手討ちにした忠恒殿に罪はござらぬ。蟄居は無用、と主《あるじ》は申してござる」

義弘の心中を察し、伊奈令成は家康の言葉を代弁する。忠恒を許すのは三成を石田曲輪《くるわ》に押し込めた家康の独断で、島津家を自陣に引き込むための軽い腹芸であろう。義弘としては願ってもないこと。

「有り難《あ がた》きこつにごわす。そいは公儀《こうぎ》筆頭のお言葉と受けて良かこつにございもすか」

「公儀筆頭の言葉にござる」

「そいでは、公儀筆頭のお言葉に従わせて戴きもんそ。内府殿《だいふどん》には、よしなに伝えて給《たも》んせ。改めてご挨拶にお伺い致しもす」

伊奈令成に謝意を伝えた義弘は、忠恒を迎えるために伊勢貞昌を都の神護寺に派遣した。忠恒は伊勢貞昌らと共に伏見の島津屋敷に戻った。伊奈令成は数十人の騎馬を率いて忠恒を警護する親切を見せている。またも家康に大きな借りができたと義弘は思わされた。

家康は右のことを龍伯にも十九日に使者を送り、伝える念の入れようであった。

島津屋敷に戻った忠恒は、義弘の前で畏《かしこ》まる。義弘は居間で二人で顔を合わせていた。

「こたびの軽挙、お詫《わ》びのしようもありもはん」

しおらしく忠恒は両手をついた。

「吾《あが》の判断ではあるまい。太守様《たいしゆさあ》の下知か？　ないごて俺《おい》に相談せんのじゃ。御下《おした》が源次郎に嫁いでいるから、反対すると思うたか？」

「俺の一存にごわす。太守様には関係ありもはん」

忠恒は目を伏せた。

「実の親にも言えんこつがあるか。島津の当主ゆえ仕方なか。じゃっどん、こんままでは片づかんど。俺《おい》は源次郎を説くつもりじゃが、おそらく兵を向けるこつになる。同じ島津領内で多くの血が流れる。幸侃《こうかん》はそげんならんこつを願っておった。そんこつ、忘れるではなかど」

「畏まりもした。じゃっどん、万が逸《いつ》の時、父上はどげんなされもすか」

「馬鹿奴《ざこはっ》が、俺は島津家の者《もん》じゃ。島津家に背《そむ》く者は誰でん、許さん」

仮に当主の忠恒であっても、とは口に出さぬが、直視して伝えた。

何《いず》れにしても忠恒の蟄居は解けた。義弘としても嬉《うれ》しい限りだ。その日のうちに主家筋の近衛《このえ》龍山をはじめ諸将からは、目出度《めでた》い、と祝いの書が届けられた。

閏三月八日、朝鮮で共に戦った筑後・柳川《やながわ》城主の立花親成《ちかなり》と肥前・唐津《からつ》城主の寺沢正成が島津屋敷を訪れた。二人は家康から含められており、伊集院忠眞から援軍を求められても決して協力しないことを誓紙にして義弘、忠恒ともども署名し合った。

「万が逸、戦《いくさ》になった時には、島津殿に後詰《ごづめ》を送りましょう」

「ご好意忝《かたじけ》のうございもすが、こたびは当家内々のこつ。手を貸すご家臣を引き締めて戴ければ幸いでごわす」

義弘は礼を言い、丁重に伝えた。

〈内府《だいふ》は味方に引き入れながら、事を大きくして島津の力を削《そ》ぐつもりか〉

先の前田家のことを知るだけに、家康は同じく島津家の弱味に付け込んで家中を乱し、中央の政《まつりごと》に深く加担させない魂胆ではないかと義弘には思えてならなかった。

年寄や奉行を抑え根廻しを終えた家康は、伏見の石田曲輪《くるわ》に籠《こも》る三成に対し、佐和山に隠居することで騒動の幕引きをさせることにした。加藤清正ら三成を追い廻《まわ》した武将たちにはお咎《とが》めなしという理不尽なものであるが、三成は文句を言わずに承諾している。

閏三月十日、三成は家康の次男・結城秀康《ゆうきひでやす》に護衛されて伏見を発《た》った。

「治部少輔殿は、あっさりと応じられもしたな」

意外だといった表情の伊勢貞昌だ。

「大坂を発つ際、宇喜多、上杉、佐竹らとないごてか約定《やくじょう》を結んだのかもしれぬ」

伏見、大坂には三成に心を寄せる者が多い。何《いず》れ家康をはじめ諸将が国許に帰国したのち、三成は満を持して反家康の狼煙《のろし》を上げるのではないか、と義弘は思案した。

同じ十日、家康は再び前田家に手を伸ばし、重臣の片山延高《のぶたか》を出奔させようとした。さすがに利長も素早く情報を摑み、家臣によって延高を斬らせて事を収めた。家康とすれば、調略は失敗したものの、内部攪乱という意味では成功したことになる。

閏三月十三日、家康は伏見城の西ノ丸に入り、留守居の長束正家《なつかまさいえ》と徳善院玄以《とくぜんいんげんい》を追い出して同城を占拠した。年寄衆は奉行衆と抗議するが、家康は利家の遺言だと言い張るばかり。利家の跡を継ぎ、新たに年寄となった利家嫡子の利長は、家康を恐れて反論しなかった。

同月二十一日、家康は毛利輝元と誓紙を交換して取り込みに勤《いそ》しんでいる。誓紙の中で家康は輝元に、「兄弟のように申す」とし、輝元が家康に「父兄の思いを成す」としていた。

毛利家と誼《よしみ》を通じた家康は義弘にも、誓紙を交換したいと言ってきた。

〈こいでは、こん正月、太守様《たいしゅさあ》に誓紙を書かせたこつが申し訳なかこつになる〉

誓紙を交換すれば、家康と徒党を組んだことになり、大名間で誓紙を交換しないという二つの御掟《おんおきて》に背くことになる。それよりも、実行すれば、義弘が龍伯に疑いをかけられ、龍伯から忠恒に家督を奪い取ったように見え、ますます家中は乱れる。

〈じゃっどん、今の内府《だいふ》に否《いな》とは言えん。隠居した治部少輔も他の年寄も当てにはならんし、いざという時は俺《おい》が責任取ればよかか〉

家康からの重圧を受けながら、義弘は渋々求めに応じた。

四月二日、家康は義弘・忠恒親子に誓紙を差し出した。

「一、秀頼様に対し、御疎略にしないことは尤《もっと》もである。

一、御《お》親子三人（龍伯、義弘、忠恒）に対し、疎略にすることは毛頭ない。

一、佞人《ねいじん》の族《やから》があり、両家の間を妨げることがあっても、よく相談して互いに疑いを晴らすこと」

誓紙を持って現れた井伊直政は、義弘に告げる。

「国許では逆臣の一族郎党が籠城していると聞いてござる。兵庫殿《ひょうごどの》もさぞかし気掛かりでござろう。このままでは貴家の仕置《しおき》も困るでござろうゆえ、早々に高麗で活躍なされた薩摩少将殿を大将として帰国させ、討伐なされるがよいと、主《あるじ》は申してござる」

「いや、忠恒は当主ゆえ、国許には俺《おい》が戻るつもりでごわす」

「兵庫殿には、なにかと相談したきこともござるゆえ、伏見におられるようにと申してござる。上方《かみがた》は微妙な状況。老練な兵庫殿がおらねば務まらぬのではござらぬか?」

井伊直政の言葉を聞き、義弘は家康の思案を再認識した。義弘が帰国して説得すれば、娘婿の伊集院忠眞は戦わずに開城するかもしれない。家康はこれを阻止し、忠恒に忠眞を討たせたい。勇将どうしが戦えば簡単に決着はつかず、騒乱が治まった頃には、さらに島津家は疲弊している。家康とすれば、あらゆる意味で介入しやすいわけだ。

〈自家の兵を一人も損ずることなく、他家を乱す内府《だいふ》。恐ろしか男じゃ〉

義弘は、このまま家康に従っていては、いけないような気がしてならない。確かに海千山千の人物が集まる上方に経験不足の忠恒を置いておけば、どのように流されるか判らない。側近たちが当主を最前線に立たせはしないだろうから、本陣で指揮を執《と》らせるほうが島津家のためにはいいともいえる。但《ただ》し、忠恒を帰国させれば流血は避けられないが……。

「一日でも延びれば騒乱が長引くのは必定《ひつじょう》。貴家のためにもご返答は早うなされるべきかと存ずる」

催促されるのは腹立たしいが、井伊直政の言うことは正論。義弘は直政に頷《うなず》いた。応じはしたが、義弘は家康に対して誓紙を記さなかった。実際、誓紙は現存していない。

井伊直政が島津屋敷を出たのちに、義弘は忠恒に向かう。

「かようになった以上、吾《あが》を帰国させぬわけにはいかん。太守様《たいしゅさあ》も吾の帰国を望んでおる。こたびのこつは、吾が蒔《ま》いた種じゃ、吾が始末をつけなければならん。じゃっどん、まずは源次郎を説け。鏑矢《かぶらや》を放つのは最後の最後ど。こんこつ、忘れるではなか」

「承知しもした」

叱咤《しった》された子供のように返事をした忠恒は、義弘の前から下がっていった。心中では、とっくに鏑矢は放たれているとでも思っているのかもしれない。

忠恒が伏見を発って帰国の途《と》に就《つ》いたのは四月上旬。義弘は重苦しい気持で見送った。心配なので、側近の伊勢貞昌も忠恒に同行させることにした。

家康から勝手に誓紙を受けたことや、その他の責任を取り、義弘は有髪《うはつ》のまま出家して惟新《いしん》とし、全て国許の龍伯、忠恒からの指示に従う決意を固めた。

二

忠恒が乗船した船は四月下旬、日向の細島《ほそしま》に着岸。その後、都城を避け、陸路を通って龍伯が在する富隈《とみのくま》城に達した。

〈変わらん。桜島は雄大じゃ。俺《おい》もかくありたいもんじゃ〉

高々と白煙をあげる桜島を見るのは、およそ七年ぶりの忠恒。帰国した実感を味わうと共に、火山の生命力の強さのようなものを感じた。忠恒は即座に龍伯の前に罷《まか》り出た。

「かような仕儀《しぎ》となったこつ、お詫びのしようもありもはん」

下座に腰を下ろした忠恒は、平伏して詫びた。

「まあ、仕方なか。武庫《むこ》はないごてか、申しておったか」

鷹揚《おうよう》に龍伯は言う。

「太守様《たいしゅさあ》の下知《げじ》に従い、源次郎を説け。仕寄《しよ》せるんは最後にせいと申しもんした」

「そいでよか。いつでん仕寄せるこつはできる。まあ、戻って休むがよか」

そっけない口ぶりの龍伯。忠恒を養子というよりも家臣のようにしか見ていない。だから、忠恒のほうとしても、今一つ慕いきれないのかもしれない。忠恒は挨拶《あいさつ》をして龍伯の前から下がり、鹿児島の御内《みうち》城へと向かった。

〈こげん小さか城であったか〉

当主として初めて、御内城に入った忠恒。子供の頃、何度か挨拶に訪れた時は、もっと大きな城に思えたが、高台の上にある館形式の平城《ひらじろ》は伏見の屋敷とそれほど変わらない。自身の体が小さかったこともあり、島津家の当主が腰を据える城なので大きく見えたのかもしれない。

「お帰りなさいもす」

比志島国貞らの老中衆《おとなじゅうしゅう》が出迎える。龍伯の側近から忠恒付になった者たちである。朝鮮でも苦楽を共にしてきた仲なので、忠恒としても気を許している。

「高麗《こうらい》から帰国してから、国許の様子はどげんなもんか」

「皆、ひもじい暮らしばしちょりもす。ただ、成敗された幸侃《こうかん》のところだけは潤《うるお》ちょりもす」

信用はするが、一癖も二癖もある土着性の強い国人衆《こくじんしゅう》であることは理解していた。

「源次郎の様子は?」

「都城ならびに庄内十二外城《とじょう》を遠巻きにして、およそ一月《ひとつき》。まだ、音を上げておりません」

「そげんか」

短く忠恒は頷《うなず》いた。父親を斬られて反旗を掲げた国人筆頭の息子が、簡単に下るとは思えない。忠恒は消耗戦を覚悟しての帰国であった。

四月二十八日、龍伯の側近の平田増宗が御内城を訪れた。

「『御重物《ごじゅうもつ》』をお預かり致しもす。理由は申さずとも、お判りかと存じもす」

預かると言えば聞こえはいいかもしれないが、龍伯が家督を取り戻すことを意味する。

豊臣政権、とりわけ年寄筆頭の家康は泗川《サチョン》、露梁《ノリャン》の戦いの英雄である惟新《いしん》（義弘）・忠恒親子を高く評価した。三成も島津家の未来を考え、忠恒への家督を押し、さらに徒党を組んだと誓紙を書かせて政治的に追い込んできたので、龍伯は第一候補であった忠恒に『御重物』を譲らざるをえなかった。

ところが、三成は政権から追い出され、上方は家康の独壇場になりつつある。龍伯は家康との密談の中で、家督は自由に決めることを承諾させている。もはや豊臣家の代表のような口ぶりの三成の意思に従うことはない。

龍伯と忠恒との話し合いの中で、伊集院幸侃《こうかん》を追い落とすのが家督相続の条件であった。もし、幸侃を斬れば、伊集院一族が敵対するので、これを鎮圧した時に、改めて家督を継がせることにすると言い渡されていた。

「承知しておる」

判っていたことであるが、やはり返却するのは腹立たしい。忠恒は不快気に一部を戻した。残りは亀寿《かぢ》が持っている。

〈家督か。たかが紙や古い軍旗を持つ者《もん》がなるんか？　そいに、あん年増《としま》が〉

忠恒は正室の亀寿《かぢ》を思い出して不快になる。忠恒より五歳年上の亀寿は、忠恒を子供扱いした挙《あ》げ句《く》、愛想も見せず、先夫の位牌にばかり手を合わせている。亀寿にすれば、最愛の夫の弟を押し付けられて不満かもしれないが、忠恒にしても兄のお古を宛《あ》てがわれて迷惑である。

〈しかも、あん女を正室にせねば家督を得られんとは〉

武家なので政略結婚は仕方がない。しおらしくしているならば可愛げもあるが、なにかと久保《ひさやす》と比較されては敵《かな》わない。形だけと割り切るものの、一緒にいると息苦しくて仕方ない。亀寿にすれば傷心の女性に労《いたわ》りの言葉ぐらいかけるのが男の度量と言うかもしれないが……。

婚儀を結んで、すぐに朝鮮に渡海したのは勿怪《もっけ》の幸いとすら思えたほどだ。なので、一度たりとも褥《しとね》を共にしたことはなく、当然、二人の間に子が望めるものではなかった。今は離れているので一息吐《つ》けるが、おそらく、亀寿から龍伯に二人の間のことは伝えられている。

「早《はよ》う、亀寿の子が見たいもの」

と言った龍伯の言葉が、今なお忠恒の耳に残っている。

〈俺《おい》はあくまでも、あん女に子を産ませるための男。俺は種馬ではなか！　俺は義弘の息

子として家中の者《もん》に、俺《おい》以外では当主は務まらぬと認めさせてやる〉

忠恒は都城攻めに意気込んでいた。

徹底抗戦を決意する伊集院忠眞に対し、龍伯は都城の周囲を固めた。常吉《つねよし》の南の市成《いちなり》には伊集院宗右衛門と寺山久兼《ひさかね》、その南東の志布志《しぶし》に樺山久高、その北の松山に柏原有国《かしわばらありくに》、南の串良《くしら》に島津忠長、財部《たからべ》の西南の福山に山田有栄《ありなが》、庄内の北西の飯野《いいの》には伊集院久信《ひさのぶ》、庄内の北の高原《たかはら》には入来院重時《いりきいんしげとき》、高原の北東の野尻《のじり》には敷根頼豊《しきねよりとよ》、高原の北の小林には上井秀秋《うわいひであき》、小林の北東の須木《すき》に村尾松清《しょうせい》、野尻の東の穆佐《むかさ》に川田大膳《だいぜん》と新納拙斎《にいろせっさい》を配置して、万全に備えた。

日向の最南東・飫肥《おび》城主の伊東祐兵《すけたか》は、かつて島津氏と敵対したが、豊臣政権では一大名と認められ、惟新や伊集院幸侃《こうかん》とは友好関係にあった。

五月十五日、伊集院方は飫肥領から庄内に魚や塩を運び込もうとしていたが、樺山久高の家臣が発見し、六人を討ち取った。

二十四日、龍伯は所領内の通過を目溢《めこぼ》しした伊東祐兵に抗議している。

肥後・隈本《くまもと》の加藤清正も伊集院忠眞には同情的で、領内からの物資の搬入を見て見ぬふりをしている。島津家は伊東氏ともども、味方しないように強く訴えている。

〈周囲は源次郎の支持か。嫌われたもんじゃな。佞臣《ねいしん》を斬ってなにが悪か〉

異国で飢えながら戦っている最中、秀吉の覚え目出度《めでた》いことをいいことに、主家の要望を無視して私腹を肥やした伊集院幸侃《こうかん》を斬ったことを、忠恒は微塵《みじん》も後悔していない。

〈まあ、早々に鎮圧すれば周囲の目も変わろう〉

上面《うわつら》だけを見ている周りの大名たちに、忠恒は自身の力を示そうと闘志を燃やした。

島津家は締め付けを強めるが、周辺大名の領内まで監視することは不可能。伊集院忠眞に降伏勧告を続けたが、忠眞に屈する姿勢は皆無だった。

二十九日、忠恒は呼び出しに応じて、富隈城に龍伯を訪ねた。自らの意思でもある。

「もはや説得は無用。源次郎は最後ん一兵になるまで戦うつもりでごわす。これ以上、出陣を延ばしては、敵に侮《あなど》られ、家中の士気にも関わりもす。なにとぞ、討伐の許可をお願い致しもす」

忠恒は龍伯に両手をついて懇願した。少々焦っているのは、忠恒の代わりに垂水《たるみず》島津家の忠仍《ただなお》（のちの信久《のぶひさ》）に家督を継がせようという噂を耳にしたこともあった。忠仍は龍伯の次女・新城《しんじょう》（玉《たま》姫）と過ぐる文禄四年（一五九五）に巨済島《コジェド》で病死した島津彰久《てるひさ》の間に生まれた男で、この年十五歳。龍伯にとっては外孫にあたり、忠恒よりも可愛いに違いない。

〈じゃっで、俺《おい》は戦《いつさ》もしらん青二才に負くっわけにはいかん〉

目を伏せながら、忠恒は戦気を滾《たぎ》らせた。

「よか。見事、源次郎を討ち取ってまいれ」

「有り難き仕合わせに存じもす」

「じゃっどん、『十文字』の軍旗を掲げて出馬すっど。判っておるな」

失敗したら家督の話は白紙になるとでも言いたげな龍伯である。

「承知しておりもす。島津の名にかけて、源次郎ば討ち取りもす」

成功したら『御重物《ごじゆうもつ》』を戴きます、とはさすがに口には出せない。

〈太守様《たいしゆさあ》の代で、ほぼ全ての戦場に立ち、矢玉の間を潜《くぐ》り抜けてきた島津義弘の息子が家督を継ぐのが島津んためじゃ。城でのうのうと過ごした当主の娘や子供《こど》ではなか〉

肚裡《とり》で言い放った忠恒は、子細を相談したのちに富隈城を後にした。

伏見の惟新からは何度も気遣う書状が忠恒に届けられている。無論、応えるつもりだ。

六月三日の早朝、御内《みうち》城の主殿に、忠恒は色々糸威《いろいろいとおどし》胴丸《どうまる》を着用して床几《しようぎ》に座していた。前には出陣にあたっての三方《さんぼう》が置かれている。上には打って、勝って、喜ぶという験《げん》に因《ちな》み、干し鮑《あわび》、勝ち栗、結び昆布が乗せられている。

忠恒は干し鮑の細い尾のほうから口をつけた。広い頭のほうに向かうということで末広がりという縁起を担いだもの。続いて勝ち栗、結び昆布も一口ずつ食した。あまり消化のいいものではないので、それほど多くを食べるものではない。

口の中の滓《かす》をお神酒《みき》で流し込み、忠恒は立ち上がって盃《さかずき》を床に叩きつけて割る。

「出陣じゃ！」

盃が砕け散る中、忠恒は怒号すると、主だった老中衆《おとなじゅうしゅう》が呼応する。

「おおーっ！」

鬨《とき》が上がる中、忠恒は闘志に満ちた力強い足取りで主殿を出る。外に曳かれていた漆黒《しっこく》の駿馬《しゅんめ》に跨《また》がると、さらに闘魂が漲《みなぎ》ってくる。鐙《あぶみ》を蹴って馬足を進めると高揚感で身が熱くなった。

朝から焦《こ》がすような日射しが照りつける中、色とりどりの旗指物《はたさしもの》が威風堂々進んでいく。朝鮮出兵のように恩賞が得られるかどうか判らない不明確な出陣とは違い、戦功を立てれば、確実に恩賞を得ることができるとあってか、皆の士気は盛ん。旧友に鉾先《ほこさき》を向ける負い目は、所領と権限を私《わたくし》した伊集院幸侃《こうかん》への憎しみが掻《か》き消していた。

全ての兵が鹿児島の御内城に集結したわけではないので、追々合流することになっている。このたびは朝鮮出兵とは異なっているので、不参陣への不安は忠恒にはなかった。

伊集院方は大隅の財部と海に近い福山の間に関所を設け、島津軍に備えているので忠恒はこれを回避して進路を北東に取り、東霧島山麓《つまきりしまさんろく》の勢多尾《せたお》を越えて霧島山華林寺東光坊《けりんじとうこうぼう》を参拝し、都城から三里ほど北東に位置する東霧島金剛仏作寺《こんごうぶさくじ》を本陣とした。ここは長尾山でもあるので長尾の本陣とも呼ばれている。

伊集院忠眞は長尾山近くの東嶽《ひがしだけ》に百余人の兵を置いて物見《ものみ》をさせていたが、島津軍の先陣の先手を務める岩切善信《いわきりよしのぶ》らが一蹴《いっしゅう》した。

「よか首途《かどで》、天晴《あっぱ》れじゃ」

幸先のいい戦勝を飾った岩切善信らを忠恒は賞賛した。

敵地である庄内に本陣を構えた忠恒は、味方の兵を待ちながら周囲を焼き払い、伊集院勢の様子を窺《うかが》った。

この頃、他国への動員軍役は無役分を除き、百石で三人とされている。今度のことは領内での謀叛《むほん》なので無役もなにもない。単純に島津領約六十万石のうち伊集院領八万石を除く五十二万石とすれば一万五千六百人。九州最南端の島津領は上方に比べて人口数が少ないので、この数はかなり無理をした数になる。それでも、龍伯の富隈に留守居の三千を残し、一万五千余の兵を動員できたのは、帰農していた者まで加わったことによる。恩賞目《め》当《あ》てと伊集院家への怒りが重なったことが理由でもあった。

島津軍の兵数の多さは、伊集院勢には予想外だったのかもしれない。六月十八日、忠眞は惟新の側近である川上肱枕《こうちん》に書状を送っている。

「(前略)……武庫《むこ》(惟新)様からの御書を拝見致しました。我らの進退のことにお心遣い賜《たまわ》り、懇意にして戴いていることには感謝致しております。もう、お聞きのことと存じますが、某《それがし》は義弘(惟新)様の御意どおりにはなっておりません。幸侃《こうかん》が死を賜ったと聞きましたので、すぐに濱ノ市《はまのいち》(龍伯の許《もと》)に意向を伺いました。幸侃の成敗に関して武庫様、又八(忠恒)様へ我らの身の処遇を尋ね、いかようにも従うつもりでおりましたが、龍伯様はついにご納得得られず、今では庄内諸口の往来を禁止し、我ら親子も幸侃と同様に成敗なさるおつもりのようで、各境目に放火し、とても迷惑しております。なので我ら親子の去就《きょしゅう》は義弘様から、なにか仰せを受けるまでは、決めることはできません」

として、ただ義弘様が頼りですと、本領安堵における和睦《わぼく》の仲介を川上肱枕《こうちん》に懇願している。

伊集院忠眞の書状が惟新の許に届くのは八月になってからであった。

書状のことまで知るよしもないが、惟新の調停云々《うんぬん》に拘《かか》らず、忠恒は伊集院忠眞を本気で討伐する気でいる。老中《おとなじゅう》たちもほぼ全員顔を揃えたので、評議を開いた。

「一つずつ城を攻略していては日にちがかかる。西の財部を落とし、一気に都城を貫くべきでごわす」

佐土原《さどわら》城主の島津忠豊が主張すると、比志島国貞は否定する。

「そいでは挟み撃ちになりもす。手間でも着実に城を落とすが肝要でごわす。四、五城も陥落させれば敵も降伏しもす」

「兵の分散は攻め手の力を弱めもす。ここは二つに分けて南北から仕寄《しよ》せるべきでごわす」

朝鮮でも活躍した樺山久高が説く。

その後も似たような意見が出る中、忠恒は樺山久高の意見を採用した。

南北挟撃の日を六月二十三日と決め、島津忠長、樺山久高、柏原有国らの五千は大隅の恒吉《つねよし》城を攻めるため東霧島《つまきりしま》の本陣を出立して南に向かった。

軍勢を二つに分けた忠恒は、必勝を期すために、細作《さいさく》を多方に放ち、入念に様子を探らせた。秋の刈り入れ前には平定するつもりだ。

六月二十三日が明けた。卯《う》ノ刻（午前六時頃）、まだ朝霧が立ちこめる中、忠恒は長尾の本陣から一番近い山田城に向かって兵を進めた。同城は山田の丘陵を利用した平山城で、すぐ東を流れる山田川を天然の外堀とし、周囲を土塁《どるい》と堀切で守っていた。

大手口は島津忠豊ら一千五百。二ノ丸口には入来院《いりきいん》重時ら。新納拙齋《にいろせっさい》、村尾源左衛門尉らは南の取添《とりぞえ》から城に殺到した。

高齢で足が不自由になった新納拙齋は輿《こし》に乗って家臣を采配しながら山道を登る。

村尾源左衛門尉は北郷《ほんごう》家臣の築地内蔵助《くらのすけ》、乙守筑前守《おともりちくぜんのかみ》、針村《はりむら》源右衛門尉を案内させ、鎧《よろい》も着用せずに城の荒神ヶ尾《こうじんがお》から攻め登った。村尾一族の笑清《しょうせい》は、赤根木綿《あかねもめん》の糀波《こうじなみ》の帷子《かたびら》を身に着け、抜け駆けさながらに先行し、大声を張り上げて城壁に肉薄した。

北郷家臣の関屋備前、岩満治《いわみつじ》右《え》衛門尉《もんのじょう》、本田弥左衛門、森淡路、多田伊賀守《いがのかみ》、塚田式《しき》部少輔《ぶのしょう》らは粉骨を惜しまず城兵を討ち取った。庄内は元々北郷家の所領だったので、この地を取り戻そうとする意欲が強い。弥左衛門は三つの首を取っている。

忠恒麾下《きか》の鹿児島衆では山鹿《やまが》弥介、入佐《いりさ》助八、帖佐《ちょうさ》淡路守・彦左衛門尉親子、三原源三郎らは一番に城戸垂《きどだれ》の下まで詰め入っている。

城主の長崎治部少輔・久兵衛尉親子と中村与左衛門尉は自ら前線に立ち、声を涸《か》らして五百余の兵を指揮し、群がってくる寄手《よせて》を排除していたが、開戦から二刻ほどで状況が変わった。

巳《み》ノ刻（午前十時頃）過ぎ、島津忠豊勢が大手の木戸口まで攻め寄せると、城兵が忠豊の旗指物を奪い取り、戦勝品として城の櫓《やぐら》に掲げた。

「又七郎（忠豊）様が一番乗りか、遅るるでなか！」

寄手は勘違いをして絶叫し、矢玉降る中、命を惜しまずに迫り、次々に城壁を乗り越えて城内に雪崩《なだ》れ込んだ。長崎久兵衛尉、中村与左衛門尉が出向いて防戦に努めるが、多勢の侵入を防ぐことはできず、奮戦の中で討死《うちじに》した。

長崎久兵衛尉、中村与左衛門尉を討ち取った寄手は城内の奥深くに突き入ると、北郷《ほんごう》勢の大川原仲兵衛尉、阿久根《あくね》孫左衛門尉や新納《にいろ》拙齋らも突撃し、二重の城戸を打ち破って城内に乱入した。

こうなっては城を支えられぬ、城主の長崎治部少輔は城を捨てて逃亡した。城は巳《み》ノ下刻（午前十一時頃）に陥落。寄手は三百余の城兵を討って勝鬨《かちどき》をあげた。

「幸先よか戦《いつさ》じゃ。皆、よう戦った」

陥落させた諸将を前に、満足した忠恒は労《ねぎら》った。

死骸《しがい》は近くの吉祥院の一所に埋めて塚を立てたが、猛暑続きですぐに潰爛《かいらん》腐壊《ふはい》し、腐敗臭を嗅《か》ぎつけた野犬などが土を掘り返す地獄絵であったという。

同じ日の辰《たつ》ノ刻（午前八時頃）、島津忠長、樺山久高、柏原有国、寺山久兼らの五千は大隅の恒吉城を攻めた。日輪城とも言われる恒吉城は長江川沿いの丘陵上に築かれた平山城《ひらやまじろ》で、本丸を中心に四つの曲輪《くるわ》が配置された縄張りで、空堀と土塁、石垣で城の守りとしていた。

島津軍は何度追い払われようとも前進を止めず、次々に新手を繰り出して城兵を一人ずつ討ち取っていった。

城主の伊集院宗右衛門尉は二十三、二十四日と寡勢《かぜい》で懸命に防戦していたが、二十五日、遂に支えきれず、夜陰に紛《まぎ》れて城を捨て、都城に逃れ込んだ。

突如、城主に捨てられた北郷領の城兵たち四十人は降伏して城は陥落した。恒吉城は寺山久兼が在番することになった。

報せは東霧島《つまきりしま》本陣の忠恒に届けられ、賞賛の言葉を贈った。

山田城を落とした忠恒は、二十四日付で家康に対して戦功の書状を認《したた》め、庄内十二外城の絵図を添えて老臣の喜入《きいれ》久政を伏見に上らせた。書状が家康に届くのは七月十四日のことである。

三

六月二十三日に恒吉城を落とした島津忠長、樺山久高、柏原有国らは二十六日、同城から三里ほど北東の末吉城を攻めた。同城は大淀川と村山川との合流点の河岸段丘上に築かれた丘城で、諏訪方村《すわかたむら》の湯野尻《ゆのじり》、田村、深川村の上馬場《うえばんば》と三里近い広大な地の中に亀鶴城《きかく》、松尾城、小松尾城、南城、宝寿庵《ほうじゅあん》城など……九つの曲輪《くるわ》が配置され、空堀が寄手の足を止めていた。

末吉城を守るのは伊集院忠眞の弟の小伝次や同一族の忠能《ただよし》、川添源太夫、始良《あいら》八郎左衛門尉と六百五十余。

島津軍は南から城に迫り、鉄砲を釣瓶《つるべ》撃ちにして鬨《とき》をあげて攻め寄せるが、城兵の激しい応戦に遭い、空堀に落ちたところを狙い撃ちにされて死傷者を多く出した。南を除く三方面は二本の川に阻《はば》まれ、城兵は各曲輪から出てこないので野戦にもならず、寄手は攻め倦《あぐ》ねた。

思いのほか堅固な城なので、寄手は持久戦を覚悟していると、都城からの後詰《ごづめ》が出撃し、末吉城兵と挟撃するという噂が島津忠長らの陣に齎《もたら》された。

島津忠長らの三将は相談の上、野戦ならば多勢が有利なので一気に勝負をつけようと、都城と末吉の中間に位置する松山に兵を移動させたが流言だったのか、伊集院勢の挟撃は行われず、島津軍は再び城を包囲せざるをえなかった。

島津忠長らが末吉城攻めに手古摺《てこず》っている報せは忠恒に届けられている。

〈多勢を擁しながら、落とせんとは、なんばしよっとか〉

鎧袖一触《がいしゅういっしょく》できるものだとばかり思っていただけに、報せを聞いた忠恒は不愉快だった。島津忠長は泗川《サチョン》の戦いでも戦功をあげた勇将なので、いい加減な攻撃をしているとは思えない。

腹立たしいのは山田、恒吉両城が落ちても、都城の伊集院忠眞に降伏する素振りがないことである。

〈下る気がないならば、踏み潰しちゃる〉

忠恒は次に攻める城の状況調査を急がせた。

伊集院勢は城に籠《こも》って島津軍を迎え撃つだけではない。六月二十九日、都城の北東に位置する山之口城主の倉野七兵衛尉らが後方攪乱を試みて大きく北に迂回《うかい》し、山田利安らが高原《たかばる》に設けた新関を破り、忠恒が在する東霧島《つまきりしま》の本陣に攻めかかった。

北側を守っていたのは上野石見《いわみ》、竹之下清左衛門ら武功の者で、奇襲を受けても慌てずに周囲の兵を掻《か》き集め、倉野勢が攻め寄せるたびに迎撃した。その最中、鉄砲衆の丹波某が放った玉が倉野七兵衛尉に当たり、七兵衛尉は即死した。

城主が射殺されると、倉野勢の兵は算を乱し、這々《ほうほう》の体《てい》で帰城の途《と》に就く。上野石見らは忠恒の本陣から一里ほど東の縄瀬の渡しまで追撃して三十余人を討ち取った。

忠恒は上野石見らを労うが、危惧《きぐ》もする。

翌三十日、北郷《ほんごう》家の家臣が東霧島《つまきりしま》本陣の在番を交代するために替え地の祁答院《けどういん》から兵を呼び寄せていた。これを安永城主の伊集院如松《じょしょう》が摑み、重信十次郎《しげのぶとうじろう》、伊野谷《いのや》与左衛門尉らに六十人を差し添えて放ち、蛭ヶ嶽《ひるがたけ》という地に潜《ひそ》み、宮之城《みやのじょう》に帰城する兵を待ち構えた。

帰途に就く北郷家臣は急襲を受け、宮城《みやのじょう》甚兵衛尉、長野藤兵衛尉らは悉《ことごと》く討ち取られた。安永勢は勝鬨《かちどき》をあげて引き上げた。

「馬鹿奴《ざこはっ》め。油断しておるからじゃ！　新関を破られたこつも、本陣まで敵を進めさせたこつもまた然《しか》り！」

報せを受けた忠恒は激怒する。

「畏《おそ》れながら、東霧島の本陣は広く、防備には向いておりもはん。少将様《しょうしょうさあ》に万が逸のこつがあってはならぬゆえ、落とした山田城に入られてはいかがにございもすか」

比志島国貞が忠恒に勧める。

側近となった比志島国貞でさえ、忠恒のことを「殿様《とのさあ》」とは呼ばず、官途の「少将様《しょうしょうさあ》」と呼ぶ。『御重物《ごじゅうもつ》』を剝奪されたので、もはや家督者として認められていないことを、ひしひしと感じる。

〈とにかく源次郎を討つ。今ん俺《おい》には、そいしかなか〉

忠恒は憤《いきどお》りを咬《か》み殺す。

「よか」

老中《おとなじゅう》の言葉に従い、東霧島《つまきりしま》本陣は北郷《ほんごう》三久に任せ、忠恒は山田城に入城した。この時、先陣を務めたのは寺沢正成から派遣された家老の平野源左衛門尉であった。この人物は本能寺の変で信長に鑓《やり》をつけたとされる惟任光秀《これとうみつひで》の旧臣・安田作兵衛《さくべえ》国継《くにつぐ》である。山崎の敗戦後、天野源右衛門と改名し、羽柴秀勝、豊臣秀長、蒲生氏郷《がもううじさと》、立花親成《ちかなり》と各家を経たのちに寺沢家に仕えるようになった。伊集院攻めへの参陣は島津家への協力であるが、正成からの命令は、島津家の監視である。正成が家康から命じられていることは島津軍が暗《あん》礁《しょう》に乗り上げた時の調停役であった。

忠恒は馬鹿ではないので、他家の兵が後詰を送る理由はなんとなく判る。龍伯が寺沢家の家臣のみの参陣を認めたのは、家康の思惑を知り、島津家の力を鼓舞《こぶ》するつもりであろう。

〈早《はよ》う伊集院を討たねばの〉

思いを強くする忠恒が次に狙いを定めているのは、山田城の東に位置する志和池《しわち》城と、山田城の南東に位置する野々美谷《ののみだに》城。何《いず》れも大淀川の西に築かれている城である。

寡勢の伊集院勢は、奇襲や夜襲を試みるが、公然と野戦を挑んでくるわけがない。少数の兵を見ても伊集院勢は出撃しないのか、忠恒は試すために北郷《ほんごう》喜左衛門尉を大将とし、山田城在番の兵と東霧島《つまきりしま》陣の北郷勢を出陣させた。

志和池城と山田城の距離はおよそ二十二町。三百の島津勢は両城の中間に位置する森田の辺《あた》りに陣を布《し》き、城方の様子を窺った。

さすがに一つの城より少ない兵数が、牽制《けんせい》するように陣取っていれば伊集院方も見過ごしはしない。南の野々美谷城兵は引き付けるためか出陣しないものの、志和池城と、同城から一里ほど東の高城《たかじょう》の兵が出撃してきた。高城勢は北から廻り込んで楠牟礼《くすむれ》の岡を押さえて南下してきた。これに合わせて志和池城も城門を開いて打って出た。

「せっかく、敵が出ばっとじゃ。こん期を逃さず討ち取れ！」

北郷喜左衛門尉は大音声《だいおんじょう》で下知し、自ら馬上で太刀《たち》を振って剣戟《けんげき》を響かせた。

闘志は盛んでも倍する敵に挟撃されては、島津勢も支えきれず後退を余儀《よぎ》無《な》くされた。兵の力量は同じならば数の多いほうが有利に決まっている。まして野戦であれば遮《さえぎ》るものはない。

島津勢は東霧島の本陣を目指して退却しはじめたが、元来、追撃ほど容易《たやす》く敵を討ち取れる時はない。そのまま逃げれば軍勢は全滅。島津勢の山内早太《やまのうちそうた》、竹之井小右衛門尉《たけのいしょうえもんのじょう》は兵を返し、殿《しんがり》さながらに伊集院兵に向かい、奮戦の上で闘死した。

「あと一息で本陣じゃ。きばれ！」

有村三郎兵衛尉は東霧島の少し東で配下を励まし、敵を排除しながら味方を本陣に逃げ込ませた。

大川原仲兵衛尉は鉄砲衆を指揮して寄手を狙い撃ちにし、騎馬武者を撃ち仕留めた。

島津勢は必死に応戦するが、伊集院勢のうち三十人ほどが一固まりになって仁王門《におうもん》に押し寄せた。北郷《ほんごう》喜左衛門尉は配下と共にとって返すと、七、八人が討ち取られた。喜左衛門尉は敵中に乱入して刀が鋸《のこぎり》のようになるまで奮戦しているところに、本陣から援兵が到着し、漸《ようや》く伊集院勢を退却させることができた。

両軍に多数の死傷者が出た戦闘であるが、東霧島に退却させられた島津勢の敗北である。

「敵をあなどり、深入りしすぎたか」

拳を震わせて忠恒は悔しがる。どうせなら、様子見の出陣ではなく、三百の兵を囮《おとり》にした惟新得意の「釣り野伏《つりのぶせ》」にすればよかったと後悔する。「釣り野伏」とは寡勢が敵と戦い、劣勢と見せかけて退却し、追撃してくるところを三方面に潜んでいた伏兵《ふくへい》が囲んで袋叩《ふくろだた》きにして殲滅《せんめつ》するもの。天正六年（一五七八）の高城川《たかじようがわ》合戦で大友宗麟《そうりん》から、同十四年（一五八六）の戸次川《べつきがわ》合戦で仙石秀久《せんごくひでひさ》、長宗我部元親《ちようそかべもとちか》ら四国勢から大勝利を収めている。但《ただ》し、伊集院勢もこの戦いに参陣しているので、引っかかるかどうかは疑問であるが。

七月二十日にも東霧島の番替え兵が、高城勢の伏兵にあって死傷者を出している。緒戦《しよせん》を華々《はなばな》しく飾った島津軍であるが、長対陣となってゲリラ戦に悩まされていた。

「思いのほか、老中《おとなじゅう》の動きが悪い。ないごてか」

忠恒は側近の伊勢貞昌に問う。龍伯から本気で戦う必要はないとでもいう指示を受けているような気がしてならない。忠恒の脳裏には忠仍《ただなお》の名が浮かんで消えない。

「あと半月もすれば稲刈りをせねばなりもはん。兵の犠牲を出したくないのかと存じもす」

久保と惟新に仕えていた伊勢貞昌は誠実に答えた。他の家臣たちは、未だ龍伯の家臣という認識が強い中、忠恒に忠義を示す数少ない家臣の一人だ。この年三十歳になる。

番替え兵が急襲を受けた七月二十日は、グレゴリウス暦では九月九日にあたる。

太閤検地ののち、兵農分離を進めてはいるが、上方《かみがた》と違って人口の少ない島津家では半数近くがまだ田畑を耕している。足軽たちは農地が気になっているのか落ち着きがなかった。

「田の心配だけとは思えんが」

「疑っても、よかこつはございもはん。信じて敵を討つことのみを考えるが、よかかと存じもす」

忠恒が思案していることは薄々理解しているようであるが、あえて口には出さなかった。

「信じるか……」

伊勢貞昌の言葉を反芻《はんすう》して、忠恒は溜息《ためいき》を吐《つ》きながら頷いた。多勢を率いてはいるが、あくまでも龍伯からの借り物であることには代わりなかった。

各将には交代で農兵を帰郷させることを許した。これを許可しなければ騒動になり、秋以降の島津家の経済が破綻《はたん》する。地方大名ならではの悩みであった。

肚裡《とり》で憤懣《ふんまん》をもらしていても都城が落ちるわけではない。膠着《こうちゃく》状態が続く戦局を打開するためには、多少の犠牲を払っても、何《いず》れかの城を陥落させようと、側近を集めて思案を練った。

忠恒の書状が家康の許に届くより早く、家康は七月九日付で忠恒に書状を出し、これが同月の月末に届けられた。

「帰国以降、連絡していないので、使者をもって申します。伊集院源次郎（忠眞）は、今に至るまで城に籠っていると聞いています。御譜代《ごふだい》の身分で、かような行いはとんでもないので、こののちのためにも、早々に成敗することが尤《もっと》もです。御人数等が不足でしたら、当方が派遣した者に申し付けてください。子細は使者の口上にて申します」

言葉は丁寧であるが、あきらかに伊集院討伐の催促である。家康は家臣の山口直友を派遣している。家康の近習の伊那令成《いなよししげ》も、同じような書状を忠恒に記している。

さらに家康は日向・飫肥《おび》城主の伊東祐兵《すけたか》と、肥後・人吉《ひとよし》城主の相良頼房《さがらよりふさ》に対し、龍伯・忠恒親子から依頼があれば出陣するように、と下知している。

遅れて七月十六日付の家康の書状も届けられた。戦勝を祝しているが、喜入《きいれ》久政から庄内十二外城《とじょう》の堅固さを聞かされており、激励と共に援軍の受け入れに応じることを告げてきた。

〈他国の兵を借りて返り忠が者《もん》を討ったとあっては島津の名折れ。そいより父上の名に瑕《きず》がつく。そげんこつだけはしてはならん〉

尻に火がついた忠恒は、八月十五日、東霧島《つまきりしま》本陣の北郷《ほんごう》勢・小杉重頼と北郷喜左衛門尉を二手に分け、東条丹波と同能登守を差し添えて志和池城に迫った。

志和池城は西の丸谷川と東の大淀川に挟まれた小山（標高百二十メートル）に築かれた山城《やまじろ》で、切岸をし、土塁と長い丘を利用した城囲いを防御としていた。

島津軍の一手は大きく北から迂回し、木之川内川《このかわうちがわ》の瀬戸口を渡り、長谷原《はせはら》を過ぎて万太《まんた》郎渉《ろうわた》りに差しかかる。もう一手は稲荷《いなり》ケ尾《がお》から蕨野《わらびの》を過ぎ、楠牟礼《くすむれ》辺りに押し寄せ、大手門に向かう。

城主の伊集院掃部助《かもんのすけ》は寄手の接近を知ると、物頭《ものがしら》の中村兵部左衛門尉を従えて楠牟礼に出撃し、島津勢に向かって鉄砲を放った。この射撃で島津兵の佐藤家信、従者の中間彦八、北郷家臣の田中義利が射死した。

両勢が暫《しば》しの間、轟音を響かせている時に、万太郎渉りを過ぎた小杉重頼勢が伊集院勢の横腹を衝《つ》こうと進撃する。これを見た伊集院掃部助は潮が引くように兵を城に退却させた。

伊集院勢を追った島津軍は大手門と搦手《からめて》に分かれて城に攻め上がる。小杉重頼は自ら鑓《やり》を手にし、先陣を駆けて大手の城門に達すると、中神石見、竹之内半右衛門、薗木重継らが矢を放って同門を死守する。籠るだけではなく小岩備中守・七郎三郎親子は門の外に罷《まか》り出た。

寄手の重信源兵衛尉が小岩備中守に鑓をつけて剣戟を響かせる。双方、一進一退の戦いをするが、勝負を決するに至らず、疲労したので互いに日を改めるとして鑓を引いた。

島津勢の樺山与次左衛門《かばやまよつぎざえもん》、阿久根《あくね》式部左衛門は敵を数人討ち取る働きを示した。

伊集院勢の東霧島権現《つまきりしまごんげん》の住持《じゅうじ》・豪澄法印《ごうちょうほういん》は馬上で大長刀《おおなぎなた》を打ち振り、島津兵を次々に斬り捨てていた。

「住持の分際で殺生《せっしょう》しおって、俺《おい》と勝負じゃ」

島津勢の藤井捨右衛門《すてえもん》は声をかけ、豪澄法印と干戈《かんか》を交えた。捨右衛門は唸《うな》る大長刀《おおなぎなた》を躱《かわ》しながら鑓を繰り出し、激闘の末に豪澄法印を打ち伏せ、首を取った。

朝から夕刻まで死闘を繰り広げ、双方に死傷者を多数出したが、落城には至らない。島津軍は唇を嚙み締めながら帰陣の途に就いた。

「くそっ、またしても落とせんかったか！」

家臣を労《ねぎら》いはしないが、叱責《しっせき》したりはしない。忠恒は、ただ悔しくて仕方なかった。

一方、伏見の家康は、八月二十日に九州の諸大名に書状を送り、島津家を支援するように命じた。

出陣要請の書状が残されている大名は、島津家の分家である日向・佐土原城主の忠豊、同国・延岡城主の秋月種長、同国・飫肥《おび》城主の伊東祐兵《すけたか》、同国・高鍋城主の高橋元種《もとたね》、肥後・人吉城主の相良頼房、筑後・内山城主の高橋統増《むねます》。肥前・唐津城主の寺沢正成は言うに及ばず、他にも豊後《ぶんご》・臼杵《うすき》城主の太田一吉、筑後・柳川城主の立花親成、肥後・宇土《うと》城主の小西行長にも出陣が下知されている。

家康に言われなくとも忠豊は出陣しており、秋月種長、高橋元種、太田一吉は兵を出し、立花親成と小西行長は寺沢正成に出陣の旨を相談している。

島津家にとって、有り難迷惑な話である。無論、龍伯は拒否したので立花親成は出陣せず、小西行長は鉄砲衆三百を大口に派遣し、太田一吉の兵も島津領に在陣していた。

これらのことは、寺沢家臣の平野源左衛門尉から逐一、主《あるじ》の正成に届けられていた。

寺沢正成は島津家を刺激せぬように兵を連れず、僅《わず》かな供廻《ともまわり》のみを率い、調停役として薩摩に来ていた。

苛立《いらだ》つ忠恒が在する山田城を、家康家臣の山口直友が訪れた。

「我が主は少将殿を支援してござる。なにかあれば、遠慮なく申してください」

人の好《よ》さそうな笑みを向けて山口直友は言う。

「お気遣い、忝《かたじけ》なかこつにごあす。そいでん、兵は当方のみで間に合ってございもす。内《だい》府様《ふさあ》には、よしなにお伝えして給《たも》んせ」

他家の介入を受け、腹立たしさを堪えながら、忠恒は挨拶に答えた。

「俺《おい》は愚将の烙印《らくいん》を押されたようじゃの」

山口直友が主殿を出たのち、忠恒は伊勢貞昌に問う。

「こいは、惟新様が仰せになったこつにございもす。内府様が力を持てば、必ず太閤殿下と同じこつをする。徳川の後詰を匂わせながい（ながら）、周囲の兵に出陣の要請をする。こいは、何《いず》れ天下取りすったための大戦を仕掛ける事前調練でごわす」

「自《おの》が天下取りのために、島津を利用すっのか」

忠恒は憤激する。加増を受け、誼《よしみ》も通じてきたので、家康は味方のようなつもりでいたが、どうやら考えが甘かったようである。それどころか、多勢を動員する予行練習をするために、忠恒に伊集院幸侃《こうかん》を斬るように嗾《けしか》け、忠眞討伐を促したのかもしれない。

「父上は、どげんなこつを考えておられっとか」

「惟新様は最初から庄内攻めには反対なされておりもした。今となっては、手後《ておく》れでございもすが、早々に和睦《わぼく》を結ぶこつをご思案なされておいもす」

惟新は八月六日、七ヵ条に亘《わた》る長文の書状で伊集院忠眞を説得している。四条の中ほどからが、より惟新の心情が明らかにされている。

「君臣上下の例法（城持ちの家臣が背信すること）は貴所《あなた》（忠眞）ひとりに限ったことではない。身上の落着（安全）を図ることができなくとも、龍伯様の御諚《ごじょう》（命令）次第に応じて出頭すべきである。たとえ、御成敗されても、家名を辱《はずかし》めることにならないだろう。御下知《おげじ》に背《そむ》いて果てたならば、臆病のために出頭しなかったことにも似ている。あるいは、無道至極で天道に見放され、家長の心得を知らないと、他国より嘲笑《ちょうしょう》を受け、無念な汚名を残すことになるのではなかろうか。弱輩の者どもは邪《よこしま》なことを申しても仕方がないとしか言いようがない」

惟新は、城主として伊集院家の当主として忠眞を説いている。さらに続く。

「今、貴所《あなた》に一味し、腹を一つにしている者も、都合《つごう》次第に背信し、貴所一人が困ることになるのは明らかだ。近年、多数の兵を抱えている大名衆も、腹を切る時に至れば、ただ独りになっていることは、貴所も存じているはず。このようなことを申すのも、愚老（惟新）は自国を離れて久しく、他国にて多々見てきたことなので、よくよく深慮することが肝心だ」

五条では上方の状況を伝え、六条に入る。

「貴所を召し出して、いかほどの知行《ちぎょう》が遣わされるのか、当方には判らないが、召し出すからには、堪忍ならないということはないであろう。このことは、愚老がいるので、存分に心添えを申すつもりだ。萬事（遺恨）を差し捨てて出頭すること。この間、戦いが長引けば、慮外なことになってしまう。まずは太守様にお詫びなされることが肝要である。貴所の進退は愚老の意見次第と六月十八日付の書状に記されていたので、愚老を信じ、異議なく分別するように」

七条では伊集院忠眞からの書状の写しを龍伯に送るので、惟新に任せてくれと伝えている。

筆まめな惟新は、同じ日、忠恒に対し、近況報告をしながら、庄内のことは大事なので失態のないように。家康も大変気にしているので、寺沢正成とよく相談することと告げ、側近の新納杢右衛門《にいろもくえもん》入道を庄内に派遣している。

忠恒の許に新納杢右衛門が到着するのはまだ先のことである。

「内府様《だいふさあ》の阿漕《あこぎ》な画策を知っているからこそ、早い和睦を求められているものと存じもす」

伊勢貞昌は付け足す。

「父上の真意は判ったが、今はできん相談じゃ。おそらく……」

答えた忠恒は龍伯の心中を想像する。

龍伯は家康の天下取りの策略を利用して伊集院家を討ち、豊臣色を家中から消そうとしているに違いない。そのため、一旦、預けた『御重物《ごじゅうもつ》』を忠恒から取り上げた。

家康が三成を隠居させたので、惟新の力も弱まる。あとは時機を見計らって呼び戻せば、再び自身が名実共に当主の座に返り咲ける。忠恒が庄内攻めに失敗すれば、家督資格者からも外される。

〈俺《おい》が源次郎を討てば、太守様《たいしゅさあ》の力が戻り、父上の力が弱まる。討たねば島津家の一家臣。好むと好まざるとに拘《かかわ》らず、俺は源次郎を討たねばならんか〉

多数の思惑が交差する中、忠恒は焦慮に身を熱くしていた。

八月の末には新納《にいろ》杢右衛門入道が到着した。

「和睦のことは惟新様《いしんさあ》に任せ、殿様《とのさあ》は庄内攻めに、ぬかりなくと仰せにございもす」

「承知」

忠恒は庄内討伐の気持を新たにした。

四

九月になっても、島津軍は残った外城《とじょう》を攻略することができなかった。

「かくなる上は仕方なか。源次郎の都城城を衝《つ》く」

忠恒は意を決して老中衆《おとなじゅうしゅう》に告げた。

「畏《おそ》れながら、都城城じたいは、山城でもそれほど堅固な城ではごわはんが、庄内全体が都城と言っても過言ではなく、近づけば外城の兵に挟み撃ちにされるは間違《ましげ》いありもはん。

本城に仕寄《しよ》せるは性急すぎもす」

比志島国貞が必死に止めだてる。

「紀伊守（国貞）の申すとおりにごわす。大半の兵が稲刈りに戻っている今、城攻めは今少し延ばしにするがよかこつにございもす」

龍伯の側近・平田増宗も比志島国貞に賛同する。

「敵も同じこつを考えておるのではなかか？　こん、情けなか状況を打破するには敵ん本城に仕寄せるしかなかろう。本城が脆弱《ぜいじやく》ならば、好都合ではなかか」

その方らが、本気で城攻めをしないので、正攻法をとらないのだと忠恒は遠廻しに言う。

「そげんこつを申されて、黙っておるわけにはいきもはん。是非《ぜひ》とも、都城攻めの大将は俺《おい》に命じて給《たも》んせ」

平田増宗が名乗り出たので、忠恒は許可した。

九月十日、島津軍は山田城を出立《しゆつたつ》した。先陣の大将は自ら申し出た平田増宗で、忠恒は三つの軍勢を与えた。まずは、都城城から一里半ほど北西に築かれている乙房丸《おとぼうまる》を破るために、鎌田政近、比志島国貞、村尾源左衛門尉、森覚右衛門尉《もりかくえもんのじよう》ら一千。乙房丸から一里ほど野々美谷城《ののみだにじよう》への抑えに川田大膳亮《だいぜんのすけ》、長寿院盛淳《ちようじゆいんもりあつ》、肝付《きもつき》半兵衛尉、敷根頼豊ら五百。乙房丸から二十八町ほど西の安永城の抑えには島津忠豊らの八百。忠恒自身は野々美谷城東の乗満寺《じようまんじ》（寿万寺《じゆまんじ》）に本陣を敷いた。

「わいらは先陣の太郎左衛門尉（平田増宗）の指示に従え」

決意の表れで、忠恒は鹿児島衆に命じて前線に出し、周囲には僅かな供廻しか置かなかった。

先手に加わっている北郷《ほんごう》三久勢は大根田《おおねだ》まで出張して宮丸《みやまる》村を破り、乙房丸のすぐ北の柴《し》尾《び》田《た》、徳益《とくます》まで討ち入り、四方を焼き払った。

「即座に追い返せ！」

立ち上る黒煙を見た忠眞は大声で命じ、小具足《こぐそく》ばかりを身に着けただけで騎乗し、都城を飛び出した。これに一族、郎党も続く。同時に忠眞は庄内の外城の諸城主に援軍を求めた。

北郷勢は目的を終えて引き上げたが、平田勢は乙房丸近くにまで達していた。寡勢の平田勢に伊集院勢は猛然と襲いかかったので、陣は壊乱して反撃できない。先陣大将の平田増宗は本道を退くこともできず、野々美谷のほうに圧《お》されるように退却した。

伊集院勢の勢いを止めようと、上井兼政ら主従六人は取って返し、体に数ヵ所の傷を負っても顧みず、味方の退却を助けた。大剛の兼政は一人で数人の敵を相手に戦い、家臣や同朋《どうほう》を励ますが、疲労しているところに伊集院勢の谷口伊予守に鑓《やり》を付けられ、遂に主従揃って枕を並べて討死した。他にも死傷者が続出している。

嵩《かさ》に懸かって伊集院勢は攻めてくる。本田兵助、伊東源四郎、曾木弥次郎、北郷勢の和田半兵衛尉や重信源兵衛尉、須田藤七兵衛尉らが反転して支えたので、平田増宗は野々美谷城近くまで退くことができた。

平田増宗は野々美谷城から一里ほど西南の大根田の味方に援軍要請の使者を差し向けたところ、同城から有田屋大炊左衛門尉《おおいざえもんのじよう》、古垣忠晴らが出撃して攻めかかってきた。北郷《ほんごう》勢の小杉重頼と北郷喜左衛門尉が横腹を衝いたので、野々美谷勢の足が止まり、平田増宗は態勢を立て直しにかかる。

時を同じくして安永城の伊集院如松らも城を打って出てきたが、これは佐土原の島津忠豊に追い払われて、城内に引き返した。

味方、劣勢の報せは乗満寺の忠恒に届けられた。

「またしても、多勢を擁しながら圧されるか。馬曳《ひ》け！」

騎乗した忠恒は鐙《あぶみ》を蹴って前進。退いてくる配下の兵を見て眉間に皺《しわ》が寄る。

「馬鹿奴《ざこはっ》が、退くな！　退いた者は斬り捨てる。押し立てよ！」

忠恒の厳命を受けて味方の退却は止まった。野々美谷城に備えていた川田大膳亮《だいぜんのすけ》、長寿院盛淳《ちようじゆいんもりあつ》、肝付半兵衛尉、敷根頼豊、吉利杢右衛門尉、村尾松清、種子島久時らが兵を返して伊集院勢に向かう。攻守が逆転して多勢の島津軍が優勢になった。

寡勢が劣勢になって躊躇《ちゆうちよ》すれば壊滅になる。忠眞は配下に退却を命じた。この好機を逃してはならず、島津軍はここぞとばかりに忠眞らを追撃して多数の兵を討ち取った。

要請に応じた諸城からの後詰《ごづめ》が到着した時、忠眞は都城城に逃れたあとだった。

「敵が出張ってきた。此奴《こやつ》らを討て！」

忠恒は兵を反転させて諸城の敵に兵を差し向けた。諸城の兵は忠眞が都城城に逃げ込んだあととは思っていなかったようで、慌てて退却しはじめた。

諸城の兵は散々に追い立てられ、それぞれの城に向かうが、梅北《うめきた》城に逃れることができぬと悟った同城兵たちは野々美谷城に逃げ込んだ。梅北城主の日置越後、同善左衛門、同覚内兄弟は城に入る前に囲まれ、兄弟揃って討死した。

野々美谷城主の有田屋大炊左衛門尉は伊東原《いとうばる》で島津勢が討ち取った。

北郷《ほんごう》三久は梶山、勝岡勢を追い立てた。その中に、上井兼政を討った梶山城将の谷口伊予守がおり、北郷勢が谷口伊予守を討ち取った。

勢いに乗った島津軍は追撃を行い、八十余の首を討った。但し、討たれた数は優に百を超えた。島津軍が失った兵数のほうが多いものの、三城の城主、城将を討てたことは賞賛に価する。にも拘《かかわ》らず、城一つ落とせなかったことは失態かもしれない。

〈伊集院、手強し〉

悔しさの中、忠恒の胸に、改めて刻みつけられた。

十月五日、忠恒は志和池城の南の森田に陣を布き、同城を包囲して攻めたが攻略できなかった。庄内を攻めあぐねているので、遂に僅かではあるが、寺沢正成、太田一吉、高橋元種、秋月種長の兵が参陣することになった。

〈屈辱じゃ。こげん恥を晒《さら》したんは島津で俺《おい》だけじゃ。父上にどげん顔を合わせられようか〉

悔恨と羞恥《しゅうち》に忠恒は懊悩《おうのう》する。

九月末に帰途に就いた山口直友は、大坂に到着すると、家康に事の次第を報告した。調停の拒否、攻めあぐねる島津軍と、善戦する伊集院軍。前線で苛立つ忠恒と、高みの見物をする龍伯。覇気を示す伊集院忠眞。鬼気迫る外城衆《とじょうしゅう》と煮えきらない寄手の面々などな ど……。

同じような報せは惟新の許にも届けられている。忠恒を心配する惟新は五日と空けずに筆を執っていた。

「庄内のことには山口殿も呆《あき》れ果てている。源次郎（忠眞）は防戦に及んだよし。先の書で源次郎には具《つぶさ》に伝えたが、蔑《ないがし》ろにしたとはとんでもない。龍伯様への尊意を示す最後の好機であったことを無にした。重ねて言う。内府《だいふ》様の御下知をも受け入れなければ、源次郎の運命も尽きたとしか言いようがない。是非に及ばぬ次第である」

十月二十五日の書状は十一ヵ条に亘る長文の三条目で、惟新は諦《あきら》めだしている。

もはや惟新の説得は忠眞に届かなくなっているが、それでも家康の意を受けた寺沢正成は熱心に都城城に足を運び、説いている。島津家以外の参陣を聞かされると、幾分、伊集院忠眞も思案が柔軟になってきた。公儀からの討伐軍が差し向けられる前に、良い条件で和睦したいと望むものの、譲れない一線があるようだった。

「このたび、幸侃《こうかん》の罪科の究明もなく成敗したことは、とても許せません。とりわけ、我らの進退は、この三月以来、城に押し込められており、誠に重々非道この上ありません。島津家の表裏《ひょうり》、龍伯・兵庫頭《ひょうごのかみ》（惟新）の誓書の相違など申せばきりがありません。そのことは別紙に添えて送りますので両所に腹蔵はありません」

島津家への不満を述べたあとで伊集院忠眞は続ける。

「お取り成しという仰せですが、とにかく我らも島津代々の家臣ですので、一筋に薩摩に奉公したいところですが、このように何事においても正義がないので自《おの》ずからこれ以後も毛頭、頼りにはしていません。勿論《もちろん》、龍伯と少将（忠恒）が我らに対する覚悟のほども判るというもの。もはや召し抱えるようなことはないでしょうから、寺沢殿の分別をもって何方《いずかた》なりとも仕官できるように頼み奉《たてまつ》ります。もし、内府《だいふ》様へ仰せ上げられ、とんでもないことだと仰せられ、成敗されたとしたら、それは仕方ありません。その時は、拙者《せっしゃ》一人が罷《まか》り出ますので、いかようになされてもお任せいたします。このこと披露するようにお願い致します」

伊集院忠眞は寺沢家臣の平野源右衛門と高畠新蔵に書状を送っている。

書状を受けた寺沢正成は比志島国貞を伴って西上し、十二月十一日、大坂に到着。惟新は伏見で二人と顔を合わせたが、和議は難しいということだった。

　この間、島津軍は庄内攻めを続けている。十一月八日は志和池城近くで切り崩されて死者を出し、十五日は高城《たかじょう》近くで破れ、三百余人を失った。

　十一月二十八日、庄内攻めの不首尾を見兼ねた龍伯は自ら兵を率いて財部《たからべ》城を攻めたが、城方の巧みな鉄砲戦術に翻弄《ほんろう》され、多数の死傷者を出して兵を退いている。忠恒が戦《いくさ》下手ではなく、伊集院勢が精強であることを龍伯も認識するようになった。

　龍伯が参陣しても、依然として伊集院方の城が落ちるような気配はなかった。

　十二月八日には、逆に山田城から誘《おび》き出されて百余人が討たれた。

明けた慶長五年（一六〇〇）一月十六日には野々美谷、志和池城の兵に出撃されて、多くの死傷者を出している。

　緒戦《しょせん》以来、島津軍は良い成果が挙げられなかった。兵糧攻《ひょうろうぜ》めを主張する老中衆《おとなじゅうしゅう》たちに対し、忠恒の周囲にいる家臣たちは血気に逸《はや》って出撃し、戦上手の忠眞に翻弄されたことが原因だった。惟新もこれを憂《うれ》え、書状で諭《さと》している。

　厭戦《えんせん》気分が蔓延《まんえん》する中、さすがの忠恒も確実な策を用いるようになり、兵糧攻めをしはじめた。

　徳川家臣の山口直友は再び年末には下向《げこう》した。このたびはすぐに調停をはじめず、忠恒の兵糧攻めを静観していた。

慶長五年二月上旬、動きがあった。兵糧が尽きて志和池城が降伏を申し出た。

「ならん。あん奴《わろ》ども飢え死にさせよ」

六月の出陣以来の鬱憤《うっせき》が簡単に消えはしない。忠恒は怒りに任せて吐き捨てた。

「畏《おそ》れながら申し上げもす。ここで志和池の者どもを飢え死にさせれば、戦《いっさ》はさらに長引きもす。降伏を申し出る城は、こいを許して都城に追い込めば、そいだけ本城の兵糧も早く食い尽くしもす。まずは太守様《たいしゅさぁ》に、ご相談なさってはいかがでしょうか」

龍伯近習の平田増宗が尤《もっと》もらしく進言する。

〈俺《おい》は総大将ではなかか？　こいではただの先陣大将じゃ〉

この期《ご》に及んでという思いが強いものの、龍伯の名が出た以上、無視するわけにはいかない。忠恒は富隈《とみのくま》に使者を立てると、平田増宗の言葉どおり、降伏を認めろ、という指示が出された。

「仕方なか。武器は取り上げて、全兵、都城に落とせ」

憤懣を堪え、忠恒は許可した。

二月六日、志和池城主の伊集院掃部助《かもんのすけ》ら城に籠った者たちは武器を捨てて都城城に落ちていった。

なにはともあれ、志和池城を開城させた忠恒は、微《かす》かな満足感に浸《ひた》った。

戦後処理を終えた忠恒は二月十四日、高城攻めに向かった。

志和池城が降伏したことで、山口直友の講和交渉もしやすくなった。直友は富隈に行き、龍伯と講和について話し合っている。直友は家康から早々に和睦を結ぶことを命じられた。既に家康は九州における大名の動員を成功させているので、これ以上、地方の局地戦を長引かせる必要がない。それよりも上方以東の政治状況が風雲急を告げはじめていたからだ。

家康の上意ということを伝えられ、龍伯は渋々直友の調停に応じた。

これにより、二月二十日、山口直友は島津忠豊と島津以久《ゆきひさ》に、講和が纏《まと》まりそうなので、城攻めを一両日先延ばしにするように告げている。

「和睦？　笑わせるな。敵が応じたとすれば、追い詰められている証拠。今こそ本腰を入れて潰すのみじゃ。たいがい、太守様《たいしゅさあ》が応じられるはずがなか」

忠恒は一笑に付し、戦《いくさ》準備を始めていた。

陣立てを決めていると、予想に反した命令が忠恒に出され、富隈に呼ばれた。

「和睦に応じるじゃと？　まこと太守様が誓紙をお出しすることに承知なされたのか？」

戦局が優位になってきたところで、逆臣との和睦を受け入れた龍伯の心中が忠恒には理解できない。

「太守様のお呼びにございもはんで、まずはお戻りなさいもすよう」

伊勢貞昌が勧める。忠恒は憂えながら富隈に向かった。

龍伯の前に罷り出る。龍伯も冴えた表情ではなかったので、家康の命令であることが窺えた。

上方で人質になっている亀寿《かぢ》のことでも口にされたのかもしれない。

「和睦するとお聞き致しもした。源次郎のこつ、どげんにされるおつもりでごわすか」

「庄内から移して扶持《ふち》は二、三万石に削るつもりじゃ。少将殿《しょうしょうどん》は反対か?」

まさか真の当主に逆らうのか、と龍伯は問う。

「伊集院の家を立てるのは、よかこつと存じもすが、源次郎を斬らんのでごわすか?」

「今は、よか時ではなか。まずは庄内から動かすことが肝要」

龍伯の言葉を聞き、忠恒は理解した。何《いず》れは斬る気であることを。今は要塞《ようさい》と化した庄内から伊集院忠眞を追うことを第一優先とすることも。

「承知しもした。そん時は、俺《おい》が引導渡しもす」

不満でも龍伯が決断していれば、事は翻《ひるがえ》すことはできない。真意は別でも忠恒は応じた。

「伊集院源次郎が寺沢志摩守《しまのかみ》(正成)殿に、当家に奉公したくないと書状に記したことは、深い遺恨になっておりますが、内府《だいふ》様が調停なさるので、遺恨を差し捨てます。しからば、源次郎が出頭して奉公するならば、以前同様に召し使います。不届き者や讒言《ざんげん》する輩《やから》があれば、これを糾明《きゅうめい》することを、万民に申します」

二月二十九日、忠恒は龍伯と連署で山口直友に誓紙を差し出した。

山口直友から知らされたのであろう、同じ日、梶山、勝岡、山之口の三城が降伏した。

さらに、三月一日には高城が、翌二日には安永城と野々美谷城が降伏した。

城兵は安堵した表情で城を出ていった。さらに忠眞も和睦に応じた。

〈こげん、簡単に城を開くなら、落とせたものを〉

改めて悔しさがこみ上がるが、忠恒は三月八日、惟新に手柄として伝えている。

「（前略）志和池落城後、開城が打ち続き、都城まで極まりましたので、源次郎のことは、助けるも首を刎《は》ねることも容易《たやす》くなりました。都城も踏み潰すつもりでしたが、内府様の調停を蔑《ないがし》ろにしては、公儀に対していかがなものかと思われますので、源次郎を助け、少々知行を遣わして召し出そうと、山勘（山口勘兵衛尉直友）に相談しました。山勘が源次郎に申し伝えたところ、貴所《あなた》ご存じのごとく、寺沢志摩守殿が来られた時の強い態度とは裏腹に、召し出されることを嬉《うれ》しがって、都城を出ることになりました。寺沢家臣の平野源右衛門と高畠新蔵らも、春中には攻め果てられると申しておりました。勿論、首尾は上々。我らも早々に都城に入り、庄内の仕置を済ませて必ず罷《まか》り上がる覚悟です。小西行長に従って上洛致します」

敵を下せる喜びはあるものの、忠眞を討てなかったことは無念で仕方ない忠恒だ。

三月九日には末吉城が降伏。

十日、忠眞は税所《さいしょ》越前入道と喜入大炊助《きいれおおいのすけ》に誓紙を書いている。伊集院幸侃《こうかん》の罪科、成敗はとんでもないことなので島津家と干戈《かんか》を交えたが、山口直友が調停を行うので従うことにした。心の底から仕官を求めるので、改めて奉公することにした。決して哀れみを蒙《こうむ》るものではない。今後、逆心を企《くわだ》てるつもりはなく、偏《ひとえ》に奉公仕《つかまつ》るつもりだ。と、強気な姿勢を示しつつも、島津家が身の安全を保証したので安堵した様子が窺《うかが》える。

同じ日、梅北城《うめきたじょう》が開城。

十二日、伊集院家の重臣たちは、龍伯、惟新、忠恒には二心を抱かず奉公することを誓った。

三月十五日、財部城が降伏したのち、伊集院忠眞も都城城を開城した。

伊集院幸侃《こうかん》を斬ってからおよそ一年続いた、血で血を洗う抗争は終焉《しゅうえん》を迎えた。

〈俺《おい》はまだ、父上の足下《あしもと》にも及ばんようじゃ。功は父上のもんじゃったか〉

朝鮮では一緒に在陣し、泗川《サチョン》、露梁《ノリャン》で戦功を得ることができ、加増を受けて自信を持っていたが、家臣筋の伊集院忠眞との和睦で、自信が大きく揺らいだ結果になった。

忠眞と交代に龍伯と忠恒は揃って都城城に入城した。敵城に入ったことは勝利に間違いないが、忠恒の気持は晴れなかった。

庄内の仕置として、都城のほか安永、高城、山之口、勝岡、梶山、梅北の六外城《とじょう》を北郷《ほんごう》長千代丸に与えられた。長千代丸は忠恒が加冠し、十一歳で元服して忠能《ただよし》と名乗らせた。命を顧みずに戦った結果の旧領復活である。

都城を出た伊集院忠眞は、一万石が与えられ、南薩摩の頴娃《えい》に移封された。武士の意地を貫いた結果の代償の地に入領し、忠眞は、さぞ落胆させられたことであろう。しかも痩せた南薩摩の地。のちに大隅の帖佐《ちようさ》で二万石を与えられることにはなる。

忠眞の所替《ところがえ》を行い、龍伯とすれば、秀吉の死後一年半ほどにして豊臣政権が打ち込んだ楔《くさび》を抜き去ることができたことになる。

中世からの脱却に島津家が生き残る術《すべ》を見出した惟新と、旧体制の復活を望んだ龍伯。二人の狭間《はざま》で揺れ動く忠恒。島津の三殿様は戦雲立ち籠《こ》める中で、さまざまなものと戦わねばならなかった。

（下巻へ続く）

近衛龍春（このえ・たつはる）
一九六四年埼玉県生まれ。大学卒業後、オートバイレースに没頭。その後、通信会社勤務、フリーライターを経て『時空の覇王』シリーズで作家デビュー。著書に『上杉三郎景虎』『直江山城守兼続』『毛利は残った』『南部は沈まず』『奥州戦国に相馬奔る』『伊達の企て』『赤備えの鬼武者　井伊直政』『家康の女軍師』『九十三歳の関ヶ原　弓大将　大島光義』『兵、北の関ヶ原に消ゆ　前田慶次郎と山上道牛』『島津豊久　忠義の闘将』など多数。

本書は二〇一一年五月に毎日新聞社より書き下ろし小説として刊行されました。

毎日文庫

島津《しまづ》は屈《くつ》せず　上

印刷　2024年1月20日
発行　2024年1月30日

著者　近衛龍春《このえたつはる》
発行人　小島明日奈
発行所　毎日新聞出版
東京都千代田区九段南1-6-17 千代田会館5階
〒102-0074
営業本部：03(6265)6941
図書編集部：03(6265)6745
ブックデザイン　鈴木成一デザイン室
印刷・製本　中央精版印刷
 ISBN978-4-620-21065-0